I0556771

2005 · 10

（总第 346–349 期）

合订本

上海文艺出版社

图书在版编目(CIP)数据

《故事会》2005年合订本.10/《故事会》编辑部编.
上海: 上海文艺出版社,2005
ISBN 7-5321-2921-7

Ⅰ.故... Ⅱ.故... Ⅲ.故事-作品集-中国-当代 Ⅳ.Ⅰ247.8

中国版本图书馆CIP数据核字(2005)第108911号

责任编辑: 鲍 放
封面设计: 李宝强

故事会 2005年合订本 10

(总第346-349期)

《故事会》编辑部 编

上海文艺出版社出版

地址: 上海绍兴路74号

电子信箱: gushihui@263.net

网址: www.slcm.com

中国图书进出口上海公司发行

地址:上海市广中路88号

电话:36357888

字数280,000

ISBN 7-5321-2921-7/Ⅰ·2245

346

2005
SEMIMONTHLY
上半月版

7月
STORIES

故事会
2005 年 7 月
上半月·红版

主 编：何承伟
常务副主编：吴 伦
副主编：姚自豪（上半月·红版）
副主编：夏一鸣（下半月·绿版）
本期责任编辑：姚自豪
发稿编辑：
夏一鸣　鲍放
蔓石　梁宁宁
美术编辑：李宝强
电脑制作：郭瑾玮
通 联：归依玲
本社办公室电话：021-64375030
上半月版编辑部电话：021-64332325
下半月版编辑部电话：021-64336469
（上海市绍兴路 74 号 邮编：200020）
主管：上海文艺出版总社
主办：

督印 发行：张 凯
（上海市建国西路 384 弄 11 号甲）
邮编：200031
电话：021-64313938
广告总代理：上海文艺广告传播中心
（上海市绍兴路 74 号 邮编：200020）
广告总监：张 淮
广告业务：021-34010383
广告投诉：021-64333738
广告经营许可证
沪工商广字 3101034000029 号
发行：中国图书进出口上海公司

百姓话题

搜狐文化
本刊与搜狐文化
合作推出电子版

本刊各栏目欢迎来稿。来稿寄上海市绍兴路 74 号《故事会》杂志社，邮编：200020，请在信封上注明
"××栏目"收；本期责任编辑 E-mail 地址：yaotongzhi@vip.sohu.net

写菜谱

有个人外出旅游，误进了食人族的领地，被食人族捕获了。食人族的厨师长把那人五花大绑，押到油锅面前，问道："你叫什么名字？"

那人反问道："我都是快死的人了，知道我的名字有什么用！"

厨师长勃然大怒："还敢嘴硬！我不知道你的名字，怎么写菜谱？"

（高培渶）

（本栏插图：李 加　史文琦）

奇 迹

一天，甲乙两人聊天。

甲："你知道昨天发生什么了吗？"

乙："不知道。"

甲："我邻居家的屋倒了！"

乙："哦？那是怎么回事？"

甲："我也奇怪啊！一问，你猜怎么？原来是那个胖胖的女主人昨晚自杀未遂！"

乙："那和屋倒什么关系啊？"

甲："她上吊的啊！"

（文 龙）

买瓜

瓜农在小区门口卖西瓜，一个孕妇走上前来："你这西瓜熟不熟？"

瓜农笑了："包熟包甜！"

孕妇将信将疑："那也靠不住，万一买回去后生了咋办？"

瓜农拍着胸脯信誓旦旦地说："你又住得不远，回家生了，抱回来算我的！"

（孙建玲）

喜欢的颜色

有一个女孩,刚考到驾驶执照,第一次上路,结果车在一个红绿灯处熄火。由于是单行道,后面来的车越来越多,但是女孩的车子始终开不了,红绿灯再次由红变绿,车越多女孩越紧张,越紧张,就越开不了。

这时,一位警察来到了女孩身边,和颜悦色地问道:"小姐,还没等到你喜欢的颜色吗?"

(高 尧)

应付自如

总经理对他的女秘书吩咐道:"如果有一个叫玛丽的姑娘打来电话,请转告她,我去服装店为她买的皮大衣付款去了;如果服装店打来电话,请告诉他们,我到银行提款去了;如果银行打来电话,请告诉银行,我和会计一同办支票手续去了;如果会计那里打来电话,你就说我去董事会出席一个紧急会议;如果董事会找我,你就说我夫人有急事找我,我不得不离开;如果我夫人打来电话,请告诉她,我已外出,愿上帝保佑她。"

女秘书问:"如果是上帝找您,就对他说,您马上就去吗?"

(陈 伟)

另有原因

一个男生被学校开除了,一个女同学追到他家里,当着他妈妈的面对他说:"你走了我怎么办啊?"

妈妈很气愤地问儿子:"你们是什么关系?"

儿子说:"我们没什么关系啊!"

女同学却气愤地说:"你怎么能说我们没关系呢?你走以后,我不就是班上的倒数第一了?"

(米 丰 汤均原)

吃炒饭

一个衣衫破旧的农民来到一家小餐馆用餐："来碗炒饭。"

老板有点瞧不起他，说"我们这里的炒饭有三种，一种是蛋炒饭，两块一碗；一种是肉炒饭，五块一碗；再就是八宝炒饭，十块一碗，你要哪种呀？"

农民从兜里掏出十块钱往桌上一拍……

老板见状，立刻赔着笑说："客人真有眼光啊，我们店里的八宝炒饭味道鲜美，回味无穷……"

农民打断了老板的话："少废话，蛋炒饭五碗！"　　　（水　者）

领导的要求

某领导到一所重点高中检查工作，听了校长的汇报后，他说："2004年你们升学率达到了95%，我是满意的，2005年要达到100%。"

校长听了再也坐不稳了，他问："老领导，那你说2006年我们怎么办呢？"

领导斩钉截铁地作出了指示："一半学生考入北大，一半学生考入清华！"

（蔡连生）

剥了皮还知道

有个四川人在外打工，一天去饭店吃饭，四川人叫豆腐为"灰磨"，而四川话的"磨"却读成"猫"。

那个四川人坐下后就叫老板来一份"灰猫"，老板听了觉得奇怪，心想："听说四川人会吃，这次倒真的是长见识了。"可是店里没有什么灰猫，但顾客是上帝，既然点了就得去想办法弄啊！于是老板来到市场，看了半天也没有"灰猫"，只好买了只黑猫回去，心想："不管它是灰猫还是黑猫，反正剥了皮就没人认识了。"

当老板把一盘猫肉端上桌子时，那四川人大怒："我要的是灰猫！"

老板大吃一惊："剥了皮还知道啊？"　　　（罗　涛）

　我在生活中用欢笑不断地努力抵御疾病和其他罪恶。　——斯特恩

过 节

在一个大学里,男生甲对男生乙说:"你知道吗,我女朋友是最爱过节了,连生日也要农历和阳历算两次,敲诈我两次的饭钱和礼物钱。"

男生乙无奈地叹口气说:"这算什么,我女朋友还想拉着我和她一起去云南读大学呢!"

甲问:"为什么?"

乙悲痛地答道:"因为她说那里有很多的少数民族,又可以增加几个敲诈的节日,如:泼水节、火把节……"

（吴 笛）

问 妈 妈

儿子考上了重点大学,入学第二天就遇到了四件事,不知该怎么办,于是打电话请教妈妈。

儿子在电话里问:"一是凉席是铺在被子下边还是上边,二是睡觉时我的头朝东好还是朝西好,三是洗衣服时是用洗衣粉还是用肥皂?"

妈妈又问:"那第四件事是什么呢?"

儿子哭丧着脸问:"早餐时食堂里没有为我准备两个鸡蛋、一杯牛奶,我吃什么才好?"

（蔡连生）

谁没口才

甲是新上门的女婿,岳父说他呆笨、木讷,没口才,甲不服,要跟岳父好好谈谈,于是他见了岳父就问道:"岳父大人,今天初几了?"

岳父答道:"初一!"

"明天呢?""初二!""后天呢?""初三!""再后天呢?""初四啊!""再后来呢?"

岳父气得扭头便走,这以后,甲逢人便吹:"岳父说我没口才,他才没口才呢!我打算同他从初一谈到十五的,可刚谈到初四他就无话可说了!"

（刘贵贤）

这是一个"新版"《渔夫和金鱼》的故事：一个猎人捉住了一只鹦鹉，鹦鹉对猎人说："只要你能放了我，我就让你发一次财。"鹦鹉一次次地让猎人发财，而猎人却始终没有放鹦鹉。突然有一天，鸟笼打开了，鹦鹉飞走了，猎人死了……你想知道猎人是怎么死的吗？

□ 何小波

神奇的鹦鹉波比

有一个猎人叫多尔，这天他捉住了一只鹦鹉，鹦鹉可怜巴巴地求饶说："我叫波比，好心人，求你放了我吧！"

多尔告诉鹦鹉，他家有三天揭不开锅了，就等着拿你这只鹦鹉去换了钱买米下锅呢。波比想了想，说："只要你能放了我，我就让你发一次财。"

多尔一听立刻来了精神，说："行！"波比让多尔走近它，悄悄地说："山南有一株老山参，足足有一斤八两，你去挖了吧。"多尔忧郁了起来，

他知道那里有蛇王守着，没有谁能走近，到那里去挖参，那不是送命吗？波比让多尔尽管放心："你拔了我尾巴上的那根绿羽毛，插在靴子上，这样就可以走近了！"

多尔十分高兴，他把波比带回家关在笼子里，拔了波比尾巴上的那根绿羽毛就出发了。一个月后，多尔挖回了那株老山参，然后卖了，买回许多食物和山珍海味，这时波比开口了："该履行你的诺言了，放了我吧。"

多尔听了，觉得应该把鹦鹉放

把自然界的所有财富都加起来，也满足不了一些人的贪欲。——塞内加

了，他正要打开笼子，妻子却不答应，说："不行，除非让鹦鹉再帮我们发一次财！"多尔一听，连连拍着自己的脑袋瓜子，怪自己太笨，还是妻子聪明呀！波比见多尔不肯履行诺言，无可奈何，说："可以再帮一次，但希望你们这次一定要履行诺言！"

多尔和妻子答应了，波比又悄悄地说了一个秘密：山北有一株灵芝，足足长了一万年，但那里是万丈悬崖，没有谁上得去，只要拔了它翅膀上的黄羽毛绑在腰间，就可以飞上去了。多尔喜出望外，他拔了波比的黄羽毛又出发了。两个月后多尔采回了灵芝，然后卖了灵芝，买了漂亮的别墅。

波比让多尔夫妻俩履行自己的诺言，多尔正要去打开笼子，可是他的儿子不答应了，于是波比又让多尔拔了它背上的紫羽毛，去山东采了一颗足球那么大的夜明珠，卖了珠子后又买了飞机、轿车、游艇……

这一次波比认为多尔一家总该放它了，谁知多尔的女儿死活不答应，于是波比又只好让多尔拔了它腹下的蓝羽毛，去山西的洞里背回了一尊足有三尺高的金佛，回来后卖了金佛，买了数不尽的华丽高贵的服装和金银首饰。

波比看着多尔全家喜气洋洋的样子，说："这回你们总该履行诺言了吧！"

多尔的眼里放着贪婪的光，他说："波比，感谢你一次又一次地让我们发财，帮人帮到底，假如你能说出一个使我们长久发财的办法，我们就放了你。"

波比想了想，平静地说："你拔了我脖子上的橙羽毛去炒股吧，它会告诉你买哪只股可以赚钱。"多尔乐呵呵地拔了波比脖子上的橙羽毛，真的去证券市场炒股去了。说来也真怪，从波比脖子上拔下的这根橙羽毛会开口说话，它每一次都会告诉多尔该买哪只股票，多尔按橙羽毛说的去买，

每一回都十拿九稳，转眼，两年过去了，多尔成了亿万富豪，可他早忘记了当初的诺言，一直不放波比。

一天，橙羽毛告诉多尔：买"杜鹃鸟"股票可以大赚，于是多尔倾其所有，又从银行贷了巨款全买了"杜鹃鸟"，不料，第二天"杜鹃鸟"股票直线下跌，一下子成了垃圾股，多尔血本无归，破了产。他气急败坏，一不留神，从楼梯上摔了下来，医生说活不了几个月啦，多尔把自己和波比关在屋子里，他咬牙切齿地说："你这可恶的鹦鹉，不是说这根橙羽毛会炒股吗？可这家伙却害得我欠了一屁股债！"说完，他狠狠把橙羽毛扔在地上。

波比听了，眨了眨眼睛说："这根羽毛淋过雨吗？"

"昨天不小心淋过。"

波比大惊失色："忘了告诉你，它淋了雨就不灵了呀！"

多尔听了咆哮如雷："你这该死的坏家伙为什么不早点说？你这不是成心让我倒霉吗？不过，我死你也甭想活！快说，你还有什么办法能使我发财？如果你这次能使我发财，我一定放了你，决不食言！"

波比叹了口气，小声说道："如今，我有神力的羽毛只剩头上这根红羽毛了，你把它拔下来，它就会变成一颗红宝石，你叫人把它拿到当铺换成钱，然后拿了这些钱去买……"

五天后，家人发现多尔在别墅中死去了，他倒在窗下的床边，这扇窗上面的气窗是开着的，那个鸟笼还挂着，鸟笼的小门开着，鹦鹉波比却不见了。警方检查现场后认为：多尔是被刀片割断咽喉死去的，可现场却没留下任何指纹和足印，没发现刀片或别的什么凶器，于是，刑警们认为多尔是被人谋杀的，因为如果是自杀，现场

金碧辉煌的天花板扰人心神，紫袍红冠会带来不眠的夜晚。 ——塞内加

应该有凶器，可是刑警和警犬反反复复、前前后后、仔仔细细搜查了好几遍，也没发现任何凶器，甚至连一点蛛丝马迹也没有，因此，刑警们断定有人杀了多尔后把凶器带离了现场……

那么，是谁谋杀了这个欠了一屁股债又活不了几天的多尔呢？为什么要谋杀他呢？谋杀他又有什么好处呢？

后来，刑警在多尔的保险箱中发现了一张保险单，一看，多尔在死前购买了巨额人寿保险，保险单上有以下规定："如果多尔死于意外或谋杀，其亲人可以获得巨额保险赔偿，受益人是他的妻子儿女；如果多尔是由于自杀身亡，其亲人则不能获得此项保险金。"看到这里，刑警们恍然大悟，立即拘捕了多尔的妻子和儿女。

多尔的妻子见了警察立刻嚎叫起来："你们凭什么拘捕我们？"

警察板着脸，冷冷地说"我们怀疑你和你的儿女合谋杀害了你的丈夫，企图骗取巨额保险赔款，你们等着坐牢吧！"

多尔的儿子一听叫了起来："那不是我们干的，是波比！"

"波比是谁？"

多尔的女儿一边哭一边说："我们家养的一只鹦鹉，它头上的红羽毛变成宝石叫我父亲到当铺换了钱，又叫我父亲用这些钱买了保险。它对

我父亲说：'反正你活不了几天了，倒不如用死骗一笔保险金留给妻子儿女。'它还教我父亲将一片刮胡须的刀片用一根细绳绑在它的爪上，接着让我父亲打开鸟笼的小门，然后我父亲用刀片割破自己的咽喉，波比在我父亲松手后，从气窗带着刀片飞走，这样，明明是自杀的，却留下了谋杀的假象，按照保险公司的规定，他们就得赔偿保险金了……"

几个刑警一听全都哄堂大笑："哈哈，你是在编《天方夜谭》吧？谁会相信这世界上竟有这么神奇的鸟？"

多尔的妻子对警察说："我女儿说的全是真的。"多尔的儿子又把这事的来龙去脉从头至尾说了一遍，警察问多尔的女儿："你又是怎么知道那鸟教你父亲骗保的这番话？你知道了为什么不阻止？"

多尔的女儿说："我在门外偷听到的，警察先生，你一定要相信我，当时我也认为那只该死的鹦鹉说得有道理，所以我就没声张。"

其实，多尔的女儿说的全是实话，可是，法官和全城的老百姓有谁会相信这些话？神奇的波比在报复了多尔后安然脱身，又让多尔的妻子和儿女们拿不到保险公司的一分钱，反而全得去坐牢，好聪明的鹦鹉波比！

（本篇月月评短信代码：G130）

（题图、插图：箭 中）

谁考验谁

个男人和一个女人在网上认识了一段日子，男人的网名叫"乞丐"，女人的网名叫"丑妞"。这一天，乞丐给丑妞发了个"伊妹儿"："丑妞，你真的长得很丑吗？"丑妞也给乞丐回了个"伊妹儿"："我长得很丑，你也真的很穷、是个乞丐吗？"乞丐回答道："是！"

网上少真话，上网聊天的人好多都逆向思维：说自己赛天仙的，说不定是个丑八怪；说自己是大款的说不定是个穷光蛋。这"丑妞"和"乞丐"，要是反过来想，那就有可能是美眉和富翁了，网上的把戏，谁不懂啊？

于是乞丐又对丑妞说："你看，我俩挺般配的。"丑妞也回复说："是呀，这是缘分。你不嫌弃我吗？"

乞丐说："我还怕你嫌弃我呢！我怕你受不了穷。"

丑妞信誓旦旦地说："只要你不怕我丑，我就不嫌你穷。"

就这样，两人发"伊妹儿"来来回回穿梭了三天三夜，都感到头发昏眼发涩，却意更浓情更深，两人都感到网聊不过瘾了，恨不得能嘴对嘴心贴心地聊它十天八夜。这一天，乞丐说："我实在憋不住了，咱们网下相见吧！"丑妞的"伊妹儿"回得极快"我不等着你说吗，憋你活该！"

乞丐约定了地点：二七塔东边垃圾中转站旁；丑妞约定了时间：今天午夜，街上没人的时候。

乞丐在想：看你敢不敢去那个地方！丑妞也在想：看你信不信我丑得怕见人！

乞丐按时去了那地方，丑妞也按

没有信任，便没有友谊，更没有爱情。——伊壁鸠鲁时到了那地方，乞丐喊道："丑妞！"丑妞喊着："乞丐！"

两人你看我、我看你，全都乐了：丑妞是一个靓丽女郎，乞丐是一位拥资百万的大商人，他俩坐到了一块，死死地拥抱在一起，久久地吻着。乞丐说："丑妞，我真就这么喊你！"丑妞也说："乞丐，我也就这么喊你！"

"丑妞，我爱你！"

"乞丐，我也爱你！"

"我爱你爱得要死！"

"我也爱你爱得要命！"

乞丐想了想，说："丑妞，我该送你什么信物呢？"

丑妞想，他是百万富翁，什么贵重东西买不来呀！可是他爱我吗？他真爱我吗？网上是考验过了，网下呢？也要考验呀，要把爱情考验得纯真才行！于是丑妞就说："什么样贵重的东西我都不要。"

乞丐笑了，说："那哪成啊，总该有个纪念呀！"

"那——你就送我一颗你的门牙吧。"

乞丐一惊："你……"

丑妞瞪眼了："怎么？这都舍不得？"

"我是说……"

丑妞生气了："你不爱我？"

乞丐急了："你要命我也给你！"

"我不要你的命，我就要你一颗门牙吧！"于是他们约定 第二天晚上在月亮湾酒吧相见。

到了第二天约定的时候，两人来到了那个酒吧。烛影幽幽，情意绵绵。一会儿，乞丐一只手捂着嘴，一只手掏出了一个金制的礼品盒，丑妞打开那盒子，一看，果然是一颗带血的门牙，丑妞笑了，就往乞丐怀里扑，要和乞丐接吻，乞丐推开了她，用手指着张开的嘴，丑妞往乞丐的嘴里一看，真的，一颗门牙没了，留着黑洞，丑妞这才信了，泪流滂沱。

正在这时，乞丐放在桌子上的手机响了，乞丐拿起来听，手机里传出的声音很大："老板，生意做砸了，血本无归，要债的围上了门，我们要破产做叫花子了！"

乞丐一听，神情骤变，一脸惊愕，他赶紧关上手机，故作掩饰，不料丑妞早把这一切看在眼里，全听在耳里，乞丐呀乞丐，这一下你真成了穷光蛋啦！本小姐不做慈善事业，拜拜啦！她站了起来，对乞丐说："对不起，我有急事先走了。"说完，她抓起拎包，头也不回，扭着屁股走了。

"经不起考验啊！"乞丐自言自语着，然后他又张开嘴巴，把贴在门牙处的黑胶布揭掉，嗨，还是一口整齐的牙齿，他随即拿起手机，给刚才来电话的手下回了个话："你小子的戏演得不错……"

（推荐者：江瑞芳）

（题图：安玉民）

你看**我**，我看**你**

□ 龚　昊　改编

这天早上，卡恩先生那艘满载外星球奇异生物的"猎奇号"飞船再次来到了地球，降临在风光秀丽的澳大利亚草原，进行它每年一度的来访。草原上早就人如潮涌，人们看到飞船的舱盖慢慢升起，接着又看到了一个盖着帆布的巨大钢笼，顿时，全场掌声雷动……

"大家好！"身着五彩披风的卡恩先生笑眯眯地向观众挥手："我们经历了千辛万苦，穿越了遥远的空间，终于请到了外星球上的客人们，大家只需花十美元，就能一睹他们的丰采……"

钢笼的帆布盖揭开了，人们看到了金星上千奇百怪的蓝色动物，长的是兔子般的长耳朵，走路是用三条腿的；还看到了火星上的怪人，身体像章鱼一样柔软，而最奇异的是五六只卡马星系蜘蛛人，长着袋鼠一样的头，颈部细长，身上生着六条腿，它们一面发出奇怪的声音，一面好奇地瞪着褐色的眼球向四面张望，这些动物的奇异、美妙，真是连科幻小说家都难以想象啊！

大家依次列队，把钱塞到了卡恩先生的手里，然后排着队经过钢笼，参观着这些可爱的小生灵……第二

倒 霉（文稿推荐：常忠喜；图：包丰一）

1. 小王带着宠物狗上街，想买东西时才发现没带钱，于是他就带着小狗进银行取钱。

2. 小狗突然要拉屎，小王就拿张报纸垫在地上让小狗拉，拉完后小王将纸裹成一个纸包。

3. 小王走出银行准备把纸包扔到垃圾桶里，突然一辆摩托车疾驰而过，车上的人伸手抢走了纸包。

4. 一个过路的人看见后惋惜地对小王说："你真倒霉，才取了钱就被抢了！"

天、第三天，伦敦、香港、纽约……"猎奇号"飞船在那些地方也都一一停留，每到一处，都能引来成千上万的人参观。

几个月后，"猎奇号"飞船在经历了五个星球的历程后，终于降落在坑坑洼洼的卡马星球上，那些蜘蛛人纷纷跳下飞船，和卡恩先生告别后，快活地奔向自己的家——一个个精巧的地洞。

在一个地洞里，母蜘蛛人愉快地拥抱了刚刚旅行归来的孩子："嘿，杰尼，这次星际旅行开心吗？"小家伙显然很高兴，他偎依在妈妈怀里，神采飞扬地说："好极了，妈妈，我们参观了五个星球，看见了许多长相奇特的外星人。"

"哦？"母亲饶有兴致地问，"他们一定长得很怪吧？"

"是的，是的。"小家伙迫不及待地说，"在一个被叫作'地球'的地方，生活着很多用两条腿走路、长相奇特的怪人，这还不算，他们居然还用一些奇怪的东西裹住皮肤，那多不自在啊！"

母蜘蛛人遗憾地说："真有趣，要不是旅行费太高，每位要十三万卡马币，我一定要去看看。地球，那是多么有趣的动物园！"

（题图：箭 中）

百姓故事
(1)
(2)

　　书中所列的百姓话题有三十个之多，诸如话说"当官的"、话说"发财"、话说"球迷"、话说"妻子"、话说"打工"等等，每一个话题都以一种朴实亲切的叙述方式，通过一则则情节性强、生动有趣的小故事揭示问题，形象地道出老百姓要说的心里话。都是老百姓自己讲述的故事，都是讲述老百姓自己的故事。

名作故事

　　汇集了经过精心修改包括美、英、法、德、日、俄等国名家大师的作品，其情节或紧张奇特，或真切动情，或谐趣幽默，或荒唐却耐人寻味，既简练明朗，又保持了原作之精华。

笑话故事

　　是从《故事会》十几年来的作品中遴选出来的笑话精品，共600余则，全方位地折射了社会、艺术和人生，作品趣味盎然，回味无穷。

谜案故事

　　收入的90则作品都是世界著名谜案故事，主人公除了名侦探福尔摩斯外，还有怪盗英雄、强悍警察、著名律师等等，他们八仙过海，各显神通，是一本谜案故事的精萃之作。

冬至的雪夜

□王道庄

我是个生性孤傲的姑娘，大学毕业后，独自来到北方一个叫锦阳的小城，我很快就找到了一份工作，不久，我和张章相爱了。张章和我在同一家公司，比我早来一年。

这年冬天，天气温暖，冬至那天是星期六，下了入冬以来的第一场大雪，大雪银装素裹，小城的气温也骤然下降。晚上，张章第一次来到了我租的屋里，他提了一袋子东西，脸颊冻得通红，边跺脚边拍打着身上的雪花，问道："冰天雪地的，怎么不把炉子提到卧室？"我也冻得够呛，就示意他提来了火炉。

卧室不大，火炉放在中央，窜起的火苗把小屋照得红红的一片，雪花飞舞的冬夜，小屋子顿觉暖洋洋的。坐在火炉前，张章问我："记得吗，今天是什么日子？""什么日子？今天不是冬至吗？"张章摇了摇头，又问："你是哪一天到的公司？"进公司是6月23日，我记得清清楚楚，今天正好半年了。

张章显得很兴奋"冬至日，瑞雪飘，今天是个好日子。你进公司整整半年，咱俩相爱也整整半年了。"哦，我想起来了，到公司报到的那天，是张章到车站接的我。从一开始接触的那一刻起，我俩就有了好感，今天正好是半年。

窗外白雪纷飞，寒气逼人；窗内炉火通红，温暖如春。张章打开袋子，取出一堆吃的喝的，放在火炉边的小桌上，斟满两杯白酒，一把将我揽在怀里："来，喝杯白的，为屋里的温度加加温，为咱们的爱情加加温。"说着"咣当"一声碰了杯，"为咱们的半年干杯！"

我是个传统的北方女孩，在性爱方面是相当保守的，和张章相恋相爱半年来，爱情的温度日见升高，已经到了准备布置新房的阶段，但每次会面，我们虽然拥抱、接吻，但是从没出格，今天晚上，特殊的气候，特殊的日子，我俩都痛痛快快地喝了起

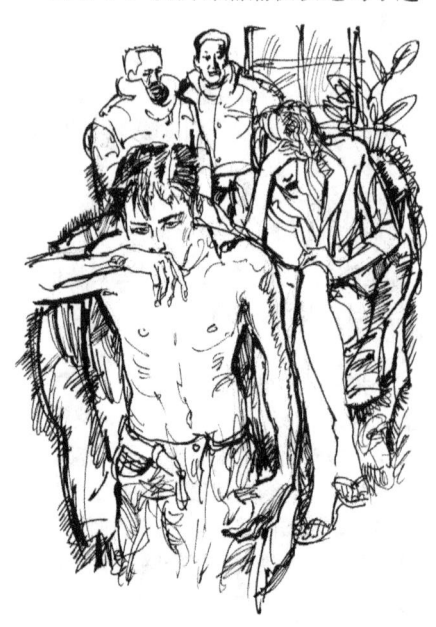

来，一直喝到晕晕乎乎的。恍惚之中，张章红着眼一把抱起我，在那狭窄的单人床上，我俩就相拥而眠了……

不知过了多久，我醒了，睁眼一看，大吃一惊，我不是躺在卧室的床上，而是正在医院的病房里输液！坐在病床边的是张章，他紧紧地握着我的手！这时我才知道，昨天夜里，我俩煤气中毒了，幸亏有人救了我们。

我觉得奇怪，我租住的房子在城乡结合部，这里租屋住的人很多，人们大都互不相识，我的门窗又关得严严实实，有谁知道我俩煤气中毒了呢？我问张章，只见他脸色抑郁，只是摇头，就是不说话。

下午我就出院了，张章送我回到小屋。晚上，我独自在小屋看小城的电视新闻，新闻里说：昨天半夜，扫黄联合执法队突击搜查出租屋，查到了几个在出租屋里的卖淫嫖娼者……接下来电视里提醒说：气温突降，居民们一定要预防煤气中毒，如果不是昨天夜里的突击搜查，将有两对生命死于火炉的煤气。我预感不妙，慌忙打电话给张章，询问怎么回事。

接电话的是张章的父亲，他在小城是有头有脸的人物。他叹了一口气，让张章来回答我。从张章支支吾吾的话语中我了解到：扫黄队昨晚也检查了我租住的屋子，见我的小屋有隐隐亮光，但怎么敲门就是没人开，于是他们使劲敲门，这一下引来了众

一个人如果内心不平静，那他到哪里也得不到安宁。 ——拉罗什富科

多的围观者。扫黄人员踹坏房门冲进屋里，赤身裸体的我俩因煤气中毒而昏死过去，被逮了个正着……

我手握话筒，"轰"的一声，脑袋顿时大了……

第二天，张章打电话给我，吞吞吐吐地说，迫于父母的压力，我俩的事情还是算了吧。他那有头有脸的父母，不想娶一个把身子让许多人看了的儿媳，我听了无话可说。

不久，我就准备离开锦阳到南方去，在行期将至的一个晚上，我在一家咖啡店里独自消磨时光。在那里，我遇到了一个小伙子，他叫王望，他的经历和我差不多，早我一年大学毕业。初次见面，我对他印象挺好。

几天后，王望听说我要到南方去，竟然要跟我一起去，说是在这个小城里他待腻了，就这样，几天后，我俩离开了锦阳，一起到了南方的一个城市。我俩的爱情尽管一路顺风，但我从不让王望进我的出租屋。一年后的春节，我和王望回到锦阳，王望的父母已经为我俩准备好了新房，我们在锦阳结了婚。

王望的父母也是锦阳这个小城里的头面人物，婚礼安排得很排场。晚上，闹新房的人们散尽，新房里来了两个人，我一瞧，是张章，紧随其后的，不用说，是他的妻子。张章夫妻给我们送来了新婚贺礼，祝愿我们新婚快乐。接过礼物，我把老公王望介绍给了张章，我和张章四目相对，默默无语。张章的妻子娇小漂亮，她认得王望，她将老公介绍给王望后，也没有多说什么。

新婚之夜遇到张章，我立刻想到了一年前的那个夜晚，那个初降瑞雪、令人感到耻辱的冬至之夜！张章夫妻离开后，我环视新房，新房宽敞而豪华，但我的心中，却有一种难言之隐：张章的父母是小城的头面人物，他们不想让一个被许多人看了身子的女人做他们的儿媳，但王望的父母也是有头有脸的，他们愿意吗？

新婚之夜，我把那个冬至的雪夜发生的事原原本本告诉了王望，听了我的话，王望久久没有做声，沉默了好久，他才说了一句"想不到会有这样巧的事"，我听了感到疑惑，便问他怎么回事，王望告诉我，他早就知道那次冬至雪夜的扫黄突查，也知道在那天晚上碰巧救了两对煤气中毒的年轻人，但他不知道其中一对就是我和张章。我一怔：难道他知道另一对煤气中毒的是谁？我问了王望，王望低下了头，用沉沉的语气说："是我，还有刚才你见到的张章的妻子……"

天哪，天下竟会有这样的巧事！张章的父母是"有头有脸"的，为了自己的"脸面"，他们可以让儿子抛弃我，可今天的结局，他们想得到吗？

（本篇月月评短信代码：G131）

（题图、插图：王申生）

说大事、小事,普通人的身边事
讲闲话、实话,老百姓的心里话

车祸发生后的**故事**

车祸发生了,现场可惨了,车子撞烂了,血肉模糊了。警车开来了,事故查明了,司机喝酒了,事后逃跑了,警察撒网了,逃后又抓了。法院开庭了,判决公布了,该罚的罚了,该判的判了,该哭的哭了,该骂的骂了。教训可深了,可惜会忘了,张三忘掉了,李四也忘了,昨天喝了酒,今天又醉了;昨天瞌睡了,今天又倦了;昨天超速了,今天又快了,车子又撞了,乘客又死了,三百六十天,哪天太平了?

说起车祸,谁不心惊肉跳?那可是人命关天的事啊!可咱讲故事,讲个曲折离奇,咱不说车祸发生时的那个场面,那总是这么回事,咱说说车祸发生后的故事,那才是一波三折、出人意料呢!

一个手机短信引起的离奇故事

有个神灵保佑你

有个姑娘叫奚秀秀,高中毕业没考上大学,就进一家驾校学了一个月,出来后,找了一份开出租车的工作,可没干多长时间就不干了,又到一家公司当了一名推销员,每天累个贼死,有时忙得连饭都忘了吃。这天下午,秀秀为了推销一种新产品,上了通往一个小县城的客车,刚找了个位子坐下,有人就给她来个短信，打开一看，荧屏上显示的一行文字是："亲爱的，祝你生日快乐！阿成。"

秀秀猛然想起今天是自己的生日，可她非常奇怪，她还没有男朋友，这个"阿成"是谁？他怎么会以这种亲昵的口吻给自己发短信呢？秀秀看了看来电显示，是一个陌生的电话，于是，她马上回了个短信："你是哪位？怎么知道今天是我的生日？"

回复的短信很快过来了："真不好意思，今天是我一个朋友的生日，我给她发短信，不小心按错了一个键。既然今天也是你的生日，那我就祝你生日快乐！"

虽然这短信是发错的，但秀秀也算是得了一个意外惊喜，她感到很温馨，但她转念一想，心里又有点酸酸的：自己平日里太辛苦了，瞧，连生日都忘得一干二净，这样挣钱有什么意义呢？于是她临时改变了计划，今天什么也不做了，就过生日！

就这样，在客车将要发车的前一分钟，秀秀下了车。她来到商场，买了许多好吃的，还买了一瓶红葡萄酒，回到自己独居的住处，像模像样地给自己过起了生日。

吃完饭，秀秀像往日一样，打开了电视机看新闻，新闻节目里正在报道一起重大车祸，现场的尸体血肉模糊，惨不忍睹，播音员的声音字字惊心："……事故发生的时间是今天下午3时左右，客车坠入了峡谷之中，12人受伤，23人死亡……事故原因正在调查之中……"秀秀听着吓了一跳：这不正是自己要坐而没坐的那班客车吗？如果没有那个错发的短信，那我……她简直不敢往下想了，她十分激动，马上给那个陌生的电话号发了一个短信："你的短信使我躲过一难，你是我的救命恩人，谢谢！奚秀秀。"

时间不长，回复的短信来了："是吗？那是有一个神灵在保佑你，为你高兴！"

秀秀想，不管怎么说，是那个陌生人救了自己一命，这么重的情分，不能光说一声"谢谢"就算了，这也太没人情味了，于是，到了第二天，她直接和那个"阿成"通了电话，要求见他一面，"阿成"犹豫了一会，答应了，两人见面的地点是在松江公园的"望江亭"上。秀秀从银行里提出了她仅有的5000块存款，急匆匆地向公园奔去。

秀秀来到"望江亭"，那个"阿成"已等在那里了，秀秀没有想到那人竟是一个英俊潇洒的小伙子。阿成听秀秀讲了那个"惊险故事"后，文雅地一笑，说："天下竟有这么巧的事？一不小心我还当了回救命恩人？"说完他就"哈哈"地笑了起来，但他说啥也不肯接受秀秀的那5000块钱。

这次见面，秀秀对阿成很有好

感，从那以后，两人经常约会，他俩都感到只要两人在一起，就有说不完的话。阿成曾结过婚，妻子一年前不幸去世。说缘分也好，说天意也罢，就这样，两个人相爱了，不久，他们结了婚，婚后两人相敬如宾，生活非常美满。从这以后，他俩常到松江公园来，因为这是他们第一次见面的地方。

这天，是秀秀结婚后的第一个生日，于是两人又来到了松江公园的"望江亭"里，秀秀依偎在阿成的怀里，撒娇地说道："阿成，给我发个短信。"

阿成说"我们就在一起，还发什

么短信？"

"就给我发嘛！"

"好好好，我这就给你发。"于是，两人一同拿出了手机，不一会，秀秀手机的荧屏上就出现了一行字："亲爱的，祝你生日快乐！阿成！"

秀秀好感动啊，过了一会，她又好奇地问："去年的今天，你那个错发的短信原本是发给谁的？"

阿成抬起了头，想了想，半响才说："那个短信并没有发错。"

"什么？没有发错？那……"

阿成告诉秀秀：其实，今天这个日子，也正是他前妻的生日，因为思念她，当时阿成情不自禁地往她的手机上发了那个短信，可他前妻的电话号已被电讯局撤了，巧的是，那个号又被秀秀买了去，更巧的是，这一天也是秀秀的生日，这个短信竟然让她躲过了一难……

秀秀听了，想了想，问道："她是怎么死的，能告诉我吗？"

"车祸，一年前的四月十四日晚上八点钟左右，她下班走到八里界桥头时，被一辆汽车撞死了……当时，她已有五个月的身孕……"

"啊？肇事司机找到了吗？"

"没有，那个人一直在逃

逸……"

阿成的话还没说完，就见秀秀脸色苍白，身子一晃，晕了过去，阿成吓得不得了，马上背起秀秀直奔医院。经过急救，秀秀醒了过来，她什么话也没说，只是呆呆地望着天花板，大滴大滴的泪珠一串一串地淌了下来。阿成急着安慰说："秀秀，别难过，什么事也没有……再说，有个神灵在保佑你，你怕什么？"

秀秀不知道应该怎样跟丈夫说，因为，去年那个肇事司机其实就是她自己，正是因为撞死了人她才发誓永远不再开车了……

一个小村里发生的蹊跷事

撞到你的汽车上

张小川是一家电厂运煤车队的队长，跑榆树煤矿专线好几年了。这年冬天的一个傍晚，碰上修路，路上堵车，开不快，临到路口的时候，张小川灵机一动，拐到了一条小路上，他知道前面有个村子叫榆树村，穿过村子行驶一段，就能绕回到公路上。

张小川的车子一会儿就到了榆树村，村子里很静，只有几条黄狗在小路上窜来窜去，张小川怕轧着狗，就不停地摁喇叭。车子快到十字街时，突然蹿出一个女人来，那女人骑着自行车，不偏不斜，猛地撞上了煤车的前轮，张小川急忙刹车，"吱"的一声，

汽车晃了几晃停住了，他打开车门探头一瞧，糟了，只见撞车的女人直挺挺地倒在汽车旁边。他慌忙下了驾驶室，走到女人身旁，搀扶着她坐起来，轻声问道："大嫂，伤着哪里了？"一连问了几声，女人双眼闭着，就是不说话，看来伤得不轻，张小川掏出手机，准备拨打急救电话。

这时，女人忽然睁开眼睛，瞟了一眼张小川，缓缓说道："我没事，坐一会就好了，你走吧。"张小川不放心，又问了几遍是不是真的没事，女人一直摇头说"没事"，张小川这才跨上驾驶室，准备上路。

煤车正要发动，张小川又是一惊：那个女人挡在汽车前面，伸手拦住了车子，说："你先别走……"她一边说一边在衣兜里摸索着什么。张小川暗自叫苦：莫非她想讹诈我了？正思忖着如何对付，只见那女人掏出一张纸条递了过来，纸条上歪歪扭扭地写了两个字："好人"，张小川一愣，不知道接还是不接。

女人见张小川正疑惑着，便把纸条硬塞到他的手里，交待道："拿上它，有用。"说完，她一声不吭，推着自行车走了。

一场虚惊后，张小川驾着煤车继续开了起来，没开多远，路边猛地冲出两个彪形大汉，一个年长一个年少，头上都蒙着黑纱。两个大汉手持

木棍，并肩站在煤车前面，齐声喝道："快下车，拿钱来！"

张小川大为震惊：遇到劫匪了！但他毕竟是见过世面的老司机，稳了稳神，不慌不忙地说道："两位朋友，兄弟是个穷司机……"

年长的大汉打断了张小川的话，冷冷地说："兄弟别误会，我俩不是劫匪。刚才你在十字街撞了人，不救人反而开车逃跑，不拦截你行吗？"

张小川这才松了一口气，急忙分辩说没有撞人，汉子摇摇头："没有？你有什么证据？"张小川想起那张纸条，便掏了出来。

两个大汉凑着车灯瞧瞧纸条，又抬头看了一眼张小川，挥挥手，竟然放行了。一路上，张小川觉得蹊跷，但绞尽脑汁也想不出到底是怎么回事。

张小川运煤两天一趟，隔了一天，车子快到榆树村的那个路口时，天刚擦黑，张小川有心想把这件蹊跷事弄清楚，就又独自绕到了村里。他害怕出现意外，就放慢了车速，不停地鸣着喇叭，十分小心地开到十字街，就在这时，张小川不由得打了个寒颤 又是一个女人，骑着自行车，从南街口冲了过来，"咚"的一下，撞在了煤车的前轮上，张小川下车一看，还是前天夜里的那个女人！他上前扶起了那女人，那女人睁开眼来，同上次一样，又给了张小川一张纸条，然后走了。张小川的车子没开多远，又被那两个手握棍棒的蒙面大汉拦住了

人类生活的最幸福的心灵气质是品德善良。——休谟

去路，这次张小川多了个心眼，两个大汉说起车子撞人的事，他没有马上否认，于是两个大汉打开车门，把张小川拉了下来，厉声说道："肇事逃逸惩罚费，拿50元来！"张小川还是装模作样不吭声，眼看拳头就要打过来，他这才掏出了那个女人给的纸条。

蒙面大汉看看纸条又瞅瞅张小川，认出了他，态度好了许多，张小川趁机和他们套起了近乎，问他们玩的是什么把戏。

年长的大汉叹了口气："唉！迫不得已啊……"

大汉说了这么一件事：一个月前的一个深夜，一辆车路过十字街的时候，撞倒了村里的一个男子，汽车却逃之夭夭。男子被撞成骨折，由于家里穷，至今还欠着医院一千元医疗费。男子便和老婆商量做"托"，让村里的两个亲戚假扮蒙面大汉候着，夜里听见汽车的喇叭声，女人就骑着自行车佯装撞上去，如果司机主动救人了，女人就把写着"好人"的纸条交给他，蒙面的亲戚就放行；如果司机撞了人不救，两个亲戚就上前拦截，逼迫司机拿出50元，算是肇事逃逸惩罚费，用这个办法来筹措所欠的医疗费。

张小川知道了这事的来龙去脉后，心里顿时不安起来：哪个司机这么缺德？肇事后逃逸，这是欠着农民

兄弟的一笔债，天理难容啊！左思右想，张小川总觉得心里不安，绞尽脑汁，他才想出了一个办法。

张小川的这个车队，有二十辆煤矿专线的运煤车，他把自己两次在榆树村的遭遇告诉了这些司机，吩咐他们夜里经过榆树村的路口时，让其中的一辆车绕道去村里，发现骑自行车的女人就让她撞到汽车上，碰到蒙面大汉拦截时故意不把纸条亮出来，假装被迫拿出50元惩罚费，这样既能不动声色地帮那女子凑齐医疗费，又能替那个不道德的同行司机偿还那笔欠农民兄弟的良心债！

这招还真管用，一次，两次……可是仅仅被撞了四次，交了二百元，那个女的忽然不见了，两个蒙面大汉也没了踪影，张小川摸不着头脑了。这天夜里，运煤车队又到了榆树村的路口，张小川又悄悄拐进了村里，煤车一路鸣着喇叭，可就是不见那个撞车的女人出来，也没见两个蒙面大汉拦截。张小川下了车，东打听，西寻找，好不容易才在村东头的一个院子里找到了那个撞车的女人，那女人瞅了瞅张小川，一下子认出了他，张小川走上前去说："大嫂，我让车队的弟兄们故意让你撞，只是想让你凑点医疗费，没别的意思……"

女人听后叹了口气，说道："这几夜一连四次我都撞了车，可那些撞了

我的司机一个个全都停下车来，搀扶住我，问长问短的，大兄弟，人心都是肉长的呀，俺山里人，并不单是为了钱呀！"

榆树村里发生的奇异故事，让张小川十分感动，他回去后逢人便说，他要把这件事的来龙去脉告诉电厂的每一个人……

一对夫妻之间鲜为人知的情感故事

给我一双慧眼吧

这是发生在一个平常日子里的一起平常的车祸：一个司机开着一辆重型货车，在空荡荡的马路上行驶，突然间，司机看见车前人影一闪，他大吃一惊，本能地一脚踩下刹车，双手急打方向盘，慌乱之中车向左边冲去，等车子停下，司机跳下车，只见车前几米处躺着一个男人，身体扭曲着，一动不动！

被撞的男人叫阿明，他的脊椎骨有两节破裂，将终身瘫痪；他的妻子叫小娟，几年前眼睛受了伤，现在双目几要失明了。他们夫妻俩住在附近的镇上，今天阿明带小娟坐早车来到城里，准备给她看眼睛，两人正在马路上走着，不想却出了车祸。交警大队认定是司机的责任，好在车子是办了保险的，保险公司将会承担阿明所有的医药费。没过多久，阿明的母亲也赶来了，看了儿子的惨状，她哭得几乎晕了过去。

再大的痛苦也有过去的时候，等到大家都平静下来，阿明的妈妈就陪着小娟去治眼睛，医生说是眼角膜出了问题，如果能够更换眼角膜，双眼还是可以恢复视力的。小娟看到了希望，可这也是绝望呀：保险公司赔的钱只够给阿明治伤，即使借到了钱，又到哪里去找合适的眼角膜呢？

阴云笼罩着这一家人，几个月后，阿明出院回到了家里，阿明妈悄悄劝说儿子把一个眼角膜捐给小娟，她说："小娟的眼睛治好了，她就可以照顾你，还能出去干活，挣钱养你，维持这个家。你瞎了一只眼，这也值啊！"

其实，让阿明捐出一个眼角膜的主意是小娟出的，阿明开始不答应，大吵大闹的，两天以后，他渐渐平静了下来，也答应了，到医院检查后，他的眼角膜可以给小娟，于是，亲友们七拼八凑地帮他们凑够了手术费，小娟顺利地开始了眼角膜的移植手术。

手术很成功，虽然阿明瞎了一只眼，但小娟双眼都恢复了视力，家里有人照顾了，阿明的妈也回去了。从此，小娟接替阿明在市场的摊位上杀猪卖肉，开始有了收入，家境也好些了。不过，渐渐的，小娟对阿明的态度变了，一天三餐也不周全了，说话也粗声粗气的，有时还拍桌子摔凳子，有一次竟然一天没做饭，阿明忍无可忍，他终于爆发了，用他的一只独眼瞪着小娟说"我哪点对不起你？你他妈这样对待我？我是因为你才被车撞成残废的，又是因为你才瞎了一只眼的！"

小娟没有正眼看阿明，神色平静地说："你是为了让我照顾你才把眼角膜给我的，对这，我并不领情，至于车祸么，你心里明白是怎么回事！"

阿明听了这话后脸色大变，他大声地嚷着："你说什么？什么？"

"你一定要我明白吗？"小娟的嗓门也大了，她激动的，身子直颤抖，"那天我正走得好好的，你突然一推我喊了一声'有车'，才使我差点撞上了车，也就是说，那车本来并没有撞向我！后来，车子一转弯后又撞到了你，司机反复讲这个经过，我听明白了事情的真相，也就是说，是你谋害我不成，反倒自作自受了！"

阿明粗着嗓门说："我、我为什么要谋害你？你是我媳妇啊！"

"正因为我是你媳妇你才要害我，因为——你有了外遇！"小娟咬牙切齿地说，"我早就听到了传言，可我是瞎子，我无法证实，可是你记得吗？你曾经同那个女人照过相，你忘了吧？你百密一疏，竟然忘了那些留在照相馆还没有取出的照片……我的眼睛好了后，

有一天，从你的口袋里发现了取照片的单子，我到照相馆取出了照片，也看清了你那张让人恶心的脸！"

阿明一下绝望了，他闭上了那一只眼睛，放声大哭起来："小娟，我对不起你，我一时鬼迷心窍啊，我不是人，我该死，让我去死吧……"

结婚这么多年，阿明从来没有这样哭过，平时就算是做错了什么也一样是盛气凌人，现在他哭成这个样，小娟的心软了，一腔怒火也渐渐地消了，她走上前去，捧住了阿明的脸，滚烫的泪水"滴答""滴答"落在他的脸上，她说："别说死，我也不让你死，我是真想报复你啊，可是我不会……"

或许是小娟的这几句话更让阿明

"掌上灵通杯"《故事会》优秀作品月月评

1. 本期初评委推荐以下10篇故事为候选作品，读者可挑选出你最喜欢的一篇，将其月月评短信代码（如G130，没有短信代码的作品不参加评选）发送到200056（移动用户）或900056（联通用户）。每次限选一篇，可多次投票。

篇名与短信代码

代码	篇名	代码	篇名
G130	神奇的鹦鹉波比（P8）	G135	感谢乌鸡（P39）
G131	冬至的雪夜（P17）	G136	白马王子在哪里（P42）
G132	陶玉山的愤怒（P29）	G137	马路边上捡的钱（P53）
G133	谁是小人（P34）	G138	救命的旧皮箱（P63）
G134	小偷还枪（P36）	G139	他乡异客（P83）

2. 作者奖：每期设"最受欢迎的故事"三篇，由得票最高的前三名作品获得。这三篇作品均将列入本刊今年举办的《中国最有影响力的故事》征文大赛候选名单（该征文活动详见本期第52页）。第一名的作者还将获赠上海文艺出版总社出版的大型历史图书《话说中国》一套（价值1000元）。

3. 读者奖：参加评选并对当期"最受欢迎的故事"的读者均有机会获得现金奖，每期20人，各获现金500元；所有参加评选的读者均有机会获得参与奖，每期200人，各获价值30元的礼品一份；参加全年24次评选的读者更有机会获得年终大奖，共12人，各获价值5000元的数码摄像机一台。

4. 本期活动截止期为：7月5日。得奖读者在评选结果揭晓后将得到短信通知。用户接收每条短信收费0.50元。

另外，本刊将从7月起推出封面图片下载、评选的活动，形式新颖，奖品丰厚，请留意7月下半月的启事。

"掌上灵通杯优秀作品月月评" 2005年5月（上）评选揭晓

2005年5月（上）获得选票前三名的作品分别为：《做人要厚道》、《厚信封薄信封》、《吃了豹子胆》。

难过，第二天，小娟发现阿明死在床上，一床的血，这是他唯一能做的了，床边的桌子上有几个勉强可以辨认的血字："对不起，娟，谢谢你的宽容，可我不能再连累你了……"小娟伏在阿明的尸体上嚎啕大哭，虽然他曾经是那么的无情，可他毕竟是自己的老公啊……

"有个神灵保佑你"作者：愚　心；"撞到你的汽车上"作者：王鸣远；"给我一双慧眼吧"作者：楚横声。

下期话题：请你说句老实话　　　　　　（题图、插图：刘斌昆）

受难可以使一切都得到净化。——陀思妥耶夫斯基

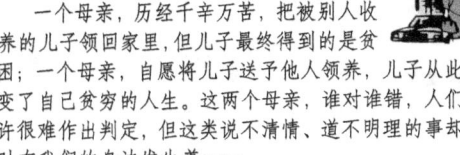

一个母亲，历经千辛万苦，把被别人收养的儿子领回家里，但儿子最终得到的是贫困；一个母亲，自愿将儿子送予他人领养，儿子从此改变了自己贫穷的人生。这两个母亲，谁对谁错，人们也许很难作出判定，但这类说不清情、道不明理的事却时时在我们的身边发生着……

□老　三

陶玉山的
愤怒

这天，一辆警车开到了城东的一个豪华小区，此刻，警察将要在这里实施一次异乎寻常的行动!

事情是这样的：有个小孩叫陶玉山，老家在农村，父亲是个不可救药的酒鬼，两年前的一天，他为了弄几个酒钱，竟然抱着三岁的儿子来到城里，说是要送人，其实是要卖几个钱。那天恰好有一对夫妻遇见了陶玉山父子，男的叫许崇久，女的叫唐霞，两口子开着个广告公司，有自己的汽车、洋房，家里雇着佣人，是个非常富足的人家。过去他们一直忙事业，顾不上要孩子，等事业有成想要孩子了，两人都已年过四十，好久没有怀

上孩子。这天，夫妻俩看到了三岁的陶玉山立刻就喜欢上了，陶玉山的父亲自然也没说自己是孩子的爸，只是说孩子是个"孤儿"，要寻找个人家养活，于是许崇久夫妇就把孩子收养了下来，当然，他们给了陶玉山的父亲一笔钱。也算是报应吧，陶玉山的父亲用卖儿子的钱买酒喝，酒后下河冲凉，给淹死了。

许崇久夫妇中年得子，夫妻俩如获至宝，将所有的疼爱都倾注到了这个儿子身上，真是含在嘴里怕化了，捧在手里怕碎了。不料两年后，陶玉山的生母吕静芳得知了儿子的下落，她向警方报了案，警察原本以为是人贩子作的案，后来一调查，不是这么回事，于是就做许崇久夫妇的工作，让他们把陶玉山还给亲生母亲，许崇久

夫妇哪里舍得呀，说啥也不答应，警察说，孩子是吕静芳的呀，不还不行，就这样，今天警察带着陶玉山的生母吕静芳来领儿子了！

警察进了许家，许崇久和唐霞早哭成了泪人，他们说，倘若当初知道陶玉山不是"孤儿"，他们是决不会收养的，他们和吕静芳商议，愿作陶玉山的干爹干娘，为他在市里提供优越的生活、学习条件，等他们百年之后，所有的遗产都由陶玉山继承，他们甚至愿意现在就立下遗嘱。假如吕静芳愿意过来的话，他们还可以在市里给

她买房，并提供就业；愿意回去，什么时候想来看儿子，他们提供路费食宿。孩子以后上学了，只要逢年过节放假，都会把他送回到亲妈那里去……

但是，吕静芳怎么可能答应？她曾几次在寻找儿子的路途上昏死过去，现在，她只想把儿子紧紧搂在怀里，再也不撒手！

警察见双方协商没有结果，只能强制执行了，他们护送着吕静芳抱着陶玉山，上了回家的吉普车。陶玉山虽然只有五岁，可他也看明白了一些，他这时的心情不好受啊，两年了，他早把亲生母亲给忘了，而和养父母情深意笃，现在，一个陌生的乡下女人突然要抱着自己走，小家伙恐惧到了极点，他拼命哭嚷着，喊着："我要妈妈……我要爸爸……妈妈救我，爸爸救我呀……"

唐霞挣脱开警察，扑到了吉普车的前盖上，撕心裂肺地哭喊着："求求你们了，不要带走我的儿子啊……"许崇久攥着吉普车的车门，用男人的大嗓门对来掰他手的警察哭嚷着："不许带走我的儿子！谁带走我的儿子我就和他拼了！"

陶玉山在车内母亲的怀中更是挣扎着、哭叫着，车上车下哭声响成了一片，但吉普车还是开走了，唐霞和许崇久一边哭喊一边追赶着汽车，一次次地跌倒在坚硬的路面上……

一个多月后的一天，陶玉山老家的小村里，突然来了两位憔悴不堪的不速之客，他们正是许崇久和唐霞夫妻俩，也不知他们是怎么打听着找来的。他们找到了吕静芳的院门，吕静芳闻声走了出来，见了两人大怒，她堵着院子门，把许崇久、唐霞硬塞给她的小孩衣服、点心等礼物猛扔了出去，破口大骂："你们害了我，害了孩子，还不够吗？这一个月里，孩子刚和我有了点感情，不再哭着吵着找你们了，你们就又来害人了？再敢来，打断你们的狗腿！"

唐霞苦苦地哀求道："大姐，我们大老远的来，没什么别的目的，只求您让我们看一眼孩子，您把他抱出来，我们躲着偷偷看上一眼，我们就走！另外，我们还给您带来了5000块钱……"

"收起你们的臭钱！"吕静芳横眉怒目，怒气冲冲地嚷道，"你们走不走？再不走，我可喊人赶你们了！"

唐霞和丈夫只得捡起扔了满地的礼物，一步三回头，哭哭啼啼地往村外走。

也就在这时，村头上，一个妇女一直尾随着他们，这妇女叫冯映月，她跟了一段路，忽然走上前去，拦住了许崇久夫妇俩，笑容可掬地说道："大哥大姐，这大老远的来了，进我屋喝口水，休息休息！"说着她就硬把他们往一旁的院子里让。

许崇久夫妇确实累了，于是就跟着冯映月进了她家，进了院子，一看，院子里有好几个孩子在玩耍。冯映月把客人请进了内屋，给他们泡上茶，接着她一下给客人跪下了，这倒把许崇久夫妇吓了一跳，忙搀扶她，连声说道："这是怎么一回事？您快起来！"

冯映月爬起身来，哽咽着说"大哥大姐，你们的事，我都听吕静芳讲了，那个女人，真是天下第一傻女人啊！你们也看到我家了，整个家当值不了千把块钱，孩子生下来日子更艰难啊，更甭提以后受教育什么的了！"

许崇久夫妇听了连连点头、叹息，冯映月又说："大哥大姐，我知道你们是真爱孩子，我过世的男人也姓许，我们生了两个儿子，小的那个叫许家驹，今年四岁多了，你们要是不嫌弃，把我小儿子领养了吧，只要孩子有吃有穿，日后有个好前程，我就是一辈子见不了他也心甘情愿的！"

说着，冯映月就从外面院子的孩子堆里抱来了一个小子，这小子一瞧就是个机灵鬼，而且一点不认生，两眼直勾勾地盯着唐霞搁在桌上的点心匣子，唐霞马上拆开匣子给他拿点心，逗他说："过来让阿姨抱，阿姨就给你点心吃！"孩子立即张开小手扑进唐霞怀里，还伶牙俐齿地说道："阿姨，家驹要吃点心！"许崇久问他：

"家驹，你去叔叔、阿姨家，叫你天天吃点心，你愿意去吗？"小家伙痛快地说道："愿意！咱们是坐大火车，'呜呜'去吗？""对，是坐'呜呜'去！"唐霞乐得笑逐颜开，她和丈夫都一下子喜欢上了这个聪明伶俐的小伢子。

夫妻俩当即决定收养这个孩子，当天晚上，他们在冯映月的家里将就着过了一夜，第二天早晨抱着许家驹就动身了，小家伙竟然不哭不闹，反而喜不自胜，冲妈妈摇着小手说："妈妈，过年了我就回来看你，坐'呜呜'回来，给你带点心吃！"

这桩事轰动了整个小村，特别是吕静芳，她抱着陶玉山到处和人讲：

"唉，你说那个冯映月她还是个人吗？把自己亲生的儿子送人！"然后她亲着陶玉山的小脸蛋，炫耀地说道，"玉山乖儿子，妈妈可不卖孩子，金窝银窝不如自己的狗窝，妈妈就是穷死也要自己养着你！"乡亲们对吕静芳的亲子之情十分赞佩，对冯映月则是嗤之以鼻。

但几个月后，到了春节，事情却起了变化：许崇久夫妇带着许家驹来亲妈家过年了，许家驹被打扮得像个洋娃娃，穿着毛皮大衣、牛仔裤、高筒子毛皮鞋，还学会了几句洋文，什么"噎死"、"闹"、"狗头白"的。这里家家养羊，许崇久还花了上万元选购了一公两母三只纯种的小尾寒羊，送给冯映月。年三十晚上尤其热闹：这里一般人家过年最多买几挂鞭，腊月二十三和年三十各放一挂，初一早晨放一挂，正月十五放一挂，可许崇久他们却买了几千块钱的各式烟花爆竹，什么钻天猴、二踢脚、大雷子、彩珠筒、冲天炮……吸引了全村人扶老携幼地前来观赏，足足一个钟头才放完。吕静芳抱着儿子也在人丛里，可看了一会，她就不顾儿子的哭闹反对回了家，到了家里，她看着陶玉山皲裂的小手，鼻孔下挂着的两道鼻涕，脏兮兮的脖子，再想想洋娃娃似的许家驹，她的心里涩涩的不是滋味。

在新的一年里，靠着那头小尾寒羊种的公羊给别人家的羊配种，再加上改良自己的羊群，冯映月家的日子渐渐好了起来，到夏天就翻新了房子，还自费在院子里打了口甜水井，入冬后，连彩电也搬进了家，还买了罐液化气，有点急事时做饭不用烧柴禾，下个面条烧个开水的，别提多方便了。冯映月的日子越好过，吕静芳的火气就越大。

又一个春节的时候，许崇久夫妇开着自己的车带着许家驹来过年，另外，许崇久刚装修了新房子，他就雇了辆槽子车，把淘汰掉的冰箱、席梦思床、沙发、立柜之类的家电、家具，全拉来送给冯映月。吕静芳见了心里酸溜溜的，而且这"酸溜溜"的日子一过就是十多年……

这年，陶玉山初中毕业，什么也考不上，在家放羊种地。他粗手粗脚，沉默寡言，似乎总是在思考着什么，又似乎什么也没琢磨，只是沉溺在无边的茫然里。因为他一天也说不了三句话，村里人都觉得他智商有问题，拿他当半傻看待。他知道自己的身世，家里的日子虽然有了些起色，不过和冯映月家就没法比了，人家早就扒了旧房，在宅基地上盖起了两层小楼，而自己还住在破旧的老宅子里。

这天中午，冯映月家请客，在院子里摆了十几桌酒席，全村每一户都受到了邀请，连吕静芳家也请了，吕静芳当然不愿去，她要儿子也别去，但陶玉山还是去了。

下午三点多，喝得踉踉跄跄的陶玉山回来了，他一进门，就开始打包收拾自己的衣物，吕静芳大吃一惊，追着问："儿啊，玉山，你要干什么？"

陶玉山冲母亲艰难地笑了笑，说："妈，许家驹今年初中毕业，要去英国上学了，我见到他了，打扮得像个小少爷，油光粉面的。"他突然提高了嗓门，激动地说，"妈，那个人，本来应该是我呀！"

儿子今天破天荒一下子说出这么多话来，说的却是这番话，吕静芳禁不住伤心地哭了，她说："玉山，妈妈不愿意把你送掉，这有什么错？"

陶玉山无力地摆了摆手，说："妈，你什么也别说了！打我懂事那天起，打我被你从唐霞妈妈、许崇久爸爸那里硬抱回来那天起，我就在恨你！特别是每次看到许家驹，我就更恨你！我已经憋了十多年了，我已经快要精神崩溃了！现在，我要走了，永远也不回来了！"

吕静芳一听吓傻了："妈可只有你这么一个孩子啊，你走了，妈可咋办？"吕静芳死死攥住了儿子的胳膊，膀大腰圆的儿子轻轻一甩，她就跌坐到了地上。

陶玉山背着包袱，跌跌撞撞地走出了家门……

（本篇月月评短信代码：G132）

（题图、插图：王申生）

谁是小人

□柳培厚

李卫大学毕业后应聘到云丹公司设计室工作，小伙子活泼开朗，多才多艺，到公司不久就给同事留下了深刻的印象。经理告诫他要多向首席设计师段先生请教，可李卫和段先生稍稍接触一下，就觉得自己不太喜欢他，段先生设计的作品也和他本人一样，老气横秋，呆板沉闷，缺少激情和灵性，而李卫到公司后的第一个设计作品一上市，就赢得了顾客的青睐，为公司赚了一大把。

这天，李卫完成了第二个设计作品，在作品上交经理前，出于礼貌他让段先生看看，段先生仔细地看了一个上午，然后轻描淡写地称赞了几句，可作品交到经理那儿时，李卫让

经理给狠狠地训斥了一顿，因为作品上竟出现了三处严重的数据错误。李卫知道是有人悄悄地更改了数据，想来想去觉得那人就是段先生！

怎样才能治一治段先生呢？李卫这几天一直在等待着机会。这天下午快下班时，段先生先去上厕所，他把车钥匙留在桌上。李卫悄悄走过去，顺手把车钥匙捏在手里，正准备出去投到垃圾筒里，不料这当儿段先生突然又回来了，李卫只好偷偷把钥匙放进公司统一发的手提袋里，想等下班时再去处理。他要看一看段先生的狼狈样：不能开车回家，急得团团转，最后只好找修理工撬开车门……

就在这时，经理突然叫李卫到办

公室去，李卫只好急急忙忙地去了，等他从经理那儿回到设计室时，他被眼前的场面吓了一跳：全室人员都不在工作，而是在寻找什么东西，一位同事告诉他是白女士丢了一条刚买的铂金项链，价值五千多元！

大家寻了一阵找不到，于是便有人一本正经地把自己的手提袋打开往外取东西，以显示自己的清白，接着所有的人都打开了自己的手提袋，李卫看到这种场面觉得恶心，他又气又急，可又没办法，他不能不打开自己的手提袋以示清白……

可就在这当儿，李卫猛然想起包里还装着段先生的车钥匙呢，他想先把手伸到袋子里将车钥匙攥到手里，然后再往外倒东西，就在他刚把手伸进袋子时，突然觉得有一条小链子从指头缝边滑过去了，他往袋子里一瞅，顿时傻眼了：里边确实有一条白金项链！他的脸一下子红了，接着又白了，手停在袋子里不知该怎么动了，此刻，周围所有人的目光都已经集中到他的身上了！

这时，段先生走了过来，他把李卫的手提袋拿过去，打开，一件一件地往外掏东西，掏完最后一件，又把口袋朝下拍了拍，"啪"的一下掉出来一个纽扣，只是没有什么项链，连车钥匙都不知道哪里去了，段先生问："谁的扣子丢了？"

在场的人你望我，我望你，谁也没有作声。

接着，段先生提议大家再在各个角落找找，于是大家就又分头去找了，只有李卫呆在那儿没动。忽然，失主白女士叫了起来，原来她在自己的坐垫下发现了那条项链。大家见找到了，就各忙各的去了。

第二天上班前，李卫在公司门前等到了段先生，他刚想说什么，段先生摆了摆手，说："小伙子，你的设计才能不错，可是观察能力不行啊，首先，你把我当成了你的敌人，还想拿了我的车钥匙给我制造麻烦；其次，昨天当我问谁的扣子掉了时，有人不由自主地摸了摸自己的衣服，可当时你却呆在那儿没反应，掉扣子的就是把项链放到你袋子里的人，这是巧合，那人袖口上的扣子本来就要掉了，他在把项链放进你的袋子时恰好掉了下来，但你却错过了找到他的机会。"

最后，段先生拍着李卫的肩膀说："小伙子，人啊，不能太张扬，有时候锋芒太露了容易招人嫉妒的，我在这里工作十几年了，大家都不知道我出生于一个魔术世家，要不是这个，昨天我还真帮不了你呢。"

没过几天，李卫向公司递交了辞职申请，他要离开这个他应付不了的地方……

（本篇月月评短信代码：G133）

（题图：王申生）

·中国新传说·

小偷还枪

□ 吴思强

新城小区最近发生了几宗偷窃案，一案未破又发一案，市里电视、报纸频频报道，公安部门压力重重，领导要新城小区派出所尽快破案。

派出所长将附近近年来有小偷小摸劣迹的人都进行了摸排，最后还是找不出线索来。有两个人，所长认为嫌疑最大，一个叫黑二，另一个叫李三。为了弄清一些情况，所长曾多次找过他们两个，这一找，两家人都叫苦不迭，原来，黑二、李三前几年曾偷鸡摸狗，后来改邪归正、金盆洗手，李三还谈上了对象，现在派出所长寻上门来，对象怀疑李三贼性不改，就分手了。李三很是气愤，把气都撒在所长身上。黑二被父母骂后，也对所长有意见，于是两人经过商量，决定给所长一点颜色看看！

当天夜里，两人跳墙进了所长

家。所长刚外出回来，正在卫生间洗澡，两人便将所长的公文包偷走了。回到黑二家，两人打开公文包，一看顿时吓傻了眼：只见里面有一把亮锃锃的手枪！这……这，怎么会是这样？黑二吓得说不出话来，李三也吓得脸色苍白，原本只想偷个包教训教训所长，想不到竟然偷出枪来！黑二怕事情弄大了不好收场，提出把枪还了，李三胆大镇定些，他理了理头绪，说："还给所长？你说得轻松。你知道这一还说明什么吗？小区的那几宗案不都和咱们沾上了？咱们不是都保证金盆洗手不干了吗？现在还枪，不是自己打自己的嘴巴？还有，你知道吗，偷枪罪可非同小可！既然现在偷了，先让他头痛几天再说，看他这个

36 人一怀邪念就会作恶。——爱德华

派出所长还能当几天！"两人经过商议，决定将枪放在黑二家的小阁楼上，分别时，李三对黑二说，为了免得被人怀疑，这几天没有特殊情况就不要见面，两人又商量了万一被派出所叫去问话该怎样回答。

第二天，派出所里可热闹了，上头派来不少人，对所长家里里外外进行了全面的搜查，但一点线索也没有，所长被停职检查了。

公安部门找枪的风声越来越紧，这天上午，黑二听见屋顶上"啪"的一声响，有人在扔小石头，这是他和李三的联系暗号，黑二立即打开半边窗户，让李三进了屋。李三一进屋就神色仓皇地说："枪的事，会弄得越来越大，我想将枪还回去，免得天天心惊胆战的。"

黑二说："这样最好，咱们现在就去还枪吧。"李三说："你真傻，哪能这样公开还枪？偷枪罪大着呢，要还，咱们也得神不知、鬼不觉地还，我已想好了一个还枪的方案……"

第二天凌晨四点，黑二和李三带着枪悄悄来到离派出所约一公里的土路上，两人将所长的公文包和枪分别挂在路旁的两棵树上，然后，他们便躲在暗处，暗中一边观察情况，一边保护着枪。李三对黑二说，枪如果落在坏人手里，弄出人命案，咱们是罪上加罪，所以得好好护着枪，看是谁捡到了枪，到时两人再走出来，装作是偶然撞见的样子，来个见证，逼着捡枪的人把枪安全送回派出所，这样两人就脱掉干系了。

两人如意算盘打得不错，可好不容易等到天亮，还是没撞见一个人影，因为这条土路比较偏僻，没人路过。就在两人着慌的时候，突然，黑二碰了碰李三，低声说："有人来了！"一看，来的是两个小孩子，他们是去上学。两个小孩子只顾低头走路，走到挂枪的树旁，一个说："我想屙尿。"另一个说："屙就屙吧，我也想屙。"

两个小家伙拉下的尿将掉在地上的树叶打得"沙沙"响，黑二和李三瞪大了眼睛盯着看，他们很想小家伙能抬起头来，一抬头就能看到挂在树上的枪，可是，两个小家伙像是有意和他们作对似的，就是不抬头。尿已经屙完了，他们正要走路，黑二等不及了，随手拾起一块小石头，他想从高处丢过去，引小家伙们看树上。就在黑二要丢小石头的时候，李三一把抓住了黑二的手，低声制止说："丢不得！这小石头会给公安留下破案线索的！咱们还枪有的是时间，安全第一！"

两个小孩子屙完尿后就走了，接着又有三个农民先后挑菜路过，农民肩上挑着东西，只顾赶路，根本没看树上，李三正在干着急，又发现不远

处有人在走动，他怕别人发现，就把挂在树上的枪和公文包拿了回来，拉了黑二就走。

两人换了三个地方，都是这个情况，行人少了，没人发现；行人多了，又怕暴露了自己。这时，黑二说："还是另想办法吧，要不，咱们再摸进所长家，把枪还回去，这样就省了许多麻烦。"李三摇了摇头，说："再进所长家，我怕会惹出是非来，他已经有了防范，再次进去，恐怕就出不来了。"黑二想了想，又说："要不，咱们把枪放在一处，再打电话告诉他，让他去取。"李三说："那更不行，电

话号码很容易查到！"

这不行，那不妥，咋办呢？两人为了这一枝枪，真的是上天无路、入地无门了！这天，黑二和李三来到小学外面的茶馆喝茶，茶馆是露天的，他们坐在树阴下一边喝茶一边聊天，突然，李三看见远处的学校篮球场上学生们正在打篮球，他眼珠子一转，拍手叫道："有办法了！"

凌晨五点，学校四周黑乎乎的，两个黑影手拿着长竹竿，往篮球架上挂东西，然后，黑影迅速退回到篮球场西边那块很偏僻的茅草丛里，躲藏起来。过了约莫一个小时，学校的钟声响了，学生开始早锻炼了，突然，篮球场上有学生惊叫起来："枪……枪，篮球架上有枪！"

很快，篮球架下围满了看枪的学生和老师。李三蹲在茅草丛里，看到这一切得意地笑了：他昨天看见学生打篮球后便计上心来，他想到球场附近没有人来往，夜里放枪很安全；早上，学生早锻炼，放在篮球架上的枪马上就会被发现，而且，学生们很快就会帮他们将留在地上的脚印消除掉，他们这样还枪，可谓万无一失！

这时，李三对黑二说："走，回家去，今晚，咱们可以睡个安稳觉了！"从此，李三和黑二再也不敢干偷鸡摸狗的事了……

（本篇月月评短信代码：G134）

（题图、插图：魏忠善）

感谢乌鸡

□ 张国心

鸡！"

有一回，小毛村的马老木外出打工，回来的时候，在道上看到一只脏兮兮快要断气的小鸡雏，他很可怜那个小东西，就把它捡了起来，小心地放在怀里。他一路上坐火车、坐汽车，颠颠簸簸走了八百里，到家一看，那小鸡不但没死，反而还精神了许多，从马老木的怀里蹦出来，满屋地乱跑，还"啾啾"地叫个不停，把马老木的老婆阿芳喜欢得不得了。

从此，阿芳就像对待自己亲生的孩子一样养着那只捡来的小鸡，小鸡长大后阿芳发现，这小鸡与众不同，它的毛洁白如雪，可爪子、鸡冠、鸡嘴甚至眼圈都是黑色的，阿芳抱着小鸡上看下看，左看右看，看着看着，情不自禁地惊叫道："天哪，这是一只乌

在当地，乌鸡是一种很珍贵的鸡，也很稀罕，据说能大补，女人吃了滋阴养颜，男人吃了强腰壮肾，在市场上，50块钱一斤都很难买到。阿芳扒着鸡屁股看了半天，说："嗨，是只母鸡，以后它下了蛋我就孵小鸡卖，肯定能赚钱！"那一刻，阿芳兴奋得差点没流出眼泪来。

这个村的村主任叫牛轱辘，和马老木家离得不太远。牛轱辘有肾虚的老毛病，老早就想弄一只乌鸡熬汤补一补，这一回总算有了机会，他想，我说一声，马老木不能不给我面子，于是，他就找到了马老木，说："老木，我肾虚的毛病越来越严重了，大夫告诉我，喝乌鸡汤最管用……"马老木一听这话心里就明白了是什么意思，

支支吾吾地说："这、这事你得跟我老婆说去……"牛轱辘十分不满地说："这么点小事都作不下主，亏你还是个大老爷们儿！"

牛轱辘又去找阿芳，阿芳是全村胆子最小的女人，她最怕当官的，以前牛轱辘一往她家走她心口就"扑扑"跳，所以，牛轱辘根本没把她放在眼里，但是他怎么也没有想到，这一回却碰了个大钉子，阿芳抱着她的乌鸡说："这只鸡可不能给你，我还指望着它挣钱呢！"牛轱辘没好气地说："我给你钱，我买还不行吗？"阿芳斩钉截铁地说："多少钱我也不卖！"

牛轱辘鼻子都气歪了，平日里，

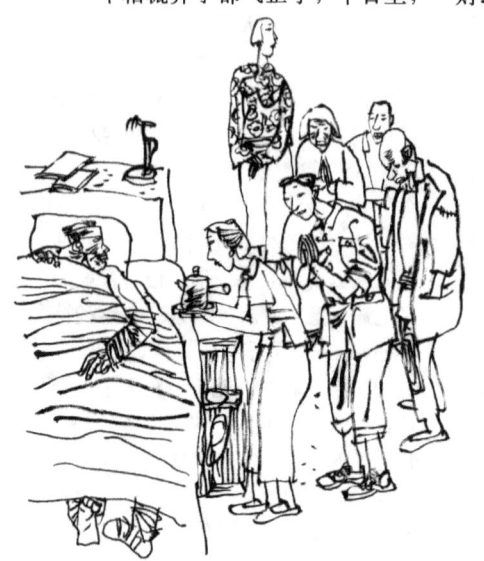

这一亩三分地上，谁罚款谁摊派，什么事都是他这个村主任说了算，有哪个敢不看他的脸色行事？别说想吃只乌鸡，就是要吃谁家的一头牛，不也得乖乖地给送来！牛轱辘越想越窝囊，他灰溜溜地回了家，那天晚上他一夜没睡，就想着用什么法子治一治马老木和阿芳，可想了一夜，也没有想出一点好招来，这一口气一直憋在牛轱辘的肚子里。

一天，牛轱辘在外面喝酒，回到村子时已经是半夜了，他走到马老木门口时，又想起了乌鸡的事，此时正在酒劲上，觉得这口气至今没出实在太窝囊，他想，你不是舍不得把乌鸡给我么？你不是指望着那破鸡发大财？我让你白捞毛，我让你空欢喜一场，我现在就把你那宝贝鸡掐死！

牛轱辘仗着酒劲，进了马老木的院子，蹑手蹑脚地打开了鸡舍的门，把脑袋伸了进去，可是，鸡舍里黑咕隆咚的，看不清哪只鸡是乌鸡，正当他左右为难的时候，屋子里的灯突然亮了，吓得牛轱辘赶忙缩回了脑袋，一头钻进了鸡舍一旁的柴垛档里。一会儿，门"吱呀"一声开了，躲在暗处的牛轱辘看到马老木披着衣服来到墙角边，"哗哗"地撒了一泡尿，之后又头也不回地进了屋，屋里的灯随之熄了。虽然是

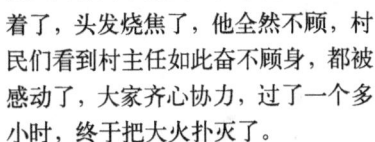

一场虚惊，但也把牛轱辘吓出了一身冷汗。

这时，牛轱辘已不再想掐死阿芳的乌鸡了，觉得那样做忒损了点，可他又不能马上就离开这里，因为屋里的人还没有睡觉，如果被人家发现了，那他有一百张嘴也说不清楚了，所以他就在柴垛档里静静地等着，为了驱赶困意，他点着了一支烟，用手捂着慢慢地抽。

一支烟抽完了，牛轱辘想，今天老子不跟你们一般见识，让你们那只破鸡多活几天。这么一想，牛轱辘就站起来要走，可就在这时，一股浓烟向他扑来，他回头一看，不由大惊失色：自己刚才扔的烟蒂烧着了，起火了！说时迟，那时快，火苗子转眼就蹿了起来，这一下牛轱辘的酒劲一下子全吓没了，他连滚带爬地出了马老木家的院子，打算立刻离开这"是非之地"，可他没跑多远就想到今天晚上是西南风，马老木家在上风头，这大火要是烧起来的话，整个屯子就得被推大磨，那时候，自己家的房子也得被烧掉不可，公安机关肯定要立案调查起火原因，一旦把他查出来，非蹲半辈子大狱不可！于是，他立刻大声喊了起来："着火了，着火了，快出来救火啊！"

听到喊声，全村男女老少都出来了，端盆的端盆，拎桶的拎桶，一同向大火冲去。这时，火已蹿起了一丈多高，牛轱辘急了，他冲在救火人群的最前头，衣服烧着了，头发烧焦了，他全然不顾，村民们看到村主任如此奋不顾身，都被感动了，大家齐心协力，过了一个多小时，终于把大火扑灭了。

牛轱辘是被大伙扶回家的，他的身上很多处都被烧伤了，有人赶紧把村里的大夫找来，给他的伤口消了毒上了药，又一层层地包扎起来。村民们走后，天也快亮了，牛轱辘躺在炕上怎么也睡不着，想起刚才的大火，他暗暗地骂自己：牛轱辘啊牛轱辘，你看你都干了些什么？

第二天早晨，村民们又纷纷前来探望牛轱辘，有的拿着鸡蛋，有的拿着水果，还有的拿些营养品什么的，马老木和阿芳也来了，阿芳的怀里捧着个沙锅，她说："村主任，都是我不好，昨天倒灰时带了火，差点没捅了大娄子，让你跟着受了罪……我把乌鸡杀了，熬了一锅汤，给你补补身子，快趁热喝了吧。"其实怎么着火的，他牛轱辘心里最明白，听了阿芳的话，牛轱辘臊得脸上通红……

从此，牛轱辘像是变了一个人似的，他还从乌鸡身上受到了启发，带领大伙儿养乌鸡，找到了一条致富之路，哎，还真得感谢那只捡来的乌鸡啊！

（本篇月月评短信代码：G135）

（题图、插图：魏忠善）

白马王子在哪里

□ 龚维加

别人做生意会开"酒吧"、"网吧"或是其他什么"吧"，可玲玲偏偏开了一个"快乐吧"，没想到这"快乐吧"竟会这么火爆，开办两年半，玲玲竟净赚了八十多万元。

忘了说了，这玲玲还是单身一人呢，现在钱有了，人富了，玲玲总感觉还少了点什么，这天，她突发奇想，决定弄一个"整蛊比技找朋友"的节目，喔，有读者会问啥叫"整蛊"，整蛊就是用搞笑的法子逗人开心，香港周星驰主演的一个电视片子就叫《整蛊专家》……我们接着说，玲玲要看谁的整蛊手段最厉害、最好笑，她就和谁谈朋友。这事经电视台和报社一

炒作，整个城市沸腾了！

到了这一天，"整蛊比技找朋友"的台前人山人海，像观看明星演唱会似的，幸亏玲玲早有准备，把台子搭在公园内一块空旷地上，不然的话，非引起交通堵塞不可！玲玲今天打扮得非常漂亮，做了负离子的秀发像瀑布一样拖在肩上，还穿了一件名贵的粉红吊带裙，她的手中还拿着一只飘着彩带的大红绣球。电视台和报社的记者们也早早来到这里，镜头一直对着玲玲，让她连抓痒的工夫都没有。

整蛊比技开始了，第一个冲上台的小伙子拿着一块牌子，先做了一个无厘头似的怪脸，然后说："请大家跟

我对着这块牌子上写的诗朗诵一遍，好不好？"他说完就举起手中的牌子，带头念道，"峨丝竹，峨丝竹，峨丝大春竹。"众人不明所以，跟着他读了起来，读完后才恍然大悟，原来这诗是用谐音来作的，实际是"我是猪，我是猪，我是大蠢猪"。大家乐坏了，哄然大笑起来，可是，玲玲只浅笑了一下，轻声说："俗，过时的陈货！"

没过几分钟，又上来一位衣冠楚楚的青年，他向大家鞠了一躬，说他是电信公司的，为了庆祝电信用户突破一亿，请场上有手机的人跟他一起写一条短信，然后再转发十位用户，这样，发短信的人的账户上将增加188元话费，于是台下便是一片"滴滴答答"的按键声，但众人一会儿就发现上当了，场上一片骂声，玲玲却脸色平静，这青年见自己的整蛊妙法没有博得玲玲的好感，只得灰溜溜地下了台。

上台比试的人一个接一个，已经有三十二个小伙子上台了，但没有一个赢得玲玲的芳心，场面一时冷了下来，没有人再敢上台。

正在这时，突然，有一条波斯狗窜上了台，它摇头摆尾地直朝玲玲奔去，这一来场面一下子又热闹起来。玲玲迎了过去，想抱这条可爱的波斯狗，不料那狗竟趁玲玲不备，一口咬过绣球往回就跑，随后屁颠屁颠地叼着绣球送给刚上台的一位高个子男青年，看到这里，全场人都乐了，想不到这只迟迟抛不出去的绣球竟会由一条狗来传递，顿时，所有人的视线都集中到了那位青年的身上。

那青年手捧绣球，彬彬有礼地来到玲玲面前，说："玲玲小姐，我能问你一个问题吗？假如我是骑马的，你可以叫我'马夫'；假如我是驾车的，你可以叫我'车夫'；假如我是管账的，你又该叫我什么呢？"

"账夫。"玲玲一说出，马上觉得不对，脸一下红了：我……我怎么能叫他"丈夫"呢！

台下响起一片欢快的笑声，还夹带着各种怪声怪气的口哨声。突然，玲玲往后连退几步，按了一下手中的一个电器盒，随即响起了"咔"的一声……那青年哪里想到脚下竟然暗设了机关，只见那青年脚下的踏板猛地塌了下去，就在这时，那青年不知借了哪个地方的力，身手敏捷地腾空一个翻滚，又稳稳地立在玲玲面前，他笑着说："没想到，玲玲小姐也是整蛊高手哦！"玲玲望着他没有开口，又笑吟吟地扭身闪进事先在台上安置的一扇大门内，那青年想追进去，却被两位穿旗袍的小姐迎面拦住了，一个小姐微笑着说："你如果要追玲玲小姐，必须面对观众从那边一个黑箱子中摸出金钥匙，才能开启这扇门。"

青年一眼望去，只见两个大汉将一个盖着布的黑箱子抬到了台上，他

迟疑了一下，便挺身走了过去，将手伸进黑箱子上面的圆孔里，也就在这时，一个大汉将遮着的布"哗"地拉开，哟，原来箱子的前面是一块玻璃，透过玻璃，台下的人清清楚楚地看到箱子里面竟然放着一大堆的活蛇，于是人们惊叫了起来："蛇！"

那青年听到叫声后禁不住"啊"的一声抽出了手，他脸色惨白，大汗淋淋，这时，一个穿旗袍的小姐笑着对青年说："你没事吧？要不要放弃？"

"不放弃！"青年咬了咬牙，马上镇定了下来，他再次将手伸进了黑箱中……

当青年从黑箱中摸出金钥匙时，全场一片掌声，青年回身一看，玲玲已打扮光鲜，千般娇媚地朝他走来，她走到那青年的面前，一脸灿烂"如果我没认错的话，你就是高我一届的足球王子向东。"

青年也笑了："如果我没记错的话，你就是那个专爱搞恶作剧的小妹！"

所有人都迷惘了，电视台的记者将话筒递了过去，问道："你们两个原来就认识？"

那个叫向东的青年说"是的，我们曾在同一所中学读书，有一次，我们年级和他们年级比赛足球，我那时是前锋，她不知从哪里打听到我从小就有怕蛇的毛病，趁我没注意，将一条菜花蛇放进了我的书包内，吓得我病了三天，当然，那场足球赛也因为少了我这个前锋而输惨了……后来，我就上了军校，这次纯属巧遇，真没想到，她竟靠着整蛊搞笑致了富。"

记者转身问玲玲："你愿意和这位向东先生交朋友吗？"

玲玲嫣然一笑："我爱足球胜过爱生命，又怎么会有不爱王子的道理？"

这时，那只波斯狗屁颠颠地直摇尾巴，台下掌声雷动，纷纷为这一对有情人祝福……

（本篇月月评短信代码：G136）

（题图、插图：魏忠善）

孩子眼里的婚姻和爱情

关于婚姻和爱情，一组5至10岁的美国小孩给出了他们的答案，听起来傻傻的，但也很逗的……

◇ 合适的结婚年龄是多少岁？

◆ 84岁吧，那时候什么也不用做，有好多时间可以彼此相爱。（朱迪，5岁）

◇ 爱情是怎样发生的呢？

◆ 我听人说，这和身上的气味有关，人们都很喜欢用香水。（简，9岁）

◆ 我听说是被一支箭之类的东西射中的——应该不疼的。（哈伦，9岁）

◇ 爱上一个人的感觉如何？

◆ 如果会像学拼写那么麻烦，我可不想试，太花时间了。（里奥，7岁）

◇ 外表重要吗？

◆ 外表并不是最重要的，我长得应该算不错了，可是没听说过有谁想嫁给我。（加里，7岁）

◇ 为什么恋人们总是手牵手？

◆ 是怕戒指掉下来吧？那些东西很贵的。（大卫，8岁）

◇ 愿意恋爱吗？

◆ 我还是很希望和人谈恋爱的——只要别在电视放《猫和老鼠》的时候。（鲍比，8岁）

◇ 怎么让别人爱上你？

◆ 告诉她你有好多糖。（阿朗佐，9岁）

◇ 怎么判断在餐厅里吃饭的两个大人是不是在恋爱？

◆ 看看是谁付钱，在恋爱的男人都愿意付钱。（约翰，9岁）

◆ 在恋爱的人总是我盯着你，你盯着我，吃的东西都凉了。（布拉德，8岁）

◇ 爱情怎样才能持久？

◆ 多花一点时间，不要老是想着上班。（汤姆，7岁）

◆ 别忘了她的名字——那样会把事情弄糟的。（罗杰，8岁）

（推荐者：何　威）

（欢迎读者为本栏目推荐新鲜有趣的幽默格言、俏皮话和顺口溜。来稿请寄：上海市绍兴路74号《故事会》杂志社，邮编：200020。请写明姓名和联系方法，并请在信封上注明"快乐辞典"字样。电子邮件请发 yaotongzhi@vip.sohu.net）

根据澳大利亚作家尼尔森的作品改编

□ 傅辕 改编

峡谷里的婴儿

艾西是澳大利亚一位事业有成的民间艺术家，她和丈夫杰佛住在斯普林斯市郊的一幢乡村别墅里。在32岁这年，艾西怀上了她第一个孩子，她婉拒了全部应酬，整天沉浸在快要做母亲的喜悦里。

这天早上，杰佛去公司上班，临近年底，公司很忙。杰佛看着还有一周就要分娩的妻子，眼神里流露出无限的爱恋，他说："亲爱的，那边的事情太多了，我今天晚上可能不回来了，做饭的事就劳累你了。"

艾西笑着说："我可以做的，你就放心好了。"快到中午时，艾西给附近的一家比萨饼商店打电话，订了一份水果馅饼。半个小时后，比萨饼送来了，开车的是店里的送货员汉特。

门开了，艾西让汉特把比萨饼放在客厅的茶几上，就在她站起身子想去看那比萨饼的时候，突然，腹部袭来一阵巨痛，紧接着又是一阵巨痛，可能要生了，艾西紧咬牙关扶住椅子缓慢地坐下，她那美丽而苍白的脸痛苦地抽搐着，额上冒出了豆粒大的汗珠。

汉特被眼前的情景惊住了，他赶紧伸手扶住全身颤栗的艾西："夫人，

母亲啊，惟有你是我的救星和慰藉，惟有你是我无法描绘的光亮。 ——叶塞宁

你怎么了？"

艾西强忍着疼痛说："孩子恐怕要提前出生了……"

汉特是个年轻的小伙子，哪里见过女人将要生产的场面？他感觉到艾西冰凉的手使劲地拽着自己，这时，一种强烈的责任感油然而生："夫人，你要挺住，我这就给杰佛先生打电话！"

艾西呻吟着说："不，来不及了，我必须得马上赶到医院！"

艾西的话一下提醒了汉特，是啊，从这儿到医院还有很长的一段路程，如果等杰佛赶回，耽误得就太长了，于是，汉特赶紧拽着艾西上了车。

汽车沿着蜿蜒的山间公路以80英里的时速向前急驶，行驶到一半路程时，艾西的羊水破了，她禁不住痛苦地喊了几声，汉特从未经历过这样的事，听到艾西一喊，心里一紧张，手上一滑，方向盘失去了控制，车子冲下一条长满灌木的峡谷，一头栽进了谷底……

不知过了多久，艾西才苏醒过来，她刚一睁开眼，一种巨大的被碾压的疼痛就从腿部袭来，"汉特！汉特！"艾西第一个反应就是想知道汉特怎么样了，她低低地叫道，但是，听不到汉特的答应，她艰难地一扭头，随即就痛苦地闭上了眼睛：她看见汉特被甩到了车外，他的头部正好撞在一块巨大的狰狞的岩石上！艾西使出

全身力量喊叫着，她甚至幻想着跳下车扑到汉特的身边去看看，可她无法动弹……

艾西又看了看车外，顿时惊出一身冷汗："天哪！"原来，汽车是在斜坡上冲出好几百米后才跌落在这个地方的，根本没有在路旁留下什么发生事故的痕迹，山坡上密密麻麻的灌木林又将事故现场完全掩盖住了，再加上平时在这条公路上行驶的车辆很少，即使有车过来，也根本不可能察觉这深深的峡谷里已经发生了一场重大的车祸，想到这一切，艾西用手抚摸着胎儿蠕动的腹部，不禁绝望地闭上了眼睛："可怜的孩子！"

夜色笼罩着山林，夜风呼啸，寒意阵阵，孩子仍没有降生的征兆，也没有营救人员的出现，车祸造成的疼痛，还有饥饿、寒冷都渐渐加剧，这样下去，孩子会窒息的……这时，艾西突然想起以前给父亲当助手的场景，她的父亲曾是一位产科医生，艾西曾亲眼目睹过父亲接生的全过程，于是她就开始下意识地用力，但马上她就轻轻地叹了口气：由于下身麻木，她根本使不上劲。

整整一个晚上，艾西一直顽强地支撑着，新的一天来临了，太阳也照亮了山林，这时，艾西的心里又重新燃起了希望，她努力调整身体的姿势，使出了浑身的力气，可直到中午，孩子仍然生不下来。此时的艾西已经

精疲力竭了，几乎接近虚脱，她意识到靠自己的力量已无法让孩子自然降生了，突然间，她想起了父亲的话"如果产妇无力将孩子生出时，应该立即实行剖腹产！"剖腹产？艾西被这三个字吓了一跳，可她转而又想到时间一长孩子将无法保住，于是，她坚定地下了决心：在这深山峡谷里，给自己做剖腹产！

可是，没有做手术的工具呀，突然，艾西想起从去年起，每辆澳大利亚的车上都装上了一个简易的医疗急救箱，于是她就赶紧在驾驶室里搜寻

起来，很快就在座位下面找到了那个箱子，打开一看，里面有碘酒、绷带、纱布和一团棉线，却不见最关键的东西——手术刀！

艾西又仔细地找了一遍，没有，她急得几乎快要哭了，难道是命运在捉弄自己、注定要把自己逼上绝路？不能放弃！她就重新找了起来，最后在汽车仪表板下面的隔层里找到了一把切比萨饼的刀子，明晃晃的刀刃在太阳下发出夺目的光芒，艾西兴奋地闭上眼睛，一边积攒着勇气和力量，一边竭力地回忆当年父亲做手术时的一些细节。

接着，艾西准备好了纱布，用碘酒将刀子和腹部消毒，然后，她一咬牙，锋利的刀刃就划破了肚皮，殷红的鲜血流着，艾西感到了火辣辣的疼痛，先前麻木的下身竟突然间恢复了知觉。艾西强忍着疼痛，紧紧地捏着比萨饼刀，十分仔细地判断着子宫的位置，她喃喃自语地告诫自己："这是最关键的！"看准后，艾西就瞪圆双眼，小心翼翼又极为果断地划破了子宫，紧接着，艾西看到了子宫里面一个粉红色的肉团在蠕动，她欣喜万分，轻轻地伸进右手，摸到了那个温热的小生命，她不

敢停留，赶紧用力将婴儿和胎盘拉出体外……

"哇——"一阵让人心颤的哭叫声，顿时让这位鲜血淋漓的母亲激动得热泪盈眶，艾西又迅速地将子宫和腹部缝合上，又将婴儿的脐带割断，包扎好，她将孩子紧紧地搂在胸前。做完这些后，艾西像是完成了一项重大的历史使命，长长地出了口气，她太疲倦了，头一沉，就靠在椅背上睡着了。

一会儿，空旷的峡谷里响起了新生儿嘹亮而高亢的哭叫声，紧接着，又响起了狗叫声："汪汪汪——"艾西惊醒了，她费力地睁开了干涩的眼睛，怀疑是在梦中：这深涧峡谷，哪里来的狗叫？这时，传来了一个熟悉的喊声："艾西——艾西——"

"是杰佛！杰佛在喊我！"艾西透过车门，看见几个人影在幽暗的峡谷里闪动着，正向这边跑来，跑在最前头的正是杰佛，艾西欣喜若狂，可她又极度虚弱，没等她呼唤一声，就又昏了过去。

杰佛是怎样找到失事地点的呢？原来，艾西出事的当天晚上，杰佛在公司往家里打电话，可一直不见艾西接听，他不放心，就和公司经理打了声招呼，赶紧回家。到家里一看，也不见艾西留下纸条之类的什么东西，但他看见客厅里的茶几上放着尚未食用的比萨饼，于是杰佛就赶紧去电话问比萨饼店，店里老板说，中午10点左右，汉特前去送货，可一直到现在还没有回来。

杰佛听完，心里顿时生出一种不祥之兆：绑架？这不可能！汉特是个很老实的小伙子，更何况艾西是个大腹便便的孕妇，那么，会不会是艾西提前分娩坐上了汉特的车？于是杰佛又给所有医院打电话，但都说没有这么个产妇，杰佛这下更紧张了：时间这么长了，他们不在医院里，难道路上出了车祸？

杰佛不敢迟疑，当即决定报警。警方接警后，连夜展开搜寻，可惜没能找到任何线索。第二天，警方动用了几条警犬，沿着艾西他们去医院的山路进行仔细的搜寻，临近中午，警犬终于找到了出事地点……

杰佛跑过来，顿时被眼前的景象吓呆了，他又看到艾西的怀里有什么东西在蠕动，仔细一看，才看清是个婴儿，他站在谷底，看着汽车滚落的陡坡，两腿颤抖，目瞪口呆：这太不可思议了！

汉特早就没了气息，众人就把艾西母子送进了医院，在医护人员的急救下，母子两人平安无恙。很快，"艾西精神"极大地感染了每一个人，《澳大利亚时报》的记者专程前来采访，一夜之间，艾西成了全澳大利亚家喻户晓的最著名的母亲……

（题图、插图：箭　中）

上头香

□ 沈光辉

所谓"上头香"，就是在大年初一这天头一个到寺庙里点燃香火，时间要早，最好是早上零点时分。老百姓拜菩萨，上头香，只是想图个吉利，希望在新的一年里风调雨顺，吉祥如意，但那个时候老百姓家里没有时钟，想上头香可不容易。

从前有个王家庄，庄里有个猎户叫王有才。这王有才平时好吃懒做，只是偶尔出去打打猎，弄点野味解解馋，可是他整天做着发财梦。

有一天，王有才外出打猎，发现他挖的陷阱里掉进了一只兔子，他喜出望外，兴冲冲地将兔子拎了回去，回到家后，王有才操起了刀子，正准备开膛破肚，不料那兔子却开口说话

了："你不是想发财吗？只要你放了我，我就指点你一条发财的路。"

王有才先是一惊："真的吗？你倒是说说如何才能让我发财。"

兔子说道："离庄子三十六里有座小寺庙，你大年三十的晚上赶过去，只要在三更时候准时点燃香火，来年你一定发大财。"

王有才问道："要想准时谈何容易，我怎么知道是三更时候呢？"

兔子说道"这个你不用担心，你

无疑，人的欲望才是控制他行动的牢房。——萨迪

先在庙外等，到时庙里的蜡烛会自己点燃起来，你看到蜡烛光，立刻进去，把香点着，这就成了。"王有才听了沾沾自喜，说："好吧，我今天就不杀你，但我也不能放你，等我发了财，我自然会让你自由的。"说完，王有财就把兔子关进了铁笼子。

转眼到了大年三十，王有才急冲冲地赶到了那座寺庙，到了那里，才二更天，王有才见庙里黑乎乎的，就坐在庙门口等待蜡烛光的出现，等着等着，不知不觉就睡着了，突然，庙里的蜡烛点燃了，亮堂堂的，也就在这时，王有才睁开了眼，他看见一个英俊、潇洒的年轻人从庙里走了出来，王有才心里那个恨哪，"好啊，这小子居然抢在大爷前面上了头香！"心里虽恨，可也没法。

王有才垂头丧气地回到家里，兔子问："上了头香没有？"王有才把经过说了一遍，兔子问那人长什么样，王有才说了，兔子嘴巴动了动，想说什么，但还是忍住了。

第二年的大年三十晚上，王有才又赶到了那寺庙，这次他不敢睡了，三更时分，庙里的蜡烛亮了，王有才急忙跳了起来，奔进庙里，一看，他气坏了：还是上次看到的那个年轻人，正笑眯眯地从里面走出来！王有才恨得咬牙切齿，他折断了手中的香，气呼呼地回了家，回家后把事情的经过告诉了兔子，兔子的嘴巴动了

动，想说什么，但又忍住了。

连续两年没上成头香，王有才心急如火，到了第三年的除夕，他特意起了个大早赶到了寺庙，从早上一直等到晚上三更蜡烛亮起来，王有才想，这次该没有人抢在我的前面了吧？他掏出了香，兴冲冲地冲进庙里，可一进庙他就呆了：熟悉的面孔，熟悉的衣着，还是前两次遇到的那个年轻人，又比王有才早到了一步！王有才可真的是气坏了，他想到只要这个年轻人活着，自己就不可能上头香，不可能发大财！臭小子，休怪大爷心狠手辣，这都是你逼的！于是王有才搬起一块大石头，悄悄地走到了那年轻人的身后，举起石头狠狠地朝他头上砸去……

王有才回到家里，对兔子说"这次我又没能烧上头香，不过明年准能烧上！"

兔子一声不吭地盯着王有才身上的血迹看，它默默地淌下了两滴眼泪，突然一头撞死在铁笼里。

在接下来的一年里，王有才天天盼着过年，虽然他杀了人，心里有点害怕，但一想到不久就能腰缠万贯，他就兴奋得什么都忘了。

大年三十晚上，王有才直奔那座小庙，三更，庙里的蜡烛点燃了，王有才走了进去，点燃了手中的香，这时他开心啊：我终于上了头香啦！王有才刚将香插进了香炉，突然有人在

2005年《中国最有影响力的故事》征文启事

6大措施奖励优秀作品

《故事会》杂志社决定，2005年举行《中国最有影响力的故事》征文大赛，并对优秀作品实行6大奖励措施：

1. 入选作品除在杂志上发表外，还将收入《中国最有影响力的故事》（2005年年底出版）一书。2. 入选作品可得两笔稿酬：在《故事会》杂志发表的作品，首发稿酬每千字400元；入选《中国最有影响力的故事》一书，再追加每千字1000元。3. 入选作品的作者每人可得价值超1000元的《话说中国》一套（"月月评"的第一名获奖作者不重复这一奖励）。4. 入选作品均颁发奖励证书。5. 本刊将委托有关专家对入选作品进行精彩点评。6. 本刊将邀请有关作者参加优秀作品研讨活动，所有费用均由编辑部承担。

征稿范围：具有现实感、新鲜感且可读性强的中短篇原创作品，超短篇（如幽默故事）的字数一般在1500字以内，短篇（如中国新传说）的字数一般在5000字以内，中篇故事的字数一般在15000字以内。

第三次截稿日期：2005年9月30日。

来稿方法：1. 从邮局寄发，请在信封上注明"征文大赛"字样，本刊地址：上海市绍兴路74号《故事会》杂志社，邮编 200020。2. 从网上传递，可寄以下信箱：wulun@vip.sohu.net，在主题上注明"征文大赛"字样，也可直接与本期责任编辑联系，信箱是：yaotongzhi@vip.sohu.net。

他肩上拍了一下，他转身一看，只见被他砸死的那个年轻人正面色惨白、双眼血红地盯着他看，王有才这一吓非同小可，顿时魂飞魄散，他大叫一声："救命啊，有鬼啊！"随即撒开双腿，连滚带爬，向家里跑去。

到了家中，王有才就病倒了，不久就奄奄一息，恍惚之间，他看见一只兔子跑进了房内，片刻后，那只兔子化为了人形，是个老妇人，她沉着脸，眼泪汪汪地对王有才说："我有两个儿子，小儿子是被你抓住后在铁笼里撞死的，大儿子就是在庙里被你砸死的那个。财神爷派我大儿子在庙里点燃蜡烛，等待前去上香的人，可惜你误认为他在跟你争着上头香而将他害了，其实你只要走过去仔细看看就明白了，那香炉里根本没有点香，而你其实每次都是第一个去的人。我小儿子当时没有告诉你真相，因为那是天机。唉，你财迷心窍，害了不该害的人，阎王命我带你上路，快随我去吧！"

一个月后，庄里人发现王有才死在家中，尸体已经腐烂了……

（题图：黄全昌）

假如我们有先见之明的话，命运之神啊，你将不再是神了。 ——尤维纳利斯

马路边上捡的钱

□ 李元奎

有个学生叫武晓刚，刚读初中。这天早晨，他在上学的路上走着，突然看见马路边的草丛里有什么东西，说是"马路"，其实就是他们村子通往村小学的那条碎石子路。武晓刚上前一看，竟然是一捆钱，他数了数，估了估，大约有十万多，武晓刚一下子吓傻了，稳了稳神，心里想道：丢钱的人该有多着急啊！老师总教育我们要拾金不昧，这钱我应该交公。

武晓刚拿着钱往前走，忽然看见路边站着一位警察叔叔，这里是僻静的小村子，平时不大有警察来的，除非发生了什么案子。武晓刚走过去，向他说明了情况，把钱交给了他。警察很高兴，他说他是乡派出所的所长，还摸着武晓刚的头表扬了几句，然后就匆匆忙忙走了。武晓刚做好事没留名，也没把这事和谁说。

过了两天，武晓刚正在上课，忽然教导主任领着一位警察走进教室，警察看了看大家，说："大前天，有人在你们学校通往村里的那条路上掉了10万块钱，有谁捡到或见到过吗？"

武晓刚听了心里"扑腾""扑腾"跳了起来，脸上也热辣辣的，他羞答答地站起身，说："警察叔叔，这钱是我捡到的。"

警察一听，立刻轻松地吐出了一口粗气，一副如释重负的样子，忙问："钱呢？"

武晓刚说："交给乡派出所的所

长了。"

一旁的教导主任听了这话，立刻提高了嗓门，指着身旁的警察说："武晓刚，不许瞎说！他就是乡派出所的肖所长！"

武晓刚惊呆了，脑袋瓜"嗡嗡"直响，一句话也说不上来。紧接着，武晓刚就坐上了肖所长的车去派出所，派出所全体警察全在院子里集合，让武晓刚挨个辨认。

武晓刚的心里七上八下的，他仔仔细细瞅了一圈，没有那个人，肖所长又盘问了他半天，终于相信他没有撒谎，于是就开车送武晓刚回家，回

到家一看，家里正乱着呢！

这时，村里的潘老转领着他的儿子正在武晓刚的家里闹，潘家是村里的首富，自己开着奶牛场。据潘老转讲，武晓刚捡的那10万块钱是他二儿子丢的，二儿子喝了酒，晚上骑摩托回家，摔了一跤，把钱掉了也不知道。如今晓得钱是武晓刚捡的，就上门吵着要。肖所长教育了他们几句，说这事由公安解决，不许再闹了，潘家父子这才恨恨地走了。

当晚，武晓刚家的草垛就被人点了火，险些烧到房子。第二天，却又见武晓刚的哥黑着脸从外面回来，他哥不由分说照着武晓刚就是一巴掌，原来他哥刚才被对象约去，在村头见了面后对象提出分手，武家穷，说个媳妇不容易，两人好不容易"培养"出点感情来了，开始谈婚论嫁了，想不到对象会忽然提出分手。武晓刚的哥追问原因，姑娘哭了："你弟的事十里八乡都传遍了，都说他是弱智，捡了10万块钱交公，傻！你家本来就穷，再摊上这么个傻弟弟，我跟着你们可拖累不起！"就这样，姑娘硬是和武晓刚的哥吹了！

武晓刚的心里冤哪：天啊，在乡亲们心目中，我竟然成了傻子！亲人的怨恨，旁人的白眼，武晓刚实在受不了啦，他决定离家出走，他趁家人不备，徒步走到县城，随便扒上了一辆货运火车……

一天一夜后，武晓刚在一个陌生的城市偷偷下了火车，肚子饿得难受，他就溜进候车大厅，准备厚着脸皮要点吃的。就在这时，他突然注意到了一个西装革履的中年男子，他正坐在那里闭目养神，腿上搁着一只咖啡色的密码箱，武晓刚的心里一阵狂跳：这不正是那个假装警察、骗走10万块钱的骗子吗？好小子，都是你这个该死的，害得老子小小年纪就不得不背井离乡！老天爷开眼了，叫我遇上了你，说啥我也不会再放过你了！

几乎是在同时，那汉子也忽然睁开了眼，扫了武晓刚一眼，他立即惊慌失措，起身拔腿就要跑，武晓刚什么也顾不上了，一个箭步冲上去，死死抱住了那人的腰，放声大叫："抓杀人犯啊，快救命啊！"那男子拼命挣脱着，并举起拳来猛揍武晓刚，好在这是候车大厅，警察很快就跑过来了，不由分说把两人一起带进了值班室。

警察先问武晓刚怎么回事，武晓刚说："这个骗子冒充警察，骗了我捡的10万块钱，那钱是我们村潘老转家的，你只要给丰河县宝良乡派出所的肖所长挂个电话就全清楚了。"警察一听就掏出手机打电话，这时，另外两个警察已经把密码箱检查了，他俩猛地同时朝骗子扑了上去，"喀嚓"给那人戴上了反铐，喝问道："快说，你密码箱里的'状元卷'是哪来的？"

那人见大势已去，便垂头丧气地瞪着武晓刚，咬牙切齿地说："小兔崽子，你可坑死你爷爷了！"

武晓刚解气地一笑，说："谁让你先骗老子的？这叫恶有恶报！"

第二天上午，肖所长带着武晓刚的哥赶来了，一切也都弄清楚了：那骗子是个文物大盗，盗窃了市博物馆的一件镇馆之宝，这是明朝英宗年间他们这里一位状元的殿试卷，极为罕见。那天半夜，这家伙带着状元卷乘火车逃跑，路上见警察查得紧，半路跳了车，步行逃脱。天亮时这家伙来到了武晓刚他们的村子外，他穿的是买来的假警服，正巧又碰上武晓刚捡了10万块钱，他就顺手牵羊，假冒警察捞了这钱，不料正是这10万块钱的线索，使他落入了法网……

这次状元卷被盗，影响极坏，所以市博物馆和当地警方悬赏20万块钱给提供线索的人，这样，武晓刚就成了这笔奖金的获得者。骗子从武晓刚那里骗走的10万块钱，也返还给了失主潘老转家。县教育局授予武晓刚"智勇双全少先队员"的荣誉称号，村里的人也不说他是弱智了，他哥那个"吹"了的对象又腆着脸登门了，痛哭流涕了好几次，他哥才原谅了她，两人商量着今年就把喜事办了，办事用的就是武晓刚的奖金的一部分……

（本篇月月评短信代码：G137）

（题图、插图：杨宏富）

黄知县的

枕头

□ 郑锦扬

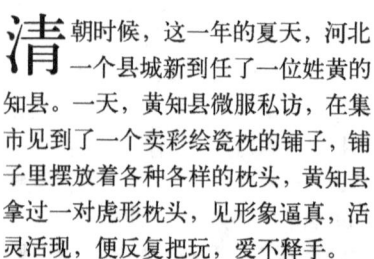

清朝时候，这一年的夏天，河北一个县城新到任了一位姓黄的知县。一天，黄知县微服私访，在集市见到了一个卖彩绘瓷枕的铺子，铺子里摆放着各种各样的枕头，黄知县拿过一对虎形枕头，见形象逼真，活灵活现，便反复把玩，爱不释手。

就在这时，店主从内屋走了出来，黄知县一看，不觉暗暗称奇：这人好像在哪里见过，有点面熟呀！店主自称姓李，是个窑匠，平时自己烧些瓷枕，放在铺子里卖。黄知县和李窑匠聊了一会儿，便挑了一对虎形瓷枕，给了钱转身走了。

黄知县回到县衙，顺着虎枕上的小孔，往里灌凉水，枕着它睡觉，实在舒服，平时他就把虎枕放在书案上，时不时地观赏几眼。

又是一年的夏天，黄知县正在批阅公文，忽见一只老鼠溜上了书案，黄知县一急，用手将书案上的一只虎枕往前一推，想把老鼠挤死，哪知用力过猛，只听"啪"一声，老鼠被挤死了，可那瓷虎枕也成了碎片。黄知县看着碎了的虎枕，心疼不已，他正心疼着，忽见一块碎片上刻着八个字："挤鼠而碎，见金生祸。"黄知县看了不由惊讶地睁大了眼睛，随即拿起案上的一块砚台，将另一只虎枕击碎，一看，黄知县更是发呆了，这枕

上也是八个字："遇砚而碎，得玉起狱。"黄知县顿时倒吸了一口凉气，两只眼睛直勾勾地看着书案上放的一个黄绸小包，浑身冷汗直冒！

这黄绸小包里包的是五十两黄金和一对翡翠玉镯，这是今天一个茶庄老板送来的，这老板的儿媳昨晚不明不白地死了，儿媳的家里把状纸递到了县衙，茶庄老板便送来黄金、玉镯打点，黄知县正在为这事踌躇，现在见碎了的瓷片上有"见金生祸""得玉起狱"这八个字，顿时吓得冷汗直冒，一点贪念立时打消，当天就把黄金玉镯退给了茶庄老板。第二天，黄知县便派出得力捕头暗中查访，三天后便案情大白：那个茶庄老板对美貌的儿媳一直心存歹念，那天晚上，儿子不在家，他便想乘机凌辱，不料儿媳不从，扭打之中便将她扼死了。于是，黄知县便命衙役将茶庄老板抓获收监，秋后便问斩了。

自从出了这事后，黄知县心里暗暗想道："神，真是神！看来这个李窑匠不是凡人！"

这天，黄知县差人下帖请李窑匠，李窑匠接到帖子后就来到了县衙，走进客厅，分宾主坐下，早有仆人备了酒菜。

黄知县给李窑匠斟上了酒，笑吟吟地说："我怎么总觉得以前好像在哪里见过你？"

李窑匠也笑了："大人说笑了，小民和大人素昧平生，上次在小店里，那是第一次见面。"

黄知县见李窑匠这么说，也不便多问，酒过三巡，黄知县又开口了："上次在你那里买了一对虎枕，不小心打碎了，我想求你再烧一对给我。"

李窑匠一口答应："烧制瓷虎枕没什么难，可以，一个月后送上。"

一个月后，李窑匠又为黄知县烧制了一对虎枕，这枕上的老虎神态逼真，虎虎生威，黄知县十分喜欢。

转眼又过了两年，黄知县有位好友姓周，是邻县的知县。这天，周知县来访，酒席之间，黄知县得意洋洋，滔滔不绝地把虎枕的奇妙炫耀了一番，把李窑匠说得神乎其神，周知县听了十分惊讶。酒宴散后，黄知县送走客人，突然发现那只虎枕不见了，只见书案上有一张字条，上面写着："借虎枕赏玩几日，一定奉还。"留字条的就是周知县。黄知县看罢，急得连声埋怨"这是我的宝贝，我日日夜夜离不开它呀！"他当即让差役陪同出城追赶，好在周知县没有走远，一会就追到了，黄知县说明情况，周知县只得还了虎枕。

黄知县叫仆人用布将枕头包妥系在腰间，急急赶回，哪知半路碰上一匹惊马，撞了黄知县，黄知县摔在路旁，只听"啪"一声，一只虎枕坏了。黄知县惋惜不已，急急把碎片拼凑在一起，一看，那碎片上刻着两行小字："此枕惊马碰击而碎，彼枕陪大人而终。"黄知县以为是自己眼花了，他擦了擦眼睛，再细细端详，一

字不差！他看了看旁边另一只虎枕，小心收起，带回县衙。

从此，黄知县看到虎枕，就想到李窑匠，就想到第一对碎了的虎枕上留的字，他为官三十年，从县官一直做到巡抚，从未生过一点贪念。六十二岁那年，他卸任归乡，路上经过当年当知县时的那个小县城，便想去看看李窑匠，不料那个卖瓷枕的铺子早就不在了，向周围人家打听，邻居们说了这样一件怪事：那个李窑匠来得怪，去得也怪，黄知县到这里来上任的时候，他来了；黄知县离开这里的时候，他就走了。

黄知县听后越发疑惑了，但也弄不明白是怎么回事。他回到家乡，有一天去清凉寺进香，踏进寺门，望着大殿里菩萨的塑像，黄知县惊呆了：这菩萨的面容，分明就是李窑匠呀！看到这里，黄知县不由想起了一件往事：当年进京赶考，父亲陪着他来到清凉寺，当着菩萨的面，父亲要他立下誓言：今生为官，一世清廉。

黄知县顿时心潮澎湃，感慨万千，他终于明白了一切。黄知县为官一生清正廉洁，死后，只有一个虎枕陪葬……

（题图、插图：黄全昌）

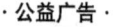

指安拉起誓，人生在世，能够保持廉洁，便是最后的成功。 ——《一千零一夜》

精心策划

□ 夏　刚

张平新婚不久，就独自来到这个沿海的繁华大城市打工，他费了九牛二虎之力，才在和平路42号租到了欧小雨的一间房子作为落脚之处。

这和平路是城乡结合部的一条老街，在42号里住着11户人家，每家不过十来个平方，大部分都是外来的租房户。他们共用一个门牌号，共用一个小庭院。

张平每天早出晚归的，干活很卖力，他想趁年轻有力气，好多挣些钱，把房子翻修了，还要给没出世的孩子多挣一点学费，但是，张平就是好喝酒，人说吃酒误事，果不其然，一天深夜，张平喝得找不到北，那一溜平房，好像都差不多，半夜三更的回来，竟摸错了门，摸到了女房东欧小雨的房门处。

那欧小雨和丈夫离了婚，一个人住着。她刚把门一打开，张平就一把将她搂住了，一个是徐娘半老的过来人，一个是新婚久别家室的男子，于是，欧小雨半推半就之后，两人就成了这事。从此以后，两人多次偷偷摸摸地搅在一起，可没想到，后来欧小雨竟存了谈婚论嫁之心，于是张平就不乐意了，他虽然是一个打工仔，但经过半年的苦熬，也混了个部门经理，长得也是一表人才，家里的娇妻也是乡里的一枝花，至于欧小雨嘛，发廊老板一个，又比张平大了十来岁，他怎么会自贬身价？再说，要喝牛奶也不用把奶牛牵回家吧？

张平一次次推脱，还好几次拿了钱给她，但欧小雨都不依不饶，还以张平一天晚上丢下的一条内裤作为证据要挟，扬言在圣诞节前必须和她去扯结婚证，说不结婚就以强奸罪告他。张平恨得牙直痒痒，但就是不敢把她怎么样，他想除掉欧小雨，但明火执仗地行凶就会被警察抓获，一命换一命他可不干，在没有绝对把握以前，张平是不敢动手的。

这天，张平正在和弟兄们喝酒呢，手机响了，他一看来电显示，是欧小雨打来的，他连忙放下酒杯，来到门外接电话："小雨呀……我正在吃饭呢……坏了？先把总阀门关了，明早我再给你换，就这样。"那边欧小雨还在絮絮叨叨地说着，张平一下就把手机挂了，他心里骂道："臭娘们，最好被淹死！"原来欧小雨家的水龙头坏了，漏水不止，她让张平上她家去看看，张平烦欧小雨再打电话来，干脆就关了机。

晚上11点过了，张平才回到和平路42号，他见欧小雨家漆黑的窗户紧闭着，确定她已经睡了，这才进了自己的屋里。

张平喝了酒，口渴得厉害，他提起暖水瓶摇了摇，里面空空的，便来到厨房，打着了火头，把水壶放到水龙头下准备放水，谁知水龙头只滴了两三滴水出来，接着听见的就是隐隐的空气回声，张平随即反应了过来：

欧小雨家的水龙头坏了，还是自己在电话里叫欧小雨把庭院里自来水的总阀门关了的，咋一转身就忘了？

张平恨恨地扔掉了水壶，咒骂着："断水？干吗不断气呢！"忽然，他看着面前的水管和煤气管，脑袋里灵光一闪，一个天衣无缝的杀人灵感一下子就跳了出来！

张平打开门，来到院子里看了看，见各家各户的窗户黑洞洞的，四处寂静无声。他迅速回到屋里，将门关好，然后到厨房里，找来一根塑料软管，把煤气管口和自来水管的水龙头联在一起，拧开了它们的阀门，如果不出意外的话，他家里的煤气已顺着空自来水管畅通无阻地进入欧小雨的家里了……

忽然，张平又把阀门拧紧了，这倒不是他临时改变了计划，而是想到了一个问题：这院子里所有人家的自来水管全是通的，现在总阀门虽然关了，万一哪家厨房里的阀门开着，那煤气岂不是也要进入他家里吗？自己这不是滥杀无辜了？还有，欧小雨家的水笼头此刻到底是关着还是开着呢？他犹豫了一会儿，杀欧小雨的恶念占了上风，他决定孤注一掷！

张平出了门，打开了院子里自来水管的总阀门，他是要试一试，听听谁家的水龙头没关。他竖起耳朵，仔细地听着各家的动静。在这寂静的深夜，只听见欧小雨家厨房里传来"滴滴答答"的流水声，其他人家鸦雀无声。这下张平放心了，他重新把总阀门关好，回到了自己家里，又把各个细节琢磨了一遍，确定万无一失后，这才再次把煤气的阀门拧开，听着煤气流动的"吱吱"声，他的脸上露出了阴冷的笑容。

张平出了门，站在门口仔细听了一会儿，见没有什么异常情况，就掏出手机，故意大叫："王胖子，我过来啰，马上！一会儿去吃宵夜！"话音刚落，一旁传来邻居赵婶的声音"我说张平，你知不知道现在几点了？别把我家小胖吵醒了。"张平连连赔不是："是，是……哎，赵婶，我出去玩去了，麻烦您给照看着。"赵婶念叨着："不晓得又要喝到几点钟才回来！"

这其实是张平在给自己制造"不在现场"的证据，接着，他又一路赶去，敲开了王胖子的门，和几个朋友玩起了麻将，这中途，张平又溜出门，在巷口的IC电话上拨了欧小雨家里的号码，听筒里的振铃声一下接一下地响着，但没有人接，最终自动断线了。张平脸上露出了一丝得意的笑容，舒了一口气，快步回到了王胖子的屋里。一伙人一直玩到凌晨四点，几个哥们说去吃烧烤，张平推说不胜酒力，第二天又要上班，甩了两百块钱出来买单，然后独自回了家。张平走进庭院，庭院里照样静悄悄的，没有什么异样。他进了厨房，把煤气阀门和水龙头关了，再把那根塑料软管拔了下来，卷成一圈收拾好，又仔细地把厨房审视了一遍，觉得一切都没有可疑的了，这才倒在床上……

尽管张平很困，但他不能睡，因为还有一个细节没有处理好：欧小雨家的煤气开关现在是关着的，关着煤气怎么会使人中毒？这是一个很大的漏洞，他必须等待时机，适时出手，把这个细节处理得天衣无缝，这样，就算警方怀疑是他杀，也不关他的事：在欧小雨死亡的时候，他可有不在现

场的确凿证据！

　　张平不停地抽着烟，打起精神等待着。五点半光景，天还没亮，张平将身子隐在门后，一边往门外张望，一边竖起耳朵听着院子里的动静。最先是赵婶家里的电灯"啪嗒"亮了，一会儿赵叔走了出来，去开院子里自来水的总闸门，这以后，院子里有几户人家先后也亮起了灯，在厨房里漱洗、烧水、烧早饭……大约半个小时后，有人发现欧小雨家里的水直往外漫，于是大叫起来，上去敲门也没人应答，邻居越聚越多，有人提议撞门，大伙商议一下，觉得情况有疑，为防意外，于是决定撞门，也就在这时，张平不声不响地挤在人群里，门一撞开，一股煤气味扑鼻而来，张平第一个冲了进去，嘴里叫着"快关掉煤气"，别人很少上欧小雨的家，他张平可熟悉她家，他最先来到厨房，伸手"关"了煤气，其实欧小雨家的煤气开关本来就是关着的呀！

　　张平处理好了最后一个细节，这下可真的是天衣无缝了！

　　紧接着，有人打了110和120，几分钟后，警车和救护车都赶到了，欧小雨其实早就断气了，这是邻居们想不到的，而恰恰是张平早就想到的。

　　下午，有两位警察把张平叫到了派出所，说是协助调查，一个警察拿出了一张纸……

　　本期有奖竞猜的题目是：警察拿出的是——

　　A.自来水抄表单（短信代码GA）；B.煤气抄表单（短信代码GB）；C.电话通话记录（短信代码GC）

（题图、插图：王申生）

猜情节，赢大奖

　　开动脑筋，猜想正确的情节！请选择你认为正确的情节发展，将其短信代码发送到200056（中国移动）或900056（中国联通）。我们将在本月下半月的刊物上刊登这个故事的结尾，并从竞猜正确的读者中抽取优胜奖20名，赠送价值100元的纪念品；从参加竞猜的全部读者中抽取参与奖500名，赠送价值10元的纪念品。

　　参加全年情节ABC活动，并猜对全部情节的3名读者更将获得特等奖彩信手机一部！本期活动截止日期为7月5日。

　　得奖读者在评选结果揭晓后将得到短信通知。本活动每条短信收取0.50元。

救命的旧皮箱

□ 徐彦

贪污受贿、得了不义之财怎么办？没说的，上检察院自首去。可自首还得有点动力，有人是被老婆劝着去的，有人是被通缉令逼着去的，有人是良心发现自个儿走着去的，我们这个故事里的主人公了，他是被一条牛"牵"着去的，真的，你信不信？

有个业务员叫钟强，他们单位是管城建的，所以钟强手中的权力很大，每天请吃请喝，送这送那的络绎不绝。开始时钟强觉得吃点喝点没啥，但红包礼金回扣啥的则一概拒绝，后来渐渐抵挡不住人家的一片"好意"，送上门的钱财也就半推半就收下了，时间一长就偷偷攒下了一大笔钱。

有人向上面写信举报钟强，钟强吓出了一身冷汗，赶紧将暗藏在衣橱、书柜、墙壁夹层里的100多万现金全拿出来，装进一只旧皮箱。这箱子其实也不太大，按理说装不下这一大堆现金，可说来也挺怪，这么多的钱装进去，箱子还空出三分之二的地方，当时钟强心急慌忙的，也没去细想，提了皮箱就出了家门。

钟强在别的几家银行里还存了50万块钱，他连忙东跑西颠地把钱全取了出来，咦，怪啦，这50万元放进去，箱子里的钱好像没增加一样，还空着呢！

钟强又给一个铁哥们儿打了个电话，半年前，那哥们儿替一家公司牵线，包下钟强单位一个建筑项目。那公司给了钟强50万元"好处费"，钱一直在哥们儿手里，现在，哥们儿接到钟强的电话，立即把50万元现金送来了。这钱装进皮箱里，真是邪门，箱

子还是空出了好大一截，而且这箱子里装了200多万块钱，拎在手里却轻飘飘的，像没装什么一样。

钟强满腹狐疑，他将箱子里所有的钱全倒了出来，一数，分文不少。钟强顾不得琢磨这里头的蹊跷，开车直奔百余里外的乡下老家，他打算将钱埋藏在老家桂花湾后山的祖坟里，那地方山高林密，人迹罕至，等过了这风头，再挖出来美滋滋地享受人生。

为了避开老家的熟人，钟强特意选择了一条简易公路，七弯八绕，一路颠簸，到老家后山时，天已黄昏了。他将车停在路边，下车后，四顾无人，就拎着皮箱上了山。钟强打小在这里长大，对这方圆十余里的山山水水、沟沟坎坎了如指掌，就算把他眼睛蒙上，随便扔到这荒山野林中的哪个角落，他也能准确无误地摸回来。

真是怪事天天有，没有今天多，钟强今天来到这个熟悉的地方，却像陷入了迷魂阵似的，跌跌撞撞地转悠了好几个小时，又稀里糊涂地回到了原处。这时，一轮幽幽的月亮高悬半空，死一般寂静的山林中突然浮起一阵白雾，朦胧中竟透着一股诡秘之气。钟强早已肌肠辘辘，又冷又累，心里特别慌，就在这时，突然传来几声夜鸟的啼鸣，惊得他魂飞魄散。

这当儿，从远处走来一个男孩，约摸十来岁，长了颗大虎牙，下巴有颗黑痣，他牵着条大黄牛路过这儿，钟强见了，赶紧迎上去："小朋友，桂花湾怎么走？"

这男孩借着从树桠间透射进来的月光，上上下下打量了钟强一番，眨巴着眼睛问："你去桂花湾干吗？"

钟强笑道："我爹就住在桂花湾，我回家看他，没想到在这里迷了路。"

"哦，那俺问你，你爹叫啥？你可甭骗俺，俺家就住在桂花湾。"

钟强眉头一皱，见这小家伙挺难缠的，就如实说道："我爹叫钟老栓。"

"你没骗我吧？你说说，钟老栓家几口人？他爹叫啥？"

钟强赔着笑，耐着性子，一一回答了这男孩的提问。

这男孩瞅了瞅钟强，又盯着他手里拎的箱子，钟强赶紧塞给这男孩一张百元大钞："小朋友，只要你把我领到桂花湾，这一百块钱就归你了。"这男孩接过钱认真地看了老半天，又扔还给他："我没见过这钱，还给你，我送你到桂花湾得了。"

这男孩让钟强骑在牛背上，接着他就牵着牛慢条斯理地走着。钟强趴在牛背上，不知不觉地睡了，等他醒来睁开眼睛时，顿时吓了一跳：自己竟然躺在老屋的床上，他爹钟老栓坐在床头，笑吟吟地瞧着他。钟强愣了老半天，问："爹，我、我咋睡在这儿？"

钟老栓说："俺正想问你哩！一

大早起来，俺听见你这房里有动静，过来一看，嘿，你小子居然偷偷摸摸溜回来了。爹就知道，准是你小子跟媳妇吵了架，半夜三更跑回来的。唉，俺早就跟你说过，女人哪，就是跟男人不一样，爱使小性子，你得让着她。想当年，爹跟你妈……"

钟强脑子里一团糨糊：我咋会睡在这里的？那男孩是谁？对了，那只装了200多万现金的旧皮箱呢？想到皮箱，钟强霍地跳起来，这才发现那只旧皮箱就枕在他脑壳底下。他不顾父亲在场，急急忙忙打开箱子查看，这一看立刻傻了眼：箱子是空的，所有的钱不翼而飞了！

钟老栓奇怪地问："你咋拎这旧箱子回来？你不是一直嫌它旧不喜欢么？"其实，这旧皮箱还是二十年前，钟老栓让镇上的皮货店做的哩！

钟强脑门上直冒冷汗：那可是200多万呀！他顾不上回答钟老栓的话，急忙打听那小男孩是谁，钟老栓听钟强把男孩的长相描述一番后，惊得眼珠子都快瞪出来了："你说的是铁成伢子，可他已经死了二十年啦，你这只皮箱就是用他家那条牛的皮子做的哩！你、你莫非撞见鬼了？"

说起铁成伢子，有这么一件事：

铁成伢子家里穷，上不起学，从小就放牛。可他实在想念书，就想了个主意，每天一大早把牛牵到后山腰，在地上打个木桩，将牛绳拴在上

头，让牛在那儿吃草，自己跑到村小学，趴在教室窗台上偷听。学校放学时，他就跑回去，解开牛绳，把牛牵回家。没想到这山上有只顽皮的猴子，特别捣蛋，有一天，等铁成伢子一走，这猴子就蹦蹦跳跳蹿出来，将牛绳解开，牵着牛四处溜达。后来，牛钻进山下一片黄豆地里，不肯走了，结果把人家种的一丘黄豆连吃带糟蹋全给毁了。

天快黑时，铁成伢子回来了，可猴子早把吃饱了的牛牵回了原地，还七缠八绕地将牛绳拴在那木桩上。铁成伢子刚把牛牵回家，黄豆地的主人找上门来，铁成伢子的爹"老瘪蛋"铁

2005年首届"梅陇杯"法制故事大赛征文启事

为纪念全民普法开展20周年,迎接"五五"普法的到来,由司法部法宣司、上海市法制宣传教育联席会议办公室主办,上海市闵行区法宣办、上海市闵行区梅陇镇政府协办,《故事会》杂志社承办的2005年"梅陇杯"法制故事创作大赛,决定面向全国征文。

此次活动有关事项如下:

一、征文内容:可从立法、司法、执法,公民学法、守法、依法维权,法律援助、法律服务、社会治安综合治理、社会公德、家庭美德、职业道德中的涉法内容,公民与违法犯罪行为作斗争以及中外历史上的涉法案例等各个角度展开。要求故事情节曲折生动,语言有口头文学特点,作品未在省地级报刊发表过,字数一般在15000以内。

二、奖项设置:本次活动将聘请有关专家组成评委会,设一等奖1名,奖金5000元;二等奖2名,奖金各3000元;三等奖10名,奖金各1000元;创作奖50名,奖金各500元。部分优秀作品将陆续在《故事会》上发表,并结集出版。

三、征文时间:即日起至今年9月30日截止,10月底前评出获奖作品并专函通知获奖作者。

来稿方法:1. 从邮局寄发,请在信封上注明"法制故事征文"字样,本刊地址:上海市绍兴路74号《故事会》杂志社,邮编:200020。2. 从网上传递,本刊为大赛所设的信箱是:wulun54@163.com,请在主题上注明"法制征文大赛"字样。

青着脸质问儿子,可铁成伢子哪晓得是猴子背后捣鬼?他一口咬定黄豆不是自己家的牛吃的。两家吵得天昏地暗,老瘪蛋平时最看重脸面,家里再穷也不贪人家一根针,吵着闹着,他的倔脾气上来了,从屋里找出一把杀猪刀,把牛给宰了,剖开肚子一看,顿时瞠目结舌:里头全是黄豆!

铁成伢子眼睁睁地看着朝夕相伴的老牛被宰,又伤心又气恼,当晚就病倒了,没几天就咽了气。可怜的铁成伢子临死前不停地说胡话:"你这该死的牛,干吗要嘴馋?贪人家的东西吃?"悲痛欲绝的老瘪蛋受不了丧子之痛的打击,不久也郁郁而终。他家只有父子俩,现在一老一小全走

了,村里就把他家的东西卖了,替他们料理了后事。钟老栓买下了那张牛皮,送到镇上的皮货店做了一大一小两只皮箱,大箱子留在家里放衣服,自打钟强上县城念中学起,小皮箱就一直陪伴着他。

这件事,钟老栓以前从没对钟强说过,今天,钟强听完这段悲惨而离奇的故事,心像猛地被重击了一下:牛嘴馋贪吃而丧生命,人更不能贪啊!两天后,他拎着空荡荡的旧皮箱去检察院投案自首了,可奇怪的是,当检察院的人打开皮箱时,那200多万现金一分不少……

(本篇月月评短信代码:G138)

(题图、插图:魏忠善)

古希腊一位哲学家曾说过这样一句话："请站开一点，别挡住我的阳光！"是的，每个人都有属于自己的那一片阳光，别挡着，为了别人，也为了你自己……

城里的芳草地

□ 黄自林

1. 草地相会

这天，大发制衣厂来了一对打工夫妻，男的叫张小成，是个退伍兵，女的叫李秀秀。进厂的时候，厂里人事部门的人问他们是不是夫妻，张小成拿出了结婚登记证，这个人看了一眼，就指着墙上张贴的厂规对他们说："我们这个厂是私人老板开的，厂里有规定，打工夫妻不能约会，不能在一起，如果你们愿意就留下，不愿意就走人。"

张小成和秀秀听了后就点了头，

他们心想，同在一个厂里打工，要想在一起还不方便？再说，找工作也不容易，于是，小两口就留了下来。张小成住男宿舍，秀秀住女宿舍；张小成在搬运车间，秀秀在缝纫车间。这个厂有近千人，平时都很忙，除星期六加班到晚上九点之外，其余时间都要加班到晚上十一点才下班。厂里是封闭管理，员工们基本没时间出去。

张小成进厂后，只是在吃饭的时候，要相当留意才能和秀秀打个照面，平时小两口要想见个面说说话，真的很难。和张小成同宿舍的一个男员工叫刘义，几天后，张小成就和他熟了。一天晚上，张小成睡不着，刘义见他在床上翻来覆去，便悄悄地问他是不是想老婆了，张小成说："想啊，谁会不想老婆啊？"

刘义便对他说："今晚你睡吧，别想了，明晚你跟我去开开眼界。"

第二天晚上，十一点下班，刘义约了张小成，七转八弯，来到了一块草地边。这草地好大哟，长着一棵棵小树和一片片芳草，虽然这草地也在厂区里，但是，草地的外面全用围墙围了起来，围墙外有个小山坡，可以从山坡上翻墙进入草地。厂里有个保安部，部长叫王福，眼下，他正牵着一条大狼狗在草地边巡逻。两人躲过了王福，悄悄地摸进了草地，张小成不知道刘义带他到草地来干什么。

一会儿，一辆黑色的小轿车缓缓地开进草地来，刘义对张小成说："你看——"只见小轿车开到了草地的深处，停了下来，借着厂区的灯光，张小成看见小轿车竟在晃动，张小成不知道是怎么回事，刘义说："你还不明白啊？这是厂里的胡老总，和他的女朋友在车上幽会哩！"

刘义这一说，张小成明白了，可他又有点不明白，便悄声问刘义："胡老总干吗要到这草地里来呀？"刘义白了他一眼，说："不明白了吧？胡老总啊，住宾馆住多了，开车来到这草地，那才叫新鲜、浪漫、刺激！明白不？这块草地，是个好地方哩，想不想和你老婆也到这里来？"张小成想起厂里的规定，问刘义："这行吗？"

刘义小声说道："怎么不行？只许胡老总他州官放火，不许百姓点灯呀？"

说实话，张小成和秀秀结婚才半年就出来打工了，这时候触景生情，他当然更想秀秀了，刘义知道张小成的心思，就对他说："星期六加班到九点，时间还早，你约好秀秀，到时候找我，我有办法。"张小成点了点头。

张小成盼星星盼月亮，终于盼到了星期六，早上吃饭的时候他约好了秀秀，晚上九点一下班，张小成哪里还等得及找刘义？他拉着秀秀，悄悄地进了草地。两人摸到草地的深处，张小成一把抱住秀秀，秀秀也顺着他，但又惊又怕的，她心里很难过，堂堂正正的夫妻，在一起竟像偷鸡摸狗一样！

这时候，不远处传来了轻轻的脚步声，是有人偷偷摸进草地的声音，接着又看到一男一女两个影子，不用说，他们也是来约会的打工夫妻，他俩就在离张小成两口子不到两丈远的一簇草丛里抱成了一团，张小成和秀秀赶紧屏住呼吸，大气都不敢出，生怕惊动了别人，坏了人家的心境。张小成觉得那男的像是刘义，于是过一会儿，等那边平静了，就小声喊道："刘义，是你吗？"那边一听，没回应，也没动静，于是张小成又说："刘义，我知道是你，我和我老婆也在这里。"张小成是山里人，憨厚、老实，说话不拐弯。

那边人听了，悄悄地摸黑走了，可张小成不想走，进厂都大半个月了，好不容易和老婆在一起，想多呆一会儿，哪怕是一时半刻也好。谁知只一刻钟工夫，忽然，一条黑影"嗖"地向他们扑来，张小成听到响声，站起来一看，大吃一惊，向他们扑来的竟是王福的那条大狼狗，王福可能就在远处看着！张小成护着妻子，躲闪不及，被大狼狗扑上来撕咬了一口，张小成用力甩了一下，大狼狗被甩脱，张小成的上衣也被大狼狗"刷"地撕破了，手腕还脱了一层皮。张小成正准备和大狼狗较量时，没想到大狼狗却叼住半件衬衫走了，大概是去向主人报功了，张小成愣了一下，拉着妻子赶紧离开了草地。

张小成回到宿舍，找来盐水洗了洗伤口。一会儿，刘义回来了，张小成问他有没有去草地，他说没去，张小成便没再多问。张小成以为自己违反了厂规，王福一定会报告胡老总，他

提心吊胆地等待着……

2. 发现秘密

张小成的心里七上八下的，可没想到竟然没事。

几天后又到了周末，刘义问张小成想不想进草地，张小成问道："进草地你不怕狗咬吗？"刘义听了，笑了，说："我有一个进草地而不会被狗咬的秘密，你想不想知道？"张小成当然想知道了，于是，这个周六的晚上，刘义拉上张小成，偷偷来到草地的一角，张小成看见保安部长王福正站在草地边的一个黑暗处，有一对打工夫妻悄悄地来到王福身边，掏出钱给了他，王福便放他们进草地了。一会儿，又来了一对，给了钱，又进去了……

张小成看了二十多分钟，看见有十五对打工夫妻交了钱进了草地，原来刘义说的不会被狗咬的秘密就是这样的啊！

张小成问刘义："这样进一次草地得交多少钱？"刘义说："五十元。"张小成心想，打工的一天能挣几个钱哪，他这个混蛋保安部长竟借这块草地赚黑心钱！张小成想到了自己和秀秀，想到了这些可怜的打工夫妻们，一时竟有了一种要流泪的感觉，他愤愤不平地问刘义："难道你们就没有想到向胡老总检举这件事？"刘义吃惊地望着张小成，说："你想检举？你要是敢去，这些想进草地约会的打工夫妻不把你砸成肉饼才怪呢！你想想，要是胡老总知道了，他们就连这样的机会也没有了！"张小成觉得这话说得也有道理，不觉长叹一声，沉默了。

这天晚上，张小成一夜都没睡好，他想：有什么办法，能使这些打工夫妻既能进草地约会、又不用花钱呢？

第二天，张小成来到了胡老总的办公室，说是有重要事情，胡老总就把张小成叫进了办公室。张小成见了胡老总，不紧不慢地说："胡老总，如果我猜得不错的话，您那狗是一条纯种的挪威猎犬。"

胡老总一听微微有点吃惊，他想不到厂里的一个打工仔竟会知道自己爱犬的出身，他大大咧咧地往沙发上一靠，悠闲地点上了一支烟，说："你说得不错，那是我花一万美金从挪威买回来的。"

张小成笑了："您的狗是条好狗，可是驯养得不好。"

胡老总一听立刻从沙发上"蹦"地跳了起来，这条狗，可说得上是他的心爱之物，除了这个厂子和他的女朋友，轮下来就该是这爱犬了，现在竟然有人说这狗驯养得不好，而且这话是从一个打工仔嘴里说出来的，他胡老总哪能受得了，他瞪着张小成，问："你凭什么说我的狗驯养得不好？"

张小成还是不急不躁地说："如果您想知道，就让王福把狗牵到草地上，我和狗过上两招，您就知道了。"

胡老总爱狗如命，当然有兴趣，于是立即派人叫王福把狗牵到草地来。一会儿，王福把高大凶猛的大狼狗牵到了草地，人事部和办公室的人，知道一个打工的要和大狼狗过招，就有许多人拥到草地来看热闹。

在草地上，胡老总对张小成说："要是你赢了大狼狗，我的爱犬就交给你驯养。"王福听了胡老总的话，知道这个张小成是要来夺狗，心里那个恨就甭提了，他恨不得让猎狗立刻撕了张小成！

张小成叫王福放狗过来，王福驯狗有一年多了，如果他在狗头上拍一

人生在世好得很，可是也难得很，甜酸苦辣都有。 ——阿尔布卓夫

下，就是叫狗扑上去轻咬；如果在狗头上拧一下，就是命令大狼狗狠命撕咬。这当口，只见王福在狗头上狠狠地拧了一下，于是大狼狗龇牙咧嘴地盯着张小成，慢慢地逼近……

张小成一看却偷偷笑了：你瞧这个王福，连牵狗的皮带子也没解下，这哪是驯狗的料？张小成心中有数，一步后退，故意退到一棵树下，突然，大狼狗腾空而起，箭一般地向张小成扑去，眼看张小成就要被大狼狗扑到了，说时迟，那时快，只见张小成紧挨着树身一闪，大狼狗躲闪不及，一头撞到树干上，痛得"汪汪"直叫。

胡老总又惊又气，大狼狗也愤怒

了，双脚腾空，扑跳着上来撕咬张小成，张小成侧身闪过，眼疾手快，拉住那条牵狗的皮带子，三下两下，"刷拉"，把大狼狗拴在了树上！这一切全发生在瞬息之间，等到在场的人弄明白怎么回事，这条平时凶相毕露的挪威纯种狼狗早已乖乖地认了输，蹲在树旁一动不动了。

胡老总阴沉着脸走到王福面前，冷冷地说："让张小成到保安部当保安，专职驯养这条狗！"说完，他就走了。王福没想到大狼狗就这样被张小成夺了去，他咬牙切齿，心里骂道"好小子，等着瞧！有你好看的！"

3. 夺狗之祸

其实，谁都不知道，这张小成在部队时就是专职驯养军犬的，整整四年，什么狗驯不了啊！

张小成只用了一天时间就和大狼狗熟了，大狼狗也认了他这个新主人。白天，张小成像驯军犬一样驯养它，晚上，他带大狼狗在草地边巡逻。到了周六，张小成想，那些打工夫妻从今天开始可以不花一分钱到草地来约会了，他张小成会当好他们的守护神，可是，奇怪的是，这个晚上竟然没有一个人来，张小成想：是不是他们和自己不熟，怕自己会害了他们啊？

一个星期里只有周六加班到九

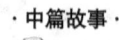

点，要想和老婆约会只有这天，转眼又要到周末了，星期五这天晚上，张小成悄声对刘义说："你们怎么不去草地了？你告诉工人们，他们以后进草地不用再花钱了。"刘义愣了一下，点点头。

日子一天天过去，张小成等了一个周六又一个周六，就是没有人再进草地。这天夜里，过了十二点，张小成把大狼狗放回狗舍，正想回宿舍睡觉，突然，从黑暗处跳出五六个男人，全用黑丝袜把脸蒙着，一人手里拿一截木棍，"呼啦"围上来，一阵乱棍，照着张小成就打，张小成以为是外面进来的小偷，猛然喝道："你们住手！"

好在狗舍离得不远，大狼狗听到张小成的声音，霍地跳了出来，大狼狗救主来了，它"嗖嗖嗖"几下就跃到张小成的跟前，冲着那几个人狂吠，那些人一见大狼狗，吓得马上跑了。张小成心想：他们是谁呢？他们和自己有什么仇、要这样下死手打呢？幸亏自己当过多年的兵，身手不错，不然就要吃大亏了！

第二天，张小成像往日一样牵着大狼狗在厂区溜达，有几个工人推着仓库的平板货车路过那里，没料到大狼狗忽然跳跃上去，冲着其中的一个"小平头"就咬。张小成一个激灵：经他训练的大狼狗会"嗅味辨凶"，这个小平头难道就是昨晚打他的人？厂里

的工友打他，为什么呀？

张小成喝住了大狼狗，走到小平头面前，平静地说："没吓着你吧？真是对不起。"小平头有几分惊慌，张小成更证实了自己的判断，但他没有惊动小平头。

草地里平静了几天，但终于有人扛不住了，又到了周六，这天晚上，刚过九点半，张小成看见一男一女悄悄地要进草地，张小成一看，正是那小平头和他的老婆，于是，张小成装作没看见，把大狼狗拉开。张小成希望别的工友也来，可是没有，这天晚上就小平头和他的老婆进了草地，他们一进去就没完没了了，害得张小成为他们守望了两个多小时。

第二天，张小成有意到草地里去看看，没想到小平头夫妻俩把草压倒了一大片，还在草地上丢了烟头、饮料瓶等杂物，张小成有点生气了，中午吃饭的时候，张小成见到小平头，把他拉到一旁，小声说："以后进草地，时间不要太长，出来的时候，你要把压下的草扶起来，更不能把一些东西丢在里面，明白吗？"小平头愣了一下："你说什么？我……"张小成说："昨晚我都看见了，以后小心点就是了，啊？"小平头听了，一霎间泪水就在眼眶里打转：这张小成是个好人啊！

从这以后，进草地的夫妻渐渐多了起来，王福见了，心疼啊，眼看着

一切饱尝人间辛酸的人们，都以其经历而不是以其寿龄悟出了生活的真谛。——拜伦

花花绿绿的钞票赚不了，有大狼狗护着，想下黑手打张小成也打不了，想和张小成合作，一起赚钱，不用说，他肯定不会干，怎么办呢？

又到了周六，刘义对张小成说："你也真扛得住，你就没想和秀秀进草地约会？"张小成当然想了，刘义看出了他的心思，就说他帮着望风，张小成听了很高兴，便约了秀秀。

十一点以后，在草地约会的工友都走了出来，张小成这才和秀秀偷偷进了草地，两人一到草地就抱在一起，张小成把秀秀搂得紧紧的，说："老婆，想死我了！"秀秀说："我也想死你啊！"张小成和秀秀这对可怜的打工夫妻，这会儿像做贼一样，可没想到两人进去刚一会儿，突然，几个保安打着手电闯了进来，把两人逮个正着，紧接着，保安部长王福来了，又一会儿，人事部的人来了，很快，这事惊动了胡老总。

张小成感到奇怪：他和秀秀被抓的过程，时间安排得天衣无缝，其他约会的夫妻刚走，他和秀秀就被逮住了，会不会有人在背后做了手脚？刘义答应望风，为什么自己被抓了？刘义是有意为之，还是事出偶然、无力保护？

这个周六的晚上，张小成夫妻在草地被抓一事就像特大新闻，全厂都轰动了。保安们把张小成和秀秀押到了人事部，别看胡老总是个老总，可这种事他却管得细致入微，他坐在老板椅上，骂道："你好大胆子，啊？竟敢破坏厂规去草地里约会！"张小成向胡老总解释说："我们是夫妻，我们在一起，是正常的夫妻团聚，没有合适的环境，我们只能到草地去。"

胡老总一拍桌子，说："在我这里打工的，只有工人，没有夫妻！明白吗？没有夫妻！"秀秀是个倔强的女子，她从口袋里掏出带在身上的大红结婚证，含着泪说："我们是夫妻，我

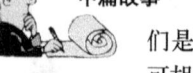

们是合法的夫妻啊！"可胡老总看也不看一眼。

这是夏天，是多雨的季节，这会儿，天下起雨来了，胡老总说了四个字："罚站示众！"于是，保安部长王福叫来了两个保安，把张小成和秀秀推到了草地边……

4. 大雨滂沱

张小成哪受得了这样的屈辱？他对胡老总说："我不干了，今晚我就走人！"没想到胡老总说："你想走？你走也得给我站一夜！"张小成拉起秀秀，说："走，我们去收拾行李，今晚就走，看他们谁敢拦住我们！"没想到胡老总竟让王福等几个保安把张小成夫妻架了出去，推到草地边上，张小成愤怒了，他喊着，骂着，挣扎着……

这时候，王福牵来了大狼狗，他喝了一声，叫大狼狗去咬张小成，大狼狗迟疑了一会儿，王福又大喝了一声，他毕竟驯养过大狼狗很长时间，狗和他也有点亲近，也听他的话，只见大狼狗"嗖"地扑向了张小成，在他的裤腿上咬了一口，这"六亲不认"的畜生呀，张小成恼怒极了，凭着他在部队练出来的腿功，照着大狼狗一脚踢过去，高大凶猛的大狼狗竟被张小成一脚踢翻在草地上。

大狼狗看了看张小成，并没有发作，要是换了别人，非被扯成肉条不可。一旁的秀秀吓得赶紧蹲下来，看张小成伤着了没有。其实大狼狗只是把张小成的裤子扯裂开来，并没有伤着皮肉，它是做给胡老总和王福看的，这狗在张小成的驯养下，也变得通人性了，张小成这才知道自己错怪了大狼狗。

这时候，秀秀附在丈夫的耳边说："站就站吧，我们好久好久没能在一起了！"张小成愣了一下，紧紧地抱住了老婆，夫妻俩就这么在雨中站着。老天并没有怜悯他们，雨越下越大，胡老总站在五楼的窗台上，烧着雪茄看着他们，还有好多好多的工友在看着他们。在这雨夜里，张小成和秀秀紧紧地拥抱着，两人把这一夜当成是他们难得的一次相聚！

张小成以为到了天亮，他和秀秀就可以卷铺盖走人了，但他想错了，一个更大的不幸已悄悄地临近了他们……

半夜里，雨渐渐小了，几乎所有的人都去睡觉了，张小成和秀秀也困了，他们坐在草地上迷迷糊糊地睡着了。这时候，有两个黑影，拿着一条绳子，悄悄地走近了他们和那条大狼狗，这两个黑影要把大狼狗弄死，然后嫁祸于张小成……

两个黑影走近了张小成和秀秀，看到他们睡着了，便又悄悄地走近大狼狗，丢下一块下了安眠药的肉。大狼狗吃了，不一会药性就发作了，它

人人都得背起他的十字架。——英格兰谚语

软绵绵地睡过去了，于是两个黑影拿出绳子，套住了狗的脖子，狠狠地勒住它，把它吊到不远处的一棵树上。大狼狗的身子扭动着，但已无力挣扎，也没有力气叫出声来。一个黑影怕狗死得不快，还抓住狼狗的两条腿，把自己的整个身子都吊了上去，这样，狼狗脖子上的绳套就勒得更紧了。不一会儿，大狼狗就咽气了。他们又拖着大狼狗，来到草地的深处，小心地铲起草皮，把狗埋了，又把草皮盖上，不露痕迹。做罢这一切，两个黑影在黑夜里消失了。

也就在这时，在黑灯瞎火的宿舍窗口，有一个人没有睡，他看见了这一幕……

天亮了，雨停了，张小成和秀秀也醒了。王福走了过来，他看了看两人，笑了笑，说："你们可以走了。"王福刚说完，突然大叫起来："咦，狼狗呢？大狼狗一直在这里守着你们的呀！"他大声喊叫着，张小成也震惊了，昨晚大狼狗确实是一直守候在他们身旁的，怎么会不见了呢？王福马上喊来保安，并报告了胡老总。

胡老总闻讯大惊，他暴跳如雷，马上从工人中抽调了一帮人，全部出动找狗，可是找遍了全厂也没有看到狗的影子，最后，王福对胡老总说：昨晚大狼狗是守着张小成和他老婆的，大狼狗当时咬了张小成一口，八成是他气恼了，把大狼狗整死了，为的是出气，而大狼狗对张小成是很亲近的，它不会防备。

胡老总相信了王福的话，于是就向公安部门报了案，把张小成和秀秀暂时扣押了起来。警察到厂里调查，查了好几天也查不出什么名堂，同时也找不到张小成作案的证据，可是胡老总并没有放过张小成，他派王福带着保安硬是把张小成和秀秀关在宿舍里，事情没有调查清楚不准他们离厂；同时，胡老总又在厂里贴了悬赏告示，有知情报案者，奖励人民币一万元。他一万美金买来的名贵猎犬，就这么不明不白地不见了，他能放过吗？他要查个水落石出，并要作案者

加倍偿还!

可是,半个月过去了,没有人撕这张悬赏告示,也找不到张小成作案的证据,没有证据不能老是这样扣着他,在张小成的强烈抗议下,最后,胡老总无理地扣了张小成和秀秀的一个月工资,然后把他们放了。临出厂的时候,张小成悲愤交加,他想不到胡老总竟这么不讲道理,发誓一定要找胡老总算账!

离开厂子后,张小成和秀秀白天出去找工作,晚上,张小成独自来到草地围墙边的小山坡上,想看看胡老总有没有开车进草地。他一连去了几个晚上,都没碰上,到了第五天晚上,张小成终于看见胡老总开着那辆黑色奔驰到草地来了。他准备了一块石头,拿在手上,小心地翻墙进去,他要用石头把胡老总的车窗玻璃砸碎,出一口胸中的闷气,张小成从没干过坏事,这时候,他的心怦怦直跳,好紧张哟!

5. 善良不变

一会儿,那辆奔驰车停了下来,又一会儿,小轿车又晃动了起来,张小成知道这时候下手是最好不过的了,等到胡老总穿好衣服、体面地从车里出来喊人抓他的时候,他张小成早就逃远了,可张小成很紧张,他几次想走过去,可就是迟疑着下不了手。他就这么盯着这辆车呆呆地看

着,也不知过了多久,大概有一两个小时吧,咦,怪了,胡老总今晚是怎么了?怎么还不开车离开?

砸还是不砸呢?张小成怕砸,砸了有麻烦,可不砸又咽不下这口气,他在心里劝着自己:"砸就砸吧!"他压住心跳,走过去,走近车窗边,举起石头,"啪啪啪"地狠砸了几下,车窗玻璃碎了,出现了一个大窟窿,他连忙丢下石头,没命地逃跑,心里怕得要命,一点也没有那种报复了的快意。

张小成跑出了草地,跃过了围墙,到了黑黑的小山坡上,这才敢回头看,可是奇怪了,那胡老总没从车里追出来,好像车上没人似的。这时候,不知怎么的,张小成突然有了一个古怪的想法:前几天,一张报纸上有一条消息,说是有一对情人关闭车窗后在车上幽会,结果因为时间长了,缺氧,两人窒息而死,胡老总会不会这样呢?

张小成想了十分钟,又等了十分钟,见还是没有动静,心里就有点七上八下了:胡老总会不会和那报纸上说的人一样?尽管他恨胡老总霸道,但那是人命关天的事呀!想到这里,张小成就又攀墙过去,悄悄地走近,想看个究竟,可他的心跳得厉害,他壮着胆子走近了车子,见没有动静,就借着厂房里透过来的一丝灯光,从车窗窟窿往里一看,呀,只见胡老总

和他的女朋友真的躺在车里不动了！张小成见此情景，没多想，急忙掏出手机打了110、120。不一会儿，警车和救护车都来了，开进草地，把胡老总和他的女朋友送了医院，张小成也被带回派出所做了笔录。

在派出所里，张小成承认是为了报复胡老总而砸了他的车，于是，警察便把他扣了起来。第二天，秀秀在看守所找到了他，她哭得很伤心，她说："是你救了胡老总，我要去见胡老总，求他放过你。"张小成止住了她，说："我们不去求他，他要是有良心的话，自然会知道该怎么做，一个人的良心，不是求来的。"秀秀听张小成这么一说，就没有去求胡老总。胡老总和他的女朋友是被抢救了十二个小时后才捡回一条命的，医生说，如果再晚十多分钟送医院，两人就可能命赴黄泉！

胡老总醒来后，得知是张小成报警救了他，他呆住了，于是就对警察说，张小成是为了救他而砸车窗玻璃的，并不是报复他，警察听了就把张小成放了。

张小成出了看守所，和秀秀拥抱着哭了。张小成知道，如果在他发现胡老总窒息的那一瞬间不去相救，那他将会铸成一生的大错。人哪，不管什么时候都要讲良心，善良不要变，要做个好人。

不久，张小成和秀秀在另一家工厂找到了工作。两个月后的一个上午，厂里的人事主管把张小成叫到办公室，主管给了他一张当天的报纸，说："报纸上要找的这个人名字和你一样，是不是你？"

张小成一看报纸，上面有一个寻人启事，启事是这样写的：

张小成，男，二十八岁，身高约一米七0，目前在找工作，如有发现者，请拨打电话告知，酬金一万元。

小成，你在哪里？你找到工作了吗？我是你原来的老总，谢谢你救了

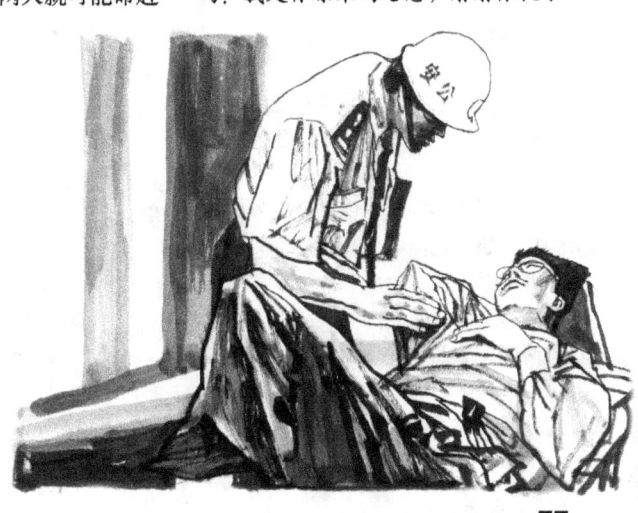

我，你回来吧！我真诚地欢迎你和你的妻子回到我的工厂工作！

下面还附有胡老总的电话号码和地址。张小成看了，眼眶热了，他想了想，对主管说"这个人不是我。"可能是主管打了电话，没想到只过了两个小时，主管又把张小成和秀秀喊去，在他的办公室里，张小成见到了胡老总，胡老总见了他，一下就把他抱住了，说："小成，你本来是可以不救我的，可是你却救了我……生死之间，大彻大悟，这几天我想了很多，是你让我知道了一个打工仔的心胸有多宽阔，你教会了我怎么做人。"说着，他向张小成鞠了一躬。张小成吃了一惊：这个平日里飞扬跋扈、有钱有势的老总，怎么在这一段日子里把做人的道理都想明白了？

胡老总今天是专门来接张小成和秀秀回去的，张小成不想回去，胡老总硬是把他们拉上了他的黑色奔驰车。

没过多少时候，他们到了制衣厂门口。胡老总没有像往常一样直接把车开进去，他叫司机把车停在大门口。这时候，保安部的八个保安在大门两旁笔直地站立着，见他们进来，"刷"地双脚并拢，立正敬礼。这种礼遇平时几乎是胡老总一个人独享的，没想到今天他们把这样的礼遇给了张

小成这样一个打工仔！

胡老总早已把全厂的员工集中在草地边了，上千人，齐刷刷地列队站着，全都把目光看着张小成和秀秀。这时候，胡老总叫人事部长拨打了110，所有的员工都吃惊了：胡老总为什么打110？这里有什么事需要报警？张小成也吃了一惊：难道胡老总叫他回来是为了当着全厂员工的面抓他？

6. 一片阳光

不一会儿，警察来了，胡老总看了一眼脚下的这片草地，说"没想到啊，在这片草地上会发生一场善恶之间的较量。"胡老总说完，把王福喊过来，说："王福，说吧！你是怎么把我的挪威狼狗勒死、然后又嫁祸于张小成的？"王福听了，镇静地说："我没有，胡老总。"

胡老总冷冷地看了王福一眼，说："可是有人看见了，那天半夜，你趁张小成和他的妻子困了的时候，悄悄地走近我的爱犬，用绳套把它勒死，然后埋在厂房后面的那片草地里。"

王福一惊，但脸没变色，他说："这只是你的猜测，说话要有证据。我和张小成无冤无仇，我为什么要嫁祸于他？再说，我也没有力气干这件事啊！"

胡老总轻蔑地看着王福，说"王福，你别以为我到现在还不知道，你

收了多少打工夫妻在草地约会的钱财？是张小成发现并阻止了你，所以你要加害于他，你还借我之手，把他清除出厂，你还有一个帮凶……"张小成听了，吃惊不小，还有一个帮凶？会是谁呢？

接着，胡老总和警察把王福带到埋狗的地方，胡老总将一把铲子丢给王福，说："挖吧！"有警察在场，王福不得不抓起铲子挖了起来。一旁的张小成有点悲伤：三个多月了，大狼狗这时早已变成一堆白骨了……可是，王福挖着挖着，一直挖到了坑底，别说是白骨，就是一根狗毛也没有挖到。王福先是吃惊，然后丢下铲子，大声叫了起来："姓胡的，你血口喷人！狗呢？狗在哪里？你这是陷害！"

胡老总笑了笑，说："你别得意，那天晚上看见你的人，知道狗有很强的生命力，只要它有时间吸了地气，就又会活过来的，所以在你埋了狗走后，他就把大狼狗挖了出来，实话告诉你，我的挪威犬并没有死！"

王福虚张声势地说："谁看见了，你叫他站出来！"胡老总指了指站着的上千名员工，说："他就在他们中间，这个人你是不会知道的，我得保护他！"说着，胡老总叫人把秘密藏着的大狼狗牵了出来，那猎犬一见王福，狂叫着就要扑上去咬他，王福吓坏了……

接着，胡老总从口袋里掏出了几张照片，照片上是两个人勒死大狼狗和拖着狼狗去埋的场景，但因为这是夜里，照片上的人不是很清楚，王福竟然是一副死猪不怕开水烫的样子，对胡老总说："这怎么是我呢？就凭这，你能说这照片上的人就是我？"胡老总气坏了，说："没想到啊，王福，你真是一个不见棺材不落泪的人！"胡老总说着，向远处一挥手，两个警察把刘义带了上来，王福一见刘义，这才大惊，刘义对王福说："我把什么都说了。"

其实，刘义正是王福的帮凶，他平时带头并鼓动那些打工夫妻去草地约会，他是"托儿"的角色，赚了钱后王福再和他分成。上回，张小成在草地遇见的正是刘义和他老婆，刘义知道张小成是没交钱就进来的，于是他就悄悄出来告诉王福，王福就放狗来咬张小成。张小成夺走狗后，王福和刘义合谋，在员工中造谣，说张小成要收每对进草地的夫妻一百元，员工们听了，恼啊，于是他们就不进草地约会了，可牛郎织女也要鹊桥相会，夫妻长时间不见面怎么受得了？他们恨张小成，于是就揍他，幸好大狼狗护着，他才逃过一劫。眼见一计不成，王福和刘义又生一计，由刘义引诱张小成进了草地，然后逮住，又想害死胡老总的大狼狗，嫁祸于张小成……

所有人知道这一切后都惊呆了：

脚下的这片草地上，竟会发生这样触目惊心的事！同是打工的，有人竟会这么歹毒，有人却又这么善良！

真相大白了，胡老总对王福说："你还有什么要说的？"王福耷拉着脑袋，无话可说，于是警察就把他和刘义带走了。胡老总当众宣布：让张小成接替王福的职位，当保安部长。刹那间，平地里响起了一阵雷鸣般的掌声……

工人们解散后，胡老总把张小成、秀秀和一群工人代表带到了一个地方，这里盖了一幢新房子，一共是二十二个小房间，每个房间里都有独用的卫生间，有一张双人床和新的被褥。张小成知道，就是厂里的管理人员，也没有住上这么好的房间，他不知道这是给谁住的。

新房子的走廊上挂着一块红绸，红绸蒙着一个牌子，胡老总让张小成猜猜牌子上面写的是什么，张小成怎么也猜不出来，胡老总一把扯下红绸，张小成抬头一看，只见牌子上面写着几个字："打工夫妻周末房"。

胡老总笑吟吟地把一串钥匙交给了秀秀，对她说："从现在起，我要你管好、安排好这二十二间打工夫妻周末房，你们这些打工夫妻，以后就再也不用偷偷摸摸去钻草地了。"说着，胡老总还来了点小幽默，说，"当然，最好不要生孩子。"

那一刻，张小成、秀秀和工人代表们的眼眶都湿漉漉的了，那些钻过草地的女员工们竟相拥而泣，一时间，掌声雷动，这掌声既是给胡老总的，更是给张小成的，这真是令人动容的一幕！

很快，胡老总这个制衣厂生产的服装，无论在品牌设计还是在质量上，都成了同行中的佼佼者，效益直线上升，胡老总知道，这是所有员工对他的回报。

在一个月明星稀的晚上，胡老总和张小成双双坐在这块草地上聊天，张小成说："对于我们这些打工夫妻来说，真是祸也草地，福也草地啊！"胡老总点点头，说："这块草地，使我明白了什么是善，什么是恶。"

胡老总又说："小成，你不想问问那天晚上拍照片的这个人是谁吗？"张小成笑了，说："胡老总，那你告诉我吧。"胡老总也笑了，他看了看张小成，说："其实啊，这个人是谁，我不说你也会猜到了，是那个小平头。小平头对我说，那个晚上，看到你和秀秀在雨中被罚站的情景，他没法睡，他就在窗口看着你们、陪着你们……小成啊，你知道吗，在这块草地上，你感动的不仅仅是小平头，也不仅仅是我，你感动了全厂上千名员工！"

听着胡老总说出了这几句发自肺腑的话，张小成哭了……

（题图、插图：杨宏富）

生活就像海洋，只有意志坚强的人才能到达彼岸。——马克思

当代传奇故事

　　优秀的传奇故事能给人以悲喜、惊恐、神秘等强烈而多变的阅读快感。本书每则故事无不以"奇"作为情节的核心，让人读来欲罢不能。作为"故事会爱好者丛书"中的一种，本集子相当具有代表性，故事的特点，《故事会》的风格，从此书可窥一斑。

发财故事

　　发财，自古以来人皆往之，因此发财故事也就在民间绵延不绝。本集36则发财故事分六大类：因财起祸、生财之道、天落横财、发财恶梦、飘忽财运、钱难通神等。故事生动，通俗可读。

旅途故事

　　46则旅途故事，让人在应接不暇的情节、人物中体验生活、体验社会、体验人生，从而拥抱生活，拥抱明天。作品充分运用了故事艺术的诸种表现手法：悬念、对比、误会、包袱……情节跌宕起伏，引人入胜。

喝酒故事

　　酒这东西，自古以来人们就对它褒贬不一，毁誉参半。本集古今中外64则喝酒故事，或喜或悲，或辛或酸，或啼笑皆非，按内容分为"因酒生事、借酒陈言、醉酒出丑、酒水糊涂、酗酒丧身、荒唐赛酒"等六类。

警匪故事

　　本书汇集五则中篇故事精品，描写公安人员深入虎穴，与潜伏的敌特土匪斗志斗勇，最后使之落入天罗地网。故事情节曲折复杂，悬念性特别强，敌我之间关系扑朔迷离，错综复杂，人物命运特别牵动人心。

红色间谍故事

　　7则中篇故事，描写一群置生死于度外，出生入死在敌巢魔窟中，机智勇敢地与敌特匪首周旋，进行地下斗争的革命者。故事情节曲折，人物形象鲜明，具有震撼人心的艺术魅力。

捣蛋鬼故事

　　本书收入的"捣蛋鬼"，是一批头上长角的油子、懦夫、贪者、莽夫、偷儿、怪徒，他们大多性格怪异，但在激变的环境中却展现出了人们意想不到的美丽人生。书中也描写了另一类罪错者，故事往往以轻喜剧的风格来处理人物之间的矛盾冲突，让你饱览社会生活的丰富多采。

怕老婆故事

　　怕老婆现象古今中外均不同程度存在，汇集出书这是第一本。作者均取材于实际生活，有古代代表性作品，更多的是描写当代人的这类夫妻关系。他们怕老婆的行为，离奇古怪；怕老婆的动机，五花八门。

他乡异客

□ 孙新华

这是一间只能容得下十个人的视频聊天室，来的都是常客，也都是中年朋友。人虽只有十个，却包容了祖国的四面八方：北京的老金网名叫"金水桥"，天津的大李叫"天津卫"，西藏的小王叫"藏羚羊"，新疆的小刘叫"天山雪莲"……虽说网上是个虚拟世界，但大家都割舍不了这份感情，见面后问一声好，道一声安，也算是听到了来自天南地北的祝福，特别是有了这"视频"，千里之外却又在咫尺之间，音容笑貌，尽收眼底，感觉很惬意。

每个人上网都有各自的难言之隐：老金是女儿不让他上网，大李是老婆不让他上网，小王是老公不让她上网，小刘是……可大家就是要上，也说不清到底是为了什么。

黄姐没有这样的情况，她离了婚，儿子跟了过去的丈夫。男人无官一身轻，而女人则是无夫一身轻，所以她是每天最早来聊天室，又是最后离去的一个。她不唱歌，不放歌，也很少说话。大家干什么她总是静静地听着，看着，就连笑容也偶尔只表露出那么一点儿，她总是那么"静"，唉，既然这样好静，又何必来聊天室玩呢？大概是害怕孤独吧？

可能大家都有这样的想法，于是老金说是要给她找个老公，大李说要她嫁到天津来，小王劝她找个情人，小刘开导她，说是现在搞网恋也很时尚，可她一一回绝。

这天，也不知怎么的，一下聊到了旅游上头，临近国庆了，老金突然冒出一个念头，邀请大家来北京玩玩，这个倡议立刻得到大家的响应，谈着谈着，大家发现黄姐一直没有表态，只是把头深深地埋在胸前。她是一个中学教师，又是单人一口，时间和经济上都应该不存在问题，老金问她是不是来过北京，她摇了摇头；大李问她是不是国庆节有要事缠身，她也摇了摇头。

第二天，没见黄姐来，一连几天，一直没见她露面，大家奇怪，她可从不缺席的呀！大概过了七八天，也

就是大家临近启程来北京的时候，她又来聊天了，脸上仍然带着淡淡的笑。大家知道她不来北京，也知道那天晚上就是因为聊到去北京才惹得她几天没露面，虽然是朋友，可各人都会有各人的隐私，大家怕刺到她的疼处，都把话题引到了其他方面。

黄姐仍然只听大家聊，一句话也没说！

夜已很深了，该是要离去的时候了，黄姐终于开口了："时间都定好了吗？"

"是的，定好了。"

"我原本想再也不来聊天了，可我不来，就见不到大家了，大家也再也见不到我了！"

聊天室立刻静了下来，黄姐继续说道："其实我很想和大家相聚北京，我也很想见见现实中的你们……你们知道这些天我为什么没有来吗？我去了医院，我问医生我还能不能活上20天，我又吃了些不该吃的药，都是些镇痛的药，我做这些就是想和你们相会在北京，去天安门，去长城，去故宫……"黄姐已泣不成声，聊天室静得出奇，死一般的沉寂！

其实黄姐不往下说，大家都知道后面的内容了：她患了癌症，到了晚期，即将走到生命的尽头！

夜已很深很深了，聊天室里更加沉寂。能向黄姐说些什么呢？什么也不需要说，所有开导和劝慰的话都会

显得多余。该为她做些什么呢？是的，应该为她做点什么，可又能为她做些什么呢？

老金又冒出一个念头："我建议大家把旅游的线路改一改，去黄姐那儿！"他的话还没说完，大家都举双手响应，尽管黄姐一再婉言谢绝，可此刻大家已由不得她多说了，于是又重新修订了启程时间：把时间提前得不能再提前，又更改了交通工具：想坐火车汽车的都改成了坐飞机！

黄姐住在苏北的一个小县城，在城市人眼中，那是一处穷乡僻壤。

该给她带点什么呢？大家都在动脑筋。老金是北京人，他怕黄姐那小地方没有鲜花店，就在北京买好了玫瑰花，不是一朵，是九朵，他是给每位都准备了一朵；大李是天津人，他给黄姐买了两袋速冻的"狗不理"包子；小王是西藏人，她给黄姐带了青稞酒和酥油茶；小刘是新疆人，她给黄姐带了葡萄干和哈密瓜……

汇合的时间到了，大家在同一时间赶到了同一个地点。一点人头，竟多出了三位：不让老金上网的老金的女儿来了，不让大李上网的大李的老婆来了，不让小王上网的小王的老公也来了！

大家约好了早上九点去医院看黄姐，人间有多少遗憾和懊悔，为什么不定到早上八点呢？大家都没有想到八点十五分黄姐竟然离开了人世……

黄姐的亲友，她的同事，她单位的领导都知道这些网友要来，灵堂里所有的人都站了起来，为他们敞开了一条通往灵台的路。黄姐的这些朋友们穿着不同民族的服饰，带着各具地方特色的礼品，步履沉重地走着，老金把玫瑰花瓣撒在了黄姐的灵床上，供在灵台前的还有大李的包子，小王的青稞酒、酥油茶，小刘的葡萄干和哈密瓜……

黄姐的母亲是一位退休的老教师，她握着他们的手，眼泪汪汪地说："她给我说过，你们会来看她，她说你们虽是网络上的朋友，可也是最真诚的朋友。她要我好好接待你们，不要怠慢了你们……"

黄姐单位的领导也紧拉着他们的手："她也给我说过，要我们好好接待你们。你们放弃去北京旅游，来到我们这座小城。网络是虚拟的，可情感是真诚的。欢迎你们，远道而来的朋友！"所有人都在为黄姐的这些朋友们鼓掌，大家都把他们围了起来！

这时，老金含泪唱了一首网络上很流行的歌，小王献上了一条洁白的哈达……

听说人死后，神经细胞还能维持三天，想必黄姐都听到了这些，也都看到了这些……

（本篇月月评短信代码：G139）

（题图、插图：安玉民）

两代人的爱语

听说矿上工资高，为了两个孙子的学费，一个五十多岁的老汉告别老伴要去山西挖煤，任凭谁也留不住。老汉收拾了几件衣服就走了，同去的还有村里的两个小伙子。两个小伙子每月给家里打一回电话，和媳妇扯上半天，说些"时尚"的"爱语"。

那个老汉按月往家里寄钱，一年多了也没给家里打过电话。有一天，老汉说："真羡慕你们年轻人。"别的矿工都怂恿他也给老婆打一回电话，他说那就打一回吧。等电话通了，他问了一句："家里三头猪还好吧？"说着，泪就下来了。

当时，周围的人们好静，好静，年轻的矿工们悄悄地离去了。

那一天，这个普通的农村老汉用一句再普通不过的问话，击败了年轻人的"时尚"……

（作者：彭　好；推荐者：徐丽娜）

开除一条狗

美国航空公司是美国最大也是最赚钱的航空公司之一。美航的成功，应归结于它的首席执行官罗伯特·柯南道尔所采取的一系列策略，其中最具特色的是将成本降到最低的管理方案。

美航在加勒比海边有一栋货仓，早先一直雇用了一个人整夜看守，后来柯南道尔决定要省掉这项支出。有人说："我们需要这个人来防止盗窃。"柯南道尔说："把他换成临时工，隔天守夜一次，也不会有人知道他在不在。"

过了一年，柯南道尔还想减少成本，便告诉下属："何不

婚姻是一本书，第一章写的是诗篇，其余则是平淡的散文。——巴法利·尼克斯

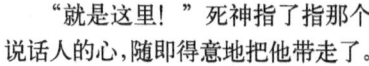

换成一条狗来巡守仓库？"下属就这么做了，而且有效。又过了一年，柯南道尔还想把成本再往下降，下属说："我们已经降到只用一条狗了。"柯南道尔说："你们干吗不把狗叫的声音录下来播放？"

就这样，柯南道尔为了省钱，开除了一条看门的狗……

（**翻译**：高　凯；**推荐者**：谢　衡）

技术是完美的，哪里有瑕疵？"

"就是这里！"死神指了指那个说话人的心，随即得意地把他带走了。

一句批评或者奉承的话往往会使人暴露出自己的弱点。

（**推荐者**：刘日浩）

人性的弱点

位科学家研究出了克隆人的技术。有一天，这位科学家得知死神正在寻找他，便利用克隆技术复制了十二个"自己"，想在死神面前以假乱真保住性命。

科学家的克隆技术堪称完美，面对十三个一模一样的人，死神一时分辨不出哪个才是真正的目标，只好悻悻离去。

但是没过多久，对人性的弱点了如指掌的死神，想出了一个识别"猎物"的好办法。

死神又找到那十三个一模一样的科学家，对他们说："先生，你确实是个天才，能够克隆出如此完美的复制品，但很不幸，我还是发现你的作品有一处微小的瑕疵。"

话音未落，那个真的科学家暴跳起来大声辩解道："这不可能！我的

活下来的是傻子

客机在大沙漠里失事，仅有十一人幸存，沙漠的白昼气温高达五六十摄氏度，如果不能及时找到水源，人很快就会渴死。这十一人中，有大学教授、家庭主妇、政府官员、公司经理、部队军官……此外，还有一个叫彼得的傻子。

他们出发去找水源，他们曾三次看见水草丰茂的绿洲，可冲过去一看却是海市蜃楼。第二天中午，他们又一次看到了"海市蜃楼"，于是发誓再也不会上当了，所有人都躺倒了，除了傻子彼得。彼得不知道什么叫海市蜃楼，他吃力地攀上了前面一个沙丘，突然高兴得手舞足蹈："水塘，一个水塘！"可没有一个人搭理他……

三天后，当救援人员寻找到他们时，那十个人已经全死了，只有水塘边的傻子彼得安然无恙……

（**作者**：邵　阳；**推荐者**：韩　为）

（**本栏题图**：箭　中）

迷糊和驴

□ 米井利

八仙沟有个叫米福的，嗜酒如命，一天到晚喝得迷迷糊糊的，人们都叫他"迷糊"。

前不久，米福贷款买了一母一公两头黑驴，你别说，这驴买了没几天，母驴就发情了，迷糊乐了：明年的今天就是一头小驴，一千多块钱哪！

指望母驴产崽就得配种，去兽医站配种要过两道大山梁。这天鸡叫头遍，迷糊就拉上驴上路了，想赶个头水儿。走了没多远，米福哈欠连天，酒瘾上来了，他掏出酒壶，一手抓酒壶，一手抓缰绳，边走边喝。

天大亮时到了兽医站，迷糊拉了拉缰绳，嗯，咋轻飘飘呀？再一瞧，傻眼了：手里只剩半截朽了的绳头，驴却不见了，等米福找到驴再回到兽医站时，站里那头种驴已经给别的母驴配过了，只好明儿再来啦。

米福白跑了一趟，气得出了兽医站就直奔杂货店，赶紧买了一根新缰绳给母驴换上。这天晚上，米福又喝了好多酒，第二天醒来，还是醉眼迷离的，一看天色，连忙起床，又拉上驴子上了路，一边走一边扯缰绳：这新买的缰绳多结实，哼，看你再断！

这一路上倒走得挺顺当的，天刚蒙蒙亮，就到了兽医站，米福今儿个是头一号了，他喊开了门，牵过了驴，兽医一检查，说："本站还没有掌握让公鸡生蛋的科学技术，你另请高明吧！"

原来昨晚米福的媳妇见公驴不安分，怕挣断朽了的旧缰绳，就把米福刚给母驴买的新缰绳换给了公驴，她没说，米福自然不知道，早起拉驴时酒还没醒，只认缰绳没看驴，这才闹了笑话——牵来的竟是头公驴！

第一杯是人饮酒，第二杯是酒饮酒，第三杯是酒饮人。 ——千利休

按轱辘收钱

□ 宁书科

这天，栓柱推上家里的独轮车进城卖瓜，他刚进县城，路管所的一个"大盖帽"将手中的小旗一挥，说："按轱辘收养路费，独轮车一个轱辘，交20元。"栓柱只得老老实实地递过去20元钱。

没多久栓柱买了一辆旧自行车，后边挂两个篓子，这样进城卖瓜就省力多了。那天刚进城，上次的那个"大盖帽"又将小旗一挥，说是自行车有两个轱辘，该交40元养路费。又过了一阵子，栓柱将自行车换成了三轮车，那个"大盖帽"说三轮车又多了一个轱辘，要收60元养路费，栓柱只得乖乖给了他。

过了一段时间，香瓜卖完了，栓柱想在城里找个事做。这天，他进了城，看见路边有一间自行车装配店，门前还贴了张招聘熟练工的启事，栓柱以前学过修理自行车，就去应聘，走进店里一看，嗨，那店主就是那个"大盖帽"！"大盖帽"见了栓柱，有点不好意思地说"我叫张伐，因为乱收费，被领导解除了职务，就开了这么个店……"

就这样，栓柱在张伐的店里打起了工，栓柱装配相当熟练，他笑着对张伐说："你从前罚款按轱辘算钱，你现在也按轱辘算工钱吧，一个轱辘10元，一辆自行车20元，怎么样？"张伐想了想，满口答应。

后来店里进了一批三轮车，装配起来比自行车还简单，栓柱每辆却要30元，张伐只得乖乖认账。

再后来，店里进了一批儿童自行车，装配起来更简单，栓柱每辆却索要40元，张伐自然不答应，栓柱说："我们不是说好按轱辘算钱吗？"

"可儿童车只有两个轱辘啊！"

栓柱笑了："后边两侧还有两个小轱辘呢！"

电梯里的故事

□ 张 玉

那天晚上，约翰和汤姆在学校的图书馆看书时看到了一个故事：有一个人能够看到鬼，有一天，他去乘电梯，一会儿电梯门打开了，看到里面有很多鬼，很挤，人只有一个，是个女孩，于是那人就说："乘得这么满啊，我等一下好了。"那个女孩一听这话吓得魂不守舍，后来就活活被吓死了。

那天，约翰和汤姆从图书馆出来已经很晚了，他们俩走到电梯旁，决定按着书上那个故事里说的，来捉弄捉弄电梯里的人。

电梯到了，里面恰巧只有一个女孩，约翰看了看电梯里面，装着很遗憾的样子，对汤姆说："哇，乘得这么满啊，我们等一会儿好了！"那个可怜的女孩听他这么一说，吓得瞪大了眼睛，眼巴巴地看着电梯门关上。

过了很多天后，约翰和汤姆渐渐地把这事忘得一干二净了，这天晚上，两人在乘电梯时又遇到了上次那个女孩，电梯里只有女孩一个人，可是那女孩却对他俩说："你们看这里已经乘得这么满了，你们等下一趟吧。"

约翰说："可是这电梯里好像只有你一个人呀！"那女孩很生气地说："这么多人你们没看见啊！等下一趟吧！"然后电梯门就关上了。

两人吓得冷汗都冒出来了，站在电梯间前直发呆……

过了一会儿，电梯又到了，约翰和汤姆恐惧地注视着电梯门一点点地打开，两人一看，里面还是那个女孩一个人，只见那女孩笑笑说："你们记得两周前在这里吓我了吗？我昨天也看到那个故事了！"

拥有大量想法的人不一定聪明，拥有大量士兵的将军不一定英明。 ——尚福尔

· 幽默世界 ·

绕弯儿

□叶小丁

老刘出差回到城里已是后半夜，走出火车站，只听见"吱"一声，一辆夏利停在脚边，司机探出头，操一口本地话问："师傅，坐车不？"

老刘用普通话答道："你送我到红河制玉厂。"司机听了一个劲地点头，然后就上了路。路宽车稀，夏利一路飞奔，过大路，钻小巷，七转八拐，"吱"一声，正停在红河制玉厂前，司机看了看计程表，说："到了，四十

三，咱是爽气人，给四十就中！"

老刘一下翻了脸："你说啥？四十就中？你中，俺可不中！俺在这儿住了四十多年，还没听说过这价儿！"老刘说话间已变成了本地口音，司机一听老刘是本地人，顿时傻了眼，赔着小心，只收了老刘十块钱，"以后要多走直路，少绕弯儿！"老刘教训完了要发票，司机忙递过一张发票，老刘接后仔细一看，说："咋没章，给盖个章！"司机摸摸索索，好半天才盖上个章。老刘接过一挥手，夏利"吱"的一声没影了。老刘耍了司机，心中得意，回家后钻进被窝，笑了半夜。

第二天，老刘来到会计室，拿着单据报销差旅费。会计把单据翻翻捡捡，扔出一张发票："老刘，你这是弄啥，这也能报？"老刘接过一看，正是昨晚的出租车发票，上下翻了翻，问："咋了？"

"咋了？没章！"

"这不是章？"

会计探头再看看，问道："这是啥章？这也是章？"

老刘举起发票仔细一看，上面盖着一个红红的圆印，圆印中间是一个清清楚楚的大字"车"，我的妈呀，是个象棋子儿！

老刘恼了：你不给发票就不给，绕啥弯儿？

秘密语

□ 一 郎

张方和女朋友都是属狗的，热恋中的情人总是能挖空心思想出一些花招来取乐，这不，近段时间，他们想到了用生肖互相取笑对方，例如，张方上女朋友家玩，吃饭前女朋友会冲他喊："快把你的狗爪子洗干净，准备吃饭！"吃过饭，两个人出去散步，张方会得意地对女朋友说："遛狗去吧！"他们把这当成是两人间的秘密语，当作是使双方感情融洽的一剂良方。

有一天上班，老板叫张方给财务部填写一份季度报表，张方忙了半天，把报表送到了财务部。财务部经理是老板娘，她看了报表后说："张方，这些数据好像还有些出入，你再核实一下。"

其实，这些报表张方都已经仔细核查过了，他感到不会有错误，心里一高兴，就脱口而出："经理，睁开你的狗眼好好看看，这些数据都是准确无误的！"

话音刚落，老板娘的脸色马上变了，张方也马上意识到了自己的错误，他把平时和女朋友说的秘密语用到这里来了，于是赶紧道歉："对不起，经理，这是我的秘密语，平时只对心爱的人才会这样说的。"

此话说完，张方知道又说错了，因为他一回头，发现老板此时正好站在门口……

（本栏题图：李 加 史文琦）

（本刊可推荐的栏目有：笑话、快乐辞典、点击网络故事、情节聚焦、3分钟典藏故事，读者可把看到的、听到的适合以上栏目刊用的各类作品推荐给我们；其他栏目均刊发原创作品，热忱欢迎作者提供有浓郁的时代气息和新奇情节的故事作品。来稿可从邮局寄发，也可发电子邮件，本期责任编辑的电子信箱为：yaotongzhi@vip.sohu.net）

谅解犹如一个火把能照亮由焦躁、怨恨和复仇心理铺就的道路。 ——穆尼尔·纳素夫

故事会

2005年7月
下半月刊·绿版

主 编：何承伟
常务副主编：吴 伦
副主编：姚自豪（上半月·红版）
副主编：夏一鸣（下半月·绿版）
本期责任编辑：梁宁宁

发稿编辑：
姚自豪 蔓 石
夏一鸣 鲍 放
美术编辑：李宝强
电脑制作：郭瑾玮
通 联：归依玲

本社办公室电话：021-64375030
上半月刊编辑部电话：021-64332325
下半月刊编辑部电话：021-64336469
（上海市绍兴路74号 邮编：200020）

主管： 上海文艺出版总社
主办：

督印 发行：张 凯
电话：021-64313938
广告总代理：上海文艺广告传播中心
（上海市绍兴路74号 邮编：200020）
广告总监：张 淮
广告业务：021-34010383
广告投诉：021-64333738
广告经营许可证
沪工商广字3101034000029号
发行：中国图书进出口上海公司

搜狐文化
culture.sohu.com

刊与搜狐文化
作推出电子版

本刊各栏目欢迎来稿。来稿寄上海市绍兴路74号《故事会》杂志社，邮编：200020；请在信封上注明"×
×栏目"收；本期责任编辑电子邮箱：liangningning@vip.sohu.net

第 一 次

刑场上，第一次行刑的刽子手哆嗦着对死囚说："大哥，请你把头放好一点，我这可是第一次。"

"可恶，你以为我这是第二次吗？"死囚答道。　（林 尤）

环游世界

老师为提高学生的成绩，对同学做了以下规定：凡是考试答错一道题的，必须在操场跑一圈，错两道的必须跑两圈，依次类推。当老师说完后，只见一位学生迅速把书包背起来说："老师，按您的规定，我要去环游世界了。"　（张佳舒）

（本栏插图：李 加 史文琦）

老师："你为什么迟到？"

学生："我本来想在家里打电脑游戏，但是爸爸不允许我打，我哭了，所以来晚了。"

老师："你爸爸做得很对！关于你为什么应该上学，不应该打游戏，我想他一定对你解释清楚了吧？"

学生："是的，爸爸解释过，他说家里只有一台电脑，我们俩不能同时用……"

（邵 真）

不能同时用

离婚原因

一个丈夫在法庭上请求离婚，他说："法官大人，我已经无法再和太太生活下去了。她太粗暴，十年前就往我头上扔盘子。"

法官问："可是，为什么你现在才申请离婚呢？"

丈夫回答道："因为她最近瞄得更准了。"

（蒋 力）

幸亏是旧的

小王走进一家瓷器店，一不小心把一只花瓶给打碎了。

店主号啕大哭："唉呀，你怎么把我两百多年的花瓶弄碎了？"

"唉，"小王长吁一口气，"幸亏是个旧的！"

（谭　军）

谁是修保险丝的

某大学举行晚会，忽然电灯灭了，学生利用这个黑暗的空隙交谈自己是主修什么专业的。

一个说："我是修大气物理的。"

一个说："我是修生物学的。"

一个说："我是修国际贸易的。"

这时，背后传来了辅导员的声音："谁是修保险丝的？"

（张仲云）

当心香蕉

两个孩子头一遭乘火车，当他们开始剥香蕉皮时，火车正要钻一条黑暗的隧道。

当火车进入隧道时，一个小孩突然大声问："你已经吃了香蕉吗？"

另一个回答："还没呢。"

"千万别碰它，我吃了一口，就什么都看不见了。"

（陈清清）

迟到的原因

一个冬天的早晨，一位雇员解释为什么上班迟到了 45 分钟："外面太滑了，我每向前走一步，就得退回两步。"

老板用怀疑的眼光注视着他："哦，是吗？那么你是怎么到这来的呢？"

他说："我最后决定不来上班了，然后就开始朝家走。"

（乔　强）

破 车

一农场主夸耀他的农场之大，说："我开着汽车沿着我的农场绕一圈，得花两天时间！"

谁知，听众中一老者深表同情地说："我很理解你，当年我也有这么一部破车！" （唐 刚）

送 错 了

富商："我那件破大衣到哪里去了？"

富商太太回答说："噢，那件扔在大街上都没人拾的破大衣，昨天让我送给一个乞丐了。"

富商急了："谁叫你送人的，等会我到税务局去穿什么啊？"

（陈抗美）

最痛苦的是什么

两个上班族散步，甲问："世界上最痛苦的事情是什么？"

乙说："上班！"

甲又问："还有更痛苦的吗？"乙沉吟半晌说："天天上班。"

甲继续问："有再痛苦的吗？"乙两眼一瞪："加班。"

甲还问："那再再痛苦的呢？"乙急了："那就是白加班！"

（伯 方）

迷 信

妈妈问小明："你觉得你的老师怎么样？"

"在我看来，他是个很迷信的人。"

"为什么？"

"我每次回答问题后，他总仰着脸叹口气说：'唉，我的上帝呀！这可怎么办呢？'" （祝晓峰）

好运气

丈夫下班回家，额上有一块红色，太太见了大怒道："这是谁的口红？"

"不是口红，是血，开车时候撞了一下，前额撞在方向盘上了。"

太太面露喜色地说："算你运气好。"

（蒋大海）

应该笑着面对生活，不管一切如何。 ——伏契克

最佳作文

老师要学生写一篇关于最近一场足球比赛的作文，一个男学生写了几个字，就放下了笔。老师问他"你为什么不写了？"男学生说"我写完了。"老师拿起他的作文本，只见上面写着："雨天，未赛。"

（张波）

我很重要

妻子："为什么你总是把我的照片装到包里带去办公室呢？"

丈夫"每当我遇到困难时，我就会把你的照片拿出来看上两眼，困难就迎刃而解了。"

妻子："你看，我对于你是多么的重要啊。"

丈夫："是的。因为跟你相比，什么困难都不算困难了。"

（杨洪峰）

看见

一群人正往一辆客车上挤，一个小伙子不小心踩到了一位中年妇女的脚。

小伙子连忙说"对不起，我没看见。"中年妇女道："没看见？要是在二十年前啊，你恐怕老远就看见了。"

（赵勇）

潜水结婚

小王"我发现潜水结婚是最佳的仪式……"

小李："为什么？"

小王："它提醒一对新人从那一天起就要开始学会忍气吞声！"

（钱磊）

（本栏欢迎来稿，来稿一经采用，最高稿费为1则100元。本期责任编辑电子信箱：liangningning@vip.sohu.net）

悲剧故事

　　本书所收10则故事是从《故事会》刊登的数千同类作品中精选出来的，主人公的遭遇构成了凄怆感人的故事情节，主人公的命运牵动人心，主人公悲惨的结局更令人心颤。

喜剧故事

　　从《故事会》"幽默世界"栏目中精心挑选成集，按内容分为：谐趣篇、巧计篇、戏谑篇、讽刺篇、荒诞篇、沉思篇。本书的特点是：(1)现代感强。作品均是反映当代生活的各类题材；(2)短小精悍。作品长不过千余字，短只有三四百字，言简意赅，内容丰富。

恩仇故事

　　构成恩仇的因素是多方面的：由爱变恨，由恨成仇；以怨报德，恩将仇报；忘恩负义，寻仇报复；亲人之间，恩怨仇杀……本书这9则中篇恩仇故事矛盾冲突尖锐复杂，有很强的可读性。

怨女故事

　　这是一本关于悲怨女人的故事书，54则作品分为"大祸从天降、魂系狼窝口、扭曲的灵魂、水火当有情、红颜怨恨天、情谊伴君行、三女抗争记、情歌绝唱对、亡灵的哭泣、山村血泪情"等10个篇章。

家有贼人

□ 苏乃禾

我平时应酬多，老婆总有些意见。一天晚上，我接到了公司打来的电话，说有急事让我马上出发，而且时间要一个多月。我撂下饭碗就起身换衣服，妻子一把拉住我，不分青红皂白地说道："又是哪位小姐？上次的女人姓李，上上次的女人姓杨。我这个老婆在你的心里到底算什么？"我接到出差的电话本来就不怎么乐意，没想到老婆一句话没问，就怀疑我！我回敬道："赚钱当然得有应酬，我要真有外心，存折上还能写你的名字？"妻子气得脸都红了："你开口闭口就是钱。挣钱凭的是能力，又不是去做'鸭'！"

真没想到一向贤淑的妻子出口这么刻薄，我恼羞成怒，态度变得更加强硬："告诉你，今天我偏要走，也用不着跟你说去哪！"说完匆匆收拾了东西，夺门而去。

我刚跑到楼下，已经气糊涂的妻子竟一把推开窗户冲着我大声嚷嚷："有本事走就别回来！"顿时，楼下、楼上的窗子应声而开，邻居们探出头来，看是哪个倒霉蛋被逐出家门了。那一刻，真是太尴尬了……

转眼一个月过去了，总算熬到了回家的时候。可当我走进小区时，心里有些不安起来，妻子是后来从我爸妈那知道我是出差，也赌气不和我联系，不知道现在有没有消气。不过话说回来，夫妻没有隔夜的仇，只要妻子能让我进门，看点脸色也无所谓，我在外苦熬了一个多月，这会儿特别想快点进家，痛痛快快地洗个热水澡。

走到楼下，我习惯性地抬头往我

熟悉的小窝看了一眼，就这么一看，立刻看得我眼冒金星，只见阳台上有一条男式内裤正在逆风飞扬，热血顿时冲上我的头顶，我有点不受自己控制了，三步并两步登上四楼，可家门前的景象更让我毛骨悚然：家门口防盗门内的鞋架上赫然放着两双皮鞋，一大一小，一男一女。女式是妻子的，可那双新男式皮鞋绝对是我没见过的。难道真的……

我掏钥匙的手开始哆嗦起来，心里一阵痛，心慌意乱地在包里乱摸了一阵，才想起来，自己根本没带钥匙。

"咣咣咣！"我攥紧了拳头，猛砸防盗门，并大声喊："开门，开——门！"

可不管我怎么敲，门里一点动静都没有，我意识到问题的严重性了！一定是妻子招来野汉子，被我堵在屋里，堵在床上了，这是我最不愿意看到的结果。

好吧，那就一不做，二不休，我决定一个电话打到岳父岳母那边，让他们赶快过来看看这难得一见的"西洋景"。于是我想谎说他们的宝贝女儿在家煤气中毒，可转念一想，不行，岳父岳母有心脏病，崩了怎么办？还是说成我家可能被盗了吧，更不行，盗了报警不就行了，给二老打什么电话啊……

正当我想着如何打电话给岳父岳

母时，妻子拎着一篮菜"呼哧呼哧"地爬上了四楼，看到我站在门口，一脸惊喜的表情，含情脉脉地撒娇道："你回来了，怎么不打个电话给我呀，还生我的气呢！"

此时，我倒做"贼"心虚，"嗯"了一声，愣在那儿，但我低下头又瞥见了那双鞋，立刻又镇静了，用鹰般的目光，拉长脸对老婆说："老实交待，这双新皮鞋是谁的？"

老婆的脾气又上来了，扔下菜篮子，伸手揪住我的腮帮子，把我逼到墙脚，点着我的鼻尖数落："你居然也敢怀疑我，亏你是个在外跑的人，竟然不知道这是用来驱贼的！"

老婆故意把嘴一翘："告诉你吧！在你离家的第二天，我深悔自己鲁莽，一整天内疚难过，于是到商场买了一双新皮鞋，准备等你回来向你赔罪，可是回来时，发现有陌生人在楼道里转来转去，我怀疑是贼踩点的，以前听一个丈夫总出差的女同事说过一个办法：在醒目的地方摆上男人的衣物虚张声势，于是，我就在阳台挂了你的内衣，又把这双新皮鞋也放在防盗门里的鞋架上，贼看见鞋，知道有男人在家里，就不敢乱来了。"

啊！原来是"空城计"！我大大松了一口气，好险！好险！我为自己捏了一把汗，幸亏岳父岳母的电话没打。

（本篇月月评短信代码：G140）

（题图：箭　中）

外国悬念故事

　　该书汇集的是《故事会》"外国文学故事鉴赏"专栏中的35则精品，其中包括美、英、法、意、俄、日等国的当代有影响的作家的作品，尤以美、日居多，按内容分为"机智过人、如此情爱、自食其果、历尽惊险、光怪陆离、荒唐滑稽"等六类。

历险故事

　　36则历险故事场面刺激，气氛紧张，情节惊心动魄，人物性格鲜明，叙述过程常常给人以身临其境的感觉。作品通过对主人公聪明才智的展示和坚韧不拔精神的刻划，形象地展现了历险故事特有的魅力。

荒诞故事

　　50余则故事用啼笑皆非的荒诞手法来鞭挞生活中的假恶丑，用荒诞不经的人物形象来呼唤人世间的真善美，在荒诞的外衣下，包藏着极为深刻的社会内容，长久以来一直活跃在人们中间，口耳相传，历久不衰。

诙谐故事

　　本书汇集外国诙谐故事精品100则，按内容分为"莫名其妙、洋相百出、针锋相对、随机应变、难言之隐、弄巧成拙、井底之蛙、强词夺理"等八大类，每大类前均有短小幽默引言，从不同角度折射社会面貌。

阿P
也旅游

□黄胜

很多人都盼着长假可以休息，可阿P一碰到长假就头疼，想躲都躲不了。因为每当快到了这些日子，左邻右舍都在谈论旅游的事儿，可阿P和妻子都是机关里的小科员，虽然也能一天不少地享受假期，但他上有爹娘要赡养，下有孩子要抚养，再说还有房子要供养，想要旅游，有那闲心没那闲钱呀。

长此以往，眼看着左邻右舍同事朋友天南海北去旅游，阿P一家就有些抬不起头来。阿P还可以硬撑，老婆孩子却受不了。先不说孩子，老婆常趁夜深人静孩子睡了时在被窝敲打拷问阿P："不看别人，你看看对门老王两口子，和咱一样，也是工薪阶层，也要供老人供孩子，可人家去年去了一次海南岛，今年五一去了趟北戴河，前天他老婆还跟我炫耀说他们国庆节要去东南亚了，你说一样的人，差距咋那么大呢？"

阿P也纳闷，只能说："猪向前拱鸡往后刨，各有各的法子。你别看老王平常悄没声息的，可小鸡不尿尿，人家可能另有道道呀。"

老婆就眼泪汪汪地打击阿P："就你没有本事，每个长假在家窝着，让老婆孩子被人瞧不起。"

一个大男人，站起来一根躺下一条，却出门被人家觉得没用，夜半三更被老婆说没本事，这人还有什么做头？阿P一咬牙，就下了决心："要不豁出去了，国庆咱也出去一趟？"

"真的假的？吹牛吧？"老婆话虽这么说，却明显激动起来。

明智的人决不坐下来为失败而哀号，他们一定乐观地寻找办法来加以挽救。 ——莎士比亚阿P被她激得豪情万丈："当然是真的，不就是'驴'游嘛？'马'游咱也去。"

老婆啃了他一口："对，卖了孩子买笼屉，咱不蒸馒头蒸（争）口气，好老公，咱到哪里去？"

这可要涉及具体的消费了，阿P的冲天气焰顿时平息下来，他扳着指头算计了半天，终于说："到乡下，我听说有旅行社推出了一种农家游，每人每天连吃带住五十元就够了，咱出去六天，每人三百块钱，一家三口，一千块钱就够了……"

没等阿P说完，老婆一个180度大翻身，给了他一个后脊梁："就这种便宜线路，丢人都丢到你姥姥家去了，让人家听到了，不笑死你才怪！"

阿P想想，老婆说的也有道理，顿时气馁。他翻来覆去睡不着，想想做人的面子，又想想兜里的钱包，只能暗暗叹气。

再说阿P的女儿，刚上小学三年级，小小年纪，也知道和人家攀比。这天放学一回家，女儿噘着的小嘴都能挂上油瓶了，硬是不去搭理阿P。原来今天上语文课，老师让大家写篇游记，人家同学有的写去泰山看日出，有的写去庐山观瀑布，她倒好，只能写到人民公园去看猴山，自己都觉得难为情。

阿P知道女儿不高兴的原因后，立刻去买了几本登有游记的小学生作文选，拿回家让女儿参考，让她以后再写游记时好好编一篇，把面子再挣回来。女儿翻了几页，高兴起来，指着一篇文章，兴冲冲地说："下次我就写我去太空旅游，馋死他们。"

阿P一呆，赶紧说："千万别吹得太离谱。"忽然，他心中一动，顿时有了个绝妙的主意。

国庆节就快到了，邻居们见面时的话题渐渐都转移到了旅游上。这天，阿P在楼下碰到对门邻居老王。老王这人也是，哪壶不开提哪壶，凑过来笑嘻嘻地问："阿P呀，国庆打算到哪里去玩？"

阿P反问他："你到哪里去？"

老王神气地说："东南亚，这几年净在国内转，玩够了，没意思，这次出国玩玩去。也不贵，一人才五千块钱。阿P，你去哪里？"

阿P便轻松随便地说："我到旅行社看了，欧洲游很火，我们准备到欧洲看看。"

再看老王，两眼瞪着阿P，眼珠子都不动弹了，舌头似乎也捋不直了："欧……欧洲？！那一人得多少钱，一万块？"

阿P微笑着摇摇头，那意思自然是一万块怎么够，他说："这几年一直没倒出空来，这次要领着她们娘俩好好出去转一转。"阿P看着老王羡慕的样子，差点没笑出声来，抬脚上了楼，

让老王自己去傻琢磨吧。

回到家，阿P向老婆说了自己的欧洲游计划，老婆一听就蹦了起来："什么，你疯了吧？把咱俩都卖了也凑不出那么多钱呀？"

阿P忙一把捂住老婆的嘴，说："你稍安勿躁，谁也不卖，你听我说……"虽然是在家里，他还是把嘴凑到老婆耳边，如此这般地一说。老婆听完，半晌没说话，叹了口气，才担心地问："能行吗？"

"绝对没事。"阿P很有把握地说。

于是，第二天，满楼的人都知道阿P一家国庆要去欧洲旅游了，顿时引起了不小的轰动。阿P的老婆、女

儿一露面，就成了众人注目的中心，人人目光里全是羡慕与嫉妒，有的还酸溜溜地问："你们什么时候出发呀？"阿P的老婆神采飞扬，她说我可没空跟你们细说，我要忙我们一家三口出国的服装呢。

阿P也不闲着，进进出出手里总是攥着一大把旅行社的宣传单，碰到老王，还虚心向他请教："老王，你这几年与旅行社打交道多，你说哪一家旅行社可靠？"

老王明显是嫉妒他，支支吾吾半天，就是不告诉阿P，让阿P自己选。阿P也不生气，"哗哗"抖着手里的那把宣传单走开，脸上很苦恼、很忧愁的样子："唉，花了眼了，到底哪家好呢？"

老王看着他的背影，怅然若失。

国庆的前一天，一大早，阿P一家大张旗鼓地出发了，惊动了不少人出来看。老王一家也出来了，他们已确定去东南亚旅行，要第二天才出发。阿P故意气老王："东南亚也不错，好好玩吧，我可要到欧洲尼罗河边钓鱼了。"阿P的老婆赶紧捅捅他，悄声说："莱茵河，尼罗河在非洲。"幸亏老王没听出来，板着脸说："我到泰国海边钓带鱼。"

傍晚时分，阿P一家抵达了"欧洲"，这是一处名叫"藕洲"的偏僻小镇，空气很清新，风光也不错，到处是荷花淀，能钓鱼能划船，而且住宿

长寿之道在于我有快乐的性格。 ——阿巴斯·哈萨

饮食非常便宜。阿P一家将在这里度过七天隐居的时光。阿P已提前秘密调查过了，自己和爱人的所有同事、朋友、邻居中没有一个家是这里的。这个小镇上没人会认识他们，除了他们一家三口，谁也不会知道他们的豪华假期是在这个"欧洲"度过的。在他们的行李包中，已为这次欧洲之行准备了完美的证据——阿P请一位要好的同学为他们一家用电脑合成了一些照片，背景是欧洲的各著名景点，其中一张是阿P在莱茵河畔钓鱼。阿P的这个欧洲游的计划可谓天衣无缝，他惟一担心的就是女儿，怕她不肯就范。没想到小家伙通情达理，在车上见爸爸妈妈背着她一脸忧伤地嘀嘀咕咕，主动说："行了，不就是弄虚作假嘛，我懂，我也怕丢人！"她冷着脸又说："骗得了别人骗不了我，我谅你们也拿不出欧洲游的钱来。"一句话，听得阿P两口子心酸酸的，眼热热的，觉着对不起女儿。幸亏到了藕洲，看到大片的荷花后，头一次出远门的女儿兴奋得欢呼雀跃，这才让阿P松了一口气。

第二天，阿P租了一条小船，一家三口在荷花池里荡漾了一天，三人头上都顶了一片大荷叶，时而钓鱼，时而划船，阿P还赤膊下水，采来了鲜藕。一天下来，女儿的笑声就一直没有停止过，看着女儿兴奋的小脸，阿P感慨万千，心中隐隐地想：只要

心情舒畅，到哪里度假都一样，到欧洲去，说不定还不会这样开心呢。

直到傍晚，他们才踏着落日的余晖尽兴而归，回到了镇上惟一的小旅馆里。

晚饭是炒藕片、炖白鲢鱼，店主人做好后端到了他们的房间。顿时，房间里香气四溢。阿P邀店主一起吃饭，朴实的店主也不客气，还拿来了自制的荷花酒。这一顿阿P他们却吃得格外香甜。正吃着，外面院门响了，有人问："有人吗？住宿。"店主忙出去接待客人去了。

阿P觉着这声音很是熟悉，不由紧张起来：难道、难道在这里会遇到熟人？再看老婆，脸色也变了。只听女儿小声说："是王伯伯。"

阿P马上说："不可能，人家去东南亚旅游去了，咋会来这里？"话一出口，猛地想起，自己不也是到欧洲去了吗？

阿P将门轻轻拉开一条缝，但见院中站着三个人，头上戴着写着"东南亚旅游纪念"的遮阳帽，不是老王一家人还能是谁？

阿P先是很紧张，但转念一想，也没什么好躲闪的，于是一拉门，大步走了出去，大声说："欢迎光临欧洲！"

(本篇月月评短信代码：G141)

(题图、插图：李 加 史文琦)

我的故事

　　《故事会》自1995年开辟"我的故事"栏目以来，日益受到广大读者的认可和欢迎，如今成为保留栏目。它的特点是"真情流露"，作品多是作者的亲历或见闻，并以第一人称叙述故事。本书汇集了该栏目的41则作品，读来备感自然亲切。

外国幽默故事

　　此书选取了《故事会》"幽默世界"中的近百则外国幽默故事，并按内容分为"奇闻趣事、巧言妙计、戏谑嘲笑、鞭挞讽刺、荒诞不经、意味深长"等六类。

武侠故事

　　39则武侠故事，形象地描述了侠义之士扶弱抑强、除暴安良、布善施德、匡扶正义的豪情生活，作品情节设计跌宕起伏，人物形象栩栩如生，每一则故事都是一首武林豪杰的正气歌！

男子汉故事

　　本书共收10则中篇故事，刻画了一群性格各异的青年男子，作品情节性强，极富文学色彩，不仅显示了男性的健壮刚强美，更突出他们面对权势、金钱、爱情以及生与死所表现出来的气质、智慧和英勇。

不平常的

□ 袁翼

算式

白杰只是个普通的小办事员，事业平平，只一心想保护自己温馨的爱情，可爱情的厄运偏偏连这么个小人物也不放过。

白杰和未婚妻不在一个城市工作，整日受着分离的煎熬，本来说好了，两年之内未婚妻调回来工作，可现在未婚妻却说舍不得刚刚有点起色的工作，想过两年再回来。

白杰听到她说这话，几乎要绝望了，一时控制不住自己的情绪，在电话里吼了起来："别这么无休止地拖下去了，你要是真舍不得离开那鬼地方，干脆就别回来了，咱们就……分

道扬镳吧！"本来希望这致命的一击能让她重新考虑两人之间的关系，可没想到未婚妻的防线竟然牢不可摧，一阵沉默和哭泣之后，她平静地说："那就分手吧。相处五年了，我竟然没看出，你这样不可理喻！"

通完电话后，整整一夜，白杰都钻在这句话里出不来，心里充满委屈：我怎么就不可理喻了？就像一首老歌里唱的：我要的真的不多。受够了牛郎织女的日子，只想朝夕相处，这怎么就过分了？

没有爱情的日子，白开水都不如。好不容易熬到了国庆长假，单位出去旅游，可要去的那个风景胜地，白杰去过多次，本不想再去，但同事们还是把他架去了，说他看起来心情不好，让他去散散心。

那个风景胜地最有名气的景点是

瀑布。乘车去看瀑布的路上，导游孔小姐提醒大家说："到了景点，会有小孩兜售一种'银首饰'，其实，那都不是银器，而是铝制品，值不了几个钱的，大家千万不要上当受骗哦！"

这事儿白杰早知道，要是换成别人说，肯定进不了他的耳门，更懒得答话，可从小孔的小嘴里说出来，效果就大不一样。小孔是个本地姑娘，漂亮，大方，热情，心里闷了这些天，他挺想跟美女搭话，找点乐子，于是没话找话地接话说："小孔啊，你知不知道那种银首饰的进价是多少啊？"

小孔笑吟吟地说："这个，我也不清楚，他们对外保密呢，很难打探的！"

白杰说："小孔，要是你想知道的话，等会就跟着我，看大哥给你露一手！"

小孔笑嘻嘻地说："真的？那好啊！"

果然，一进景点，路边就时不时冒出三五个孩子，男孩女孩都有，手里摇晃着一串串银首饰，手镯、项链什么的，叮叮当当地响，银光闪闪的挺诱人。但是，小孔事先打过招呼，白杰他们一群人，自然躲得远远的，无人购买。

小孔没忘掉刚才的话，跟在白杰旁边，催他快点"露一手"，其他人也跟着起哄，白杰脑瓜飞转起来。

正在这时，一个小男孩跑到他的面前，急切地说："先生，先生，我看您盯着银饰看，肯定是想买，请您买我的吧，我的最便宜，您买得越多，越便宜的！"

白杰定睛打量小男孩，八九岁的样子，小脑袋上扎着花格头巾，眼神警惕地瞅着四周，胆怯而焦急。

直觉告诉白杰，这个男孩老实巴交，而且等着用钱，他立即锁定目标，斜着眼问道："小朋友，你说你的最便宜，那我买一套多少钱？"

"别人都卖三十块的，"小男孩压低声音，脱口而出，"我只要十三块！"

从三十到十三，这价格一下子颠倒过来，白杰心想，这个价格离成本价一定还远。他不急不忙，抱起胳膊，悠闲地问小男孩："能再少点吗？"

"先生，你只买一套，不能再少了！"

从小男孩眼巴巴的眼神中，白杰看出，这个小男孩，是绝不会轻易放弃眼前生意的，价格肯定会降下来。他接着假装要买似的问："假如我买十套呢？最低价你能给多少？五块行不？"

"我算算看！"小男孩歪着脑袋想了一会，然后捡起地上的一截树枝，蹲下，在地上列出一道算式：

$$(10 × 1 + 12) ÷ 10 =$$

看了几眼算式，小男孩便伸一只

穿着脏兮兮的球鞋的脚，飞快地擦去地上的算式，抬头很干脆地说："我只要两块二！先生，我不想赚多的，您给这个价，我就够了，这个价不能再少了！"

白杰和小孔一下子都愣住了。白杰认真地打量起这个小孩，小孩的眼睛炯炯有神，神绝对没问题；小孔也不放心，伸出手，摸摸小男孩的额头，肯定地说："非常正常！"

这下白杰和小孔倒是大眼瞪小眼，有点糊涂了。白杰心想：我已经自报了五块呀，小男孩为什么还这么认真地计算，结果反倒只要两块二？不过俗话说得好，天底下没有赔本的生意，这个价离进价一定还有距离！

"先生，快买吧，大蛋他们要是知道我卖这个价格，会打我的！"小男孩看到不远处，有几个伙伴正盯着这边看，急得小脸蛋通红。

可是，不弄清楚进价，白杰不想半途而废。这时，小孔暗暗翘了翘大拇指，他就更来劲了。白杰干咳一声，故伎重演，一本正经地说："这样好了，我一次买五十套，你能再便宜点吗？"

"五十套？您要五十套？"小男孩眼睛瞪直了，立即又捡起树枝，蹲下，抓了抓头，列出了一道新的算式

$(50 \times 1 + 12) \div 50 =$

这算式是什么意思呢？白杰和小孔嘀咕起来，他们猜算式中的"50"，

可能是指50套，那么算式中的"1"和"12"，在上次的算式中也出现过，又是什么意思呢？

小男孩忙得一头大汗，突然兴奋地说："我算出来了！您买五十套，一套我只要您一块两毛四分！不过，我身上没这么多货，您等一会，我去老板那儿拿，马上回来！"

白杰赶紧伸手拦住小男孩，他压根没打算买，再戏弄这个老实的孩子，就有点太残忍了。再说，他也把这玩意的进价搞清楚了，现在他敢肯定，算式中的那个不变的"1"，就是进价，进价就是一块钱！而那个同样

不变的"12",应该是小孩想赚的钱!这个推断还可以在第一次谈的价格中得到印证,那次小男孩要价是十三块,其中,一块是进价,十二块是利润。可是,白杰搞不懂,这个小男孩,为什么一再压价,那么迫切地要赚足十二块钱呢?

白杰不忍心就这么打发小孩走,他打算花十三块买一套,算是赔他的时间损失费。就在他准备掏钱的时候,刚才在远处张望的几个小孩围了上来,突然,个头最大的那个男孩,猛地扑向小男孩,小男孩"扑通"一声倒在地上,大男孩骑在小男孩的身上,"啪啪"给了小男孩几个嘴巴,口里嚷道:"小毛子,坏蛋!打死你这个坏蛋!你敢破坏规矩?你叫我们还赚什么钱!打死你,打死你……"

这时候大伙才知道,被打的小男孩叫"小毛子",白杰和小孔赶忙上前将他们拉开。

小毛子爬起来,一脸的泪水和灰尘,花猫似的。他委屈地争辩道:"大蛋,你们就想钱!你们晓得不,我们老师都要走了!我是为了大家,才这样卖的,我想把老师留下来……呜……呜……"

这一次,不光白杰和小孔莫名其妙,大蛋他们也呆住了。想把老师留下来,这和卖首饰有什么关系?白杰好奇地摸摸小毛子的小脑袋,饶有兴致地问道:"小毛子同学,你是哪个学校的,老师是谁?别哭,你慢慢把事情说清楚,叔叔给你评评理,要是你有理,叔叔把你的东西全买下来!"

"真的?"小毛子破涕为笑,一双充满期待的大眼睛,一眨不眨地望着白杰,说,"叔叔,我们是龙王庙小学的,学校只有一个老师,叫英子,是个女的,好漂亮哟,我们都喜欢她,可她明天就要走了!她不教我们了!"

没有人知道,小毛子的话,让白杰多么吃惊,他心里咯噔一下:怎么会这样啊?

小毛子说到这里,很难过,又流下了眼泪,他揉了揉眼睛,继续对白杰说:"叔叔,我要是跟您把生意做成了,老师就不会走了!你知道我们老师为什么要走吗?我问过老师的,她说,很远的城市里,有个男孩,要送她99朵好看的红玫瑰花,她如果不去,那些花就会送给别人的,老师说她舍不得。我也是男孩,只要我能买99朵玫瑰花,把花送给老师,老师不就可以不走了吗?可我的钱还差十二块,今天傍晚之前,我必须赚到十二块,才能买花送给老师呀……"

小孔摸了摸小毛子的头,掏出钱包,抽出两张十元的钞票,说:"小毛子,阿姨给你钱,你去买花吧。"

"不不,不要你的,这钱我有!"大蛋突然叫起来,其他几个孩子也跟着嚷开了:"我有!""我也有!"

这时只听白杰喊了一声:"好了,

2005年首届"梅陇杯"法制故事大赛征文启事

为纪念全民普法开展20周年，迎接"五五"普法的到来，由司法部法宣司、上海市法制宣传教育联席会议办公室主办，上海市闵行区法宣办、上海市闵行区梅陇镇政府协办，《故事会》杂志社承办的2005年"梅陇杯"法制故事创作大赛，决定面向全国征文。

此次活动有关事项如下：

一、征文内容：可从立法、司法、执法，公民学法、守法、依法维权，法律援助、法律服务、社会治安综合治理、社会公德、家庭美德、职业道德中的涉法内容，公民与违法犯罪行为作斗争以及中外历史上的涉法案例等各个角度展开。要求故事情节曲折生动，语言有口头文学特点，作品未在省地级报刊发表过，字数一般在15000以内。

二、奖项设置：本次活动将聘请有关专家组成评委会，设一等奖1名，奖金5000元；二等奖2名，奖金各3000元；三等奖10名，奖金各1000元；创作奖50名，奖金各500元。部分优秀作品将陆续在《故事会》上发表，并结集出版。

三、征文时间：即日起至今年9月30日截止，10月底前评出获奖作品并专函通知获奖作者。

来稿方法：1. 从邮局寄发，请在信封上注明"法制故事征文"字样，本刊地址：上海市绍兴路74号《故事会》杂志社，邮编：200020。2. 从网上传递，本刊为大赛所设的信箱是：wulun54@163.com，请在主题上注明"法制征文大赛"字样。

好了，你们别吵了！我打电话问问你们老师，听听她的意见，好不好？"说着掏出手机，按下了一连串数字键。

孩子们这才静下来，小孔在边上有些不开心了，这人开玩笑怎么也没个谱，都到这时候，他怎么还有心情戏弄这些真诚的孩子。小孔正要上前制止，电话通了，白杰用蚊子似的声音说道："喂，你好，英子老师，你怎么突然改变了主意？怎么不告诉我？想给我意外惊喜？算了吧，我也不要你的惊喜了！我现在有个麻烦，你给解决一下。我身边有你几个学生，小毛子，还有大蛋他们，他们争着掏钱给你买99朵玫瑰，要把你留下来，都快打起来了，你说怎么办？……好的，那就按你说的办吧！"

白杰收起电话，孩子们正一脸惊奇地望着他："叔叔，你真的认得我们英子老师啊？老师怎么说的？"

"你们老师说，玫瑰花你们不用买了，现在，只要你们能把我给她送去，她就——不走了！"白杰摊开手，认真地说，"同学们，你们带路吧。"

小孔看得一愣一愣的，以为白杰还在演戏，赶紧上前扯了扯他的衣角，低声阻止道："你别闹了，这时候还唬孩子，你不觉得太残忍吗？"

白杰苦笑道："唬孩子？谁唬孩子啦？你不知道啊，他们的老师，那个英子，是我未来的老婆！现在，我服输了！"

（本篇月月评短信代码：G142）

（题图、插图：安玉民）

405
的客人

□邱同强

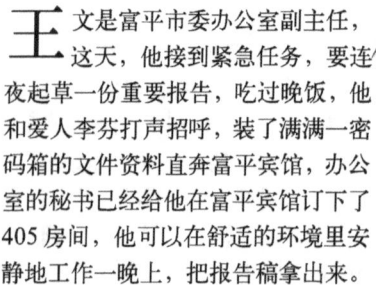

王文是富平市委办公室副主任，这天，他接到紧急任务，要连夜起草一份重要报告，吃过晚饭，他和爱人李芬打声招呼，装了满满一密码箱的文件资料直奔富平宾馆，办公室的秘书已经给他在富平宾馆订下了405房间，他可以在舒适的环境里安静地工作一晚上，把报告稿拿出来。

富平宾馆既是富平市委招待所，也是比较豪华的星级宾馆，入住的都是些有钱有身份的人。当王文提着沉甸甸的密码箱出现在富平宾馆大厅里时，一下子被两个人盯上了。小姐赵丽和小偷张元标当时都在大堂的茶吧边喝茶边搜索猎物，一看到提着密码

箱的生面孔，不约而同眼睛一亮。

赵丽怎么看王文怎么像有钱的文物贩子，而张元标怎么看王文怎么像个刚做老板的暴发户，两人都起身一路跟踪，一直目送王文进了405房间，张元标盯在四楼找机会，赵丽却回到了大堂，她要先打个电话探探路。

王文进入房间，刚把密码箱放在桌子上，手机就响了，是市委书记让王文马上到他办公室去，他有几个新的想法，要王文写进报告里，王文急忙关上房门离开宾馆。

张元标发现王文只身离开宾馆，

见四楼走廊没人走动，感到机会来了，他急奔405房间，掏出工具三下五除二打开门锁，进门后把门关上直奔桌上的密码箱。他用同样的手段迅速打开密码箱翻腾起来，一看里面都是有字的和无字的纸，没有钱和任何值钱的东西。正在张元标暗骂碰上了个倒霉鬼的时候，房间的电话突然叮铃铃地响起，他一赌气竟然走过去接了，心里想着：管他是谁，先骂他一顿给我消消气再说，我什么都没拿，谁知道我是小偷，我是走错门了！或者我说他打错了！

话筒里面传来娇嘀嘀的声音："先生您好。请问您需要服务吗？"来电话的正是赵丽。

张元标乐了，东西没偷到，送上门的小姐，要是能享受一下，也不白来一趟。于是赶紧说："欢迎、欢迎，现在就过来吧。"

赵丽一听对方爽快地答应了，高兴得差一点跳起来：今天要好好敲他一笔。

张元标放下电话，整理好密码箱，兴奋地将身体重重地砸在席梦思上，等着美女送上门。

赵丽敲门，张元标忙跑去开了门，赵丽一看不是刚才拿密码箱的人，顿时有些迟疑。张元标一把将赵丽拉进房间关上门，解释道："是我接的电话。我让我手下住另一个房间了"。

· 大千世界 众生百相 ·

赵丽看了看房间里果真没有其他人，密码箱正安静地躺在桌子上，再看看这个不像文物贩子的男人，心想，管他是谁，有钱就行。

不待讨价还价，不待酝酿情绪，张元标把赵丽摁在床上直奔主题。

激情过后，赵丽去了洗手间，张元标慌忙胡乱穿上衣服轻轻地溜出了房间，他走得实在有些慌张，在走廊上还撞到了一个女人。

这女人便是王文的爱人李芬。王文从家走后，李芬一个人在家看电视，电视上播放的是一个描写婚外情的片子，当演到男主人公瞒着老婆和情人在宾馆开房间幽会时，李芬心里"咯噔"一下子。李芬和王文两口子的感情很好，以往王文也有在办公室或者宾馆写材料彻夜不归的情况，李芬从未有过怀疑，可看了这个电视剧，李芬感到坐卧不安，最后还是决定到宾馆看一看。

当她来到405房间门口的时候，房门虚掩着，里面传来"哗哗"的洗澡声。李芬心想丈夫也太大意了，洗澡也不关门，李芬轻轻推门进去，顿时傻了眼：柔和温馨的灯光下，席梦思床上被子零零乱乱，地上和沙发上散乱着女人的坤包和衣服，还有内衣、文胸，桌子上摆放着王文的密码箱。

李芬心里的火苗腾腾直蹿，一脚

踹开卫生间的门，不见王文，只见一年轻的姑娘正在悠闲地洗澡。李芬不由分说揪着赵丽的长发就厮打起来。洗澡水溅了李芬一身，流了卫生间一地。赵丽一见这阵势就知道是"文物贩子"的老婆找上门来了，这场面她也不是第一次领教，于是光着身子左右躲闪着，不停地辩解：是你老公叫我来的，是你老公同意的；我就是干这行的，不找你老公打我干什么！

李芬哭着停了下来，让赵丽穿上衣服，来到房间，然后恨恨地问"说，王文躲在哪里？""我也想知道呢，他

还没付钱呢！"真是说曹操曹操到，赵丽话音没落，房门一响，王文推门进来了。

赵丽不知道来的就是李芬的老公，指着王文就说："这是你老公的马仔，你问问他吧。"李芬回头看到王文，便一头向王文撞去。

王文看着疯子似的李芬忙往后退，又指着披头散发的赵丽问："这是谁啊，你们在这干什么？"

李芬不依不饶，一手抓着王文的衣服："让你吃了腥还不认账，让你吃了腥还不认账。"

"不是他，那个人真不是他，"赵丽一边说，一边向王文伸手，"你替你老板付钱也是一样的！"

"还敢要钱！"李芬逼着王文和赵丽坐下来讲述经过，并不时地质问，最后，大家终于明白了，这事还有个第四者，李芬白生了一肚子气，错打了赵丽，冤枉了王文。不过李芬还是兴奋地抱着王文的脖子在王文的脸上"啪啪"亲了两口，正在这时候，门又被推开了，只见一个保安带着张元标进来了，保安问道："先生，我们怀疑这人是小偷，他刚从您房间出去，您看看丢了什么东西没有？"

王文真不知道该怎么和保安解释了，心中暗叹：看样子，按各自轨道运行的星体也有碰撞的时候。

（本篇月月评短信代码：G143）

（题图、插图：安玉民）

· 中国新传说 ·

出租车上有

□ 老 海

小伟最近看到出租车，总是忍不住要偷笑，这事儿要从一个月前的那个午夜说起。

那晚酒宴散得晚，他从酒楼出来，在冷冷清清的街头，醉醺醺地招了辆出租车。可刚上车坐稳了，就想起自己身上就剩下点零钱，根本不够坐车的，一阵紧张让他的酒劲醒了几分，不过一转念，他就想出了个好主意。

小伟对司机说了个挺远的目的地，说完就仰在座位上，装出沉沉大睡的样子。

车开得很快，没多会就到了远离市中心的偏僻处，司机正专心开车，

突然听到了小伟阴阳怪气的声音："嘿，眉眉，你什么时候上的车？"司机从反光镜里一瞅，看见小伟正侧身和空气对话，并且满面的惊讶和专注。司机大惊，一个寒颤打下来，整个身体都有点僵硬了。

小伟继续说道："听说两个月前你不是和那个谁走了吗？到哪儿去了？"

司机当然听不到有什么回答，却看见小伟频频点头，然后长叹口气说："唉！那些南来北往的人是靠不住的。你也不要生气嘛！别想不开。这不回来了嘛，回来就好。今儿个我喝得多了点，明天吧！明天请你吃饭。对了，你回来后还在那儿住吗？"

小伟"嗯"了一声，然后转脸对司机说："师傅，听到了吧！先到工人路口去一下。"

司机哆哆嗦嗦地应道："好、好。"

就要到工人路口了，小伟一脸郑重其事的样子侧着身子说道："听我的，不要想不开了，从头做起嘛，日子长着呢！以后有什么事就尽管找我好了。谢？谢什么呀！好了，你到站了，我来帮你开门。"此时车已停靠在了路边，小伟说罢，开门下车，然后绕到车子另一侧，一脸坏笑地开门……

似乎有人从车中出来，这时小伟笑着说："那好吧！明天我打电话给你。对了，电话让我记一下。"

小伟一手将车门带上，另一只手在身上摸索着，口里还说着："你说吧！我这就记。"

司机早被吓坏了，车门刚关上，他赶紧大踩油门，逃之夭夭。小伟那个乐啊，车走了不要紧，他家就住在工人路口，到站了。

自打这次，小伟玩恶作剧还玩上瘾了。这一个月里，他又乘了三回霸王车，要不怎么说他一看见出租车就忍不住要笑出声呢！

这天，小伟加完班从办公楼出来时，已是月黑风高之夜。小伟招呼了一辆出租车，他决定故伎重施。

出租车起程了，小伟装作昏昏欲睡的样子，过了一会，他微微睁开了眼，侧身转头看。

"嘿！你什么时候上的车？"小伟突然正襟危坐，满面惊喜地说。当然，这时候他也没忘记用眼睛的余光看一下司机的反应。

"好久未见你了，最近忙什么呢？"小伟煞有其事地问。接着他点着头，听着那个眉眉回话。

就在这时，司机突然开口说话了："这就好了，你们以前就认识啊？"

这回轮到小伟吃惊了，他结结巴巴地问司机："认识、认识什么呀？"

司机慢吞吞地说："娜娜呀！你刚才不是在和她说话么！对了娜娜，你们什么时候认识的？"

大自然永远不会欺骗我们，欺骗我们的往往是我们自己。 ——佚名

这回换成小伟吃惊了，他下意识地往旁边让了让，身上出了层细汗。

"唉！"司机一腔悲痛地说了起来，"要说娜娜这孩子真苦哇！要说这事都怪我。娜娜，是我害了你。"小伟不明白司机在说什么，只是觉得车里气氛越来越不对劲。

"兄弟，"司机顿了顿继续说，"以前呢，我是在殡仪馆开灵车的。你要知道，开那玩意儿邪气。去年接二连三地出现怪事，吓得我是不敢再开了，不管工资给我多高。辞职后，我就开起了出租车——我也四十多岁的人了，干不了别的，只能开车。开就开呗，可半年前，唉！我怎么就把娜娜给撞了呢！"

司机边叹气边转脸过来，对着小伟身边的空气继续表示歉意："娜娜呀！我对不住你呀！你正上大学——"

这时候，对面开过来的车的大灯，把黑暗中司机的脸猛然照亮，一张苍白的脸和一口参差错落的牙，看得小伟是心惊肉跳，一声"哇"字脱口而出。

可那司机根本不管小伟什么反应，接着说："娜娜，我知道了，我好好开车，不来回看了，你别生气。"

稍停了一会儿，司机又说："知道么兄弟，娜娜还小，阳寿未尽呀！她无处投胎，也无处可去，所以每天就呆在我车上。对了，兄弟，娜娜刚才说她不认识你呀，你是不是认错人了？你再仔细看看。"

这时，惊恐万分的小伟真的隐隐约约觉得身边有些什么似的，他受不了了，大声叫道："我到了，就停在这里。"

车缓缓靠近路边，还未停稳，小伟就想夺门而出。司机不紧不慢地回过头来说"嘿，兄弟，别忘了付车钱。"

小伟忙从口袋里摸出一张百元钞票扔给司机，然后拉开门就下了车，一路狂奔。

"嘿，兄弟，等我找你钱！"司机望着小伟惊慌逃跑的背影，笑了笑，摇了摇头自语道"最近听别的司机说碰到这事，我还不信，年轻人呀！学什么不好，为了坐几回霸王车，学人家'人鬼情未了'，又学不像，胆也太小了！"

（本篇月月评短信代码：G144）

（题图、插图：安玉民）

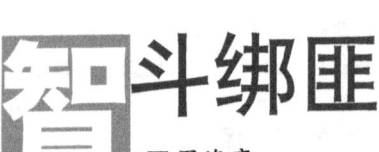

智斗绑匪

□周海亮

老龚喝了点酒，量正到劲，喝到了那种没醉但情绪比较高的程度。走上楼梯，他敲了几下房门，没人应，他只好边敲边喊了起来："开门啊，我是老龚！"

话音没落，门就"哗"地打开了，一个男人猛然将他拽进屋里，又猛地将防盗门关紧。老龚只扫了一眼，便什么都明白了，很显然，大白天的，遇上了绑匪。

温玲被绑在餐桌的一条腿上，正瑟瑟发抖，只喊了声"老龚"，就被用破布塞住了嘴。

两个绑匪，一高一矮，矮个拿着刀抵着老龚，高个从茶几上拿起一个存折，低声说道："密码是什么？快说！你能不告诉老婆密码是多少，可要是跟我这儿要什么花样，休怪我们

不客气！"老龚接过来看看，上面写着"龚高"，再看看，折上金额还有24万。老龚努力让自己平静下来，然后说："没错，是我的。"

"废话，当然是你的！"高个有些不耐烦，"我问你密码！你老婆说她不知道，她嘴挺硬啊，我倒要试试你的嘴硬不硬？"他向矮个做了个手势，矮个的刀锋更加接近老龚脖子上的那根大筋。

"别动粗，有话好商量好商量！"老龚赶忙说，"生意上用的钱，她当然不知道密码，你们别为难她。密码是521521，你放了我们吧。"

"放了你们？做梦！"高个对矮个说，"把这家伙也绑起来，我看着，

你去银行取钱，如果发现这小子要我们，大家全活不成！"矮个说："行，我马上办。"说完接过高个递来的绳子，就要绑老龚。

"慢着！"老龚挣扎着，"这样不行！这样我和我老婆只能被杀死！你们不知道，我这几年一直在一个固定的银行取钱，因为世道不太平，所以我跟工作人员说了，这钱只能由我取，假如哪天换了别人，你们就报警，肯定是强盗无疑。"他扭头接着对矮个说："你这样去，肯定会被抓。"又对高个说："你在第一时间知道他被抓了还能饶过我们？我和我老婆，岂不是死得太冤枉？"

高个低头想了一会，说"那就由你去取。你老婆留下，如果你要什么花样，你老婆的小命就玩完了！"他又对矮个交代说："你看紧他。保持每五分钟和我进行一次电话联系。如果我们超过五分钟失去联系，或者如果你半小时后还没有拿到钱，我这边就开杀！"

矮个把刀紧紧地抵住老龚的后背，一起上了老龚的车子，矮个坐在副驾驶座上，显然很紧张，或许是握刀的手有些抽筋，他把刀子换了一下位置，顶着老龚的心窝。

"你怎么不系上安全带？其实我想办了你很容易！"老龚口气很轻松地说，"你想，假如我把车开得很快，然后猛一刹车，或找个护栏猛撞上去，系了安全带的我应该不会有事吧？而你，就会忽地飞出去，摔成'照片'啦！"

矮个盯着老龚，有些紧张"你要花样的话，你老婆就死定了！"边说边用另一只手系上了安全带。

老龚接着说："其实现在我要办你更容易了。你刚才系上的那条安全带是经过我改装的，一旦系上，就是一个死结，根本打不开。你等于自己把自己绑起来啦！这样我随时可以急刹车，然后跳下车喊警察把你抓起来！"

矮个慌了，忙把刚系好的安全带解开。老龚笑了："第一次干这事吧！你看看，这一会儿工夫，就被我骗了两次。你放心，尽管我随时能办了你，但肯定不会拿我老婆的性命开玩笑的。"

矮个真的火了："你再废话，我宰了你！"然后他跟高个通了第一次电话，当然是一切顺利之类。

车子在一家银行门前停下来时，老龚说："到了，就这个银行，现在下去取钱吧。是我一个人去还是一起去？"那时矮个刚跟高个通了第三个电话，矮个说："当然一起去。你要耍什么花样，你老婆就没命了！"老龚不满地看了他一眼："你真够烦的，你还会不会说点别的？"

银行大厅里人不多，所以他们也不用排什么队。大厅里走动着几个虎背熊腰的保安，这让矮个很紧张。他紧紧地贴着老龚，刀尖几乎碰到老龚的皮肉。老龚把存折递给窗口里的一位女同志，说："取四十万。"矮个慌了，说："你存折上没那么多钱。就二十四万。"老龚说："没事，我还有个存折，多给你们取点，不过以后就不要再来找我了！"说完老龚又从口袋里掏出一个，对那个女同志说："共取四十万。"里面的女同志看了老龚一眼，让他输入密码，他让矮个盯着，然后输入521521，没有任何问题。老龚得意地说："没骗你们，对吧？"

窗口里的女同志在电脑上操作了一下，说这么大额的取款，是要去库里提钱的，她要先去办公室办个手续，好在一切顺利，几分钟后，她出来了，说没有问题，只需要等一下。这时矮个跟高个通了第四个电话，他说："马上就要成功了。"他的声音有掩饰不住的兴奋和紧张。

没过多久，钱真的就来了，老龚把钱装在一个黑塑袋里，矮个真没想到这么顺利，可就在这时候，老龚转身就走，矮个慌了，跟上去说："把钱给我！"老龚说："给你干吗？"矮个更慌了，他想伸手去抢。老龚说："你抢？你抢不就暴露了吗？你可小心点，银行大厅里都是保安呢。你能跑得出去吗？看见那个感应门了吗？刚才咱们进来的时候，是不是在那儿停了约两秒钟？那儿是不是站着两个保安？你抢了钱，往外跑，在那儿停两秒钟，保安们冲上去，电棒向你身上一捅，你就完了。"

"你要什么花样？你老婆……"矮个更紧张了。

老龚哈哈大笑了："我老婆就完了是不是？没新意！你们的行动已经失败了你知不知道？……不相信？好，反正离半小时还早，反正感应门那边现在还站着两个保安，听我给你细细讲来。"

矮个此时完全慌了，他惟一能做的，只是抓着那把刀，用衣服掩护着，

二十岁时起支配作用的是意志，三十岁时是机智，四十岁时是判断。——富兰克林

抵住老龚的后背。老龚能感觉他的刀尖在抖。

他们在两张椅子上坐下。老龚说："你们犯的第一个错误，是不分青红皂白地把我当龚高。不错，我是姓龚，却不是龚高，我叫龚净。我家就住在龚高楼上。中午，我和龚高去喝酒，他喝得有些多，躺在酒店休息，就让我开他的车先回来了。路过他家的时候，我想去跟他老婆温玲说一声，想不到敲一下门，就被你们给硬当成龚高了。"

这时矮个给高个打第五个电话："没事。马上要成功了。门口有两个保安。得少等一会。很顺利。马上成功。"看来，他并不相信老龚的话。

"……不信？好，你听我接着讲。那女的，温玲，当然不是我的老婆了。至于我老婆嘛，看见了吗，窗口里的那个女同志，就是刚才替咱们俩取钱的那个，她才是我真正的老婆。要不我干吗大老远跑这家银行来取钱啊！我见了老婆不打招呼，一下就说要取四十万，你还在旁边跟章鱼似的吸着我，笨蛋都能看出你是贼，更别说我的聪明媳妇了。我刚才给了她两张存折，第一张，的确是龚高的。第二张，是我自己的。我的存折密码当然是521521，我输密码进去，当然正确，不

会有任何问题。不过我那张存折上就两千四百多块钱，所以，我估计我拿的这四十万，其实也就两千四百块，其余的都是银行工作人员给我们准备的废纸吧！还有，你说我老婆怎能不知道龚高家的住址？我家就住他家楼上啊！你说，警察现在怎能不把龚高家包围起来？说不定现在你的那位伙计已经被铐起来或是直接被击毙了。所以我说你们已经失败了，不骗你。"

此时矮个也弄不准该不该相信老龚的话了。他瞟一眼窗口里的那位女同志，她正忙着，一点都不像刚报过

警的样子。他再看看感应门那儿，现在没保安，也许龚高说的都是骗他的鬼话，想到这，他用刀子碰了碰老龚，低声说："少废话，快走！"

快要走到感应门的时候，矮个掏出了电话，他突然想起打个电话问问高个是不是安全，如果他的同伴接了电话，那么便证明老龚在撒谎。

可是电话响了三声，仍然没人接。矮个慌了，老龚趁机把他推向一边，这时从他们身后猛冲过来三个人，以迅雷不及掩耳之势将矮个掀翻在地，铐了起来。

老龚看着躺在地上的矮个，说："你看，我没骗你吧。你们失败了吧！不过你挺配合的。你想，你们把温玲绑在餐桌那儿，你的同伙拿刀逼着，警察怎么敢往里冲？万一出事了怎么办？而你一打电话，你那个同伙肯定得起身去接电话吧？你注意到电话离餐桌起码有十多米吧，你注意到电话

那边是一个大落地窗吧？我想，电话响三声的那阵儿，警察们肯定在几秒钟之内从天而降，然后破窗而入，将你的同伙按倒在地！所以银行这边才敢采取行动。我说你是新手你还不服，你就看到了保安，你不知道警察办案时有很多便衣吗？"然后老龚回过头对窗口那儿喊一声："谢谢你啊老婆，你真是太聪明了！"

约几分钟后，老龚开始接受电视台记者的采访。记者问老龚"你恨不恨绑匪？"

老龚说："当然恨啊！我恨不得扒了他们的皮！"

记者说："因为正义感？"

老龚说："不完全是……我一个写侦探小说的，辛辛苦苦一年到头，才背着我老婆攒了两千四百块私房钱，被他们这么一搞，得！全让我老婆知道啦！"

（本篇月月评短信代码：G145）

（题图、插图：魏忠善）

凶杀 与 爱情

□ 郭荣立

乔治和贝蒂是同学，贝蒂美丽可爱，乔治非常喜欢她。他曾经鼓足勇气请她出去玩，但当时被她一口拒绝了，这件事让他受到了很大的伤害，从此乔治对她一直是敬而远之。

大学毕业那年的夏天，乔治通过了会计师资格考试，并且获得了去波士顿工作的机会，动身之前，他决定去斯普鲁斯海滩父母的别墅住上几天，那里是避暑胜地，到夏天，很多人都在那里消暑。

让乔治意想不到的是，他竟然在斯普鲁斯海滩遇见了贝蒂，贝蒂一改在学校里的疏远，像老朋友一样跟他打招呼。贝蒂和母亲来海边玩，住在美洲豹旅馆，因为她在斯普鲁斯没有熟人，又不是那种跟人自来熟的人，所以她非常高兴在这里遇上了乔治。他们很快就天天在一起了，一起游泳，一起沿着海边散步，一起在当地酒吧喝酒，或者就坐在乔治父母房子的大阳台上喝柠檬汁。

乔治发现他真的很喜欢贝蒂，从过去到现在，从没有改变过，但是，每次他想向她表达时，就会感到害怕，怎么也说不出口。一天晚上，乔治壮起胆子，给了她暗示，可贝蒂却很巧妙地拒绝了："我很喜欢你，乔治。但我还不想定下来，现在还不想。"听了贝蒂的话，乔治很伤心，但想想眼前快乐的时光，他又劝自己别多想了，顺其自然吧。

时间过得真快，不知不觉，十多天便匆匆过去了，留给他们的时间就只有一个晚上了，第二天他就要去波

士顿工作。尽管那天晚上风雨交加，海浪很大，乔治还是约了贝蒂去偏僻无人的飓风角，他希望能和她独处。

他们沿着海滩往飓风角走去，海边漆黑一片，连路都看不清楚。但当他们到达时，雨突然停了，月亮从云层后面钻了出来。浪花仍然冲击着岩石，但海面上已经很平静了。

他们把雨衣铺在岩石下的避风处，背靠背坐了下来，乔治准备进行最后一次努力，说服贝蒂接受他的爱。但是，像往常一样，他不知道怎么开口。就在这时，他看到一个小伙子沿着海边走来，双手插在口袋里，吹着口哨，戴着一顶帽子，帽舌裂开，穿着一件皮夹克，一副趾高气扬的样子，不停地四处张望。他这副样子让乔治感到一丝危险，但看上去他还没有发现岩石下的乔治和贝蒂。

好在那人在不远处海滩的一块岩石边上停了下来，乔治瞥了贝蒂一眼，她屈着双膝，双手抱着脚踝，正静静地凝视着海面的浪花，显然，她没有看到那个人。

乔治有些心神不定，想离开这个地方又怕被发现，正在这时候，海滩上又出现了一个男人，中等个子，胖胖的，显然喝醉了酒。他摇摇晃晃地走过来，走几步停下来挺一下身子，然后继续跌跌撞撞地向前走。胖男人显然没看到岩石后面的小伙子，当他走近岩石，小伙子突然跳出来猛地扑向胖男人。乔治看到小伙子手中有金属的闪光，可能是刀，也可能是手枪。那个胖男人不知道发生了什么，摇摇晃晃张开两臂迎了过去。

接着乔治仿佛听到一声枪响，那个胖男人直起身，然后倒下，躺在地上一动不动。小伙子立即俯下身，翻他的口袋。乔治下意识地伸出手指紧紧地抓住了贝蒂的手腕。贝蒂疼得叫了一声，转过身来。

乔治吓坏了，那个小伙子已经开了一枪，如果让他知道有人看到了眼前的这一幕，那么他会毫不犹豫地再次开枪消灭证人的。乔治全身发抖，他必须不惜一切代价让贝蒂别再出声。

乔治猛地一把抱住她，把她按倒在沙滩上，嘴巴紧紧压着她的嘴唇，以免她发出声音，身体压在她上面。毫无心理准备的贝蒂拼命挣扎，她打他，用指甲抓他的脸，然后使劲推他的胸口，想把他推开。乔治只得使出浑身的力气把她压得更紧。

突然，贝蒂不再挣扎了，相反地，她伸出双臂，紧紧地搂住乔治，她的嘴唇变得柔和、顺从。

乔治脑子里一片空白，失去了时间概念，也许他们在那里躺了有一分钟，也许半小时，他无法确定。最后，当他抬起头，向海滩那边望去时，海滩已恢复了原先的平静，好像什么也没发生过，乔治甚至怀疑自己刚才产生了幻觉。

"贝蒂，对不起，我并不想伤害你，"乔治十分内疚地说，"可刚才我……"

"亲爱的，你不必解释了，我知道你想说，你是那么疯狂地爱我，疯狂到不能控制自己，对吗？"贝蒂妩媚地笑着投入了他的怀抱，"乔治，我没有想到你会这么充满激情。你平常总是很冷静，这也是我拒绝你的原因，我想每个姑娘都想要一个为她发狂的男人的。啊，乔治，我爱你，我现在知道了，我愿意接受你，跟你一起去波士顿。"

面对突然来临的爱情，乔治简直不敢相信，他当即决定，无论如何也不把刚才的恐怖事情告诉贝蒂。他紧紧地抱着她，仿佛稍一松手她就会跑掉了似的。

第二天，贝蒂跟随乔治离开了斯普鲁斯去了波士顿。不久，两人举行了婚礼，成了一对恩爱夫妻。

婚后，乔治几次想把他们在斯普鲁斯海滩最后一夜的真实情景告诉贝蒂，但想到贝蒂当时说的话，乔治总把到嘴边的话又咽了回去。

乔治独守那一夜的秘密，没有告诉任何人那次凶杀事件，可他的良心总得不到安宁，那个恐怖之夜的情景成了他的一块心病。

一年后的一天，乔治与贝蒂一起去看了一场电影。乔治惊奇地发现，电影里有一组镜头与他那晚在斯普鲁斯海滩看到的情景一模一样，也是那个海滩，他甚至看到了自己和贝蒂藏身的那块岩石！这时，乔治才恍然大悟，原来那晚的恐怖事件，只是在拍电影而已，自己当时实在太紧张了，根本没注意到远处的情况。乔治顿时感到从没有过的轻松，他在心里得意地叫道："没人知道这电影里还有两个藏在岩石后面的人，噢，是上帝把贝蒂送给我的，我可得好好爱她，不能辜负上帝的美意啊！"乔治又一次显示了自己的疯狂，在电影院里和贝蒂深情地吻了起来。

（题图、插图：箭　中）

致命钻戒

□ 吴相阳

迈可尔是一家科研公司的首席研究员，两年前，他的妻子塔莎因为一场意外车祸去世了，打那以后，迈可尔把全部心思都用在他正在研究的科研项目上。这是一个延长人们寿命的特殊科研项目，难度很大，但也许是塔莎在上天的保佑，这天，迈可尔兴奋地走出研究室，他成功了。

迈可尔给女仆桑罗丝打了电话，让她晚餐准备得丰盛一点，再预备些葡萄酒，他要好好庆祝一下。回到位于郊区的家，迈可尔邀请桑罗丝和他一起吃晚饭，他确实太高兴了，希望能有人分享，妻子塔莎去世后，他还没有喝过酒。

又是感慨又是高兴，迈可尔一口气喝了好几杯酒，等到桑罗丝提醒他慢点喝的时候，他已经有点头重脚轻了。他蒙眬的眼光碰上桑罗丝湖水一般迷人的眼睛，突然觉得有点恍惚，一股比香槟酒更醉人的芬芳从她身上散发出来，迈可尔看到站在面前的不是桑罗丝，而是他日夜思念的塔莎，他醉了。

迈可尔一把抓住桑罗丝嫩竹笋般的手臂："塔莎，你终于回家了，让我来告诉你一个好消息……"桑罗丝似乎是吓坏了，解释道"主人，您醉了，我扶您去歇歇吧！""我……我没醉，塔莎……"迈可尔语无伦次地嘟囔着，使劲把桑罗丝往怀里拉。

桑罗丝像受惊的兔子一般，抽出手臂直向后躲，可迈可尔没有了往日的斯文，完全昏了头脑，他把桑罗丝逼到墙角，一个飞扑压下来，桑罗丝没想到会这样，她想张开手臂推开迈可尔，可是迈可尔已经压到跟前，她本能地扭过头去，张开嘴，冲着迈可尔伸过来的手指咬去……

"啊——"迈可尔惊叫一声，他把被咬住的手指从桑罗丝口中拔出来，桑罗丝"嗵"地跌坐在墙角。迈可尔手指渗出了丝丝血渍，一阵剧痛让他清醒过来，看着缩在墙角的桑罗丝，他有些不知所措，可更让他惊慌的是，桑罗丝漂亮的脸蛋变得扭曲起来，粉红变成了煞白，张着嘴"哦哦——"地喘着气，似乎喉咙被什么东西堵住了。迈可尔下意识看看渗出血渍的那根手指，吃了一惊，自己手指上的那个宝蓝色钻戒不见了！这个钻戒是他与妻子塔莎婚姻的信物，他须臾不离地戴在手上，现在却被桑罗丝误吞在喉管里了，要是出了人命……

迈可尔慌了，他抱过桑罗丝，拼命拍她的后背，还试图用手指把那钻戒抠出来，可手指粗大，倒像是把钻戒向里推了一截。眼看桑罗丝脸庞由煞白变得青紫了，呼吸也越来越急促……

迈可尔放下桑罗丝，冲到电话机旁，但真是见鬼了，刚才和桑罗丝推搡的时候，电话线被他们扯断了！

迈可尔用力把桑罗丝抱到沙发上，他现在要做的就是赶快出门到对面的公用电话亭把急救电话打出去。迈可尔冲出大门，横跨马路向电话亭飞奔，就在他快到马路中央时，忽然，斜刺里冲出一辆车来，两束刺眼的车灯迎面射来，一个人从车窗探出头来，狞笑着说："哈哈，这不是迈可尔先生吗，我们正要开车上你家找你，不想您却从家门口出来撞上了……"

迈可尔还没弄明白怎么回事，那辆车"刷"地猛冲过来，迈可尔眼看着车撞了过来，心想："完了……"可是，车灯在他手臂刚一晃过，又突然"吱——"地一下一个急刹车，只将他轻轻地撞翻在地。

车里下来一高一矮两个戴墨镜的男人，高个男人像抓小鸡一样把迈克尔抓起来，凶狠狠地说："迈可尔先生，我叫费舍尔，我是来和你算一笔账的……"迈可尔打量了他一眼，不解地说道："可是，先生，我并不认识你。"高个冷冷一笑："塔莎你总认识吧！告诉你，我是她的前夫，几年前，她看上了你这个小白脸，还以婚内强奸罪把我送进了监狱，让我吃尽了苦头！不过现在，我总算苦尽甘来，熬到头了，所以我出狱第一件事就是来结账的，哈哈！"

迈可尔没想到他心爱的塔莎还有这一段婚史，但是谁知道他是不是在胡说八道呢："费舍尔先生，塔莎已经不在人世，你怎么让我相信你说的话

是真的呢？""她送我的信物转送到你的手上，那是一个宝蓝色钻戒，里面贴肉的部位镀有'塔莎'的字样，她虽然死了，但那是上天的惩罚，我现在要索回的就是那个钻戒，它怎么不在你手指上？"

"对不起，费舍尔先生，即使你要索回钻戒，那也要让法官而不是你告诉我，我正要抢救一位病人，她是我家里的仆人，请你放开我！"迈可尔试图挣脱出来，但无疑是徒劳的。

"迈可尔先生，忘了告诉你，我原本就是医生，医术可不算低，带我回到你家为你那个仆人治治病，顺便把

钻戒找出来还给我，咱们各走各的道！"费舍尔努努嘴，矮个帮手不容分说将迈可尔架住，往他家里拖去。

进了客厅，费舍尔已经看见那个女仆一动不动地卧在沙发上，他托着迈可尔的下巴幸灾乐祸地说："你这个女仆像是快死了，闹不好就是你谋杀了她……当然，你要是还犹豫着不想拿出钻戒，那我费舍尔倒愿多呆一会儿，直到她走进天堂……"

迈可尔痛苦地开口了："好吧，你们把钻戒拿去吧，但它在这个女仆的喉管里——"

"迈可尔，你胡说什么？"费舍尔大吃一惊，但他还是将信将疑地走近桑罗丝，他停顿了几秒钟，突然从皮靴里拔出一把尖刀，向桑罗丝靠近……

迈可尔惊慌地喊道："费舍尔，拿尖刀干什么？快放下——"迈可尔想冲过来，但他被矮个子死死箍住。

费舍尔又是一声狞笑："哈哈！不拿刀子，那喉管怎么割开？"迈可尔闭了眼睛，心里咒骂着自己和这个魔鬼费舍尔……

谁知费舍尔并不想现在就让双手沾满鲜血，他试着把桑罗丝倒了个个儿，他刚倒提起桑罗丝，奇迹还真的发生了，桑罗丝"哇——"地一声吐出一口秽物，那钻戒竟随着那秽物滚落在地板上。

费舍尔丢下桑罗丝，一把抓起地

只有忠实于事实，才能忠实于真理。——周恩来

上的钻戒："我费舍尔终于让宝贝物归原主了，我费尽心机的'夺宝'计划成功了……"迈可尔睁开眼厌恶地说："快滚吧，费舍尔，当心塔莎让你今晚就去见上帝，她可不愿纯洁的钻戒让魔鬼去玷污它！"

费舍尔冷笑着重新攥起尖刀："在你去天国会见塔莎之前，我可以告诉你，这结婚钻戒里面有精密的成像元素，你戴上它研制的这个诱人项目就无秘密可言，我们想廉价得到它，就制定了这个周密的'夺宝'计划，当然，你心爱的塔莎最初就是我们的一个重要成员，是她把钻戒亲自戴在你的手上，可惜她后来真的爱上你了，想半途而废，我们不得不除掉她……"

迈可尔感到十分震惊："那个研究项目是为所有希望长寿的人着想的，你们太自私了……""对不起，我们想独占这个成果，今天你总算完成了，本来刚才你出门，碰巧遇上我们开来的车，我们想顺势制造一场夺命的车祸，但不巧的是你一直戴在手上的钻戒却偏偏不见了踪影，让你多活了几分钟，现在你获知了我们的所有秘密，现在就让这秘密永远不为人知。"费舍尔不再饶舌，舞着刀直奔过来……

就在这危急关头，费舍尔脚下突然被什么东西一绊，栽了下去，尖刀"咣当——"被磕出老远，还没等他明白怎么回事，一只手臂已被一只冰凉的手铐铐在了沙发扶手上，另一只手上的钻戒也被夺去了……那个矮个子正要过来增援，一支乌黑的枪管对准了他的脑门："别动，当心手枪走火！"恼怒的费舍尔还想挣扎一番，这时，好几个警员犹如从天而降，冲进了客厅。

迈可尔简直不敢相信自己的眼睛，原来刚才快如闪电的擒拿动作竟是女仆桑罗丝从地上一个鱼跃，手脚并用做出来的，他惊愕的问："桑罗丝，你是——"桑罗丝冲着迈可尔莞尔一笑："迈可尔先生，是的，我是警员……两年前，您的妻子意外身亡，我们怀疑是谋杀，但没有足够的证据来证实它，这两年你在研究炙手可热的延年益寿的技术，我们得到可靠线索，有人想不劳而获，盯上你了，这可不是一桩小事，不久前，我们得知您的研究已经进入最后阶段，于是我这个女警员就当起了你的仆人，今天你的项目大功告成，我们做了布控，专等着鱼儿进网。""你难道也知道钻戒的秘密？"迈可尔觉得这一切简直不可思议。

"不，是费舍尔的到来让真相大白，这么多天的女仆生活没有白费，不过，迈可尔先生，在你找到如意新娘前，香槟酒可要少喝点哦。"

（本篇月月评短信代码：G146）

（题图、插图：安玉民）

寺庙里的
红鲤鱼

□ 曾 恽

青龙坪王老太的儿子大鹏是个博士，在城里成家立业，很少回家乡，可这天却突然带着王老太的孙子小鹏回了乡下，当天晚上大鹏就请村里人吃饭，本来挺热闹的，可快散席的时候，他说了几句话，大伙听了都觉得挺别扭："下个月，我和小鹏他妈要去美国进修三个月，正好也是暑假，就让小鹏在这里呆上一阵，我们家小鹏从小在城里长大，皮细肉嫩的，比不得山里的小孩，希望大家多照看点，还有，城里小孩的肠胃也比不得山里人，不干净的东西千万不能入口，还有啊，我知道山里孩子的手脚重，请大家回去后提个醒，今后打闹时千万注意点，别一不小心弄破了相，那可就害了我们小鹏一辈子了……"

大伙虽没说什么，可听他一口一个"山里孩子"，心里就是不痛快，好

好一顿饭，吃到最后没了滋味。

大鹏第二天就回了城，小鹏见他爸走了，跟脱缰野马似的，没几天就和几个专门捣蛋的孩子混成了一片，指挥着一群半大小子，成天在村里村外打打闹闹，惹得鸡飞狗跳祸事不断。才过了十来天，他居然就在山里烧兔子洞，眼看着火借山风，忽拉一下就燃了起来，害得全村人奋力扑了半天，才总算保住了后山的那片林子。

王老太没别的办法，只能挨家挨户地赔礼赔钱，大伙都劝王老太说："还是得管管这个小孙子，听大鹏那天说的那些话，就知道是父母给惯出来的。"可王老太哪里舍得，只能叹口

气，任由他去了。

这天，小鹏跟村长家的二娃子去后山上的庙里玩，二娃子指着放生池里一条尺把长的红鱼，说："看那条金鲤鱼，我爷爷说，这鱼是在观音菩萨的莲花池里长大的，是从南海游过来的呢。"

小鹏睁大眼睛看了看，嘴一撇说："胡说！这叫红鲤鱼，城里多的是，上回我还吃过一条呢。"

"你吹牛！我爷爷说了，吃了金鲤鱼会死人的，你要吃了，还能活到现在？"

两人正吵着，一个小和尚跑了过来，板起脸说："吵什么吵！师傅正在打坐，去去，外面去玩。"

被撵出庙门后，二娃子还是不服气："你上次说连蛇都没吃过，还说吃过金鲤鱼，城里人就是爱吹牛。"

小鹏急得直跺脚："我就是吃过嘛，红鲤鱼有什么稀罕的，你要不信，我把里面的那条也给吃了！"

二娃子不相信地看着小鹏："你真敢吃？你不怕死吗？"

小鹏不屑地说："走着瞧！"

第二天一早，还在睡觉的二娃子被小鹏扯了起来，看看屋外没人，小鹏取下背上的书包，往下一倒，只听"砰"地一声，一条尺把长的红鲤鱼直挺挺地落在地上。二娃子一个激灵跳了起来，眼瞪得溜圆，问："是庙里那条金鲤鱼？"

小鹏神气地一点头，说："昨天晚上我去的，用网杆网的，我没吹牛吧？二娃子，等下我们去后山，弄点干柴烧了吃。"

二娃子吓得直往后缩，连连摆手道："不不不，你快把金鲤鱼拿出去，我爹要看见了，会打死我的！"

话刚说完，就听屋外"咣当"一声响，重重的脚步声转眼就到了门外，是村长回来了。他推开门，一眼看见地上的红鲤鱼时，顿时愣住了，半晌才哑着嗓子问："是庙里的金鲤鱼？"

二娃子本能地摇摇头，然后又指着小鹏说："是他抓来的，不关我的事。"

村长俯身摸了摸，鱼身干干已经死了一会儿了。他一把扯过二娃子，"啪"地一掌扇过去，吼道"小畜生！这可是放生池里的鱼，你们闯大祸了！"

小鹏想不明白，一条红鲤鱼，竟会让村里人如此紧张，当天中午，村长就领着一帮老人朝庙里赶去，王老太牵着小鹏跟在后面，眉头紧锁，一言不发。

在庙里，一帮人商量了一阵后，一起来到放生池边，池里虽然还有不少鱼，但缺了那条金鲤，顿时少了许多灵气。庙里的老和尚看了看小鹏，对大伙说："万种罪孽中，杀生最重，万种功德中，放生第一。所以啊，放

生池里的生灵，哪怕是小鱼小虾也不能伤害，何况是这么一条金鲤鱼啊。"

几个老人连连点头，王老太想说什么，但张了张嘴却又闭上了，她念了几十年佛，自然明白这个道理。老和尚接着说："阿弥陀佛！说起杖责，本来只适用于本寺僧众，但如今既然是捕杀了寺中生灵，用用也是无妨。"

杖责！王老太吃了一惊，连忙恳求道："大师傅，小鹏还只有十来岁，只怕，只怕会打坏了他呀。"

老和尚点点头，说"那就打手心，双手各打五十下，以消罪孽。"

一个小和尚拿来一块竹板，一寸

宽，三尺来长。老和尚对王老太说："我怕小和尚不知道轻重，就由你来打吧，记住，佛祖在上，打轻了只怕是无法消罪啊。"

王老太狠了狠心，重重地打下去，一下，两下，随着"啪啪"的响声，小鹏渐渐痛歪了嘴，手心也渐渐红肿起来，当打完第十下时，王老太受不了了，她丢下竹板，一把搂过小鹏，祖孙俩一起号啕起来。

看看这个样子，村长只好跟老和尚商量："大师傅，小鹏不比咱山里的孩子，再打下去，只怕会伤到他呀，再说，他那只右手，还要写字画画呢，你看，剩下的四十竹板是不是先记着，下回闯祸了再补上？"

老和尚不急不缓地问："小鹏，你知错了吗？"

小鹏哪里受过这样的毒打，这时候早已没有了傲气，只是哭着叫着不住地点头。离开寺庙时，老和尚交给王老太几帖草药，又对小鹏说，以后再惹事，那四十板还是要打的。

经过了这件事情，小鹏果然听话了许多，空下的时间帮王老太养鸡收鸡蛋，再把青菜和鸡蛋拿到集市上卖掉，换回些五毛一块的零票，小鹏这才知道，原来钱是这么样挣来的。

短短两个月，小鹏真的改变了很多，等大鹏来接自己儿子的时候，听说了金鲤鱼的事情，特意独自去拜访了庙里的老和尚，去之前还去镇上买

人类被赋予了一种工作，那就是精神的成长。　——列夫·托尔斯泰

"掌上灵通杯"《故事会》优秀作品月月评

1. 本期初评委推荐以下10篇故事为候选作品，读者可挑选出你最喜欢的一篇，将其月月评短信代码（如G140，没有短信代码的作品不参加评选）发送到200056（移动用户）或900056（联通用户）。每次限选一篇，可多次投票。

篇名与短信代码

代码	篇名	代码	篇名
G140	家有贼人（P10）	G145	智斗绑匪（P28）
G141	阿P也旅游（P12）	G146	致命钻戒（P36）
G142	不平常的算式（P17）	G147	寺庙里的红鲤鱼（P40）
G143	405的客人（P22）	G148	同居一室（P44）
G144	出租车上有鬼（P25）	G149	魔卡的诱惑（P91）

2. 作者奖：每期设"最受欢迎的故事"三篇，由得票最高的前三名作品获得。这三篇作品均将列入本刊今年举办的《中国最有影响力的故事》征文大赛候选名单。第一名的作者还将获赠上海文艺出版总社出版的大型历史图书《话说中国》一套（价值1100元）。

3. 读者奖：参加评选并对当期"最受欢迎的故事"的读者均有机会获得现金奖，每期20人，各获现金500元；所有参加评选的读者均有机会获得参与奖，每期200人，各获价值30元的礼品一份；参加全年24期评选的读者更有机会获得年终大奖，共12人，各获价值5000元的数码摄像机一台。

4. 本期活动截止期为：7月20日。得奖读者在评选结果揭晓后将得到短信通知。用户接收每条短信收费0.50元。

另外，本刊将从7月起推出封面图片下载、评选的活动，形式新颖，奖品丰厚，请留意7月下半月的启事。

"掌上灵通杯优秀作品月月评" 2005年5月(下)评选揭晓

2005年5月（下）获得选票前三名的作品分别为：《血染的灵芝草》、《聪明的擦鞋童》、《挠痒痒》。

了条小小的红鲤鱼准备在放生池放生。

见到老和尚，大鹏满怀感激地说："其实我们夫妻并没有出国进修，之所以让小鹏来这里生活，就是要让他在山里锻炼锻炼，那天晚上吃饭时，我是故意当着大家的面，说了很多不中听的话，想引起大家的反感，让小鹏经历更大的挫折。"

老和尚带着大鹏来到放生池边，把他带来的红鲤鱼放进去，看着鱼儿游来游去，忽然说："本来我不会因为无知孩童的顽劣就用杖责的，也是看他劣性太重，而他奶奶又处处护着，如果不找个事由狠狠点醒他，不知道还会惹出多少祸事来。"

那一瞬间，大鹏真是感慨万千，他在心中暗暗希望：小鹏长大以后，能了解在自己的成长道路上，有许多人在默默地帮扶着！

（本篇月月评短信代码：G147）

（题图、插图：安玉民）

同居一室

□ 秦 楚 供稿

一

她是我大学同学，我们谈了三年恋爱，结婚后又在一起过了三年，可现在日子实在过不下去了，离婚对我们来说，是最明智的选择，反正也没小孩的拖累。我说出离婚这两个字后的第三天，我们就去街道把这事给办了。

手续是办了，可在她还没找到新住所之前，我们还得住一起。

自己想想都觉得搞笑，谈恋爱的时候，我们特纯洁，同居这样的事情，压根连想都不敢想，没想到现在离婚了，倒赶了趟同居的新潮。

一室一厅的房子，两个不再是夫妻的男女住在一起，特别别扭。

第一个晚上，我拿了一套卧具铺在沙发上。这一夜，睡得真舒坦！没有人在耳边唠叨的夜晚，真美！只是，如果我们家的沙发是布沙发就好了，这个木头沙发让我在清晨醒来的时候，脖子有点酸。

到了洗手间的门口，听见里面有哗啦啦的水声。这个臭女人，不知道从什么时候养成的坏习惯，晚上睡觉前洗澡，早上起床后还要洗澡。算了算了，反正也已经习惯了。我顺手拉门就进去。

我刚掀起马桶准备方便，没想到她竟然"哇"地一声狂叫了起来。

大清早的，也不至于见鬼啊，叫什么叫？吓得我尿都憋了回去。

"你没见我在洗澡吗？你是不是

男人啊？有男人在女人洗澡的时候进来解手的吗？"她掀开浴帘，一只手用浴巾裹着身体，一只手指着我的鼻子就开始训斥。

"你叫什么叫啊？咱们之间不是还隔着浴帘吗？我能看到你什么啊？又不是第一次你洗澡的时候我进来解手，至于这么夸张吗？再说了，就你那身体，我都看了三年了，闭上眼睛都知道是什么样子了，值得我偷窥吗？"

"你……"她气得说不出话来。裹着浴巾就跑出浴室，接着就听到卧室的门"砰"的一声。

泼妇！就你这臭脾气，看以后还有谁敢要你！

解完手，我想去卧室的衣橱拿衣服，谁知这死女人，竟然将卧室的门给锁上了。我敲了半天门，里面总算回了一句，我在穿衣服！

算了，反正离婚了，让让她吧。

半小时后她才出来，倒是衣着光鲜唇红肤白。可惜，她临出门时狠狠瞪了我一眼，破坏了她的形象。

下班后，我在大街上胡乱溜达着消磨时间，虽然无聊，但是总比看她那张脸要好。就这样呆到九点，我在街角吃了碗面，回家。

我一进家门，发现她老人家竟然在客厅里坐着，看见我进来，脸上竟然还带着微笑。我迟疑地在她面前坐下，天！她竟然给我沏了一杯茶。

"今天呢，我仔细想了一下，咱们现在不是夫妻了，虽然我现在是借你的房子住一个月，但是我想，为了避免这一个月出现不必要的尴尬和误会，我们还是约法三章比较好。"说着，她温柔地拿起一张纸在我面前晃了晃。"你看看，要是没什么意见，就签一个字，咱们一人一份。"

我拿起纸看了看。

第一条：在一方使用洗手间的时候，另一方不得以任何借口进入；

第二条，一方不得以任何借口接触对方的身体；

……

我数了数，大小竟然有二十六条之多。

"没意见，就请签字。"她竟然连钢笔都准备好了。

我本来想冲她发火的，但是想想也没必要。反正最多也就一个月的时间，忍忍也就过去了。我冷眼看了看她，拿起钢笔就挥下的大名。

"对了，作为回报，在我们共同生活期间，我还继续给你做饭吃。"

有了这个条约，这日子可就真拘束了。刚开始那几天，感觉做什么都被束缚着。下班以后，我还继续在外面晃悠着找地方吃饭。哼，以为做饭给我吃，我就会感恩？美去吧！我一个月不吃你的饭，看我会不会饿死！唉，话是这么说，只是每次晃悠

·情感故事·

着的时候，闻到别人家的饭菜香，心里也还是十分羡慕。

一个星期相安无事。

二

这一天，我进门的时候，她刚好准备出去。

"出去啊？"我装着随口问了声，其实我不喜欢她这么晚出去还喷了香水。"是啊，阿铃说今晚介绍一个朋友给我认识。你看看我今天刚买的衣服，还不错吧？"她站在镜子前仔细端详着自己。

"是啊，是不错，钓傻冒最适合了。"傻子都听出我说的不是好话。

"你！"她的脸上又开始浮现厌恶我的表情了。只是，转而她又假惺惺地浅笑盈盈。

"是啊，反正我现在是单身了，就算是钓傻冒，我也有这个权利啊，总会有珍惜我的人出现的。你也老大不小了，也该考虑考虑自己的幸福了。"她眉毛吊着看我。

"那我祝你今晚碰到一个大傻子！要是人家送你一个别墅，也借咱住两天。"

"哟，说话怎么这么酸啊？你不会是看我出去吃醋吧？"她哈哈笑了起来。

"走吧走吧，别站那碍我的眼！"我随手就给她拉开了门。她斜着眼睛瞧着我，走了出去。出门的时候，还对我"哼"了一下。我"砰"地关上了门。

没有碍眼的人在了，我开始看球赛。只是心里怎么这么烦？难道我真吃醋了吗？哈哈，我开始笑我自己，怎么这么胡想？可是我主动提出离婚的啊！

大概过了两个小时，她就回来了。而且，在我面前走过的时候，我看到了她脸色很差。她直接回卧室睡觉了，竟然连澡都没出来洗。

她心情不好地回来，我竟然心情好了。嘿嘿，活该你出去，

46 一切出色的东西都是朴素的，它们令人倾倒，正是由于自己的富有智慧的朴素。 ——高尔基

我也乐颠颠地睡下来。

半夜，我被她的一声尖叫吓醒。刚想起来看看什么情况，就见她穿着睡衣冲了出来，跳到沙发上搂着我的脖子直发抖。"怎么了？"我拍拍她的背问。"蟑螂……"她一说这两个字我就明白了。这个女人虽然对我很凶悍，但是天生害怕小动物，什么蟑螂、老鼠、猫、狗等等，每出现一次她都尖叫半天，害我一直想弄一个小狗回来养养都不成。

"乖，别怕。"我像往常一样安慰她，进房间给她消灭去。可我在房间里四下找了半天，也没发现蟑螂的影子，只得回来。

我一坐上沙发，她又将我的脖子搂住。"打死了吗？"她脸上挂着被吓出的眼泪，不过在夜晚黯淡的光线下，却有梨花带雨的感觉。"好了，被我打死了。别怕，你回去睡觉吧，明天大家都上班呢。"我骗她。因为我知道我不说打死而说没找到的话，肯定会被她逼着再找下去，找不到我就别指望能睡觉了。

"我害怕，我不回去睡。"

"你忘了我们离婚了。而且，你也破坏了我们约法三章中的第二条。你首先接触我的身体了。"我语气冷淡，哼，叫你晚上出去钓傻子，看到蟑螂才想起来。她听到我这话，呆了一下，咬着嘴唇说了声"对不起"后，跑回了房间。又是"砰"地一声关门声。

我呆坐半晌，突然给了自己一个大嘴巴。

我睡在沙发上，但是一点困意都没有。隐约中，房间里传来她哭泣的声音。进去还是不进去？我有点犹豫，我又给了自己一个大嘴巴，是男人就进去！

我打开房间的门，看到她伏在被子里哭。我坐到床边，拉开被子，轻声地问她怎么了？说实话，我看到她满脸的泪水，心里真是好心疼。

"你进来做什么？我们不是离婚了吗？我不稀罕你来关心我！给我出去，出去！"她冲我歇斯底里地叫，拿起枕头砸我。

"对不起，刚才是我说错话了，原谅我好吗？"我不管她到底是因为什么，坚持将她抱在怀里，轻轻吻她脸上的泪。她不再对我咆哮了，用力抱着我的脖子，开始没完没了地哭。

终于，她一边哭一边说今晚因为什么不开心了。原来，她那个破姐妹阿铃给她介绍的人竟然是一个台湾老头子，坐下来没多久就开始动手动脚。阿铃竟然还劝她，反正你是离过婚的人了，将就着跟了这个老头子算了。"我离婚了，是不是就比别人矮一截？我们为什么要离婚？"她一边哭着问我，一边掐我的脖子。

我没有办法回答她的问题，因为我自己也不知道答案。虽然脖子被她掐得好痛，但是掐就掐吧，反正又掐

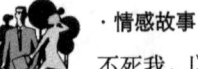

不死我，以后不住一起了，想被她掐都没机会了。

一觉醒来的时候，太阳已经出来了。我还抱着她，她还搂着我的脖子。

我不敢动，怕自己惊了她的梦，好像已经很多年没有这样的感觉了。两个人在一起时间越久，清晨醒来就越没有感觉。想想从前的日子，我们几乎都是在匆忙中醒来，一边彼此抱怨着对方，一边收拾东西赶着上班。我们之间，为什么会走到今天这一步？到底因为什么？

她也醒了。

醒来后，她忽然意识到什么，松开了抱我脖子的手，脸上有一抹羞涩："早！"

我也慌忙松开抱她的手，赶忙下床。

"昨夜……"

"昨夜没什么，快起来洗漱吧，要不上班快迟到了。"

有了这一晚之后，我感觉我们的关系也发生了微妙的变化。下班的时候，我在路边看到有卖海棠糕的，想起这是她家乡的特产，随手就买了点。只是买完之后，我不知道自己是现在就回家，还是像从前一样晃悠着消磨时间。

"先生啊，这个东西新鲜的时候最好吃，时间长了，就不好吃了。"找钱时，小贩特地关照我。

我硬着头皮回到了家，她在做饭。

"嗯……嗯，我给你买了海棠糕。下班时候，刚好看到的。"我对着在厨房里忙碌的她支支吾吾地解释着。

她很开心地走了出来，拿起一块就吃了起来。"去洗手吧，饭菜都好了。"

面对桌子上的饭菜，我心里酸酸的。

数数日子，我在外面混吃已经有二十多天了。她做的菜，真香。

"这个菜挺新鲜的，吃一块。"她给我夹了一筷子。

"你最近瘦得很厉害，以后别在外面吃了，又贵又没营养，还是回家来吃吧。"

吃完了饭，我抢着收拾。

"算了，结婚这么久了，也没见你收拾过，还是我来吧。"

"我……"

"没事，我也收拾习惯了。你去看电视吧，我一会就收拾好了。"

我给自己沏了一杯茶，又给她沏了一杯。

她洗刷完毕，在我身边坐了下来。我赶紧把沏好的水端了过去。"你想看什么节目？"我拿着遥控器问她。

"你今天怎么这么客气啊？客气得我都不习惯了。"她咯咯地笑了起来。

我不好意思地摸摸头："我以前，

很坏吗？"

"坏？没人说你坏啊，只是你比较懒罢了。现在咱们都离婚了，你却忘了自己的衣服要自己洗。你也不想想，每天的干净衣服，是谁给你洗的？以后，自己要学会照顾自己啊！"

"离婚……是的，我们离婚了。"我默然不再言语。

她也陷入沉默。

那晚，我们坐在一起看了三个小时的电视，没有说话，没有换台，只是我不记得自己看了什么。

三

三十天的时间很快就过去。这天，她吃完饭告诉我，她已经找好房子，等星期天就可以搬家了。我的心立即变得很空很空。

星期六，我坐在沙发上看她来来去去地收拾东西。

屋内显得很乱，但感觉空气是静止的。我们都没有说话。她会留下么？我心里突然很盼望。

"你慢慢收拾，我出去走走。"没等她说话，我就走出了门，再呆下去我真的要请她留下了。

屋外的天空很蓝，多像三年前放风筝的那天啊。屋外的阳光很轻，三年前是否同样温暖过我们呢？

一直到傍晚，我还在外面闲逛。

手机响了，是她的短信"饭菜已做好，我们最后吃一次饭吧。"

我马上跑回家里。

房间里没有开灯。她在餐桌上点了蜡烛，菜很丰盛，还有一瓶红酒。

她穿的是结婚时我给她买的一条黑色蕾丝裙子。

"我们结婚三年了，都没在一起喝过酒。过了今晚我就走了，我们喝一次好吗？"她一边给我倒酒一边说。"干。"我举起了杯子。

我们没有再多说什么，还能说什么呢？再多的话都改变不了明天的结局。算了，不要去想了，喝酒吃菜。最好是喝醉了，等我醒来的时候，她已经离开了。她离开，不是我一直期望的吗？我不是一直讨厌这个啰嗦的臭女人吗？我应该高兴啊！以后看球赛不管多晚都不会有人在我身边训斥我，叫我去睡觉了，多爽啊！我不洗脚就上床也没有人嫌我脏了，多美啊！我没有理由不开心啊！只是，为什么这酒喝在嘴里是苦涩的？

"你的衣服我都整理好放在橱子里了，内衣和袜子在床下面抽屉里，你的胃不好，以后要是一定要熬夜，记得给自己搞点东西吃。冰箱里我买了一些食品，你自己要慢慢学会做饭，不要总在外面吃。吃饭也要注意营养，别总是凑合。咱们的存折我放在床头柜里了，上面还有三万多块钱。咱们家每个月的电话费、煤气、水电费都在街角的银行交，就是这个卡，你收好，别到时候找不到。这个月给你父母汇的钱我也已经汇出去了，以后你要记得按时给他们汇钱，没事多打电话回家，爸妈都挺惦记你的。我今天给他们打了电话了，爸爸最近腿上的风湿有点厉害，上次我们给他买的药恐怕快吃完了，这个是药名和地址，你明天记得买一些寄回去。我没告诉他们我们已经离婚了，你以后有机会想好了再和他们说。不管你爸爸说你什么，记得不要让他生气。这是我给爸妈买的毛衣，你明天一起寄回去。"

她在一样一样地交待着，我希望我自己每件都能记得，但是又希望我什么都不要记得。我突然感觉自己很白痴。我在这个家里生活了三年，但是现在我却感到非常陌生。我开始害怕，我不知道我一个人是否有能力生活下去。

"这是咱们结婚的时候，妈给我的戒指。这个是你们传家的东西，我不带走了，请向妈妈说句对不起。"一枚碧绿色的翡翠戒指放在我的面前，它的光好强，让我的眼睛开始刺痛。"我带走的东西是按照我们离婚时候协商好的。"

她站了起来，四下看了看，笑了笑说："你有什么不明白的要问吗？"

我还有什么不明白的要问呢？我什么都不知道，我只知道在我最想她

留下来的时候，她却要走了。她一直说我不像个男人，我一直觉得这是她对我的侮辱。我现在终于明白，我的确不是一个男人，我像一个孩子一样肆意挥霍着她给我的幸福和安定。

"要是你没有事情要问的话，我们休息吧。今晚你睡房间我睡沙发。明天一早搬家公司的人就来搬家了，我在这多住了一个月，够麻烦你了，明早你在房间里睡，可以少打搅点。"

我不知道自己到底该怎么做，只是木然地对她点了点头，走进了房间，关上了门。

我看了一夜的天花板。

清晨的阳光照了进来。

我听到敲门声，我听到搬东西声，我听到她叫工人"轻点"。只是，我听不到自己的心跳声。

她敲了敲门，我没动。

"我走了，以后自己照顾自己。"她没有进来，隔着门声音低低地说。

我听到了关门声。

我没有再听到任何声音。

为什么我们要离婚？为什么我们要离婚？

"有空记得回来玩啊！"我听到邻居的声音。

你还是不是男人？一个声音在我心里对我吼。

你是男人，你现在去追她回来，还来得及！

我翻身下床，跑到窗边对着下面

喊道:"等一下,先别走!"

我冲下了楼,我要做一个男人!

她站在车边,微笑地看着我,半晌轻轻地说:"谢谢你下来送我。"她的眼角有泪。

"你走了,我怎么办?"我抓住她的胳膊问她。

"我们已经离婚了。"

"我现在不要你走,我不能没有你。"我对着自己吼,对着她苦苦哀求。

"离婚是你提的。"

"我知道自己错了,求你原谅我一次,好不好?我求你了!"

"你是男人,怎么可以在这么多人面前哭?"她用手给我擦眼泪,她的手指好冷。

"只要你回来,我不要做男人!"

"我们在一起前后六年了,结婚后你就没再关心过我,没问过我要什么,没问过我想什么。我对你说话,你觉得唠叨;我要你安心家庭,你说我生活没有情趣。你知道吗?我和你生活三年,我也很累。我是爱你,但是你知道吗,这份爱我维持得好辛苦!"

"对不起,再给我一次机会,让我们重新来过,好不好?我错过了很多,我不想再继续错下去。你是爱我的,爱我就不要走,好不好?"我心里好痛,为什么到最后我才说出这样的话?

"我们离婚了。你要我回来,除非你现在再次向我求婚。"

"好,我求婚。我求你再次嫁给我!"我紧紧地抓着她的手。

"求婚要有玫瑰,要有戒指,你有吗?"

玫瑰!戒指!天啊,我现在到哪里找?

"我们家二丫头昨晚刚收到一束玫瑰,傻小子你快去拿。"邻居大爷冲我直叫,被他这么一点拨,我又想起那个家传的翡翠戒指!

我冲上了楼,闯进邻居家,拿了那束玫瑰就出来。我回到自己的家,却怎么也找不到那枚翡翠戒指!

为什么?为什么上天要如此刁难我?戒指,你到底在哪里?

我在慌忙地四处翻找,她上了楼。在她的身后,跟着一大帮看热闹的邻居。

我一把抓住了她,将玫瑰塞进她的怀里:"我找不到戒指,求你先答应我好不好?"

她"扑哧"一声笑了出来,从包里拿出一个黑色的丝绒盒子。慢慢打开,一枚闪烁温润光亮的翡翠戒指端立在那里。

"对不起,我好像多拿了一样东西。"她扑到我的怀抱里笑了起来。

(本篇月月评短信代码: G148)

(题图、插图:魏忠善)

鲍鱼杀人

□胡纪军

北宋年间，济宁府十分繁华。这天，济宁府颇有名气的运河客栈来了个衣衫不整的小伙子，手里抱着个破罐子，说是有祖传的熘活鱼的绝活，想到运河客栈的厨房做个下手。

运河客栈的赫老板一听就笑了，自己客栈的招牌菜就是鱼，厨师个个是烧鱼的好手，特别是熘活鱼，更是远近闻名，这小伙子到这里来不会是想偷着学艺吧。不过赫老板一向心地善良，正巧客栈也缺个打杂的帮手，就问小伙子，愿不愿意到客栈来跑跑堂。他想着小伙子八成不会答应，可没想到他一口就答应了下来，还倒地就拜："小人名叫海生，从东海府连云县来，我父母都不在了，流浪到此，身无分文，只是有祖传的烧鱼的手艺，赫老板不嫌弃愿意收留我，让我干什么都行。"

赫老板听他不像是在说大话的样子，于是答应让海生第二天下厨试试手艺，海生感激不已。

第二天一大早，海生向赫老板借了渔具，到运河下游捕鱼去了。赫老板非常纳闷，客栈里活鱼多的是，可是海生看了一眼，摇了摇头非要自己去抓一条，不知是何缘故。

快两个时辰过去了，眼看日上三竿，海生还没有回来，赫老板叹了口气，认定是海生骗走渔具一去不复返了。正在这时，海生浑身湿漉漉地一路小跑回到客栈。赫老板一看，海生手里提了一条鱼，这鱼并不比客栈里的大，只是一条普普通通的运河鲤鱼而已。

海生说要做一道"醋熘活鱼"，运河客栈的厨师伙计们都笑了，活鱼谁不会做呀，没什么稀奇的。只见海生很快地把鱼开膛破肚，再拿一块湿布包上鱼头捏住，在热油里将鱼身滚上两圈，然后浇上醋汁汤料，端到赫老板面前。赫老板有些失望，因为这道菜许多厨师都会做，也都是这样做的，他尝了尝，味道不错，鲜嫩无比，可这个味道，其他大师傅也做得出，最多是个不相上下。赫老板让大伙都来品尝品尝，一个十四五岁的小伙计尝完推了海生一把，说："班门弄斧，这里的师傅们做的比你好吃多了！"

这一推不要紧，海生一个趔趄，盘子里的鱼掉下地来，剩下的鱼肉摔得粉碎。海生轻轻捡了起来，鱼头鱼尾中间只剩下骨和刺相连，奇怪的是，这鱼的嘴巴还在一张一合地，鱼的眼睛微微发红，还在轻轻转动着。赫老板惊呆了。别的厨师做的活鱼，顶多吃上两口鱼也就死了，可海生做的，这肉都没有了，鱼怎么还活着？

海生对目瞪口呆的众人解释道："其实做法是一样的，关键在于选鱼。这是一条复仇的鱼，我从它的眼睛可以看出，它的同伴亲人都被抓走吃掉了，自己也是伤痕累累，历尽磨难才

活下来，所以它死不瞑目，只要头还在，它就不咽下那口气，等待复仇的那一天。我在连云县时是个渔民，常常看到这种鱼……"说着说着，海生的眼睛也像鱼的眼睛一样，微微发红。

海生理所当然地成了运河客栈的一名厨师，运河客栈也因为海生的绝活生意兴隆，赫老板喜出望外，有意把如花似玉的女儿许配给他，处处提携海生。可是，海生对老板的好意总是躲躲闪闪，似乎有什么顾虑。

俗话说树大招风，海生的绝活终于惊动了太白楼，李掌柜亲自来请他去太白楼当大厨，专烧这道熘活鱼。大伙都觉得海生肯定不会答应，他要是去了怎么对得起赫老板当初的恩情。可谁也没想到，海生居然同意了。知情的人都说海生没有良心，可赫老板怎么也不相信海生是个忘恩负义的人，更不相信他会贪图名利。

在送海生走的宴席上，赫老板拿出十两黄金，可海生摇了摇头，说道："背信弃义实在有我的苦衷，赫老板的恩情我海生以后再报。"说罢抱着他的破罐子出门了。

自从海生去了太白楼，那里的生意更是一天好过一天，那些达官贵人吃腻了旧口味，听说来了个新厨子，都纷纷赶来品尝，知府周不群就是其中一位。

这天，李掌柜特意到厨房关照海

生，让他做熘活鱼，说是一定要当心，不能失手，周知府在吃方面是行家，尤其懂鲍鱼。李掌柜还关照，菜上来后要海生亲自端上去，知府吃了之后还要问话的。海生低着头"嗯"了几声，样子有点怪，李掌柜怕他紧张，又关照了一会。菜上了以后，海生来到豪华包厢，见到知府就拜，周不群眼皮也没抬一下让他起来说话，海生抬头一看，连忙又跪下叩头："东海连云子民海生叩见恩公大人！"

周不群很纳闷，这才抬起了头。他确实是在连云当过知县，可是他自己也清楚，在当地百姓中没落下什么好名声，怎么就成了恩公了？海生继续说："恩公在连云做父母官时，小人尚且年幼，家中贫寒，常常揭不开锅，是您赏了家父一个饭碗。"

"噢，原来如此。他是哪个？"

"家父就是轿夫老王头，恩公到连云以后，新招了二十名轿夫，家父有幸吃上了皇粮，养活我全家性命。恩公在上，请受小人一拜！"

周知府很高兴，没想到自己在连云口碑不怎么好，招轿夫也是为了自己享乐，却无意中救活了一家人。他笑吟吟地说："哎呀，好，好，好。连云是个好地方，尤其那里的鲍鱼，一枚何止值千金呀！光是那美丽的色泽就让人垂涎三尺，还有那扑面而来的鲜香，神仙都坐不稳啊！要不是为了

朝廷，本官真想做一辈子连云知县，给个宰相都不换！"

海生忙赔着笑脸说说，接着又一本正经地说："恩公，小人这一道活鱼并不是最拿手的，今天是初一，待到十五月圆之际，大人您再来小店，我将为您做一席鲍鱼宴。"

"有鲍鱼？太好了！十五晚上我一定来，吃鲍鱼的感觉就像亲仙女！"

周不群知道，这鲍鱼是长在珊瑚礁底下的贝类，生长十分缓慢，有养颜明目等功效，非常名贵。在内地很难吃到鲜鲍鱼，而干鲍鱼的晒制非常复杂，要精选、晒干、除壳、盐腌、浸洗、水煮、炭火焙干，二次吊晒等十几道工序。吃干鲍鱼是要水发的，先以温水浸泡七天，用小刷刷净，再放入竹垫底的沙锅中，小火煨上六个时辰，然后取出浸泡，去掉牙嘴和裙边，换上铜制鲍鱼鼎，加足材料，小火煲上两天两夜，方可用于做菜，光这一套准备工作就至少十天工夫。

这些李掌柜自然也清楚，他不知道海生要到哪里去找鲍鱼，说下这等大话，到时候做不出，岂不要惹怒知府？送走知府以后，李掌柜立刻来到海生房里，想问个明白。海生似乎已经知道李掌柜要来，没等他开口，就从床底下取出那个他一直带在身边的密封罐子，打开封口，送到李掌柜面前。李掌柜探头一看，吃了一惊，原

来里面装的是用蚝油浸泡的十只价值连城的上等鲍鱼。李掌柜不明白为什么一个穷小子会有这些东西，却又不便多问，好歹十五那天有料下锅，他总算松了一口气。

转眼到了十五月圆之际，知府周不群在太白楼直吃到三更时分，才开心地坐着八抬大轿回府去了。他不仅吃到了上好的鲍鱼，还和李掌柜说定了，让海生到自己府上做大厨，任凭李掌柜一百个不愿意，也不敢说半个不字，而海生却是喜形于色地拿起包袱，去了知府大宅。这下海生算是在全济宁出了名，这名声一是手上有绝活，二是见利忘义。

海生在运河客栈和太白楼也学了一手好厨艺，周不群吃得开心，更加赏识海生。这鲍鱼就是这样一种东西，你一旦尝到了它的美味，就会回味无穷，时间久了吃不到，就会觉得浑身难受，像丢了什么东西似的。周不群自打吃了海生做的鲍鱼宴，过个半月二十天就食不甘味，只想能吃上一口鲍鱼。

这天周

不群就恹恹的没胃口，海生小心翼翼地说："大人，最近东海正是出鲍鱼的时节，我愿亲自前往，为大人采集最好的鲍鱼。"这话算是说到了周不群的心坎里，再也抵制不住诱惑，当即拨给海生银两，派了两个随从与海生同往东海，购买鲍鱼。

到了东海，海生让两名随从在客栈休息，他要独自前去采购。海生先到鱼市找到了同乡老王头，打听到东海现任知府是新科状元，很受当今圣上赏识，此人刚正不阿，嫉恶如仇。他在东海任期已满，不久就要进京述职去了，到时候圣上一定会重用他。老王头还说，每月十六是东海鱼市大会，知府总要亲临鱼市，一来微服私访，探查民意，二来了解市场行情，看每年都是谁来买鲍鱼，因为鲍鱼是非

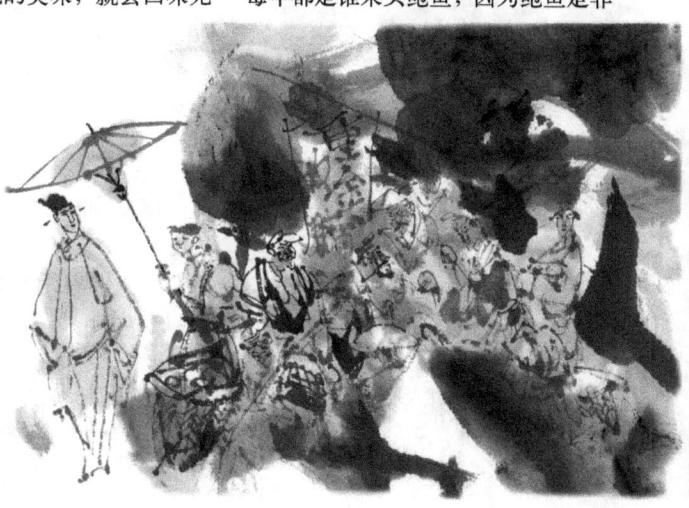

常名贵的，只有富商和贪官才会买得起。若是安分守己的富商来买便罢，如果是当官的来买，他就要探查个究竟了。

海生听说此事，喜出望外，他在鱼市大张旗鼓地宣传，十六那天东海鱼市大会上，要购买大量上好的鲍鱼，光看质量不问价钱。

十六那天，渔民争先恐后地把鲍鱼拿来让海生挑选，海生故意挑挑拣拣，十分内行地挑剔着。这时，海生看到一位富家公子打扮的英俊少年缓缓走来，老王头给海生使了个眼色，海生明白，这必是状元无疑。海生当

着他的面挥金如土，买下大量上好的鲍鱼。

果然不出所料，这位公子的随从向海生施了一礼，询问为何买如此多的鲍鱼。海生装作十分傲慢的样子说"我家大人，不，是我家老爷爱吃，你管得着吗？别说鲍鱼，就是买下整个东海也不在话下。"说完，扬长而去。

状元给这位随从使了个眼色，随从便匆匆离去。

海生回到济宁府后，周不群非常满意，由于管家年迈体弱，周不群就把海生聘为大管家。

又过去了几个月，皇上派来了钦差。海生一看，此人正是在东海见过的状元郎。他料定状元郎是奉旨来查办周不群的。果然不出所料，钦差到济宁府后第十天，就带兵抄了周不群的家，城门贴了一张告示：

查原济宁知府周不群贪赃枉法，奢侈成性，祸害百姓，判斩立决。

罪民周府大管家海生助纣为虐，判斩监候。

原来，状元郎当初派随从一直跟踪海生到济宁府，打听得买鲍鱼的正是知府周不群。任职期满后进京述职时，向皇上奏明，他在东海任职期间，周不群派人重金购买鲍鱼，可见此人奢侈至极，如果不是贪赃枉法，怎么会有这么多钱财？通过了解，得知连云百姓人人痛恨已调任多年的周不

精心策划 (结尾部分)

(7月上半月刊说到两位警察把张平叫到派出所,一个警察拿出了一张纸……)

警察把那张纸放在镇定自若的张平面前,说:"这是昨天傍晚你家的煤气抄表单,欧小雨家里满是煤气,可今天上午我们勘察现场的时候,发现她家煤气表上的数字却很正常,倒是你家煤气表上的数字显示一晚上你就用了几十立方气,这是怎么回事?请你解释一下!"

张平瘫倒在凳子上,半天说不出一句话来……

所以,正确的答案应该是:B.煤气抄表单

群。皇上听后大怒,便命他为钦差大臣查办周不群。如果证据确凿,就可以严惩。

周不群被斩那天,济宁府家家户户放鞭炮庆贺。赫老板却为海生的安危着急,虽然海生没有答应做他的上门女婿,可在老人心里,海生就如同自己的儿子一样,他始终相信海生是有苦衷的,就像海生看鱼的眼睛一样,他会看海生的眼睛。于是老人家便跑去拦轿喊冤,钦差连夜重审海生,海生于是便将前因后果说了个明明白白。

原来他的父亲并没有在衙门里做过事情,而只是一位渔民,当年周不群的大厨逼迫他们去捞鲍鱼,让不少渔民为此不幸葬身海底。海生的父亲实在交不出鲍鱼,就被周不群关入大牢,限令家人用十只鲍鱼来赎人。海生当时只有十三四岁,于是也冒险跟着叔叔和乡亲们下海。万幸的是,这一次出海,他们真的找到了不少鲍鱼,可就在他拿着十只鲍鱼准备去救父亲的时候,父亲在牢里去世了。那瓷罐里的十只上好鲍鱼,就是当初准备用来给父亲赎身的,当初是鲍鱼杀死了父亲,现在他也要用鲍鱼来杀死周不群。

海生这次千里迢迢离开家乡就是为了找周不群报仇。可是,自古以来官官相护,民告官是难于上青天的,一个平民百姓要扳倒知府是何等困难!他走投无路,于是就想办法接近周不群。本来,他想毒死周不群,可是他要让周不群身败名裂,让同他一样的贪官污吏不敢再欺压百姓。

听到这些,钦差把他当场释放,海生又回到了运河客栈,和赫老板的女儿成了亲。

(题图、插图:黄全昌)

一碗鱼汤

□ 寒 梅

元朝末年，瘟疫不断，饥荒连年。这天，山东沂州石楼村的陈员外正在开粥布施，管家来报："村外又来了一伙逃难的，领头的是个算命先生，是不是要另外招待一番？"

管家知道陈员外一向对算命先生格外看重，所以才请示一下，果然，陈员外抛开手头的杂务，吩咐管家"把村东头的破庙收拾出来，让他们暂住几日，要招待好他们，走，先带我去看看。"

算命先生张本没有想到陈员外会亲自来接待他们，马上要过年了，能在这庙里，有员外照应，过个舒服的年，简直是飞来的喜事。

陈员外仔细打量着张本，暗暗点头，恭敬地对张本说："先生，哪天到舍下一坐，我们好好聊聊。"

张本送走了陈员外，拉住管家讨问究竟，管家神秘一笑，说："我们老爷对算命先生格外高看一眼，不过，你要有本事让他心服口服才行。"

张本听明白这话，千恩万谢地送走管家，得意地四处一瞥，对大伙说道："大家都听到了吧？只要你们听我的，安守本分，就能过上好日子。"一边说，一边特意盯了一眼躲在角落里的一位年轻妇人。这妇人叫春，有孕在身，知道张本一路在打自己的主意，于是干脆转过头去，她心里在想，再不快想办法，早晚被他得了逞。

第二天，吃完饭，张本就去拜访

陈员外了，春一咬牙也随后悄悄离开了破庙。

春在员外家门口候到张本离开了，才凑上前去，跟门房答话，说是员外多年不见的远亲，让门房通报。

春一见了老爷，"扑通"就跪下了，她隐去了和张本的瓜葛，只说带着身孕逃难到此，走投无路，希望卖身为仆，讨得一口饭吃。

陈员外刚和张本聊得十分投机，心情很好，再加上夫人也喜怀六甲，也需要人照顾，看这妇人干净利落，颇有几分姿色，以后生了孩子也可以和自己的孩子做伴，于是安排管家先带下去安顿。

腊月二十三，小年，陈员外让管家请来张本，他特意单独在一间房子里安排了一桌酒席，把下人们都打发了，连管家也支开，单单他和张本两个人密谈，他想让张本给他没出生的孩子算算前程。

张本胸有成竹地说："不用再叫夫人过来了，我刚才和夫人一照面，已经看得仔细，员外你记住，大年三十夜，你去村东你家祖坟上看看，有一个四方的水洼，如果你能在里面逮住两条鱼，你就把鱼炖了，给夫人吃下，然后再来见我，如果没有鱼，就是我看错了，我立马走人，绝不再叨扰员外。"

陈员外想再详细问个究竟，张本连说天机不可泄漏，并叮嘱这事万不可向夫人说明，一切看造化，否则就不灵了。

大年三十晚上，陈员外亲自去村东祖坟上，果然在水洼里看到两条鱼，他喜出望外，祖上显灵啊，这北方的三九寒天，要不是祖上有灵，怎么会有这么大的鱼？

他立刻叫人把鱼捕了上来，喜滋滋地回家，按张本事先嘱托的，让管家安排人给炖了，端去内房给夫人吃。

夫人刚刚吃了头道的年夜饭，正和伺候在一旁的春说着话，见端来炖好的鱼，心里就十分不悦。她平日是最不喜欢吃鱼的，有了身孕后，更是闻了就恶心，何况今晚的鱼远远就有一股重重的腥臭味。因为听说是老爷吩咐一定要吃的，夫人强压了火没有发作。

第二天，陈员外兴冲冲地去庙里找张本，该是时候问个究竟了。

张本听说陈员外果然在除夕之夜在祖坟抓到了鱼，而且按照他的说法做给夫人吃下了，埋头就拜，"恭喜员外，大喜，不，是天大的喜事。"

陈员外更加心急："你倒是说清楚。"

张本却压低了声音："老爷你可知道，夫人胎中的孩子将来一定是个帝王？"

陈员外大惊失色："先生可不要乱说，这话传出去可是杀头的罪呀。"

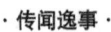

张本的神色更加凝重："我岂能不懂这个道理？晚生绝不是信口雌黄。在你们北方，不要说水洼，就是大河，寻常日子都罕见大鱼，何况冰天雪地的年关？员外看晚生，虽然不才，但是找个安身之所混口饭吃，总不是难事吧？何苦到处流浪？晚生就是为了这鱼儿而来，晚生的师父是个世外高人，他留下遗言，让晚生一定要找到这个孩子，成全他。不知道员外是否能肯定夫人一定吃了那碗鱼？"

陈员外听得目瞪口呆，张本前面帮他算了几件事情，都十分准，这话更是不由得他不信，乱世出英雄，如今又有高人来相助，他现在就是后悔自己没有亲眼看着夫人把鱼吃下去，立刻问道："万一，夫人没有吃，又当如何？"

"如果夫人倒掉了，这没什么，孩子将来的帝王之路会艰辛些，可是，如果被别人吃了，那就麻烦了，如果这个吃鱼之人恰好怀有身孕，所生孩子即为大贵。员外，如果真是那样，员外千万不要手软，要快刀斩乱麻，把孩子除掉，那王位还是员外家的。"

陈员外急急地回家，把房门关紧了，问夫人："昨晚的鱼呢？"

夫人神色自若地回答："吃了。"

陈员外放下心来，一五一十地把缘由向夫人挑明了，没等他讲完，夫人的脸色已经白了。她哆嗦地坦白："那鱼有一股恶臭味，我怕你生气，就让春替我全吃下去了。"

陈员外听了这话，疯了一样地跳将起来，他第一个念头就是马上把春

不随便轻信的态度，便是怀疑的精神。——佚名

杀了，可转念一想，还是不可贸然行事。他冷着脸子，对夫人交代一番，设下了计谋，然后把管家叫来，当着他的面问夫人是不是丢了好多名贵首饰？

夫人答应着，而且回忆说最近几天，只有春来过自己的房间。

陈员外吩咐管家先把张本请来，然后去报官，告春偷了夫人的首饰。

张本过来，听说吃鱼的是个孕妇，立刻说："这下好办了，只需把孩子堕掉即可，不过，员外要舍得破财。"

陈员外爽快答应，"先生但管说，钱乃身外之物。"

"你必须带家人离开这里，但凡风水宝地，出真龙之前，都风头太劲，不避，会伤及孩子的幼年，最好带着家人另外选一个地方重新安顿。"

正说话间，管家闯进来慌张地说道："不好了，春不见了。"

陈员外倒有了借口："分明是畏罪潜逃，给我追。"

原来春在夫人的房外听到了几句员外的话，立刻就感到大事不妙，收拾了东西就逃了出去。

管家带人追出好远，可到处都是逃难的人，早不见了春的踪影，管家知道无功而返，陈员外一定不会饶过他们，就和家丁们统一口径：只说追到悬崖边上，亲眼看见春跌入百丈深渊，不要说是怀孕妇人，就是武林高手，也会摔个粉身碎骨。

陈员外去了这块心头大患，就着手把手头的大买卖向外乡转移，落下了大宗的田地和宽大的宅院，作为对张本的酬谢，赠给了张本。管家一家老小都在本地，而且年纪大了，不愿意再追随，陈员外虽然惋惜，但是想到留一个亲信照看自己的祖坟，也就给他足够的银两，随他的意了。

两年后，陈家大院起了一场大火，烧了个干干净净，张本和管家都在那场大火中丧生了，人们都说幸亏陈员外一家搬走了，真是好人有好报。

有人听到过张本和管家大吵，知晓了原委：这个鱼的故事本来都是管家和张本串通编出来的，他们设下计谋让春吃鱼，以便除掉春肚子里的孩子，让张本占有春，更可以让员外远走他乡，把带不走的产业留下。一切都按照他们的预想实现了，只有春的出逃是个意外。

春逃走以后不久产下一个男孩，孩子刚懂事，她就告诉他关于帝王的那个说法，这说法本来是假的，可这孩子有了念想，居然真的成了一代帝王，他就是明朝开国皇帝朱元璋。

陈员外的孩子是后来和朱元璋夺江山的陈友谅，他的关于帝王的念头也是父亲从小就灌输的，可惜他终究被朱元璋的一把大火烧死。

（题图、插图：黄全昌）

心中有面镜子

一个双目失明的卖艺人，正在街头拉着二胡卖唱，他的二胡拉得很好，唱腔也很不错，一会儿工夫便吸引了不少路人。

当人们将欣赏的目光投向这位卖艺人的时候，无不惊讶地发现，盲人的胸前竟然挂着一面镜子。

一首歌唱毕，有人问盲艺人镜子是不是他自己的。盲艺人肯定地点点头说："这把二胡和这面镜子是与我形影不离的两件宝贝。"那人又问："二胡是你的宝贝我能理解，可是镜子对你来说又有什么意义呢？"盲艺

人郑重地说："因为多年来我一直期待着一个令人激动的时刻，能通过这面镜子打量我自己的脸，所以我不会丢弃它。"

哀莫大于心死，只要自己不丢弃希望，那么一切就都还有希望。盲艺人把镜子挂在胸前，也是把这面镜子放在了心里。

（推荐者：于学军）

（插图：箭中）

像鹰一样再生

劳动人事改革前夕，单位请来一位教授讲课。

一个员工问教授："您觉得改革根本的阻力在哪里？"

教授扶了扶眼镜，给大家讲了一个故事。

从生理上讲，老鹰可以活70岁左右，但真要活那么长的寿命，它在40岁时就必须做一次十分重要的改变。因为当老鹰活到40岁的时候，它的爪子就开始老化，无法有效地抓住猎物，而它的喙变得又长又弯，几乎要碰到胸膛，它的翅膀也变得十分沉重，再难展翅翱翔。

它只有两种选择，一是等死，二是通过改变自己得到"再生"。这次痛苦改变的代价是，它必须在悬崖停留150天，不能飞翔。

在这150天里,老鹰首先要用它的喙击打岩石,直到把喙敲击脱落,然后静静地等待新的喙长出来,接着它会用新长出的喙把指甲一根一根地拔出来,然后静静等新的指甲长出来后,接着用新长的指甲把羽毛一片一片地拔掉。可以想象这是怎样的痛苦和寂寞,但这之后,老鹰又可以展翅飞翔,再活30年。

听完这个故事,员工们生出许多感慨,对改革也突然有了新的认识。人的一生总有退化衰落的时候,但只要生命没有到终点,都有机会获得"再生",只要我们有足够的勇气。

(推荐者:清 泠)

营养不足的优点

一个少年认为自己最大的缺点是胆小,为此,他很自卑,觉得前途无望。

一天,他鼓足勇气去看心理医生。医生听了他结结巴巴的诉说,十分喜悦地握住他的手:"胆小叫什么缺点呢,分明是个优点嘛!你不过是非常谨慎罢了,而谨慎的人总是很可靠,很少出乱子。"

少年有些疑惑:"那勇敢反倒是缺点吗?"医生摇摇头:"不,勇敢是一种优点,而谨慎是另一种优点;只不过人们更重视勇敢这种优点罢了,就好像白银与黄金相比,人们更注重

黄金。"

少年内心颇为宽慰,眉头有些舒展。

医生又问:"你喜欢啰嗦的人吗?"少年说:"不喜欢。"医生说:"但你若是看过巴尔扎克的小说,会发现这位伟大的作家就很啰嗦,常为一间屋子、一个景色,婆婆妈妈讲个不休。但是,剔除这些,那就不是巴尔扎克的小说了,你能说这一定是巴尔扎克的缺点么?"

少年笑了。

医生又问:"你讨厌酒鬼吗?"少年说:"当然讨厌,我甚至瞧不起他们。"医生说:"是啊,酒鬼这个名称的确不好听,但是李白难道不是酒鬼吗?"少年打断医生的话"不是!他和陶渊明一样,是爱喝酒的诗人!李白斗酒诗百篇!"医生笑道:"对,我赞同你的观点,你的意思是说——缺点在不同的人身上,会呈现不同的色彩:有的酒鬼,仅仅是酒鬼,而李白则是栖身于酒中的诗仙。"

医生接着说"所谓的缺点,至多不过是个营养不足的优点。如果你是个战士,胆小显然是个缺点;如果你是个司机,胆小肯定是个优点。如果你现在仍然认为胆小是个缺点的话,与其想办法克服胆小,还不如想办法增长自己的学识、才干,当你拥有较多见识、较宽视野的时候,即使你想做个懦夫,也很困难了!"

(推荐者:白淑贤)

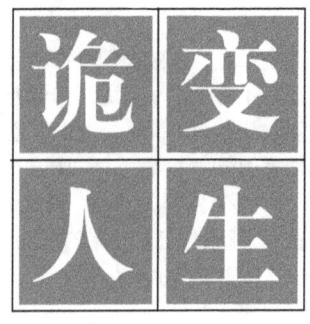

诡变人生

□李 想

一枚核舟，多少爱恨变迁……

1. 诡异陷害

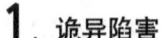

金达来集团的老总王大路，是一个赶上了机会、见过世面的人。八十年代末大学毕业，闯海南、走深圳、炒地皮、炒股票，这些让他迅速积累了一笔财富，手头充实之后，他又及时退出了这片泡沫日增的热潮，回到生养他的城市，做起了古玩和房地产生意。

随着公司规模的不断扩大，一些弊端也慢慢显现了出来。虽然俗语说"乱世藏黄金，盛世藏古董"，古玩行业在太平盛世中大有利益可图，但有的时候一件古玩往往要放上个三五年

才会有较大的赢利空间，这就会占去许多流动资金，而这恰恰与需要大量现金来周转的地产行业有明显的矛盾。不过对王大路来说，玩古董既是生意，也是个人兴趣，他在其中周旋得不亦乐乎。

这天，古玩公司突然接到一笔大生意，这笔生意说它大一点也不过分，这批古董不仅有罕见的瓷器，明代的家具，更有不少清朝宫廷之物，但奇怪的是这些宝物是被辆又破又旧的大卡车拉来的。

看到这些东西的时候，不仅王大路目瞪口呆，就连他专门从北京请

来，有着几十年鉴赏古玩经验的老先生也露出疑惑的表情，这么些贵重的宝贝，它的主人竟然随便用辆破卡车拉来，可见它的主人不是淡泊名利的高人，就是实在穷得要死。

古玩的主人穿着相当朴素，戴了副早已经不流行的宽框厚边眼镜，未语先笑，满嘴的京片子："没办法，按说都是祖宗留下来的，不应该拿出来卖，但实在是出了要花大钱才能摆平的事儿，等钱救命。"

王大路知道规矩，并不多问，挥了挥手示意那两位老先生鉴定真假，约一个小时后，结果出来了，全部是真品。其实王大路自己也看得出这些东西品相不错，只不过对它们的来历还心存疑虑。戴眼镜的男人似乎看出了他的担心，不失时机地说起这批东西的来历。他自称是满族，姓清朝的皇姓爱新觉罗，嫡系祖宗乃是道光皇帝的第七个儿子，就是咸丰帝和恭亲王的弟弟，据说当时只封了个贝勒，后来到宣统年间时连官职都没了，只余了些钱财。在末代小皇帝离开京城的头几年，宫里不少太监都偷东西拿出去贱卖，他的祖父便私下买了来，渐渐地和太监混得很熟，但是因为东西实在太多，祖父没那么多钱，而太监一时也找不到好买主，只好把那些不容易脱手的物件寄放在他祖父家里了。后来小皇帝离开北京，偷东西的太监们也不知所踪了，大概是被冯玉祥的军队给杀了，那些东西便落下了，一直保存到今天。

王大路当然不会轻易相信这样悬而又悬的说法，就像事先从小说里背好了一样，于是他笑了笑，让这个落魄的八旗子弟报出个价格来。戴眼镜的男人显然早就想好了一个价格，轻轻说出来，王大路在心中暗想，这个价格相对东西本身是绝对不高的，但毕竟是笔大数目。他不置可否，思索着让戴眼镜的男人稍等一下，自己则走进公司里面的一间隐蔽的房间，这个房间里有几名工作人员正坐在电脑前查询全国所有博物馆的馆藏，以及近十五年来亚洲的所有古玩的拍卖记录，得到的结论是这些东西不属于任何博物馆，而且也从来未被拍卖过，应该属于流散在民间而被家藏的东西。

王大路有些举棋不定了，即使是流散到民间，这里面也不一定可靠，再说付出这么一大笔现金来购买，倘若不能在短时间内易手出货的话，就必然会因为资金的周转不灵而导致自己的地产公司受到巨大影响，这样后果是十分严重的。但是如果在这批古玩到手后，搞个大型的拍卖会，立刻脱手赚点钱也不是不可以的，毕竟这批东西的价格确实很合适。

戴眼镜的男人看到王大路心不在焉地走了出来，忙快步走上前诚恳地

说"我知道这笔古玩的价格不菲，但是我相信也只有王先生有实力和胆略来收下它，这也是我不远千里而来的原因，如果不是万不得已，我是不会把这些祖宗传下来的东西拿出来卖的。"

王大路笑了笑，他还是决定不了，于是试探地说了一句："价格还是高了些。"

戴眼镜男人显然有些气愤，脸涨得通红，但又不得不压下火气，低声下气地说："王先生，你是个识货的人，价格真的是不能再低了，如果您还是觉得不合算，我可以再给您添上一样东西……这件东西我本来是打算自己留下做个纪念的。"

戴眼镜的男人边说边从身上拿出了一只小小的檀木盒，轻轻打开盒子，里面衬着明黄色的陈年缎里，在这种皇家专用的颜色衬垫上现出来一个小小的物事，这件小东西不仅让王大路吃了一惊，更让两位老先生有些坐不住了。

那是一只微雕的小木船，船上隐约还可以看到几个人。两位老先生有些激动异常，拿着放大镜仔仔细细观察了好一阵子，其中一个激动地向王大路说道："可以断代，确实是明朝中期的东西，形体模样长短宽窄丝毫不差，虽然不能肯定就是书中所写的那枚，但绝不是近代伪造。"

另一位老先生摸着发白的胡子，目光沉重："相传的确有此物传世，这枚核舟曾一度落到乾隆爷的手里，后来乾隆爷把它赏赐给了最爱的臣子和珅。后来乾隆死后，嘉庆皇帝抄了和珅的家，这件东西也就随之音讯全无了。"

王大路目不转睛地看着这枚核舟，早在读中学的时候他就学过那篇明朝的文言文《核舟记》，知道有个叫王叔远的能工巧匠，擅长微雕，曾经刻过一只小木船，上面有宋朝的苏东坡、黄鲁直和佛印三个人在游玩赤壁。在当时，拥有这件东西成了他最大的梦想，他还曾经尝试着雕刻过，可是没有成功，如今这件东西就摆在他的面前，如果真是明朝传下来的，那么光它的文化价值就是不可估量的。这件东西勾出了他太多学生时代的事情，在一阵回忆之后他狠了狠心，立刻把电话打给银行，然后开出一张巨额支票交到戴眼镜的男人手上。那男人走的时候是不慌不忙的，但脸上的笑容有些异样。

这次古玩交易后，王大路动用了很多关系，在国内外搞了一场空前规模的宣传，他必须尽快举办一场拍卖会，拍卖所买下的部分古玩，来弥补现金流的巨大缺口，当然，那核舟是不在拍卖之列的。

然而，拍卖会还没举行，王大路就被公安局拘留了。

到这时候，王大路才明白自己是

掉进了一个被别人巧妙设计好的陷阱。那批古玩虽然不是国内任何一家博物馆的馆藏，也从未被公开拍卖过，但它却是一位国内资深老先生的私人收藏。一个月前，这位老先生出国旅游期间，这批东西突然被盗，老先生回来后慌忙报了案，王大路的拍卖会的宣传让警察轻易破案，经查实除了那只核舟外，其余的一样不差竟全部是失窃物品！

除了赃物被追回，王大路还交了一大笔罚款，他的地产公司已经处在全面瘫痪的状态了，两个正在兴建的小区因为后续资金不足，已经先后停工，他的公司已经资不抵债了。

王大路中了这个大圈套后，心中的疑团一直没解开，为什么就偏偏找到他去出卖贼赃，为什么竟然敢在光天化日之下大摇大摆把东西运过来，不怕被人发觉，而且言谈举止更是镇静从容？如果真的有人要害他，究竟是谁，又是为了什么？

2.神秘跟踪

疑团一时解不开，日子还得过，公司倒闭后，王大路每天无所事事，踢拉着一双大拖鞋，穿一条肥大的短裤，左手拎着茶水瓶，右手举着大扇子到处闲转，几乎没人认得出他就是昔日那个叱咤风云的王总了。

王大路从自己的别墅里搬了出来，搬到闹市区他父母给他留下的一

处老式楼房中，过起了普通老百姓的生活。

这天中午，王大路刚吃过午饭，老屋里来了一个人。这个人叫胡三，是王大路从小玩到大的朋友，一直在做边贸生意，不经常回来。胡三是个爽快人，他一见王大路就快人快语地说："我一回来就听说了你的事情，到别墅没找到你，才找到这来，咳，老兄，凭你的聪明，怎么会犯这样低级的错误！"

王大路看了胡三一眼，低沉地说："你不会懂的，我都不懂，你怎么懂呢。"

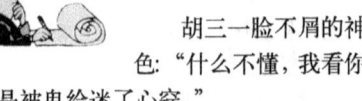

胡三一脸不屑的神色："什么不懂，我看你是被鬼给迷了心窍。"

王大路摇了摇头从怀里掏出一件东西，正是那只核舟，苦笑了一下："说了你不会懂的，我全是因为它。"

胡三伸手接过那只核舟，皱了皱眉头，用手指轻轻擦了几下，就扔到桌子上，嘴里骂道："什么玩意儿，不就是一破微雕吗！"

王大路自嘲地又笑了笑："不只是破，而且还是一个赝品呢。"

胡三看了看他，又看了看桌子上的那只核舟，掏出一盒香烟，抽出一根递给王大路，自己也猛吸了一口："你的意思是说被你手下鉴赏古玩的人给涮了？"

王大路若有所思地点了点头："如果当时没有这只核舟，我是不会轻易买下那批古玩，毕竟风险也十分大，那两个老先生都口口声声地说可以断代到明朝，我才动了心买下来，后来离开公安局后我才发现那两个所谓的专家早就跑得无影无踪了，我又换了地方鉴定，是赝品，这才知道他们也被收买了。"

胡三沉默了一会，想了想说道："这些情况都报案了吗？怎么说你也算是个受害者。"

王大路低下头用手指轻敲着桌角："报案也没有用，无凭无证的，我想我是掉进了一个别人精心布下的局里了。"

胡三长叹了一口气："那你以后有什么打算呢，如果有要我帮忙的地方尽管说，我们兄弟一场……"

王大路站了起来，走到窗口向外张望着："歇息一段再说吧，让我再理理思路，那两个盖了一半的小区怎么也要想办法把它完工，不然可真的把回迁的居民给坑了。"

胡三看了看王大路留在桌子上的剩酒剩菜，轻咳了一声："韩雪也回来了，我和她坐的同一班飞机，她说很想见你。"

王大路听到胡三的话猛地回过身子，吃惊地问道："韩雪？你说你看到韩雪了？"

胡三喷出一个大大的烟圈，说道："是她，她说她丈夫去年出车祸死掉了，也没有孩子，如今一个人开了家美容店，这次回来是想添置一些先进的美容器械。"

王大路嘴角动了动，没有说出话来。原来韩雪不是别人，正是王大路中学时候的初恋情人，当时两个人爱得轰轰烈烈，死去活来，无奈双方家长坚决反对，两人只好转到地下活动，但不幸的是没过多久韩雪全家就搬去了遥远的黑龙江，在漫长的等待与痛苦的煎熬下，两人慢慢失去了联系。王大路至今也忘记不了韩雪，连这次使他倒霉的古玩生意中起关键作用的核舟，也和韩雪有一定的关系。

当年王大路和韩雪是一对少男少女，他们对《核舟记》中描述的那枚核舟都特别神往，王大路暗暗找了一枚核桃，想象着要把自己和韩雪一起刻到核桃上，谁知没有刻成不算，还把自己的一小截手指给搭进去了。有了这样的切肤之痛，才使他一见那家伙掏出核舟，便不顾一切地把那些古玩吃了下来……

这故事胡三是知道的，他无奈地看着王大路说："我已经把你那所别墅的电话号码留给她了，她可能很快就会联系你，我先走一步了，你收拾一下不要住在这里了。"

目送着胡三离去，王大路从沉思中醒了过来，他洗了把脸，并没有换衣服，直接出了门。这时候马路上车来车往，当他无意中回头追寻一辆宝马车身影时，却突然发现有一个人也紧随着他的目光转过脸去。这本来是平常的事情，但当王大路试探性地又回头看另一辆汽车时，那个人又跟着他做了相同的动作。

王大路心里一愣，觉得有点不对劲，他没有直奔公交站点，而是故意转了几条街，却发现那个人还不远不近地跟在后面，他开始明白自己是被人跟踪了。

好奇心促使他研究起这个跟踪者来，那人是个相当年轻的小伙子，相貌英俊，怎么看都不像坏人，他似乎对这里的地形不是十分熟悉，一面盯着王大路，一面东张西望，似乎要记下所走过的道路。

王大路在心中琢磨，自己落到今天这个地步早已经脱离了富翁的行列，在劫匪眼里应该是没多大油水了。而且就他现在穿的这身衣服，什么人看到都不会往"有钱"这两个字上去想，难道又是报社的记者？前阵子他刚刚倒霉的时候，确实是被媒体给好好地炒了一把，如今这事已经逐渐冷下去了，除非是个刚参加工作的实习记者，找不到什么报道的素材，所以只好在老事件上做文章，打算拿他做主人公，写一篇《失败者的一天》发到明天的早报上，如果这样可真是太可气了。王大路冷笑一声，心想一定要好好捉弄一下这个小伙子。

他决定先躲进胡同里等那个小伙子走过来，可是他藏好后等了半天，也不见有人过来，无奈之下，只好走出去看，却早就没那小伙子的影子了，看来那小伙子警惕性还很高，一旦知道被发现，就马上撤离了。

王大路搞不清楚是怎么回事，只能先放下这事，乘车到了郊外的一个别墅区。这是一座绿色生态园林式住宅区，是王大路以前开发的一个项目，因为空气好，他便在里面挑选了一座小楼作为自己的家。

打开房门，里面一股霉味直冲鼻子，他想先洗个澡再换套得体的衣服，可就在这时电话铃响了起来。接

起电话，王大路的脸色就变了，电话那端不是别人，正是他的初恋情人韩雪。两个人打过招呼后便是一阵沉默，大约都不知道这么长时间没见面该说些什么才好，最后他们约定了晚上六点到市中心的太阳岛咖啡店见面。

在一切东西都收拾妥当后，王大路突然想到了还缺少一部车子。这里距离市中心那么远，没有车子确实是很不方便，更何况他并不想在阔别多年后给韩雪一个寒酸的印象。王大路自己的车子早就被卖掉了，不过在这个小区里他的人缘还是很不错的，所以借一部车子并不是难事。

3. 疯狂女人

想到借车，王大路首先想到了杜湾湾。她是这个小区里最让王大路看得上眼的女人，不仅长得眉清目秀，而且言谈举止温文尔雅。王大路有早起散步的习惯，这在习惯了夜生活的富人中是很少见的，偏偏杜湾湾也喜欢清晨漫步在林阴小道上，于是两人慢慢熟悉了起来。

杜湾湾是美术学院的毕业生，因为太痴迷于艺术了，到最后竟真的为艺术而献身，做了一个台湾商人的金丝雀。用她自己的话说，正是由于追求的太过于美好了，所以才堕落到丑恶当中。因为对于一个学画画的人来说，无论是寻求名师继续深造，还是

举办个人画展，都需要大笔的金钱投入，而对于她这样一个出生贫寒的女孩来说，是根本不现实的。

王大路虽然不赞成她的做法，却很佩服她的精神，这个世界上办什么事情不需要代价呢！当然，心底里王大路是为杜湾湾惋惜的，特别是面对她眼神中时时透露出来的一丝期待，王大路的心更是常常觉得难受。不过，王大路深深懂得，无论自己怎样喜欢或者怜爱，都不能有越线的念头，所以每次杜湾湾试着把话题再深入一点的时候，王大路总是选择回避，但他们之间的情谊，两人都是心知肚明的。

想到这里，王大路直奔另一幢别墅，敲开了杜湾湾家的门。

杜家大厅装饰得十分富丽堂皇，四面墙壁上挂满了画卷，杜湾湾赤着雪白的足踝开了门。台湾商人常年不在这里，但他对杜湾湾一个人在家是十分放心的，这种放心是因为杜湾湾对画画的着迷，不会像其他二奶一样有了工夫便四处闲逛。所以他不仅支持杜湾湾画画，还会出大价钱给她买来最好的绘画用具。但杜湾湾有个习惯，就是在自己的作品达到一定数量的时候便拿出来全部烧掉。这个习惯不仅让台湾商人觉得可惜，就是王大路也觉得莫名其妙。他进门后，杜湾湾没和他说话，一直注视着墙上的作品，他心里想：这个女孩子又在犯傻

了。

果然，她开始逐一地摘下墙上她自己画的画，放到一只事先就准备好的铁桶中，王大路看着她的举动皱了皱眉："虽然我不会画，也不太懂得欣赏，但这些东西都是你辛辛苦苦完成的，烧了也实在是太可惜了。"

杜湾湾微笑着扫了一眼桶中的东西，摇了摇头说："王大路，你不会懂的，如果我不毁了这些旧东西，心中就会留下它们的影子无法忘掉，就再创造不出更新更好的东西来。"

王大路笑了笑，虽然觉得杜湾湾说的一切听起来都是那么合情合理，但是总有一种怪怪的味道在里面，他只好讪讪地说："等什么时候你有了一幅自己真正满意的作品，一定要拿给我看一看。"

杜湾湾看了一眼王大路，突然很大声地笑了起来说："快了吧，相信不久之后我就会有一幅伟大的作品问世，到时候我一定先拿给你看，但是你绝对不会想到它是用什么材料绘制而成的，因为那种绘制方法是前人从没有尝试过的。"

王大路的直

觉告诉他杜湾湾今天的精神不是很正常，他决定离开这里到别处去借部车子。但杜湾湾却突然挡在了他的面前，眼神很怪异，笑得也有些异样："王大路，你猜呀，如果你能猜出来，说不定我会把那幅伟大的作品送给你的。"

王大路心中阵阵发毛，眼前的这个女孩让他想起了几年前在深圳的街头上看到过的一个发疯的女人，那女人因为丈夫有了外遇，便趁着他睡觉的时候用剪刀剪断那个男人的命根子，随后跑到大街上笑个不停，而杜湾湾此刻的眼神竟和他当年所看到那个女人的眼神这么相似，他突然有点害怕起来。

杜湾湾看到王大路的样子感到很

失望，沮丧地说："你走吧，看来你是猜不到了，看来这个世界上根本不会有人猜得到了。"

王大路闻言如同得到特赦一般，走上前开了房门就想离去。没想到这个时候杜湾湾突然喊了一声："王大路，你站住。"

王大路扭过头去看到杜湾湾脸上的神色有说不出来的诡异，只见她把双手伸向肩上的短裙吊带，猛地用力向下拽去，短裙被扯落到地上，里面竟没有穿内衣。杜湾湾的长发直垂到胸前，双手不停地在自己的肉体上抚摸游走。王大路感到一阵阵的心跳加快，但他知道，杜湾湾的举动绝对不是在诱惑他，那么她究竟在干什么呢？

这个时候杜湾湾笑得声音更大了："王大路，你猜不出来吧，猜不出来我就告诉你，这个世界上最好的画纸就是人类的皮肤，它是那样松软和富有弹性，再配上用人类毛发做成的画笔，用血液与脑浆调成的颜料，才能画出这个世界上最美丽的画卷，但是有一点必须要记住，所有的东西最好都要新鲜的才够完美。"

王大路愣了愣，终于无法控制自己的情绪，他感觉这个女孩是真的疯了，觉得自己快要呕吐出来，他根本不敢再看她，赶紧踉踉跄跄地跑了出去。

过了好一会儿，王大路才长长地呼出了一口气，定了定神，看看时间已经差不多了，就匆匆向一位邻居借了部白色本田，一溜烟地驶出了小区，直奔市内。

4. 又见初恋

大约傍晚的时候，王大路来到了太阳岛咖啡屋，在侍应生殷勤的指引下，他坐到了一个最里面靠近窗子的位置，静静等待着。

随着大厅正面墙壁上那部欧式仿古大钟连续敲响七下之后，一个衣着简朴却风姿绰约的女人慢慢地走了进来。王大路一眼就认出她正是韩雪，除了当年的美丽外她更增添了成熟女人的特殊魅力。

韩雪也认出了王大路，但她显然有些不好意思，咬着嘴唇一步步移到王大路面前，坐到铺着绸缎座垫的椅子上。王大路此时忽然不知道应该说些什么，想了半天才说了一句："韩雪，真没想到我们这辈子竟然还有见面的机会，你说这是不是老天的安排？"

韩雪笑了笑没说话，脸上却早已挂满了泪水，王大路看着有些心疼："我听胡三说了，你这些年过得很不好。"

韩雪闻言愣了愣，深深地垂下头，用一种特别细微的声音向王大路讲起了这十几年的经历来。王大路边听边劝导她，最后也不由心头一酸，长长地叹了一口气："不要再想了，一切都会好起来的。"

韩雪凄惨地抬起头，望着王大路说道："其实我并不是第一次回到这座城市，以前也有回来过……只是，只是不敢去见你，害怕你会把我忘记了，这次是因为遇到了胡三，所以才……"

王大路想了一下问道："听说你这次来是想买一些美容器械？"

韩雪点了点头看了他一眼，问道："听说你现在的生意做得很大，在这座城市里也很有名气？"

王大路轻描淡写地说："现在我什么生意都不做了，前些日子上了一次当，被人骗得只剩下一座空架子了。"

韩雪闻言惊讶不已，连忙道歉："对不起，大路，胡三并没有和我说这些，我不应该说起你的伤心事来。"

王大路苦笑一声，正想把整个事情原原本本地说给韩雪听，却突然注意到窗户外面似乎有一双眼睛在向这里注视，就在他去寻觅这目光的来源时，那眼睛却警觉得很，闪了几闪便躲进了暗处。王大路心中一惊，好像是白天跟踪他的那个年轻人，他有些奇怪，就算是记者也不可能会这么快掌握信息，跟踪到这里来的，可是如果那个人不是记者，又会是干什么的呢？

"你怎么了？"韩雪见王大路发起呆来，不解地问："是不是我刚才的话让你伤心了？"

"不是，不是，"王大路不想让韩雪知道自己被跟踪的事，连忙说道，"虽然我现在没什么生意可做了，但还是有些能量的，如果你有什么事，尽管和我说好了，能帮上忙的我会尽量帮你的。"

韩雪沉默了一会，有些难为情地说道："我身上带了一笔现金，这几天还没有选好到底要买什么牌子的器械，所以，所以总有点担惊害怕。"

王大路顿时明白了韩雪的担忧，

一个漂亮女人身上带了一笔为数可观的钱，独自一人在一座举目无亲的城市里，保不准会出点什么事。他犹豫了片刻，诚恳地说道："韩雪，如果你相信我就暂时搬到我那里去住好了，我住的地方很宽敞，不会有什么麻烦的。"

韩雪红了脸，轻声说道："我怎么会不相信你呢，只是我还有一些东西放在旅馆里。"

王大路笑了笑："现在天色不早，我们这就去取吧。"

韩雪点了点头，王大路喊来侍应生结了账，便一起来到韩雪暂住的旅馆，其实她也没有什么太多的行李，只有两只皮箱，前后没用上半个小时，就已经在去王大路别墅的公路上了。

路上王大路发觉后面一直有一辆黑色的轿车在时隐时现地尾随着他的车子，不禁心中冷笑，又是那个跟踪自己的年轻人在耍把戏，但是这条路他太熟悉了，在连续几个急转弯和小路插行后，黑色轿车早被甩得无影无踪了。韩雪见王大路开车时的反常举动有些纳闷："大路，你怎么了？放着好好的大道不走，怎么总走一些偏僻的地方呀？"

王大路微微一笑，也不说话，而是把车子开得如同一条游动的蛇，左插右突，大概多用了半个多小时的时间才回到家。在安排好韩雪的住处

后，他一个人把自己反锁进房间，开了瓶酒，坐在那里回忆起往事，一夜都没有合眼。

第二天两个人梳洗完毕，王大路正准备带韩雪出去吃早餐的时候，电话突然响了起来。王大路心里奇怪，这个号码没有多少人知道，而且自从他倒霉之后，更是少有人问津。他拿起电话，不由吓了一跳，原来打电话的不是别人，正是昨天去借车不成，反而把他吓跑的杜湾湾，杜湾湾在电话里让王大路去她那里一趟，王大路心中狐疑，本想找个借口推脱了事，没想到杜湾湾说了一句让他不得不去的话。

"王大路，你究竟来不来，不来你会后悔的，难道你不想知道究竟是谁陷害得你变成现在这个样子了吗？"

王大路心中一惊，这么长时间他也一直在想究竟谁在害自己，可是把他这些年来所有生意场上的仇家都罗列出来后，竟没有一个像的，杜湾湾的这句话，让他突然有了希望，无论怎么怕这个女人，他也必须要去她那里走一趟。

韩雪在旁边见王大路接了电话后脸色突变，不解地问："大路，发生什么事了？"

王大路装做没事的样子笑着说："没什么，朋友的电话，让我过去商量一件生意上的事情，你先在家等我一会，我很快就会回来。"

韩雪似乎有些担心："远吗？要开车子去吗？"

王大路摇了摇头："就在咱们这小区里面，用不了多长时间的。"说完，他几乎是一路小跑向外面冲去，心中却还在不停地想，连警方都无奈的事情杜湾湾怎么会了解其中真相呢。

杜家的大门是敞开的，杜湾湾仍旧赤了一双雪白的足踝，侧着身子慵懒地靠在沙发上，看到王大路快步进门，她略略抬起头，笑着说："你现在怎么就这么害怕见到我呢？"

王大路看了看她，并不理会她的话，而是焦急地问道："你在电话里面说，知道究竟是谁在害我？"

杜湾湾撇了撇嘴："如果有我这样一个女人在等待，不知道有多少男人打破了脑袋想要来呢。"

王大路知道她又在说疯话，没有接口，只闭了嘴开始东张西望，他怀疑那个台湾商人已经回来了，如果撞见，毕竟是很尴尬的事情，可是看来看去，根本就没有台湾商人的影子。不过他却发现了一件奇怪的事，整个大厅中居然连一张画也找不到了，非但没有画，就连以前来时看到的画笔，画纸等一切跟画有关系的东西竟然全部不见了。他半天才从嘴里挤出了一句话："你……不再画画了？"

杜湾湾看着王大路的样子，突然格格地笑了起来"当然不画了，忘记告诉你，我已经有一幅最好的作品完成了，不只我自己再也超越不了它，相信这个世界上也没有任何画可以超越它了。"

王大路"哦"了一声，他可不想去理会什么伟大的画，他只想知道是谁在害自己："你今天给我打电话，说是要告诉我……"

"不错，"杜湾湾突然站了起来，"你不就是想知道谁让你中的圈套吗？"

王大路狠狠地点了点头，杜湾湾笑了一下，轻描淡写地说道："那个人你也认识，就是把我包在这座大笼子里的台湾商人林文富。"

"林文富？不可能。我和他无怨无仇的……"王大路说到这里突然止住，心中想：莫非他怀疑我和杜湾湾有什么事？男人的嫉妒心发作起来也是不得了的，自古以来不就有冲冠一怒为红颜的事吗，可是……

杜湾湾在旁打断他的思路："别再想了，估计你也想不起来的，你还记得前两年市中心一块黄金地段的招标会吗？那次林文富可是下了大本钱的。"

王大路闻言心往下一沉，难道是他？

5. 惊人画卷

原来在两年前，这座城市中有一块地理位置极佳的地段公开招标，参

与竞标的四家公司，除了王大路的公司外，另有两家也是本市的，另外一家是合资的，据说这家合资公司的老板是台湾人，但王大路从没见过，那家合资公司在竞标中采取了一些不正当手段，后来被举报，丧失了竞标的资格，最后王大路的公司抢了先机拿下地皮，莫非那家合资公司的老板就是林文富，而他一直怀疑是王大路举报了他的非法竞争？可是这件事根本就不是王大路所为，而是另有其人。

王大路这时真有些哭笑不得，他终于领悟了宁得罪一百个君子，也不得罪一个小人这句话的真正含义了。

杜湾湾在旁叹气："我知道你想说那件事不是你做的，可是你的公司最后中标，你说不是你又有谁会相信呢？"

王大路咬了咬牙："为什么现在才告诉我，有证据吗？"

杜湾湾走了几步，看着他说："我也是刚刚知道的，至于证据，我已经把林文富所说的话录下了音，是趁他喝醉酒的时候录的。"

王大路长长出了一口气："证据在哪里，拿给我，我要马上去报警，对了，林文富现在在哪里？回台湾了没有？"

杜湾湾又是一阵格格大笑："其实有没有证据都一样。当然，你想要我也会给你，不过你必须先看一下我这幅作品，你以前不是说过要看的吗？"

王大路心中虽然着急却也没有办法，只好耐着性子和杜湾湾走到楼梯口的一侧，那面墙被一块不大不小的白布盖着，只见杜湾湾走上前扯下白布，露出一幅画来。那画并不太大，微微粉红色的画布钉在墙上，红的、黄的、白的色块对比强烈地堆叠着，影影绰绰地呈现着一个似人非人，似兽非兽，似鬼非鬼的怪影，它好似张牙舞爪，又似困兽犹斗，整个画面既像实实在在，又像虚无缥缈，让人隐约感到郁闷、窒

那些背叛同伴的人，常常不知不觉地把自己也一起毁灭了。 ——伊索

息、恐怖和狂躁。王大路看着这幅抽象画，注意到了画布质感的不同，突然浑身打了个冷战，向后退了两步，用手指着杜湾湾，尖声叫道："你，你这画是用什么东西作的？"

杜湾湾眨了眨眼，笑着说道："我上次不是和你说过作画的最好材料是什么吗，难道你忘记了？"

王大路颤声说："你，你是真的用人皮和人血画的吗？"

杜湾湾眼神流转："你应该认识的呀，这就是你的大仇人林文富的皮，他如今正躺在楼上的储藏室里呢，我只用了一把小小的刀，在他睡着的时候轻轻……"

"够了！"王大路脸色苍白，一股寒气从脚底直升到头顶，他再也不想面对这个女人，转过身就向门外冲去，刚跑到门口，一个迎面走来的女人和他撞了个满怀，他仔细一看原来是韩雪，不由一声大吼："韩雪，谁让你来这里的，快走。"说着，拉着韩雪的手一路疾走，来到家外面那辆白色本田前面，打开车门，把韩雪硬塞进去，自己也坐进去，一溜烟地驶出别墅群。

在车上，无论韩雪怎么追问，王大路都默不作声，最后只说了一句："先去吃早餐吧。"

韩雪见实在问不出什么，就只好嘱咐王大路好好开车，但王大路心神不定，眼前总出现那幅画和杜湾湾的诡异笑容，好几次差点把车开进沟里。

早餐也吃得没滋没味，在一阵沉闷之后，王大路终于决定报警，他找了个借口走出餐厅，然后寻了一家公用电话，开始给胡三打电话，这样做是因为自己不想带韩雪去公安局。这事交给胡三去办是再合适不过的了，胡三在电话的另一头也听得一愣一愣的，最后说："大路哥，你放心吧，我马上就去报案。"

王大路放下电话后，这才深深地出了一口气，转身回到餐厅。这时候韩雪已经等得不耐烦了，见到王大路回来，焦急地问："大路，怎么这么长时间，你去做什么了。"

"没什么，我们先回去吧。"

韩雪见王大路心情不好，也闭口不提要购买器械的事，随着王大路上了车，两人又回到了那栋小楼。

打开房门，两人刚刚坐下，一阵电话铃骤响，王大路看着电话如同看着鬼怪一样，心中一万个不想去接，但电话就是响个不停。

6. 真相大白

就在王大路犹豫的时候，韩雪伸手去拿起了电话，王大路慌忙抢过话筒，对韩雪尴尬一笑，韩雪也没有说什么，低着头走到了一边。电话果然又是杜湾湾打来的，她让王大路再去她那里一趟，被王大路一口否决。最

后杜湾湾一阵沉默，冷冷的说道"王大路，难道你不想拿走可以作为证据的磁带吗？如果你真的不想，那么我只好毁掉它。"

王大路这时心情矛盾得很，最后长长叹了一口气，心中想，如果杜湾湾把那盒磁带毁掉，自己可真就是冤沉大海了，虽然不想再见到她，但还是要去见她。

这次他和韩雪连招呼都没有打，就出门直奔杜湾湾家。

杜湾湾依然坐在沙发上，却似乎要出门，换了一身很正式的衣服，面容却疲惫得很。她见到王大路进门来，微微一笑，说道："王大路，我爱你。"

王大路瞪了她一眼，什么话都没有说，杜湾湾接着说道："因为我爱你，所以才会告诉你事情的真相，并且帮你录下证据，虽然我知道最后你是会报警的。我现在也已经没有什么遗憾了，因为那幅画完成了，而且我帮我爱的人找到了洗刷他冤屈的证据，虽然他还是不爱我……在这个世界上我再也没有什么值得留恋的，本来想把证据直接交给警察就好了，可是又突然发现你有危险。"

王大路冷笑一声："你真的疯了，我会有什么危险？"

杜湾湾淡淡地说："你知道林文富除了地产生意外还做什么吗？他还贩毒！"

王大路在心中说道：他贩毒不贩毒和我又有什么关系。

只见杜湾湾从身上取出了一盒磁带，轻轻地放进了身旁的录音机，说道："你听了就会知道的。"

磁带在录音机里沙沙作响，不一会儿，传出一个男人的声音：

"就是盖这个小区的王大路，还能有谁！"

"我才不相信你有那么大的本事把他搞倒呢，听说他是买了一批假古玩，才变成这个样子的。"这个声音是杜湾湾的。

"小妖精，有什么不相信的，在你眼里王大路就那么厉害？告诉你，其实那批古玩是我林某人的，那个去卖给他古玩的男人是我的一个马仔，最后去报案的人是我在大陆的亲叔叔，他王大路做梦也想不到究竟是怎么一回事。"

"那他可真是够蠢的了，这么轻易就上当了。"

"谁让他敢在两年前得罪我，不过他可一点不蠢，如果不是我生意上的伙伴给我出了个主意，他可不一定上当，说起来这个人和王大路也是有仇的。"

"生意上的伙伴，也是搞房地产的？你可要小心，同行是冤家，今天他可以给你出主意害王大路，明天他也可以给别人出主意来害你。"

"哈哈哈，她可不是搞房地产的，

那可是个厉害的人物，我们在一起做冰毒……"这句话显然是林文富也觉得自己说走了嘴，所以停顿下来。

"咳，其实，其实我这个朋友只是建议把一只小小的赝品核舟放进那批古玩里，然后花大价钱买通那两个做鉴赏的老头，她说这样做王大路就一定会上当，因为他对核舟是情有独钟的。"

王大路此刻再也坐不住了，猛地站起身来，手指这录音机，张大了嘴巴，一句话也说不出来。

"她是王大路的初恋情人，叫做韩雪，也多亏了她……"

王大路这时突然跳了过来，"啪"的一声关掉录音机的播放键，大吼道："不可能，这绝对不可能，韩雪绝对不会害我！"

杜湾湾冷冷地看着王大路激动的样子："我不知道可能不可能，早上我听你喊那个女人的名字，就想起了磁带里的话，所以才急忙把你叫过来。"

王大路狠狠地摇了摇头，咆哮说："不可能，韩雪她没有理由这么做，你是个疯子，全是你伪造出来的，都是假的。"

这时候门口传来一个冷冷的声音："没什么不可能的。"王大路侧过头去，只见韩雪正站在厅门口，手里还举着一把小巧的手枪对着他和杜湾湾。

王大路一瞬间呆住了，他喃喃自语："是你？真的是你？你为什么？究竟是为了什么？"

韩雪突然大笑起来，声音尖锐无比"为什么？我恨你，恨你当年抛弃了我。我要报仇，本来我和林文富约定好了再给你安一个贩毒的罪名，可是这几天他的手机就一直打不过去，原来是被这个小婊子给杀了，这也怪他自己，不过没有他，我也一样解决你！"

"我抛弃你？韩雪，你在说什么呢？"王大路满眼的惊讶与痛苦。

韩雪冷笑道"不要再装了，王大

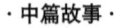

路你知道吗，我当年收到你那封绝情书的时候有多么痛苦，曾经自杀了好几次，后来虽然被救活，但是已经看破了人生，我开始堕落，最后变成现在的样子，我这些年是活在地狱里，这都是你害的，是你毁了我一生！"

"绝情书？"王大路瘫倒在沙发上，忽然仰天大笑，直笑得眼泪都流了出来，他大声喊道，"你全家搬走之后，我在一年里曾经给你写了一百多封信，但是你从来都没给我回过一封信，我以为你早就忘记了我，为了不让自己心中更加痛苦，我最后才写了那封分手的信寄给你的。"

"什么一百多封，明明是一封！"韩雪握枪的手开始有些颤抖。

"你认为我有必要欺骗你吗，而我更是从没收到过你一封信。当时我们的事，因为年纪小，双方家长都不同意，是不是他们……"

大厅内此刻死一样的沉寂，终于，韩雪尖叫起来"你撒谎，你撒谎，王大路你在撒谎！"

王大路痛苦地闭上眼睛说道："我没有撒谎，我想我们都弄错了，错了十几年，怪谁呢，能怪到谁呢，难道这就是命运吗？"

韩雪的目光突然变得有些呆滞，停了一会她歇斯底里地喊道："错了？真的错了吗？我才不相信呢！如果真的错了，那我那就让它一错到底吧！"

"砰"，"砰"……

当王大路睁开眼睛的时候，韩雪已经倒在了地上。在她的旁边还站着许多警察，其中有一个正是曾经跟踪过他的年轻人。他感到脑中一片空白，想动一动，却发现杜湾湾正趴在自己的怀里，背部有一个枪口，血流如注。

胡三这个时候跑了进来，来到王大路面前："幸好来得及时，不然一切都晚了，真没想到韩雪是个毒贩子，那边的几位警察同志便是从东北一直跟她到这里的，他们说了还曾经跟踪过你呢，以为你和她是一伙的。"

王大路苦笑一声："及时？已经晚了，一切都晚了。已经错了一半的人生，无论如何挽救也不会回到从前了。"

胡三呆呆地看着王大路，只见他抱起杜湾湾的尸体一步一步地向门口走去，路过韩雪身边时，他停了一下，看着这个倒在地上的女人，一瞬间脑袋里想起了许多事情，就是在十几年前也是这样的日子里，总有一个女孩喜欢坐在一个男孩怀里，听他讲一只核舟的故事。

（题图、插图：杨宏富）

（本栏目欢迎来稿。来稿可从邮局寄发，也可从网上传递。如为电子邮件，请发以下信箱：liangningning@vip.sohu.net）

青春的特征乃是动不动就要背叛自己，即使身旁没有诱惑的力量。 ——莎士比亚

美德故事

本书汇集的是《故事会》相关故事之精品，所选45则作品分类为"见义勇为、扶危济困、真诚待人、洁身自律、亲情似金、夫妇同心、师生谊重、知过悔改"等八大类，生动形象地讴歌了中华民族传统美德。

生意经故事

故事形象地描述了生意人的思维方式和经商才能。他们或巧做广告而振兴企业，或施展其经营绝招而"妙笔生金"，或审时度势掌握顾客心理而销售产品，或运用《孙子兵法》中的战术而出奇制胜。

16岁故事

在人生漫长的旅途中，16岁是一个最展辉煌、最富朝气、最显青春的花季。本集收入的36则故事，是为16岁少年编织的一支支动人的歌谣，一个个扑朔迷离的美梦，一首首催人泪下的诗篇。

口才故事

口才即说话的才能，当今社会人们演讲、论辩、访谈、讲解、教学以至主持节目、说相声、讲故事等等，都十分讲究口才，口才好与不好，其效果大相径庭。此书收入103则故事，集中表现了千百年来中华民族一些帝王贤臣、文人名士和民间机智人物的智慧、幽默以及其思维的敏捷和即兴论辩的才能。

家庭故事

家庭是一个舞台，千千万万个家庭演绎着万万千千的故事。这本故事书里的51则作品，艺术地再现了家庭中的矛盾纠葛、悲欢离合和儿女情长，内容亦庄亦谐，或耐人寻味，或令人捧腹，有较强的可读性和可传性。

情爱故事

集中所收38则故事，几乎覆盖人们情爱生活的各个环节，社会众生相在作品中得到了不同程度的映照和折射。这些故事不仅在情节设计上精于构思、巧于安排，而且在艺术风格上也各有所长。对看惯小说电影戏剧的诸位来说，浏览此书是一种全新的享受。

聪明人故事

本书犹如一叶风帆，引您在智慧之海遨游。故事中的主人公活跃在各自的人生舞台，凭着自己的聪明才智，斗强蛮，蔑权贵，助弱小，解万难，演绎着一出出绝妙无比的连台活剧，内容既有情节性又有趣味性。

傻子故事

傻子故事在民间流传极广。本书共收72则傻子故事，内容生动风趣，人物栩栩如生，一群言行可笑、可悲而又憨厚可爱的艺术形象，如一幅幅色彩奇特而又耐人寻味的漫画，让你目不暇接。

愚人节快乐

□ 二 丫

大牛平时爱捉弄人，这天是愚人节，他怕被别人捉弄，提醒自己要特别谨慎。

一到单位，同事小惠就敲敲大牛的桌子，显得有些神秘地说："大牛哥，今天下班后去蜀香苑吃饭，到时有惊喜呢！"大牛笑着答道："好啊，好啊。"他嘴上答应，心里却在想：这种儿科级的小把戏就想把我大牛骗住啊？我才不上当呢，哥哥我肯定不去。

"大牛哥，你一定要来哦。"小惠又回头甜甜地说。

大牛一看，呦，小惠今天打扮真漂亮，要是真的有饭吃，自己不去，岂不是丢了一个接近美眉的大好机会，可要是去了，结果却是假的，岂不很丢面子……

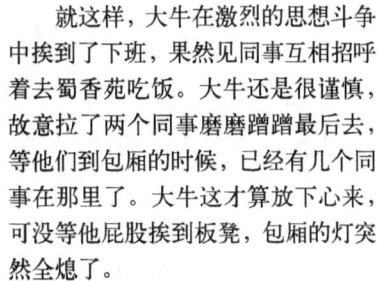

就这样，大牛在激烈的思想斗争中挨到了下班，果然见同事互相招呼着去蜀香苑吃饭。大牛还是很谨慎，故意拉了两个同事磨磨蹭蹭最后去，等他们到包厢的时候，已经有几个同事在那里了。大牛这才算放下心来，可没等他屁股挨到板凳，包厢的灯突然全熄了。

"怎么了，怎么了？"大牛叫了起来，就在这时，从外面推进来一个点满蜡烛的三层大蛋糕，同事们开始唱起生日歌。大牛一愣，说："今天谁生日啊？怎么不和我说一声，我也好准备些礼物啊。"

"你啊！"大伙儿齐声对大牛说，说完纷纷将自己的礼物朝大牛怀里塞。

"这，这……"大牛懵了。今天根本不是他生日，这帮人在搞什么鬼。可一看这些包装精美的盒子，大牛也乐得将错就错："那，那我就不客气啦！"

大伙点了一桌子菜，还一定要小惠挨着大牛坐，把个大牛乐的，有点

折腾人生

◇ 自由：你能够随心所欲地折腾。

◇ 幸福：你折腾的结果满足了你的预期。

◇ 迷茫：不知道为什么折腾和该如何折腾。

◇ 怜悯：看着别人不会折腾或折腾得不如自己时产生的一种良性心理。

◇ 宽容：容许别人有不同的折腾方式。

◇ 孤独：你的折腾无人搭理。

◇ 追求：折腾的理由与借口。

◇ 乐观：相信明天的折腾比今天更好。

◇ 错误：折腾的方式或结果影响了别人或结果与自己折腾的目的不同。

◇ 创新：换着法子折腾。

◇ 成就：自己折腾的结果得到了别人的肯定。

◇ 时尚：一种新的折腾方式。

◇ 时髦：大家一块儿折腾同一种东西。

◇ 爱情：男女之间的情感折腾。

◇ 婚姻：拉个固定的异性和你一块儿折腾。

◇ 失恋：你喜欢的、曾经和你一块儿进行情感折腾的人不和你玩儿了。

◇ 怀才不遇：你的折腾无人欣赏。

◇ 文学作品：记述各种折腾经验、体会、感觉和情绪等等的文字。

◇ 坚持不懈：折腾、折腾、再折腾。

（推荐者：夏 岚）

轻飘飘了。酒足饭饱，玩笑也开够了，大伙纷纷站起来准备离席，走的时候，都拍拍大牛的肩膀说："寿星啊，谢谢你请大家吃生日宴！"说完就都笑嘻嘻地走了，服务员也理所当然地走到大牛跟前要跟他结账。

啊？完了！大牛的酒立即被吓醒了一大半，这回被这帮家伙整惨了。一结账，好家伙，吃了一千八，刷卡的时候他手都抖了，心里只剩下后悔：以前去愚弄别人，现在被人家联合起来整了一次狠的。

回到家，大牛坐到沙发上，看着一堆礼物安慰自己也算没白请客。他挑出小惠送的那份，拆开来一看，呀，里面只有一张卡片，上面写着：大牛哥，愚人节快乐！生日快乐！小惠敬上。

"快乐个屁！一群歹人！"大牛生气地把那个盒子往地上使劲一摔。

这一摔不打紧，竟然从盒子里飘出一张百元大票子。大牛揉揉眼睛定神看，然后去捡那钱：没错，是真的！他赶紧去拆别的盒子，原来每个盒子里都有一张卡片，卡片底下压着一百块钱。

加起来一数，刚好一千七。吁，原来是凑份子吃饭啊，真是虚惊一场！

申请替身

□ 李清林

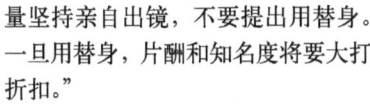

……部高潮迭起的惊险暴力电影《为了清白》正在热拍，这部片子的导演也算得上是个腕儿，单从他那留胡须剃光头面无表情的造型，就能看出几分艺术造诣。

女演员李小娇也真算敬业，有一场戏是她扮演的农村姑娘小翠被人贩子拐卖后，从野蛮丈夫的囚禁中逃出来，连滚带爬地来到一条河边，一头扎进水中。这动作按说不难，可对生性晕水的她来说，真是一个超级挑战，可她愣是拒绝了导演安排替身的建议，怀着跳悬崖的心一头扎了进去，居然一次成功了。

导演对此大加赞赏："做演员就得有献身精神，不到万不得已，就尽量坚持亲自出镜，不要提出用替身。一旦用替身，片酬和知名度将要大打折扣。"

就这样，李小娇克服恐惧，死打硬拼，在这部惊险动作片中，硬撑着闯过了不少难关。

就连有场戏要从十几层高楼上往下跳，她也愣是没用替身，当她紧闭双眼落在安全气垫上的一瞬间，周围一片欢呼，导演也称赞现在这么敬业的演员不多了，小娇肯定能红。

晚饭时大家都向李小娇祝贺。导演更是容光焕发，端着酒杯敬过酒后，意味深长地说："我就喜欢愿意豁出去的演员，这就叫为艺术献身！小娇，饭后到我房间，我单独给你说戏，再谈谈我们今后的合作。"

李小娇听了，顿时神情紧张，说："导演，我……"

导演疑惑地问："怎么？"

李小娇嗫嚅着说："《为了清白》我还没用过替身，要不今晚听您'说戏'，我……我申请用……替身？"

陈阿三打牙祭

□ 刘乐喜

陈阿三靠替人算命为生，赚不了多少钱，所以总是精打细算。

这天，陈阿三来到一家名为"好又来"的餐馆，老板叫杨一先，看到陈阿三进来，忙迎上前去，扶他坐下。陈阿三把从菜场上称来的半斤猪肉扔给老板："拿去，给我加工一下！"这是陈阿三的惯用伎俩：他的钱有限，自己把肉称来加工，老板就不能赚他太多，只能收个加工费。

杨一先接过肉就到厨房里开始加工。因为赚的钱少，工序又麻烦，杨一先心里有点不乐意，于是切肉时他悄悄地切了一块放在一边……

菜端上来后，陈阿三就着一壶米酒吃喝起来。快要吃完时，陈阿三暗自纳闷起来：咦，怎么这么快就没了？于是大声嚷道："喂，老板，怎么只这么一点点，还有些肉呢？"

"都在这里了，才半斤肉，你想吃多少啊！"杨一先说。

"那块肉我称时就摸过了，明明上面还有块肥肉，但是我却没吃到，难道不是你做了手脚？哼，想欺负我是个瞎子是不是？！"陈阿三振振有词。

杨一先心里一怔：这瞎子真是贼精！他怕别的客人听到了影响不好，毕竟是心里有鬼，于是不再争辩，结账时杨一先不得不少收了陈阿三两块钱，算起来，留下的那块肉也不值两块钱，这回是陈阿三赚了，可临走时，他还理直气壮地丢了句话："下回可别这样了！"

过了几天，陈阿三攒足了钱，又来到"好又来"饭馆，这回他带来了八两肉。

杨一先照例拿着肉走进厨房，咚咚地切起来。快切完时，看着眼前一小块没切完的精肉，杨一先又打起了主意：你个死瞎子，上次分明占了我的便宜，还害我下不了台面。这回我要连本带息赚回来，精肉这么多，我留下这一块，看你怎么晓得？

谁知，这回菜快吃完时，陈阿三又惊叫起来："哎哟哟，看来杨老板还想留我吃晚饭，还给我留着一块肉呢！"

杨一先心里一惊"胡说，你带来的肉不都在这儿吗？连瘦带肥全有……"

"哼，明明是少了一块！"陈阿三毫不退让。

"是吗？你凭什么这么说啊？"杨一先胸有成竹地笑道，那块肉他早藏起来了，而其他的肉又早到了陈阿三的肚里，他倒要看看陈阿三是真知道少了肉，还是在诈他。

"不凭什么，就凭我这双耳朵！"陈阿三道，"我眼睛虽瞎了，但耳朵灵着呢。那块肉，我听见你用菜刀咚咚地切了65下，就应该有66块肉呀，但我却只吃了65块，哼，你还想瞒我？"

"啊？"听完这话，杨一先几乎晕倒，这次照例少收了两块钱加工费。

陈阿三第三次来时提了一斤肉。

前两次没占到便宜，杨一先本不想再接待他，但那天他喝点酒，再加上心里有口气，有心要和陈阿三玩一玩。

陈阿三照例选了一个靠近厨房的餐桌坐下，老早就将一只耳朵对着厨房竖着。

杨一先见状，心里不禁暗暗发笑，心想，这回我下刀快一点，看你怎么听得清刀声，数得清刀数。这样想着，切肉时杨一先就将一把菜刀舞得像风车一样呼呼生风，为了保险起见，最后几块肉他都没用刀切，而是用剪刀剪开来，要是真算刀数，他还送了几块给陈阿三呢。

这回，陈阿三果然没能听清刀声，他索性也不再数肉块了。但吃完后，陈阿三却又说："杨一先你也太不够意思了，又少了我二两肉！"

杨一先一听，一副有恃无恐的模样："谁偷了你的肉啦？你给我拿出证据来，否则今天休想离开这里！"

"杨老板莫急躁，证据自然会有的。"说着，陈阿三不慌不忙地挂着拐杖走进厨房，从一堆菜叶里翻找出一块肉来，转身对杨一先说："证据就在这里！"

杨一先顿时惊得目瞪口呆。

"你一定很觉得惊奇吧？"陈阿三说着，突然睁开眼睛，"哼，你以为现在算命的'瞎子'全都真的看不到吗？"

不敢让你下岗

□ 陶柏军

这天，厂办秘书小冯下班回家，发现有个人闷着头蹲在自己家门口，仔细一瞧，竟是厂里动力车间外号"老蔫巴"的陈钢。小冯赶紧走过去："大哥，你怎么来了？快进屋吧！"陈钢蔫了巴唧地摇摇头："不啦，我等你回来，就是想打听一下，这批下岗名单里是不是有我？"小冯看他那样子，实在不忍心，压低了声音说："刚开完厂务会，初步提出的人员中有你。不过，这个名单要一周后才能确定，你还可以想办法活动一下……"

陈钢一听这话，急得眼泪都要流出来了："上次名单里就有我，后来求人找门路说情送礼，总算没下岗，可一年的工资倒是拿出了大半，这回没办法可想了，我来问你，也就是想知道个实情，好早点想别的办法讨口饭吃！"

小冯刚想安慰两句，就看一个人一路狂奔冲到跟前，抓住陈钢，气喘吁吁地说："大哥，我是你弟弟陈铁的朋友，你快到九州饭店去，陈铁在那闹事儿呢！你媳妇说你在这，我就赶来找你了。"陈钢一听，心里不禁"咯噔"一下，他知道弟弟的脾气刚好和自己相反，属于沾火就着的那种。陈铁刚刚考上了大学，过些日子就要去报到，今天是和几个小哥们吃告别宴的，怎么就闹起事来了！

陈钢赶到饭店，只看到一片狼藉，醉醺醺的弟弟拿着啤酒瓶向饭店的老板吼着什么。陈钢一问才知道是个小误会，服务员错把陈铁这桌的一个菜端给了邻桌，邻桌的客人稀里糊

40 年《故事会》尽在掌握 随时随地快乐相伴

《故事会》推出手机阅读器 9月1日前免费公测

到书摊没买到这期《故事会》,我打开手机就能看,岂不快哉! 新买的《故事会》没带在身上,我打开手机接着上一次的看,岂不快哉! 开会的时候无聊,打开手机看《故事会》,岂不快哉! 饭桌上要讲个段子,打开手机就能找到故事,令同桌人钦佩不已,岂不快哉! 坐火车没事用手机看《故事会》,让车内的盗版书卖不出去,岂不快哉! 几十年的《故事会》尽在我手,想看哪期就看哪期,岂不快哉! 看完文章,马上给编辑们提个意见,岂不快哉! 边看边用手机上论坛,找志同道合的《故事会》读友聊天,岂不快哉! 用手机随便编个小文章,一不小心在下期的《故事会》上刊登出来,岂不快哉! 《故事会》推出手机阅读器,9月1日前免费公测,我不花钱还天天提意见,岂不快哉!

阅读器下载方法: 中国移动用户编辑短信"2000"发送到"16996199",按照提示选择"是",下载安装后到"应用程序"菜单或相关目录里找到并打开程序。此功能目前尚未对联通用户开放,请谅。

(目前仅限拥有下列机型并且开通GPRS业务的移动手机用户才可以下载 诺基亚 3230、6670、6260、6630、7610、6620、6600、7650、3650、3600、3660、3620、N-Gage、N-GageQD、6020、2650、3120、3220、5140、6170、6230、6610i、6820、7200、7260、7270、3100、3108、3200、3300、5100、6108、6200、6220、6650、6800、7600、3530、6100、6610、7210; 摩托: V300/303/500/600; 索爱: K700C、T618、T628)

客服电话: 010-51196627 客服短信: 16996161 客服邮箱: reader@3gmax.cn

WEB 网址: reader.3gmax.cn WAP 网址: reader.3gmax.cn/wap

涂动了筷子。发现错误之后,服务员没有安排后厨重做这道菜,而是从邻桌直接把菜给陈铁他们端了过来。可就这么点小事情,陈铁把人家的小店给砸了,还误伤了一个服务员。

陈钢赶紧给老板赔礼道歉:"老板呐,这小子是我弟弟,年轻不懂事,您别和他一般见识。他马上要上大学了,给他个机会,这里的所有损失我加倍来赔。"老板气呼呼地说:"赔当然要赔的,等一下警察就到,人也不能白伤!"陈钢慯了:"你还报警了啊?"

正说话间,警车到了。警察进屋后问道:"谁在这里闹事?"陈钢伸手拉了一把弟弟,又对老板使了个恳求的眼色,然后一声大喊"是我! 怎么地?"在场的人都被他镇住了,没人出声,这恐怕是"老蔫巴"陈钢这辈子头一回这么有底气地说话,尽管是句谎话。

从拘留所出来,陈钢来到单位,想把下岗手续办了,可他在墙上的名单里找了半天,也没找到自己的名字。

第二天,小冯偷偷地告诉陈钢:"领导说了,像你这种看上去老实,可来了脾气什么事都敢干的人最狠,安全起见,还是不要你下岗了。"

陈钢这回是真慯了。

更夫的要求

□ 王国旗

传说清朝末年，直隶文安洼一带发现一种罕见动物——霹雳虎子。这东西只在夜间出现，相貌与壁虎酷似，形体大如家犬，而且颇具灵性，最擅长入户盗窃。

有一更夫，五十来岁，鳏居多年，靠夜间巡逻打更为生，家境比较贫寒。他听别人讲，只要能捉到一只霹雳虎子，向其索要任何东西，哪怕是金银财宝，它都能给你盗来。正当他梦寐以求的时候，运气真的就来了。一日深夜，更夫刚刚敲完三更天的梆子，意外捉住一只正欲入户行窃的霹雳虎子。

"可算捉到你了，看你往哪跑！"更夫故意装出凶狠的样子吓唬道。

霹雳虎子吓得浑身颤抖，它哆哆嗦嗦地哀求道："您有什么要求尽管说，只要放了我，要什么我都会给你弄来！"

更夫心想，这次可逮住发财的机会了，可一下要说出想要的东西，还真挺难，想了半天，他终于决定不能太贪，于是说："我也不难为你，只要够我后半生用的就行！"

霹雳虎子咧了咧嘴，似乎有些吃惊的样子，但还是一口应允了下来。他们约定两天后三更时分在这里交货，不见不散。

更夫不放心，问道："到时候你若不来怎么办？"

霹雳虎子恳切地说道："我们这种异类虽然不如你们人聪明，但还是讲信用的。"

更夫这才将信将疑地放了它。

随后的两天，更夫是在极度兴奋和喜悦中度过的，一想到穷日子就要到头，更夫心里别提多美了。

约定交货的日子到了，更夫焦急地等待着那激动人心的一刻。他生怕

只有抗拒诱惑，你才有更多的机会做出高尚的行为来。 ——车尔尼雪夫斯基

□ 刘鹏程

魔卡的诱惑

约翰是一个小职员，妻子凯莉是一家公司的秘书，两人表面上过着平静的日子，但约翰心里清楚，漂亮的凯莉是个心高的女人，打心底里看不起他，他们之间早就没了感情。最近凯莉和一个身价过亿的银行家有染，已经是人人皆知的秘密，她提出过要和约翰离婚，可约翰要凯莉的新男友拿出一千万美金当作交换条件，凯莉当然不肯答应，这事也就拖

这霹雳虎子违约，一边巡逻打更，一边往四下里瞧。三更天的梆子声儿未落，一个黑影在他眼前一闪就不见了，一包沉甸甸的东西抖落在他面前。

他暗暗佩服，这霹雳虎子可真是信守承诺啊。他迫不及待地俯身去抓那一包物件，哈哈，硬邦邦、沉甸甸的，他的心突突地狂跳起来。他猜测着，包裹里面肯定全是金银珠宝啊，

要不怎么会这么沉呢？这霹雳虎子是讲信用的，既然它答应了自己，肯定不会食言。

借着月光，他哆哆嗦嗦地解开包裹的口绳，一大捆整整齐齐的物品呈现在他面前。他睁大老眼仔细一看，一下子呆住了——原来是一捆打更用的梆子。

(本栏题图：李 加 史文琦)

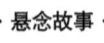

下来了。

其实私下里约翰也是一只吃腥的猫，他在外面有个情妇叫露丝，是在夜总会里认识的，只不过两人做得比较隐蔽，所以一直没有被凯莉发现，要是真被凯莉抓住了这个把柄，那一千万的赔偿肯定就没指望了。

这天，凯莉刚出门，邮递员就送来了一封信。信封上写着凯莉的名字，约翰小心翼翼地把信打开，里面掉出来一张纸和一张磁卡，纸上写到："心爱的人，给你一张天堂的爱情卡，这张卡里有着无穷无尽的钱，但只有一天期限哦，尽情享受奢侈的生活吧。"落款是布鲁特。约翰当然知道，布鲁特就是那位大名鼎鼎的银行家，显而易见，这张卡是他送给凯莉的礼物。

约翰冷笑了一声："哼，这对狗男女做梦也不会想到这张卡会落到我的手里吧，既然这样，我要给他一个教训才行。"约翰吹着口哨出了家，他准备立刻去体验一把富豪的感觉。

很快，他就到了情妇露丝的家中，约翰献宝似的拿出了那张卡："宝贝，知道吗？这张卡在这一天里有取之不尽的钱，是那个布鲁特送给贱货凯莉的礼物，不过很可惜，落在了我的手里，你说我们该怎么支配它呢？"露丝听了这话，立刻两眼放光："我想要的东西太多了，今天你要全部买给我噢。"约翰狡黠地笑了笑："没问题，

我的宝贝，快点准备出门吧。"

两人先到了一家购房公司，以露丝的名义选购了一套公寓房，又去汽车公司买了辆奔驰轿车，事实证明这张卡真的可以很顺利地付账，而且任凭约翰随意支取，连最基本的身份验证都没有，看样连上帝都十分照顾约翰啊。紧接着，约翰和露丝到了珠宝店，尽情地挑选着各种昂贵的珠宝，一直到把露丝打扮得浑身泛着珠宝的光芒，露丝则兴奋地一个劲在约翰的脸上狂吻。而那张卡，果然是有着无穷无尽的钱。

很快，一天过去了，两人又困又乏。露丝这时候又撒娇地说："要不今天咱们不回去了，就住在希尔顿酒店的总统套房怎么样？"约翰说："当然没问题，我的小宝贝。不过我要先跟凯莉讲一下，别让她怀疑，不然我们的一千万就没有了。"露丝点了点头，约翰拨通了凯莉的电话："是凯莉吗？我今天要加班，不回去了。"电话里传来了凯莉不屑一顾的语调："无所谓，正好我今天也不回去，对了，今天邮递员给我送什么东西来了吗？"约翰故作惊讶地说："没有见到，什么东西啊？可能还没有送到。""噢，没什么。"凯莉说完就挂了电话。约翰很高兴凯莉没有怀疑自己。

两人在酒店里订了最奢华的总统套房，5000美元一晚上，而且定了一顿浪漫的烛光晚餐。约翰和露丝粗略

赔偿（文：黄柏能；图：包丰一）

1. 一对夫妇带了他们三个月大的儿子去看电影。

2. 领座员说："如果孩子哭，就需要离场，但我们会赔偿的。"

3. 半小时后，丈夫问："这电影怎么样？"妻子说："糟透了！"

4. 丈夫点了点头，说："快摇醒孩子！"

地算了一算，在这一天中，两人一共花出了两百多万美元，约翰觉得自己不是个贪心的人，这些钱对布鲁斯来说，不过是九牛一毛罢了。

两人在豪华套房里缠绵了一夜，第二天一直睡到中午，这时候门铃响了。约翰以为是服务生，睡眼惺忪地去开门，可谁知一打开门，妻子凯莉站在门口，旁边还站着一个男人，再仔细一看，竟是银行家布鲁特。约翰立刻清醒了，吃惊得说不出话来。凯莉带着讽刺的腔调说："怎么样啊？一天的富豪生活还挺满意吧？你昨天的一举一动，我们都用这张卡清清楚楚地记下来了，我会因为你有新欢而提出离婚，这些会被当作证据在法庭

上出现的。而你的一千万美元，很可惜，哈哈。"

约翰这才明白自己竟然中了妻子的计，凯莉的目的就是要抓住他把柄。这时候，布鲁特也张口了："对了，忘了告诉你一声，你昨天用卡不需要签名和身份验证，那也是我的安排，因为那张卡本身就是凯莉用你的证件注册的透支卡，现在你所有用这张卡进行的消费，都会以账单的形式转到你名下，换句话说：从今天开始，你又拥有了二百万的债务，而这一切当然也是有回报的，那就是你昨天一整天的奢华生活。"

（本篇月月评短信代码：G149）

（题图：箭 中）

阿P故事

　　阿P是一个社会群体的缩影，他独特的对事对人的处理方式，使这些故事充满了情趣。不过洋相百出的阿P，他的内心世界又是复杂的，他的所作所为留给读者的思索是多层次多元化的。阿P故事不仅仅是消遣作品，还有着揭示社会矛盾、启迪人生和思考未来的认识和教育作用。

滑稽故事

　　滑稽是一门引人发笑的艺术，被称之为生活和艺术中一种特殊的"调味品"。本书所选故事均取材于社会生活，作者想象力丰富，倾向性鲜明，作品内容极具口传性，诙谐色彩浓郁，是人们茶余饭后上佳的精神伴侣。

芝麻官故事

　　芝麻官故事旨在全方位地展示这一特定社会角色的思想境界和人格境界。他们或两袖清风，为民请命；或贪赃枉法，假公济私；或昏庸糊涂，装腔作势；或廉洁奉公，兢兢业业。由于他们同老百姓的距离最为接近，因此他们的故事就更具现实意义。

打赌故事

　　古今中外73则打赌吹牛故事，按内容分为"逗趣、斗智、惹祸、戏丑"等四大类，多为表现人们的诙谐与机智，有的立意鲜明，寓有讽刺味，而较多的则是娱乐与逗笑。

348
2005 SEMIMONTHLY 上半月版
8月
STORIES

故事会

2005年8月
上半月·红版

主 编：何承伟

常务副主编：吴 伦

副主编：姚自豪（上半月·红版）

副主编：夏一鸣（下半月·绿版）

本期责任编辑：蔓 石

发稿编辑：

姚自豪 鲍 放

夏一鸣 梁宁宁

美术编辑：李宝强

电脑制作：郭瑾玮

通 联：归依玲

本社办公室电话：021-64375030

上半月版编辑部电话：021-64332325

下半月版编辑部电话：021-64336469

（上海市绍兴路74号 邮编：200020）

主管： 上海文艺出版总社
主办：

督印 发行：张 凯

电话：021-64313938

广告总代理：上海文艺广告传播中心

（上海市绍兴路74号 邮编：200020）

广告总监：张 淮

广告业务：021-34010383

广告投诉：021-64333738

广告经营许可证

沪工商广字3101034000029号

发行：中国图书进出口上海公司

百姓话题

搜狐文化
CULTURE.SOHU.COM

刊与搜狐文化
作推出电子版

本刊各栏目欢迎来稿。来稿寄上海市绍兴路74号《故事会》杂志社，邮编：200020；本刊 E-mail 地址：
gushihui@vip.sohu.net；本期责任编辑 E-mail 地址：manshi@vip.sohu.com

小犬非犬

母亲对顽皮的孩子说:"你再闹,我就把你关到狗棚里去了。"

孩子想了想,说"可以的,妈妈。不过贼来的时候,我是不叫的。"

（陈 宾）

没用过一次

一天,丈夫在妻子面前表功,说:"你不觉得我是一个勤俭的人吗? 我从来不花钱买没用的东西。"

妻子听了,一撇嘴,说:"算了吧! 你六年前买的那个灭火器,直到现在我们也没用过一次哩。"

（李云贵）

（本栏插图: 李 加 史文琦）

两位友人在路上相遇,互问近况。老张说"为了让太太开开心,我已经不吸烟,不喝酒,也不赌钱了。"老李羡慕地说:"你真有魄力! 你太太一定很高兴,没有什么可以烦恼了吧? "老张摇摇头,说"不,现在她有了新的烦恼,就是她想数落我时,再也找不到理由了。"

（李云贵）

英雄救美

一天上课的时候,老师让一位女同学起来回答问题。这个女同学答了一半后,发现自己的思路错了,吞吞吐吐地答不下去了。她左顾右盼,想找人帮忙,但因为她平时人缘不太好,所以没人理会她。就在这紧要关头,一张纸条飞到了她的面前,她心中暗喜,终于有英雄救美了! 她眼睛向纸条一瞟,只见上面写着:"你死定了!"

（刘志宏）

永远不快乐的心很可悲。——玛利亚特

智力问题

这天，向阳小学组织学生体检，在眼科病房里，医生正在给小明检查是否有色盲。

医生指着色盲图谱里的动物问："小朋友，这里有什么啊？"

小明说："有一个动物，但我不知道它叫什么。"

医生换了个文字图谱，又问："小朋友，这里有什么啊？"

小明抓着头说："有一个字，但我不知道它念什么。"

医生把头转向老师，说："这孩子不应该查眼科，应该查脑科！"

老师不解地问："为什么？"

医生说："他视力没问题，问题出在智力上！" (刘　沅)

意外效果

妻子在美容院里接受了最新化妆术，嘴唇一片鲜红，眼睛用眼线、眼影、睫毛膏抹得非常鲜艳。她对自己的新形象很满意，急急忙忙赶回家，想给丈夫一个惊喜。

丈夫正坐在家里愁眉苦脸，见到妻子，顿时转忧为喜，说："太好了！咱们的儿子太淘气了，我怎么说他都不听，不过有你这副样子，肯定会把他吓唬住的。"

(李云贵)

题字表扬

有个护士对朋友说"那天一个书法家到我们医院看病，是我给他打的针。"

朋友问："他对你打针的技术满意吗？"

护士说："嗯，打完后他还题字表扬我呢。"

朋友好奇地问："题的什么字？"

"一针见血。"

(刘浩波)

不公平

史密斯全家外出度假，发给女佣一个月的工资，然后打发她回家休息去了。

过了4周他们回来后，女佣要求加薪，否则就不干了。

史密斯夫人惊呆了，她嚷道："天哪！你刚刚带薪休了一整月的假！你应该觉得自己很幸运。"

"对呀，"女佣答道，"我什么都不干你还给我那么多钱，现在让我做这么多事才拿同样的工资，未免太不公平了。"

（李东辉）

只塞一次

火车上，两个来自不同城市的旅客在聊天。

来自甲地的旅客说："我们那地方什么都好，就是经常塞车让人心烦，每天至少要塞个十几次。你们那里呢？"

来自乙地的旅客说："也一样，不过每天只塞一次。"

来自甲地的旅客听了，羡慕地说："哇，只塞一次！想不到你们那儿的交通状况这么好。"

来自乙地的旅客答道："不过这一次的时间是从早晨一直到晚上。"

（石玉民）

不留面子

张三怕老婆，但在外人面前总说老婆怕他。一天，他家来了客人，他下厨做菜，让老婆陪客人喝酒。有盘菜盐放得多了，他老婆又骂开了。张三怒气冲冲地掂着菜刀出来，指着老婆道："好大的胆，你骂谁？"老婆毫不示弱："我骂你哩！你放那么多盐做什么？想咸死我啊？"张三没想到老婆当着客人的面仍不给他留面子，愣了一下，一拍桌子，说："你骂我也就算了，要是敢骂客人，我宰了你！"

（李云贵）

慌乱时刻

迈克对朋友说"昨天我和女朋友去看一部爱情影片，刚开演不一会儿就突然停了电，所有人在漆黑中等了十几分钟。"

朋友问："人们没有慌乱吗？"

迈克不好意思地说："慌乱了——那是在来电的时候。"

（温　泉）

不 同 意

小美向朋友诉苦"唉！我该怎么办呢？我男朋友他们全家都竭力反对我们两个人的婚事！"

朋友问："是他的父母不喜欢你吗？"

小美摇着头说："不是的，是他的妻子和孩子们不同意！"（温　泉）

厉害女友

一名男子对一身名牌的女友说："从认识你的那一刻起，我就不再喝酒、抽烟、吃饭……"

女友嗲声嗲气地问："我真有那么大的魅力，让你茶饭不思吗？"

男子说："不，因为认识你以后，我就再没钱喝酒、抽烟、吃饭了……"

（蓝献伟）

宠物与生命

有人养了一条宠物狗，爱护得就像自己的性命一样。

有一天，这个人带着狗坐船，狗不小心掉进大海。这人马上甩掉衣服，就要跳下去救狗。

有人拦住他说："你不要性命了？"

这人指着海里的狗，跳着脚说："你没看见，我的性命正在大海里挣扎吗？"

（杨贞文）

本栏欢迎来稿，读者、作者可将有新鲜感的、有精彩细节的笑话佳作投寄给我们。来稿一经采用，最高稿费为一则100元。本期责任编辑电子信箱：manshi@vip.sohu.com

·中国新传说·

小明在等待

□ 徐 洋

小东和小明是两个患了尿毒症的孩子，他们同住在长平医院的一间病房里。他俩都生活在单亲家庭，小东的父母离婚了，小明的父亲去世了，他们两个都由妈妈陪着。两个孩子的肾脏都已经没有了功能，他们的生命，只能靠几天一次的血液透析维持。大夫说，要挽救两个孩子的生命，最有效的办法就是进行肾移植。

但是，肾移植手术的费用太高了，除了十几万元的手术费，手术后还需要长期的药物治疗。小东和小明的家庭又都是工薪阶层，哪来钱做手术呢？正在这当口，一件小事，让事情发生了大的变化。

"六一"儿童节前夕，市里一所小学的老师组织他们班的同学来医院慰问小患者，孩子们给小东和小明送来了图书和水果，老师还给孩子们布置了一个作业，就是每人慰问一个小患者，回去后写一篇作文。

其中一个孩子学着大人的样子采访了小东的妈妈，写了一篇关于小东的作文。正巧这孩子的母亲是报社的一位记者，看了小东的情况后很受感动，就把孩子的作文改成一篇报道，发表在报纸上。这一下轰动了全市，许多人得知小东母亲为救孩子倾家荡产的事后掉下了眼泪。于是，在报社的号召下，一场捐助小东的爱心活动在全市开展起来。

最近几天，小东他们这间病房里来的人络绎不绝，有老的，有小的，有代表单位的，有全家来的，都是来给小东捐款的，少的几元十几元，多的成百上千元，来人进门的第一句话都是问："哪位是小东呀？"每当这个时候，同在一个屋的小明母子就指指小

善意产生善意，善行招来善行。　——伊拉斯莫斯

东的床，说："在那边！"由于人多，医院还专门抽出两个人负责接待这些来捐款的人。

看着社会上有这么多人关心小东，小东的妈妈高兴，小明的妈妈也高兴，因为她感到小东这下有救了，可一想到自己的孩子小明还没有一点着落，她的心里又像针扎一样难受。做一次透析的费用，差不多是小明妈妈一个月的工资，小明妈妈心里明白，要照这样发展下去，家里很快就没钱了，小明的生命还能维持多久，妈妈不敢往下想。

尿毒症病人的症状都差不多，当他们体内的毒素达到一定量而排不出去的时候，就会非常难受，而一旦经过血液透析，看上去就和健康人没多少区别了。小明这天刚刚透析完，头不晕了，也不恶心了，他拉着妈妈的手来到医院的后花园里。红红的太阳晒在身上暖洋洋的，妈妈不说话，她心里难受，可在孩子面前还得装出高兴的样子。这时，小明问妈妈："妈妈，为什么有那么多人给小东送钱呢？"妈妈就怕小明问这个，她只好硬着头皮回答说："这是社会上的叔叔阿姨们为治小东的病献的爱心呀，为的是早一点治好他的病，好让他去学校上学呀！"小明眨巴着一双大眼睛想了半天，又问："那为什么没有人来给我献爱心呢？我和小东不一样吗？"

妈妈把头扭向了一边，她用手挡住了自己的眼睛，过了一会儿偷偷地看了看小明，见他没有注意自己，才说："一样的，小东和小明都是得了病的好孩子，大家都会帮助你们的，只不过……只不过事情总得有个顺序吧，你没有看到吗？小东床头挂的那个小圆牌上写的是一，他是一床，你的牌子上写的是二，你是二床，等到把一床的小东治好了，就轮到二床的小明了，到那个时候，大家就都会来为你捐款的。"小明想了想，点点头笑了。

回到病房，小东去化验室验血了，房间里没有人。小明一眼就看到自己的床上放着一个信封袋子，他拿起来打开一看，里边是一叠零钱，有一毛的，两毛的，还有五毛的，信封上歪歪扭扭地写着几个字，是小东的名字。小明没有事做，就数起钱来，数来数去，一共是五块钱，他想着这五块钱的作用，能买一盒24色的图画笔，还能买两个带红边的大本子，还能……

妈妈看到这一切，假装没有看见，把头转向了窗外。小明把数好的钱叠得整整齐齐的，又装回了信封里，然后下了床过去放到小东的床上，嘴里自言自语地说："这是小朋友给一床小东的，等他的病治好了，下一个就轮到我小明了。"

妈妈一个人又在悄悄地擦眼睛

了。

过了几天，给小东的捐款够他的手术费了，他要转到省里的大医院去准备手术了。临走的时候，两个孩子还交换了礼物，小明给了小东一支铅笔，小东给了小明一个人家送给他的大洋娃娃。

小东走了以后，病房里一下就静了下来。第二天一床又住进了一个从乡下来的小女孩儿，也是和小明他们同样的病。

新来的那个小女孩儿不怎么说话，可她的爸爸妈妈也是一脸的愁云，也在偷偷地落泪。

这一天，小明又难受得厉害，又

要去做透析了。等进了透析室，机器转开以后，小明对床边的妈妈说："妈，一床新来的那个女孩儿的妈妈不讲卫生，你看到她的床下放着一个大袋子了没有？"妈妈摇摇头说："袋子？什么袋子？"小明说："一个大的白布袋子呀，里面装的全是长了绿毛的大馒头，她妈妈吃饭的时候，就从里面拿上一个，用布把上面的毛擦掉，就吃开了，吃的时候还怕人看到，昨天我把一个新鲜馒头偷偷地给她放进去了。"妈妈问："你知道她妈妈为什么吃长了毛的馒头吗？"小明说："她家穷，没有钱。"

小明的妈妈觉得孩子长大了，小小的年龄这么有心计，她说："那你将来长大了一定要好好学习，多学点本领，好为穷孩子们多办点事情。"小明说："我现在就已经做了帮助她的事情了！"

妈妈不解地问："现在？你能做什么？"

小明看看周围，压低声音说："我把我的床号牌和她的床号牌换了。"妈妈问："那有什么用呢？"小明说："你不是说下一个接受捐款的孩子就是二床了吗？我看她家比我们家更需要钱，还是先给她家捐款吧，等她的病治好了，我再去治也来得及的。"

小明的妈妈又流下了眼泪。

（本篇月月评短信代码：G150）

（题图、插图：安玉民）

用众人之力，则无不胜也。 ——《淮南子》

编个圈圈套你玩

□ 谭文春

阿P喜欢开玩笑，跟人真真假假乱侃，虚虚实实瞎掰，让人难辨对错，分不清是非。他把这叫做编圈圈套人。套不中，没什么关系，一笑了之；套中了，便弄得人家哭笑不得。

这天，厂里发了一百块奖金，阿P老老实实悉数上交。老婆小兰要他陪着上街去买东西，阿P不耐烦逛商场，就在外头等。他正等得心焦，忽然看见工友小赵的老婆香妹儿提着一大包菜回家，阿P想起一件事，眼睛一亮，上前笑着说："香妹儿，今天怎么不见你家小赵与你出双入对呢？"

香妹儿正提得手软，顺势歇下来，说："他昨夜通宵加班，早上才回来，累得浑身无力，还在睡觉呢。"

阿P听了，露出惊讶的神色，问："加班？在哪里加班？"

香妹儿迷惑地说："在厂里呀！你们两人一个组，难道你不晓得？"

阿P把头摇得跟个拨浪鼓一样："不对啊！厂里昨晚根本就没有加班。"

"那就怪了，他昨晚到哪去了呢？"

阿P回头朝商场望了望，看见小兰正在往门外走了，他赶紧凑近香妹儿，压低嗓门，神秘兮兮地说："被小赵骗了吧？我看他昨晚是去夜总会'加班'了。"

香妹儿摇着头，说："我家小赵人老实，服我管，才不会去这种地方，再说他身上又没钱。"

阿P哈哈大笑："他是当面老实，背了你，无人管，才不老实嘞！我两个从小一起长大，还不清楚他！钱也

· 阿 P 系列幽默故事 ·

不是问题，昨天厂里才发了五百块奖金。"

香妹儿的眉头拧成了一个疙瘩："有那么多吗？他说只发了一百。"

阿 P 趁机煽风点火："你看看你，还说他老实！回去要好好审问审问他，其余四百哪里去了。"

阿 P 正说得得意，小兰从商场出来，看见他鬼鬼祟祟的样子，又听见他的最后几句话，就说："香妹儿，莫听他胡扯，他那张臭嘴，尽说些无中生有的事，不要信他的！"又回过头来训阿 P，"你开玩笑也不看对象，人家香妹儿和小赵结婚才半年，这种事能随便乱说吗？"

香妹儿乐了，松了一口气，说："就是嘛，还是嫂子好，实事求是，P 哥一天到晚尽胡说，冤枉我家小赵，存心想让我两口子吵架。"

阿 P 还一本正经地说"信不信由你。反正小赵昨晚在夜总会，我是亲眼看见的！"

一边的小兰气恼起来，使出二指禅神功掐住阿 P 的耳朵，咬牙切齿地训斥："你硬是唯恐天下不乱！我问你，你在夜总会看到人家小赵，深更半夜的，你去那里干什么呢？"

阿 P 痛得直叫唤，只好认输："夫人饶命！我……我本想给别人编个圈圈，没想到把自己套上了。哎哟哎哟，我的耳朵又不是电视机的频道开关，你真狠心扭啊！"

香妹儿笑弯了腰："不听话就活该扭'全频道'，免得成天造谣生事！"说完，她提起菜，乐呵呵地回家了。

晚上，阿 P 和小兰刚吃完饭，门铃响，开门一看，是小赵。小赵见到阿 P 两口子，又是打躬又是作揖，说："谢谢 P 哥啊，谢谢 P 嫂啊，今天你俩的戏演得真是太好了，帮我渡过了难关，实在感激不尽！"

小兰听愣了，回头问阿 P："演戏？我们演了哪一出戏啊？"

阿 P "扑哧"一笑："你当真以为我是口没遮拦、胸无心眼的'愣头青'呀？其实，今天这话是小赵请我说的。"

小兰又转过头问小赵："小赵你脑袋有毛病呀？为什么请人和自己老婆开这种玩笑？"

阿 P 和小赵得意地大笑起来，向小兰透露了"天机"。原来，小赵昨晚加班到半夜，被几个老同学叫走了，真的去了夜总会，把四百块私房钱花了个精光。他知道世上没有不透风的墙，这事迟早会传到自己老婆耳中，所以，临走前就准备了一支"预防针"——拜托阿 P 找机会先在自己老婆香妹儿面前虚虚实实乱侃一番，让老婆分不清真假，以为是在开她的玩笑，以后再听到别人提起这件事时，根本就不相信。还别说，这招挺管用，老婆香妹儿还真的被瞒过了。

12 个人的自由，以不侵犯他人的自由为自由。　——穆勒

小赵对阿P两口子千恩万谢以后走了。

小兰关上门，又好气又好笑："亏你们想得出来这种损招，真是够精！这么说，你今天对香妹儿说的都是实话喽？"

"那当然！"阿P还沉浸在胜利的喜悦中，在沙发上跷起二郎腿，一颠一颠的。

谁知，小兰的脸色一变，沉声问："那你老实说，这回奖金到底发了一百还是五百？"

阿P心里一颤，知道自己说错话了，忙道："只有一百！说五百块那是我骗香妹儿的。老婆，你连我都不相信吗？"

小兰的目光变得针一样尖锐，冷笑道："相信你？呵呵！你既然能帮小赵骗他老婆，那骗我不是更容易了！一百块够去夜总会吗？你骗鬼啊？"

阿P叫苦不迭，这下真是有嘴都说不清了，他苦着脸道："天地良心，我们昨天只发了一百块奖金啊！小赵用的是他的私房钱呀，不信你去问他！"

小兰见他负隅顽抗，知道不用重刑侍候他不会招，便使出了杀手锏，呼地从床下拖出搓衣板，"咣当"一声扔在脚下，晴天霹雳般地一吼："我谁也不问，你不要真真假假的跟我绕圈圈，也休想串通了别人来骗我，你这一套在我这里行不通！奖金五百，小赵拿了四百进夜总会，铁证如山！你那四百块藏在哪里，交出来！"

阿P一听，彻底傻掉了，整个人像霜打的茄子一样蔫了。小兰看也不看他，面无表情地把搓衣板踢过去："先去墙旮旯，跪倒！今天不把钱拿出来，我和你没完！"

结果，阿P跪了大半夜，还掏光了自己省吃俭用藏下的私房钱。不过，想到帮小赵骗过了香妹儿，也算是做了件好事，阿P又得意地哼哼起来。

（题图：李 加 史文琦）

温柔短信

□ 郑 远

小美失恋了。

　　爱情就是这么阴差阳错，小美爱阿鹏，阿鹏却不爱小美；马东爱小美，小美却不爱马东。今天上午，阿鹏约见小美，说小美不温柔，缺少女人味，正式拒绝了她，小美哭得昏天暗地。作为报复，小美在中午约见了马东，正式向他摊了牌，马东也哭得一塌糊涂。看到马东那副要去寻短见的样子，小美是三分同情，七分开心，谁让阿鹏踹了自己呢，小美不痛快，也不让别人痛快。

　　晚上，小美选了一家高档酒吧，要了一瓶干红，点了几道精致的点心，大吃特吃。别的女人遇到不开心的事，喜欢大肆采购衣物、化妆品来调剂心情，而小美只要端起心爱的干红，嚼着美味的奶酪，烦恼就抛到了九霄云外。

　　哎，怎么回事？小美突然发现，马路对面快餐店落地窗后面的那个家伙很像阿鹏，再一细瞧，不是他是谁

呀！令小美更不可忍受的是，阿鹏还带着一个穿牛仔服的美眉。瞧着两个人亲密的样子，小美牙关发痒，恨不能手持两把不锈钢餐叉，给阿鹏两肋插上一对天使的翅膀。

　　就在这时，小美的手机响了，一看号码，是马东的，她没接。马东也知趣，响了几下就挂了。不一会，手机又响起了短信的提示音，小美打开一看，是马东发来的："其实我知道一切已无可能，可我还是想听听你的声音。"小美没好气地骂了一句："傻瓜！"

　　小美看着阿鹏正神采飞扬地和美眉聊天，觉得自己喝到嘴里的干红比醋还酸。她忽然灵机一动，何不捉弄捉弄这个薄情郎？于是，小美拨通了

阿鹏的手机。她看到阿鹏掏出手机，露出很不耐烦的表情，马上掐断了小美的呼叫。小美微微一笑，把马东发给自己的短信调出来，转发给了阿鹏。小美看到阿鹏又掏出手机，看了这条短信，但他什么表示也没有。

这时，马东发来了第二条短信："不管明天怎样，只要你幸福，我就别无所求。"

小美看完以后冷冷一笑，随手又转发给了阿鹏。这次阿鹏看的时间长了一些，可还是没有回复小美。

接着，马东又发来第三条短信："以后的日子，我不能伴你左右，别忘了小心照顾好自己，一如我在。"

小美想也没想，这条短信很快就出现在阿鹏的手机上。小美发现，这次阿鹏看得仔细起来，不过他仍然没有回复小美。

马东的第四条短信令小美鼻子一酸，他是这样写的："我深知你不喜欢我，我不苛求。但假如你需要，我希望你最先将我想起。"

这句话太动情了，亏马东想得出，小美迅速把这条短信转发给了阿鹏。果然，阿鹏看这条短信的时间超过了以往的任何一次，他身边的那个美眉露出不解又不耐烦的神情。哈哈，阿鹏快顶不住了。小美想：你不是说我不温柔吗？不是说我没有女人味吗？我要让你乖乖地掉进温柔的陷阱！

马东的短信不失时机地发来了：

"最美好的时光莫过与你相遇，而你给了我此生最深的伤害，从此再没有人能伤我如你。"

哇，太煽情了，小美毫不犹豫把它转发给阿鹏。这下阿鹏像被功力深厚的武林高手击中致命的一掌，已经没有还手之力。他对着手机发呆，浑然忘记那个美眉的存在。而那个美眉的耐心似乎已经到了极限，从座位上站了起来，冲阿鹏嚷着什么。

让你闹吧！马东的第六条短信又来了："你在哪里？要是现在能见面多好！"小美看完，像发射核弹一般发射到了阿鹏的手机上。透过玻璃窗，小美看到爽透了的一幕：对面，阿鹏迫不及待地打开手机，一个劲地发愣，与此同时，那个美眉把一束鲜花摔在阿鹏的脸上……

突然，小美的手机响了，小美按下了接听键，哇噻，是阿鹏的声音，他急促地问："你在哪里？我想见到你，立刻！"

可小美却挂断了阿鹏的电话，她突然彷徨起来，因为她不知道，自己是该去见阿鹏，还是马东？

说实话，马东的这些短信也深深打动了小美，可是，小美害怕马东的短信不是他的原创，也是从别人那里"批发"来的。

第一次，小美像个女人那样，把自己深深地陷在靠背椅里，轻声哭泣起来……　　（题图：安玉民）

哲理故事

生活中处处有哲学，57则作品无不通过曲折生动的故事情节与矛盾冲突，揭示丰富和深刻的哲理内涵，让你从中看到智慧的闪光与思想的火花，并由感情的激荡而升华为哲理的思索，从中悟出事物深层的蕴含与人生命运的真谛。

打官司故事

"打官司"这个词具有强烈的民间语言色彩，官司一打起来，各种矛盾冲突就无可回避，无法隐藏。本书共收集涉及法制的故事30则，分6大类，它们是：精彩个案，愚昧法盲，弄权枉法，道德法庭，回头是岸，法永道恒。

校园故事

一生最好是少年，一年最好是青春。

这是一本充满活力的书，学生的时代，校园的生活，如花盛开般奔放，如火焰般热烈，全书34则故事，也许能唤起您少年时代最美好的回忆。

愿这本书能成为学生和老师的朋友！

打工故事

随着改革的不断深化，打工的观念将会成为社会普遍认同的一个观念。本书收编的24则故事，就是生活中打工仔、打工妹们打工生活的真实写照与缩影，它们是同类故事中的精品，相信能引起您的阅读兴趣。我们祝愿打工者们：明天会更好！

请你说句老实话

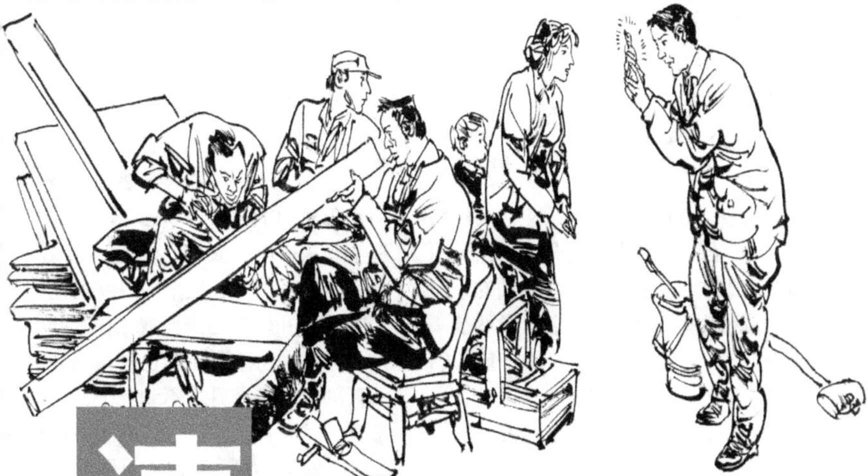

　　在春节晚会上,赵本山已经"忽悠"了三年,先是"卖拐",接着是"卖车",今年是"卖功夫",人们在捧腹大笑的同时,禁不住会想:我们平时在生活中不也常常是一不小心就会被"忽悠"吗? 想"忽悠"别人的人实在是太多了,以至于我们不得不时时提防。

　　有这样一件事:有一对夫妻,要到酒店去应酬,家里就一个在读小学的女儿呆着。席上,夫妻俩因脱不开身,就托一个朋友带一点饭菜给女儿送去。那人到了他们家,对女孩说明了缘由,介绍了自己和女孩父母的关系,还准确无误地说了女孩父母的姓名、年龄、工作单位,可女孩就是不开门,她得提防呀,要提防小偷、抢劫犯以及其他形形色色的坏人,但她肚子饿了,需要外面的饭菜。女孩想了想,说:"你把饭菜放在地上,然后离开!"那人没办法,只得照办。那人离开后,女孩并不马上开门,是呀,要是那人隐身躲在一边,从"猫眼"里是看不到的呀! 女孩走到窗口,看着那人坐进车子后离开了,这才放心地去开门拿饭菜。

　　这也许是生活中一件很普通的事,女孩所以这么精明世故、高度戒备,显然是父母平时教育的,父母教得没错,因为在我们的生活中,说假话的人太多,不讲诚信的人太多，有人甚至戏谑道："现在除了你自己这个人是真的，其他什么都可以是假的。"社会要和谐，那就得讲诚信，说老实话，办老实事，做老实人。

今天，我们就来聊聊这个话题。

一所老宅子里发生的奇异事

你的心里有一尊神

阿根买了一套老房子，在装修房子的时候挖开了老墙，突然，阿根的眼睛瞪大了：一个黄灿灿的东西夹在砖缝里，捡起来一看，竟然是一尊金财神！那财神不大，跟一般人的大拇指差不多，但那是金子做的，拿在手里沉甸甸的，怎么说也值个三万五万吧？

阿根的老婆高兴得不得了，丈夫本来在一个厂里当会计，干了十几年，工资才千把块钱，老婆孩子全靠那点工资过日子，本来就紧巴巴的，那年新来一个厂长，厂长让阿根做假账，他不干，厂长找个借口就把他辞了！他离开厂子后到处找工作，好不容易找到一份临时工，也是三天打鱼两天晒网，一个月拿不到几个钱，日子更是越来越艰难。这下好了，财神天降，发笔小财，可以舒舒服服过几年衣食无忧的日子了！

但阿根并不动心，他对老婆说："你瞎高兴什么，这是别人的东西，不是我们的！"老婆说"你真糊涂，什么别人的！我们把房子都买下来了，这房子里的所有东西不就是我们的了？"阿根还是认准了自己的理，他说"不对，我们买房子才花了四万块钱，人家还能卖四万的房子搭你三五万的金子？一定是人家忘了，不行，我得找到它的主人！做人要讲良心，拿了不义之财，会一世不安的。"

阿根找到卖给他房子的

无瑕的名声是世间最纯粹的珍珠。——莎士比亚人，说了那金财神的事，那人说房子不是他建的，他也是从一个广州老板那里买来的，那个老板原来在这里住，后来回广州去了。阿根一听，心里愈加不安，他不顾老婆的反对，又风尘仆仆地赶到广州，找到了那个老板，可那老板却说这套房子最早的主人是他的一个叔伯兄弟，叫大昌，大昌很早就去香港了，可每年都会回乡扫墓的。

于是，阿根便回到了家里，把那尊金财神小心地藏了起来，等着大昌回来。半年后，大昌果然从香港回乡扫墓了，阿根找到大昌，问他建房子的时候是不是把什么东西砌在墙里了，大昌先是有点摸不着头脑，后来经阿根一再提示，他才想起来了："哦，是有这回事，我把一尊财神砌在墙里了，作为镇屋之宝，祈求财神长在、财源茂盛。"

阿根听了，二话没说，就把那尊财神还给了大昌，大昌很感动，难得有这样肯说老实话的好人呀！大昌在香港开了一家公司，听说阿根一时还没有找到工作，马上聘请他到自己的公司里任职。

就这样，阿根跟着大昌去了香港，如今他是那家公司的财务监理，月薪三万多港币，他发了财，有了车有了别墅，又把老婆接到了香港。有人说，阿根挖到的那尊财神是很灵的，你看，那套房子的几个主人都发

财了，特别是阿根，从一个找不到工作、连吃饭都成问题的穷光蛋，一夜之间成了日进斗金的香港白领，这分明是财神给他带来的财气嘛！

大昌听了人们的议论之后笑了一笑，说："其实我看重的不是藏在墙里的财神，而是藏在阿根心里的另一尊神。墙里的财神是包了金的铜像，拿到珠宝店去卖，顶多值一千。"

一家储蓄所里发生的新鲜事

这笔存款怎么啦

老石是个老实人，老实人说老实话，做老实事，这大半辈子就是因为"老实"，日子过得平平淡淡的。

这天上午 10 点，老石怀里揣着 16000 元现金，来到离家不远的一家储蓄所存款。那家储蓄所存钱也不用填什么单子，是"无纸化"，挺方便的。这当儿，老石先是在长条椅上坐着等，等前面那人一走，他就走了上去，把存折往柜台里一递，说了句："存一万六。"就在这时，忽然听到外面鼓乐齐鸣，老石回头朝门外一看，见一辆宣传车慢慢开过，车上挂着大红横幅，写的是："挥泪大甩卖，还有最后一天"，那是在推销皮鞋，老石见了，又回过了头。

这时，储蓄员也正好把打印好的存折递了出来，老石接过存折，一边

看着一边往外走，看看没什么差错，便折叠起来往衣兜里放，就在老石的手碰到衣兜时，他突然愣住了，脑子里一片空白：钱还在衣兜里原封不动地放着呢！

老石猛然醒悟了：肯定是刚才自己只顾回头看热闹，却忘记掏出钱来，恰巧银行储蓄员又是个马大哈，说不定他心里存着什么烦恼事或是开心事，总之思想开小差了，没收钱就把存折给了自己，这么粗心，到时候一结账，可够你受的！

老石向来心胸坦荡、光明磊落，最看重的是名节，于是他马上回到储蓄所，举着存折对储蓄员说："同志，你刚才是不是忘收钱啦？"

储蓄员拿过存折看了看："不会吧，今天存这个数的，就一份，全是一百元的大票，我记得很清楚，因为里面有两张钞票颜色发黑，我怕收到假币，还特意多看了几眼呢！怎么可能没收钱呢？"

老石一听，也懵了："可钱还在我兜里，你咋收的呢？"

储蓄员听老石这么一说，就又把库存现金核对了一遍，他对老石说："我的账款相符，一点也不差。"然后他盯着老石看了几眼，说，"老师傅，我们要结账了，您请自便吧！"那储蓄员的眼神怪怪的，而且话里有话，那意思是：你是不是老糊涂了啊？

老石无精打采地往外走，走着走着，他实在解释不了刚才的怪事，于是就冒出了一个有点荒唐的念头：自己是不是具备了某种特异功能，没存钱也能拿到存折？对，去试试！于是老石就走进另一家储蓄所，这里存款是要填单子的，老石填好一张凭条递进去，储蓄员看过以后，说"老同志，请把现金交给我！"老石一听，忙编了个瞎话"对不起，你看这人年纪大了就是好忘事，明明是来存钱的，却把钱落家里了，对不起。"那个储蓄员倒也没说什么，老石可有点不自在了，他也没敢回头，三步并作两步地跨出门去。

老石回到家里，就把碰到的蹊跷事告诉了老伴、儿子，儿子也是做财务工作的，他说："他们既然不承认没收钱，那您就把它花了呗，反正又不是偷的抢的！"

老石的脸板起来了："这样不明不白、不阴不阳得来的钱，拿下后晚上能睡得安稳？"

儿子笑了起来："我是跟您开玩笑的。"接着儿子分析道：这肯定是电脑出了问题，虽然电脑把存折给打印出来了，但这笔交易却没成功，不知怎么回事又把数据给删除了，因此银行虽未收钱，但现金库存却是平的。

老石听了后也有点明白了："你是说，这张存折根本取不出钱来？"

儿子肯定地点了点头："对，取不出钱来。"老石说："那下午我去银行

在吃饭、睡眠、运动时能宽心无虑，满怀高兴，便是长寿的妙理之一。 ——培根

试试，真要是取不出钱来我倒是放心了，省得再东猜西想瞎琢磨。"

下午两点多，老石带着那本存折出了门，他特地多跑几步，来到另一家储蓄所，他把存折连同身份证递了过去，对储蓄员说："这是单位刚补发的工资，不知道钱转进去了没有，麻烦帮我看一下现在能取吗？"结果，你猜怎么着？这钱竟轻而易举地取出来了！

这一下老石可傻了！他百思不得其解，实在想不通这16000元钱是怎么回事，他一到家，就如热锅上的蚂蚁，浑身不得劲，想来想去，决定再去银行一趟，哪怕是被别人当作"老糊涂""神经病"，他也得去说一句老实话！

老石这一次直接找了储蓄所的主任，那主任是个女的，问得特别仔细："您确实没把现金存上？"

老石连连点头："当然，因为我手中只有16000元，是亲戚刚还回来的！"

那主任想了想，说："大爷，您别着急，咱们柜台前都有监控录像呢，看了录像，就能弄清楚到底是怎么回事。"

可是谁也没有想到，那主任看了录像后眼睛瞪得更大了：录像上显示得清清楚楚，老石的确没把钱拿出来！这一下，银行里的人可慌了，他们又重新审核了那天的账务，可那

16000元钱还是没有着落！这时，有人说道："把那天的录像再从头到尾仔细看一遍吧，或许能发现点什么！"大家一想，也对，原先把注意力全放在老石身上，没留意其他的储户。

于是就再看录像，这一看就看出问题来了：排在老石前面的一个戴墨镜的男人把一摞钱递进储蓄窗口后，忽然左右看了几眼，然后就在画面上消失了，紧接着是老石走到储蓄窗口的画面……

过了几天，老石得到消息，说那个戴墨镜的人原来是个盗窃惯犯，已被警方抓获。据他交待，他头天盗窃了两万多元钱后，想通过银行把钱转移到外地去，为图吉利，特意存上16000元，可没想到他刚把钱丢进储蓄窗口，储蓄员的头还没抬起来看他一眼，电脑却突然死机了，储蓄员忙起身打电话让管理员检查，那盗窃犯一看可慌了，他做贼心虚，以为储蓄员发现了什么而去报警了，所以溜之大吉。那人一走，就轮到老石了，巧的是老石存的也是16000元，阴差阳错，便闹出了这档子事。

警方顺藤摸瓜，一举破获了一个涉案价值达数百万元的特大盗窃团伙。由于老石在侦破此案中所起的作用，警方特地奖励了老石16000元，这天晚上，老石终于睡了一个安稳觉……

一家公司里发生的有趣事

最后一关好难过

一家大公司要招收一个业务员，经过三轮笔试两轮面试，过关斩将，进入最后角逐的只有两个人，一个叫张江，一个叫刘正。这天，两个人来到公司的小会议室，接受最后的考试。

一会儿，进来了一个很胖的中年人，他戴着大大的眼镜，有着肥肥的下巴，他一进来就对两个年轻人说："首先欢迎两位参加今天的考试，我姓戴，是这个部门的经理。两位能参加最后一轮考试，说明你们各方面都是非常优秀的，但是今年我们只招收一位新人，虽然让任何一位落选我们都感到非常遗憾，但我们不得不作这样的选择。"

戴经理的声音和蔼可亲，但说的话让两位年轻人都感到有点紧张，接着，戴经理又说："让你们分个高下真的很难，这样吧，我这里有一套题，你们都做一下，我们会根据你们的得分来选择的。"说着，戴经理分别递给两人一个绿色的文件夹和一支铅笔、一块橡皮，"不要着急，题有些难，你们可以好好思考一下。"说着，戴经理挺着将军肚，很有风度地离开了。

张江这时很紧张：毕业已经临近，这可是他能进大公司的唯一机会了，否则他只能去一些没有名气的小

生命短促，只有美德能将它留传到辽远的后世。——莎士比亚

公司，那样不仅在同学面前抬不起头来，更重要的是毕业后进的第一个公司将决定着人生的走向，他可不想第一步就走不好。

张江打开文件夹，一看，顿时傻了眼：试题打印在粉红色的纸上，总共有三页，都是选择题，张江大致翻了一下，大部分试题和他的专业无关，他根本不知道答案！他开始出汗，抬头看看桌子对面的刘正，见他不停地在卷子上勾勾划划的，显得十分自信。

对张江来说，那是最难熬的一个小时，他没办法，只好瞎猜，可谁知道能蒙对几道题呀！他梦想着的高薪、宽敞明亮的办公室、漂亮的女同事，都将离他远去，而让对面这个刘正独享！

就在张江浑身冷汗、垂头丧气的时候，意外的事情发生了：刘正的手机响了，他接通了电话，随即就神色紧张地说起话来："什么？什么时候，现在在哪儿？我马上就到！"

刘正打完电话后拿着文件夹就冲了出去，不一会儿又奔了回来，他神情慌张地对张江说："我弟弟出车祸了，我得赶快过去，管考试的人都不在，可能吃午饭去了，你帮我把这份试卷交给戴经理，多谢！"说着，他就把文件夹交给张江，然后就急匆匆地走了。

开始时张江并没有多想，只是把

刘正的文件夹放在一旁，但很快他的眼睛就停在了那文件夹上，他迅速地把它打开，根据刘正的答案修改他自己的试卷，同时也没有忘记把刘正的答案随意改上几个，免得两份试卷答案完全一样，让批卷的人看出破绽来。开始时张江的心里还有些愧疚，但很快就坦然了：这只能怪他自己，谁让他把试卷交给我呢，他应该知道我们是对手呀！现代社会的竞争就是你死我活的呀！

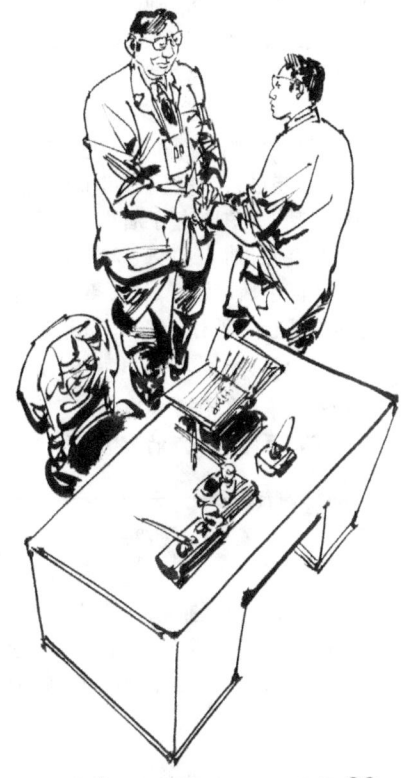

张江刚把第一页改到一半，就听到了戴经理的声音，显然戴经理刚从外面回来，正跟别人在说着话，张江的心"扑扑"直跳，他担心戴经理很快就会过来，这样他就来不及改了，正在手足无措，突然心头一亮：我怎么这么傻呀，换一份试卷不就得了？于是他就把原先自己那份没写名字的试卷扔到对面刘正的座位上，然后又把另一份试卷上刘正的名字擦去，写上了他的，刚把这些做完，戴经理刚好走了进来。

戴经理看到只有张江一个人，便奇怪地问："刘正呢？"

张江说了刘正的弟弟出车祸的事，戴经理"喔"了一声，也没有多说话，他走过去，拿起了那份试卷，随手翻了翻，立刻皱起了眉头。

一会儿，张江也交了卷，戴经理也随手翻了翻，说："很好，我们会在这两份试卷中评出优劣的，如果录取了你，我们就会通知的。现在已经不早了，我们为你准备了午餐，前台小姐会领你去的。"戴经理和蔼地说着，同时伸出手和张江握手告别。

张江没有马上去找前台小姐，而是进了洗手间，紧张了一个上午，他早就想方便了。方便后他正要往外走，忽然听到洗手间外有戴经理的声音，时断时续的，他在和一个人聊着什么。

只听戴经理说："真是很可惜，很优秀，就是……"

"是不是有些夸张，偏要这样演戏吗？演戏好累呀！"这是另一个人的声音，张江一听，脑袋一下子"嗡"地响了起来，他突然感到大事不好，那是刘正呀！

戴经理又说："必须这样，我们这次招聘的职员，人品是最重要的，明天你还得再演一次，也许会有一个能说老实话、能做老实事的……"

"你的心里有一尊神"作者：廖钧；"这笔存款怎么啦"作者：刘彦波；"最后一关好难过"作者：冯春生。

下期话题：喝酒的故事　　　　　　　　　（题图、插图：刘斌昆）

· 本刊信息传真 ·

投 稿 指 南

本刊各栏目欢迎来稿，题材不限，特别欢迎贴近生活、有时代气息的爱情故事、校园故事、职场故事、幽默故事和悬念故事。

本刊采取优稿优酬原则，原创作品平均稿酬为300-400元／千字。来稿可邮寄，也可发送电子邮件。本期责任编辑电子信箱：manshi@vip.sohu.com。

孝要及时，老人们是最脆弱的一群人，无论是一顿饭，一句话，都要抓紧，不要把遗憾留给回忆。

"二号选手"不打折

□ 肖　冰

这天，一个小伙子走进了富丽堂皇的乾隆大酒店。这个小伙子虽然穿的是西服，可是里面的衬衫却是皱皱巴巴的，还很脏，一双手十分粗糙，有的地方还裂开了口子，一看就是干粗活的打工仔。他在一楼转了一圈后，直奔二楼的贵宾部，那里可是酒店里最高级的雅座，来的大多是些有钱的主。

贵宾部的女服务员于秀丽赶紧迎上去，拦住他，说："先生，这里是贵宾部，散客餐厅在一楼。"

小伙子看了一眼于秀丽，蹙了蹙眉说："我就是想去高级雅座吃上一顿饭。"于秀丽撇撇嘴，拉长了声说："到这里用餐，消费标准——都是很高的哟。"

小伙子试探着问："最低的标准是多少？"于秀丽想把他吓回去算了，随口便说："最少也得一千元。"小伙子下意识地碰了碰胸前的口袋，迟疑了一下，说："行，还能行。"接着，扯过于秀丽手里的菜谱，看了又看，最后狠了狠心，说："给我上药材炖斑豹肉、红烧鹿肉、清炖骆驼峰。"这可都是酒店里的招牌菜！都下来要一千二百多元。

看到于秀丽那不相信的目光，小

伙子"噌"地从上衣口袋里掏出一沓百元大钞，在于秀丽面前晃了晃："你看这些，够不够？"于秀丽心里说，土老冒，有几个钱不知姓啥。她转过身通知了厨房，并悄悄地叮嘱了一句："是二号选手。""二号选手"是她们酒店的暗语，这些招牌菜货源很紧俏，碰上那些来此尝鲜的外行生客，店里经常给他们来个偷梁换柱，用猫肉代替豹肉，用驴肉代替鹿肉，至于骆驼峰更绝，用的母猪乳房。上千元一桌的菜，成本还不到三百元。用老板的话说，像他们这类人，哪能天天吃得起这样的菜，你就是给他们假的，他们也吃不出来。

小伙子选定了7号雅座，转身就要下楼。于秀丽急忙过去把他拦住："先生，你要去哪里？""下去接人。"

"你点的菜可都已经下厨了，万一你不回来了，那我就惨了，老板要扣我工资的。"

小伙子有些生气了，嘴角抽动了一下："你，你也太小瞧人了。"说着，抽出几张钞票，塞到于秀丽的手里，"给定金，这回放心了吧？势利眼！"然后蹬蹬地下了楼。

于秀丽冲着那个小伙子的背影"呸"了一口，暗骂道：愣头青，不给你多放点血，你都不知道这酒店的门朝哪开的。因为她可以从客人的消费中提成，像这样的"二号选手"，老板给的红包最多。生气归生气，这样的

一头"肥羊"，毕竟不多见。她捏着那几张百元大钞，放在嘴边来了个飞吻，又有谁会跟钱有仇呢？

不一会，小伙子扶上了一个老太太。老太太穿得很土，手里挂着一根用杨树杈修理出来的拐杖，嘴里还不停地叨唠着："你这孩子，吃顿饭跑这么高贵的地方干啥，咱们又不是啥金贵人。"小伙子说："城里的饭店都这样。"他俩这身打扮与饭店的装潢比起来，极其不和谐，简直就是一种讽刺。

看在那份红包的分上，于秀丽还是佯装热情地迎上去，把老人扶到椅子上，倒上茶，铺垫好餐巾。老太太看了看于秀丽，咂咂嘴说："多水灵的姑娘啊，你快歇着吧，我一个老太婆子，不是啥上样的人物，让你这样为我跑来跑去的伺候，倒是有些不自在了。"然后又自言自语道，"都说孩子们出来，赚点钱，也不易呀！才这么大点的小姑娘，要是在爹妈跟前，还常撒娇哭鼻子呢！"

这些话让于秀丽心里感到热乎乎的，她不禁重新打量了一遍这两位顾客。无论从哪个角度看，他们也不像是有钱人。莫非这位老太太得了什么绝症，到了医生说的那种想吃啥就给她吃点啥的时候了？如果真是那样的话，自己对他们实行二号选手方案，岂不是有点太残忍了。

想到这里，于秀丽忍不住问："大

娘，你的身体还很硬朗吧？"

老太太笑着说："好着呢，农村人身子骨结实，你别看我快六十的人了，家里那几亩地，还是我种着呢。"

莫非这个小伙子发了什么横财？于秀丽又问："你儿子最近的财运一定很不错吧？"

"不错啥，都没啥大能耐，靠卖苦大力，一个月赚个几百块钱呗。"

这时，小伙子在于秀丽身后轻轻地扯了一把，示意她不要再问了。

于秀丽刚离开了7号，小伙子就悄悄地跟了出来，红着脸恳求道："小姐，一会儿上菜的时候，我妈要问多少钱，最好是哪个菜别说超过20元。""为什么？"

"要是我妈听说一个菜花了那么多钱，她说啥也不会吃的。"

于秀丽斜了他一眼，揶揄道："家境不那么宽裕，何必非要到这种地方来消费呢？还不如把省下来的钱，用在别的方面，多孝敬孝敬老太太呢！"

小伙子抬起头，脸涨得通红，嘴唇动了动，想说什么，又咽了回去。僵

持了一会，小伙子又乞求着问："行吗？"于秀丽冷冷地说："行，那有什么不行的，你就是让我们说一块钱一个菜，我们也会听你吩咐的。顾客就是上帝嘛！"

小伙子说了声："谢谢。"转身就走，走到一半，又停了下来，转过脸，吭哧了一会，才说："我哥就是在盖这栋楼的时候，不小心从架子上掉下来，摔死了。我哥临死的前一天，还跟我说，有机会一定要让没见过世面的爹妈也到这吃一顿。可是这些年来，我娶老婆生孩子，处处都要钱，钱一直是紧巴巴的。本来想，父母身体都还好着呢，以后有的是机会，可是没想到，去年爸爸突然走了，现在就剩下我妈，她的身子也大不如从前

了，我真怕有一天……他们可是一辈子都没进过大饭店的！就只一次，你们也看不惯吗？"

于秀丽的心不禁一颤，从农村来的她，何尝没有过这样的想法！这些年来自己钱没少赚，可这个愿望一直留在梦里。她说："对不起，对不起，我误解你了。"这时，她心里一阵后悔，忽然产生一个大胆的想法，不能让小伙子把那点血汗钱，就这样白白糟蹋了，她说："一会经理过来时，你就说菜不对味。我想法说服他，多给你打几折。"

小伙子瞪大眼睛，说："可那些菜，我从来也没吃过，愣是说不对味，这不是鸡蛋里挑骨头吗？"

没想到遇上个死葫芦脑袋！于秀丽没法子，只得悄声说："就冲你这份孝心上，我实话告诉你吧，那几个菜都是冒牌货，这年头，哪里来那么多豹肉、鹿肉的！"

小伙子顿时呆在那里，然后一跺脚："妈的，你们也太损了。"说着就要直奔后面的经理室。于秀丽一把拉住他，急得眼泪都要下来了："你可别吵，那样我就惨了，你这个人怎么这么浑啊。"

小伙子一愣，停了下来。

于秀丽叹了口气，把小伙子刚才付的定金塞还给他："都是打工的人，钱赚得都不容易，你就按我说的去做

好了。"小伙子无奈地点点头，回包间陪他妈吃饭了。

过了一会儿，贵宾部的经理笑眯眯地走进7号包间，问："先生，菜可口吗？这都是纯正地道的山货。"于秀丽瞪大眼睛，她都计划好了，只要小伙子一说不满意，她就把经理叫到一边说"人家可是山里人，对那些东西是识货的，咱用'二号选手'糊弄人家，万一出了漏子，可不得了。"

小伙子抬起头看了看经理，又看了看吃得正香的母亲，吭哧了半天，才说："很好，很好。"然后又对母亲说："娘，过去只有皇宫里的人，才能吃到这个。"老太太眯缝起眼睛，夹了一口"清炖骆驼峰"，咂吧咂吧嘴说："没什么好吃的，怎么有点奶气味。"小伙子解释说"这是驼背上的肉，储备营养用的，营养多的肉就这样。"

这下可把于秀丽气坏了，经理走后，她把小伙子拽到一边，指着他的鼻子说"你怎么忍心骗你妈啊！"小伙子的眼神黯淡下来，把头转向窗外，声音有些发颤地说："我妈舍不得吃舍不得喝，苦了一辈子，我这次来，就是想让她尝一尝这些稀罕东西。我实在不忍心告诉她真相啊！"

于秀丽心里一颤，险些落下泪来："这不怪你，都是我的错，我不该让他们给你们上冒牌货。"

于秀丽跑下楼，找到经理，嘴张

了几次，才吞吞吐吐地说："经理，给7号打打折好吗？他们不是有钱人。"

　　经理很意外，看着于秀丽，问："他们是你的朋友？"

　　于秀丽摇摇头。

　　"是你的熟人？"

　　于秀丽又摇摇头。

　　经理不解地问："那你为什么替一个陌生人这么卖力呢？"

　　"因为他是个孝子，我们不能昧着良心，赚孝心的钱。我那份提成不要了，请您高抬贵手，多给他们打几折吧。"秀丽再也憋不住，把事情一五一十都说了。

　　经理听完，眼圈也有点发红，他沉默了一会儿，然后拿起笔，写了几个字，递给了于秀丽。于秀丽一看高兴得差点蹦起来，上面写的是：七号，免费。她说了声"谢谢经理"，直奔前台。

　　来到前台，于秀丽却发现小伙子母子俩早已经走了，桌上放着一千二百元钱，还有一张字条：

　　不知名的小姐，谢谢你了，你是个好心人，我不想让你为难。我既然请我妈来吃饭，就能掏得出钱来，孝心不能打折。不管菜是真是假，只要我妈妈吃得高兴，我就知足了。

　　从此，于秀丽再也没执行过"二号选手"方案。

　　（本篇月月评短信代码：G151）

　　（题图、插图：箭　中）

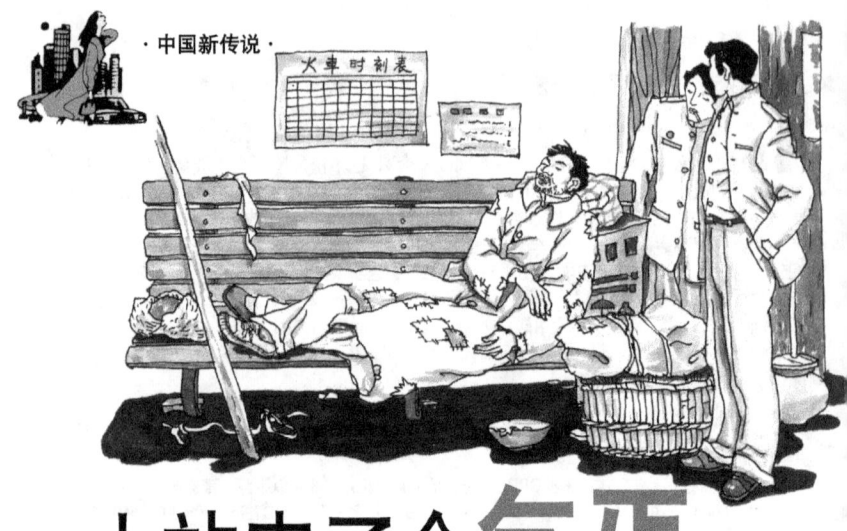

小站来了个乞丐

□ 范大宇

张村站地处大山深处，是铁路上一个不起眼的四等小站，连站长王大彪在内一共只有15名职工。这里离城市远，虽然每天有十几趟列车"呼呼"地穿过，可只有一趟慢车在这儿停一分钟。

大年初五一大早，就有人"砰砰砰"擂站长王大彪家的门。王大彪昨天值夜班还没起床，就气鼓鼓地问："哪个？我又不是新郎官，闹什么洞房嘛。"

门外，小刘急急地说："王站，站里来了个要饭的。"

"什么，来了个要饭的？打发走不就得了。"

"可他不走。"

"不走，那就让他在那儿待着。"

"哎哟，站长，下午局领导不是给咱们拜年来吗？"

这话一下子让王大彪跳了起来，是呀，初五分局领导到站里给职工拜年已经是多少年的惯例了，怎么自己差点忘记了。领导来拜年，却有个乞丐在场，那多添堵。王大彪急忙抹了把脸，然后随着小刘跑到车站。

小站就是小，候车室才十几平米，平时没什么旅客，基本不开。今天是为了迎接领导，打扫打扫，才开的门。谁知刚开门，就窜进个老乞丐，往椅子上一躺就不起来了。

到了候车室，王大彪一掀棉门帘，就闻到一股酸臭味，进去一看，在椅子上"呼呼"睡着个人。那人佝偻个身子，左脚一只黑布鞋，右脚一只白球鞋，一身灰不灰黑不黑的大衣发着亮光。

王大彪走上前，摇摇那人，说："老乡，醒醒，这儿是车站，不是你睡觉的地方，起来起来！"

那乞丐转了个身，将一张多少日子没洗的脸对着王大彪，微微睁开一双小眼，用手揉了揉，低低地说了句："我困，我饿。"就又闭上了眼睛。

就这一对眼，王大彪打了个激灵，他上前半步，撩开那乞丐长长的像乱草一样的头发，细细地打量他，看了又看，摇摇头，又点点头，然后转回身问小刘："现在有洗澡水吗？"

"有啊，刚刚烧好的。"

王大彪对着那乞丐说："伙计，我背你去洗个澡啊。"说着就一蹲，一下子将那乞丐背了起来，随后就往职工浴室走去，一边吩咐小刘："去，让你嫂子找几件我的衣服来！"

小刘搔搔头，感到丈二和尚摸不着头脑，遇到一个人就对一个说这件怪事儿。到了王大彪家，小刘一二三四五地将刚刚发生的事儿学了一遍，说得王大彪媳妇也如堕五里雾中。

话分二头，王大彪将那老乞丐背到浴室，还亲自为他洗啊搓啊，足足搓下三斤泥。洗完了，王大彪让老乞丐换上老婆拿来的衣服。嘿，真是人配衣服马配鞍。这一换装，老乞丐像是变了个人。王大彪又把老乞丐领到

自己家中，摆上好酒好菜让他放开肚子吃。

这事儿可成了鸡年张村站第一大事，站里除了值班的，全拥到王大彪家中看稀罕。那老乞丐也真是饿了，对着满桌饭菜就像饿虎扑食一样狼吞虎咽，直噎得翻白眼。半个钟点后，老乞丐吃饱了喝足了，打了个饱嗝，对王大彪作了个揖，说："好人，谢谢了！"然后就要走。

"慢！"王大彪喊道，"我这儿有份东西，你不想看看吗？"

没待老乞丐说话，王大彪已经把一份通报摆到了桌子上，众人一瞧，原来是半年前省里发出的，是通缉一个贪污嫌疑人关学明，这和老乞丐……

王大彪一字一句地说："自首吧！"

众人一惊，怎么，这老乞丐竟是通缉犯？可那老乞丐却面不变色，微微合上眼，又说了一遍："谢谢你的招待，日后相报！"说罢抬屁股就要走。

王大彪"呼"地站起来，拦在老乞丐的面前，说："你听我说一个故事，再走不迟。"

老乞丐看看前后左右，都是人，强走怕是不行，就只好坐下，闭上眼，听王大彪说故事。王大彪清了下嗓子，说："20年前，有一个刑满释放的人出狱后，到处找不到工作，到处遭白眼。绝望之际，他决定再次铤而走

险：抢劫银行！但当时他已经饿了几天，没劲儿了。他要先吃顿饱饭再行动。他来到一家饭店，求老板赏他点饭吃。老板不干，这时，一个正在独自吃饭的男人叫住了他，请他一起吃，还让他喝了酒。边吃边聊中，他说出了自己的打算。那男人一惊，说道：'世上没有绝人的路，只有自己绝自己，自己站不起来，谁扶也没用！'这话打消了他的抢劫念头。后来，他随那男人到了铁路，在货场扛大包，用自己的双手挣到了平生第一笔钱。后来，他被铁路招了工，成了一名铁路职工。20年了，他永远忘不了那个男人——铁路局的处长关学明。"

王大彪顿住了，他看了一眼那老

乞丐，老乞丐无动于衷。王大彪重重地叹了口气，对老乞丐说："关处长，你虽然认不出我了，可我却一眼就认出了你。我也知道你因贪污而在逃已经整整两年了，可没想到能在这里遇上你。你是我的恩人，没你，我可能早被枪毙了。现在，我也想对你说一句：法网恢恢，疏而不漏。你这样人不人，鬼不鬼的，逃到哪里是个头啊？你自首，判个多少年也有个盼头。人生的路上跌倒了不怕，爬起来还是条汉子！"

人们看到：两行泪水从老乞丐，不，从关学明的眼里潸潸流出。屋里静极了，静得能听到针掉到地上的声音。也不知过了多长时间，关学明睁开了眼睛，他看了看王大彪，这个20年前他曾经帮助过的人，张开嘴，问王大彪："有手机吗？"

王大彪递上手机。关学明颤抖地摁了几个键，然后平静地说："反贪局吗？我是关学明，我决定自首……"

屋外，突然传来热烈的鞭炮声——啊，大年破五啦！

（本篇月月评短信代码：G152）

（题图、插图：俞跃庭）

· 中国新传说 ·

楼上有个小妻子

□ 余 羊

花园小区最近有一男一女比较特别，男的六十多岁，满头银发，女的二十几岁，年轻漂亮，女的每天黄昏挽着男的胳膊在小区花园里溜达。住在他们楼下的一个老小伙子叫黄有财，今年三十岁了，在外边跑买卖多年，挣了不少钱，可还是一个人过。原来他条件太高，自己长得不咋样，却一心想找个电影明星那么漂亮的老婆。自打那一男一女来了以后，黄有财就看上了那个年轻姑娘。

这天，黄有财向小区里两个老太太打听："你们认识常在这儿溜达的爷孙俩吗？不知这孙女儿有没有男朋友……"

一个老太太听了，白了他一眼，说："爷孙俩？人家是两口子！你就别做白日梦了。"啊？原来是一对老

夫少妻呀。黄有财接着从老太太那里打听到，男的姓王，是省里一所大学的教授，已经退休了；女的姓韩，是医学院的大学生，刚毕业不久。

知道了这个底，黄有财心里那个高兴呀，他断定，老夫少妻，能有什么爱情啊，这个韩姑娘不就是看上老教授的钱？自己有的是钱，还怕韩姑娘不到手？

从此，黄有财更加密切地关注起这两口子来，有时候远远看见他们走来，他就故意迎上去打个照面。不久，他有了一个重大发现，就是这个韩姑娘非常在意自己，每当迎面碰到时，她总会向自己投来异样的目光，脸上还露出一丝不易察觉的笑容。黄有财凭着多年走江湖的经验判断，一定是自己的私家小轿车和一身名牌，让这小姑娘看得眼馋了。

又过了一阵，黄有财忽然发现楼

上这一对有了变化，连着几天就只有韩姑娘形单影只的一个人，王教授不知到哪里去了。

这天下午，黄有财在楼梯口刚好碰上韩姑娘，见她提了好多东西，黄有财抓住时机，上去笑眯眯地说："我来帮帮你吧。"姑娘一笑，说了声"那太麻烦您了。"就让黄有财接过东西，跟着她上楼。黄有财进屋一看，见姑娘家里没怎么装修，摆设也非常简单，没什么值钱的家具，除了书还是书，就说："哎呀，你这家怎么没有装修呀？我就住你们楼下，你去看看，我那屋子光改装就花了几十万呢。"姑娘笑眯眯地说："是吗？改天我一定过去看看。"一边说，一边上一眼下一眼地打量起黄有财，看得黄有财心里热乎乎的。

这时，姑娘说："您坐下喝口水吧！要是不忙，就在这聊会儿，反正我一个人在家里也怪闷的。"黄有财巴不得有这句呢，早一屁股坐沙发上了，他接过姑娘递来的茶水，一边喝一边问："怎么不见你们家老爷子了？"姑娘说："他呀，住医院了，天一凉他就得进去住几天的。"

黄有财听了这话心里那个美呀，他感受到了姑娘那逼人的目光，怪不得今天她把自己当上宾待呢，原来是守了空房了，真是天赐良机呀。这时姑娘拿了一个苹果过来，一边削皮，一边和黄有财聊天，问他年龄啦，职业啦，身体状况啦，还不时抬头打量黄有财，好像有什么特别的话要说。

黄有财心灵得很，早就看出来了，他心里像猫抓似的，就对姑娘说："今天我们畅所欲言，有什么就说什么，好不好？"韩姑娘只是看着他微微地笑，什么也没说。黄有财又说："我就看不起咱中国人这一点，假惺惺的，总是绕弯子。你看人家外国人，心里怎么想就怎么说，那才不白活一回，有什么你就说吧！"

韩姑娘一听，还是微笑着说"既然你这么说，我也就不兜圈子了，我倒是真有一事想和你说说，你要是不愿意，全当我没说。"黄有财急吼吼地说："你就放心地讲好了，我是个通情达理的人，没事的。"

姑娘说："是这样的，我现在在一家整容医院工作。"

"嗯。"

"做隆鼻手术是我们医院的专长。"

"嗯……"

"可现在来手术的全部是女性。"

"嗯？"

"我们想……想找个扁鼻子男人做个样板，不知道您是否愿意合作？"

"啊！"

黄有财这时最想做的事就是哭。

（本篇月月评短信代码：G153）

（题图：张　恢）

打电话的

□ 武爱民

老太太

你再试一试！"

我点点头，又按那个号码重拨了一遍，可电话里还是那个冷冰冰的提示，我告诉她，真的打不通。

老太太嘴唇也开始哆嗦起来了，几乎是在哀求我了："小伙子，你就再试一次吧，谢谢你了，俺出一趟家门不容易……"

我这才注意到她的右手执着一根拐杖，天这么热，岁数这么大，也确实不容易，可是打不通就是打不通，试一千遍也没用呀，而且她后面站着一个中学生，也在等着用电话，我只好对她说："行，不过您稍等一会儿，让别人先打个电话好吗？"

老太太点点头，拄着拐杖往一边儿挪，见她的动作那么缓慢艰难，我真怕她摔在我的报亭前，忙拖了把椅子走出去，放在她身边，说"老太太，您先坐这儿等，等那学生打完了，我再给您拨一遍试试。"

她冲我感激地点点头，坐下了，

我承包了一个报亭，还装了一门公用电话，不过这年头差不多人人都有手机了，所以我的公用电话生意冷清得很。这天，我坐在报亭里正犯困，一个老太太从窗口递进来一张揉得皱巴巴的纸，问我："小伙子，俺打个电话，你替俺拨个号成？"

我说行，按纸上的手机号码拨过去，那头却传来"您拨打的电话号码不存在"的语音提示。

我对老太太说："老太太，打不通，没这个电话。"

她一听脸色就变了，身子也开始微微抖起来，说："不会的，小伙子，

我反正没事，就跟她聊起来，问她要给谁打电话。

这一问，她的脸上马上放出了光彩，声音也大了起来，说："给俺儿子啊，他在广州大银行上班，忙得很哩，有一年没回来了，俺不放心，就出来打个电话问问。"

我说："他既然在外面忙，就该给您装部电话啊，也省得您这么大岁数了还跑到外面来。"她说："儿子说了，租的房子住不了几天，再装个电话怪麻烦的，有事儿叫保姆出来打公用电话就成了，可俺今天就是想听听儿子的声音，就独个儿出来了。"

从她的这几句话里，我马上判断出她有一个什么样的儿子了：一门心

思挣钱，不管老人死活，娘是垃圾钱是娘，绝对是个不孝之子，否则就不会找出这么拙劣的借口了。不过我没说穿，怕老太太伤心。

大概因为我提到了她儿子的缘故吧，老太太的话匣子打开了，一个劲地夸她的儿子如何孝顺："他回不了家，就给我雇了个保姆，我手里的拐杖也是他托人从广州捎来的，要200多块呢；儿子还说，等挣够了钱，就回来给我买套大房子，还要请最好的医生给我看病……"老太太说的全是些陈芝麻烂谷子的小事，我当然没兴趣听，不过不忍拂了她的面子，也就有一搭没一搭地应付着。

后来老太太说了一句话，让我一下子提起了精神，她说："去年他回来过一次，我对他说：志国啊，我都半截身子埋在土里的人了，还能活多久？你也该操心自己的事儿了……"

我脑子一闪，突然想起了什么，忙打断她"你儿子姓什么？"

她一愣，说："姓仇。"

我的心里"格登"了一下，又问："你的儿子叫仇志国？他的眉头正中是不是有一颗黑痣？"

老太太顿时笑得皱纹堆满了脸，连连点头，问我："对呀，小伙子，你认识他？"我含含糊糊地说认识，就是不太熟，说完这话，我的心里突然像堵了块石头，我

明白她儿子为什么不给她装电话了。

那个中学生终于打完电话走了，我对老太太说我再拨一遍那个号，希望这次线路没出毛病。

说着我就去拨号，拨了几下就喊声"糟了"，老太太忙问："咋了？"

我用力拍了拍电话，说"这台破电话又出毛病了，您先别急，坐这儿等着，我看看是不是接头松了。"

我走到书亭后面不远处，赶紧掏出自己的手机给朋友阿灿打电话，说这里有一个老人想给自己远方的儿子说几句话，让他冒充一下，安慰这老太太几句。

阿灿在那头笑起来，说"行啊老武，啥时候也变成雷锋了？"

我压低声音说："少废话！这老太太是仇志国他妈！"

阿灿一愣，问："哪个仇志国？"

我说："还有哪个？就是那个仇志国！"

阿灿在那头不说话了，沉默片刻，说："行，我等着这个电话。"

我回到电话机旁，又装模作样鼓捣了几下，然后拨通了阿灿的手机，问了一句："喂，是仇志国吗？"然后把电话递给老太太，说，"通了，是您儿子！"

老太太激动得有些手足无措，她接过电话，双手紧紧地搂在耳朵旁，颤声说："志国啊，我是你娘啊，你爹的忌日就快要到了，你看你能不能回来一趟，到你爹坟上烧点纸……"

我不知道阿灿都跟老太太说了什么，但我判断他的表演肯定挺人道，因为老太太的眼泪又流出来了，老太太足足说了十几分钟，终于打完了这个"长途电话"，心满意足地长出了一口气，然后问我："多少钱？"

我说："算了，我跟仇志国是朋友，这电话费就免了吧。"

老太太说那哪成！她的儿子在广州大银行上班，又不缺这几个钱！

我只好看看计价器，说："3毛。"

老太太从兜里掏出一个手帕，打开，从一堆零钞中拿出三个一毛的钢镚交给我，说："谢谢你啦小伙子。你是个好小伙子，以后俺还来这里打电话。"说完，她从我手里接过那张写有电话号码的纸，小心翼翼地折好，与手帕里的钱包在了一起。

目送着老太太拄着拐棍，步履蹒跚地向小区挪动，我轻轻地叹了口气，眼圈忍不住红了。我蹲下身子，从书架最下端抽出一张用来垫底的旧报纸，仔仔细细地盯着上面那个眉间有一颗黑痣的人像，旁边有一排黑体大字：轰动全国的特大抢劫团伙被歼灭，主犯仇志国被警方击毙。

这已是半年前的旧闻了，然而我现在才真真切切地感到难过。

（本篇月月评短信代码：G154）

（题图、插图：魏忠善）

这个故事听起来也许很离奇,你相信也好,不相信也好,但是请记住,如果你爱的人不见了,别灰心! 你一定能把她找回来,哪怕在天涯海角,找到了她,也就找到了你的幸福!

女友不见了

□ 花 剑

刘浩是个普通的电脑公司职员,从小到大,一直过着平淡正常的生活,可是自从那次车祸以后,他的生活中发生了一连串不可思议的事情。

刘浩记得,发生车祸的那天晚上,天气很冷,半空中飘洒着牛毛一样的雨丝,他和女友欣儿看完午夜场的电影,准备回家。刘浩发现街对面有辆空出租,就拉了欣儿快跑过去,一边跑还一边向那辆出租车挥手。他们刚到马路中间,就听见一阵刺耳的刹车声,扭头一看,一辆小货车刹车不及,正向他们冲来,刘浩大叫了一声:"欣儿!"使出全身力气把她推了出去,然后就是一阵巨响,他什么也

不知道了……

刘浩醒来的时候,发现自己躺在医院的病床上。他朝左右一看,病房里只有自己一个人,欣儿呢? 刘浩大叫起来:"欣儿! 欣儿!"医生闻声赶来了,对刘浩说他的伤势不很严重,只是有点轻微的脑震荡,所以暂时昏迷了。刘浩问他的女朋友呢,医生诧异地说,没见有女的,只有他一个人,撞他的驾驶员还等在外面呢。过了会儿,那个驾驶员来了,刘浩又问他,当时和自己一起过马路的那个女的呢? 驾驶员一脸茫然,摇着头说当时就看见刘浩,没别人。刘浩吁了一口气,心想欣儿肯定被自己推得远远的,那司

机没注意到她，这会儿她可能急着回家取钱去了。

可是，欣儿一整晚都没来。刘浩急了，给家里打电话，没人接，他想给欣儿打手机，可是在自己的手机里查了半天也没有欣儿的手机号，怪了，自己明明存过的呀。幸好他记得那个号码，凭记忆拨了过去，居然告诉他是空号！

刘浩的心里七上八下，一晚都没合眼。

第二天，刘浩单位的陈主任和小李到医院来看他。一见面，刘浩就问他们看见欣儿没有，谁知他们反问："谁是欣儿？"

刘浩有点生气了，板着脸说："还有谁，我女朋友啊！就是上次公司吃团年饭把你们俩都灌醉了的那个！"陈主任一愣，用很奇怪的眼神看着刘浩，说："刘浩，你什么时候有女朋友了？还和我们喝过酒？我们怎么不知道啊？"小李也说："我们确实不知道你有女朋友，更没见过她。你被车撞了，可能……那个……瞧你满眼血丝的，多休息几天再说。"

两个人带着奇怪的表情走了，看样子他们以为刘浩被车撞出精神病了吧？刘浩差点气糊涂了，自己和欣儿认识两年，住在一起都半年了，有没有女朋友，自己不知道？这时，一种不祥的预感涌了上来，欣儿不会已经……他们是为了安慰自己？

刘浩拿出手机，又给欣儿最好的朋友王丽打过去，问她欣儿在哪里。王丽说："我的朋友里没有叫这个名字的，咦？你是谁啊？我也不认识你！"说完就把电话挂了。

这下，刘浩真的害怕了！后来他又打给欣儿公司里的同事，打给他俩共同认识的所有朋友，可真奇怪了，那些人都说从来不认识什么欣儿。当时病房里的空调开得暖暖的，可刘浩头上流的却全是冷汗，他的心也跟着一起在发冷……他抱着最后一线希望，打给了父母，自己明年结婚的事是上次和欣儿一起回家和他们商量定了的。

刘浩的父母在外地。电话刚打通，妈就在电话那头唠叨起来："浩儿啊，我现在啥也不图，就盼你早点找个女朋友带回来。你年龄也不小了……你怎么了？在听吗？"刘浩压抑着慌乱，问："张可欣，欣儿你们认识吗？""谁呀？你女朋友吗？怎么不早点给妈说，也不带回家给爸妈看看……"

刘浩浑身颤抖着，挂了电话。他当时都不知道是一种什么心情了，自己的女朋友突然消失了，人间蒸发了！这可能吗？可父母不会骗自己啊！就算欣儿出了事，他们也不用这么瞒着自己呀！难道真是自己的脑子出问题了？没有啊！自己能回忆起两

个人从相识到昨天为止的全部过程啊！对了！还有两人的照片呢，两大本！想到这里，刘浩从病床上起来，瞒过护士，赶往家里。

刚进家门，他的头就"嗡"一下子。这是自己和欣儿准备结婚的家吗？墙上挂的欣儿的大照片没了，她的衣服，拖鞋，她的牙刷，毛巾，什么都没有了，刘浩疯了一样，把抽屉全倒出来，找他们的影集，可是，没有！没有两个人的合影，更没有欣儿的照片，所有的照片里，只有刘浩一

个人在那里傻笑。不！刘浩把那些照片撕碎扔向空中，它们飘落到床上。等等，床？他和欣儿买的双人床呢？怎么是这一张单人床啊，这床在买了新床后就扔了啊，怎么又回来了？这一切究竟是怎么回事？刘浩绝望地抱着头，扯着头发，哭得像一头受伤的野兽。

第二天刘浩哪里都没去，没吃也没喝，第三天也一样。两天两夜没吃东西，他的思维反而更清晰了。感觉告诉他，欣儿肯定在！他反复想啊想啊，最后决定去欣儿的老家，到她父母家去找！那个城市离刘浩住的城市有800公里，欣儿曾经告诉过刘浩她家的地址，但刘浩从来没去过。

刘浩打定主意，一分钟也没有耽搁，连夜坐火车赶到了那里，不顾三七二十一，拼命地敲门。门开了，一个很和蔼的老先生走出来，问他找谁。刘浩的声音简直像是从心里逼出来的："我找张可欣！"

那老先生很奇怪地打量着他，朝里屋喊了声："欣儿！有人找你。"

欣儿！当时刘浩的心都要跳出来了，真的有这个人，是我的欣儿吧？老天，别再又骗我一次了，求你了！他祈祷的时候，一个熟悉的身影已经飘了过来："您是——"

是她，是欣儿！刘浩激动得眼泪都要流出来了，他大叫："欣儿，我是刘浩啊！我终于找到你了！你怎么回

到这里来了？"欣儿看着刘浩，露出一脸茫然的神色："我哪里都没去呀，你是谁啊？"

刘浩在心里叫喊，是她！是她！这模样，声音，我能忘得了吗？他冲上前，一把抓住欣儿的胳膊，使劲晃着喊道："欣儿你再仔细看看，你真的不认识我了？"还是老先生冷静："年轻人，别激动，看你的样子走了很远的路吧，进屋说吧。"

刘浩只得进了屋，详详细细把他和欣儿的故事讲给他们听，一边讲，一边看欣儿的表情——刘浩希望通过他的讲述，让欣儿想起自己来。可是，欣儿脸上除了吃惊，什么表情也没有。刘浩讲完了，欣儿的父亲叹着气告诉他，欣儿毕业后一直在当地工作，从来没去过刘浩所在的那个城市。刘浩眼巴巴地望着欣儿，那样子就像一条无家可归的流浪狗。欣儿也叹了口气，道："刘浩，我真的不是你要找的欣儿，不过我很羡慕她，有一个这么爱她的人，可我不是她……"

后来……还有什么后来呀！刘浩总不能死赖在他们家不走吧，他只能沮丧地回去了。

接下来的日子，刘浩每天和往常一样，上班，下班，再没提过欣儿的名字，同事和朋友们都为他高兴，认为他的病好了，可谁会知道，欣儿的名字早就刻在了刘浩的心上，每天都在疼！他从没放弃过找到欣儿的念头。

几个月后的一天，下班后，刘浩和往常一样上了公车，心里还在想，当初欣儿就是和他在公共汽车里认识的呢。就在这时，他突然听见了欣儿的声音，在叫自己的名字。刘浩还以为又是幻觉呢，抬头一看，天！真的是欣儿！她看见刘浩，高兴地说："我上个月刚来这个城市上班，这么巧，碰见你了！"哦，原来是那个欣儿，她说自己本来一直想来这个城市发展，上次刘浩去她家一闹，倒提醒了她，于是她往这儿的几家公司投了简历，不想果然被一家公司看上了，就来这里工作了。

欣儿对这个城市完全陌生，只有刘浩这么一个"熟人"，他们那天聊得很投机。分手的时候，刘浩问她在哪家公司上班，她说了个名字，刘浩心里"咯噔"一下，这么巧啊！自己的欣儿原来也是那家公司的。

后来，因为他俩每天坐同一路车上下班，渐渐熟了起来。他们慢慢地开始约会，泡吧，看电影，刘浩恋爱的感觉又回来了。他把欣儿介绍给熟悉的朋友，那些人都笑着骂他，说他女朋友还没遇到呢，就上他们那里找过几十次了，这不，现在欣儿才出现嘛！公司吃团年饭的时候，欣儿果然把陈主任和小李灌得大醉。

不可能！不可能有这么巧合的事！两个欣儿发生的事完全一样，就像在重放一部电影！刘浩现在能肯

定，两个欣儿本来就是一个人。他想了很久很久，最后终于承认，当初身边的人们都没有骗他，父母更没有骗他，唯一的事实，就是在他去那个城市找欣儿以前，他的生活中，根本就没有张可欣这个人！原来的有关欣儿的一切，都仅仅存在于自己的意识里。

刘浩把这一切全给欣儿说了，她也很奇怪，劝他到医院去咨询专家。他们去了，专家说，当大脑受到震荡时，有些人会失去记忆，称为"失忆症"，可刘浩完全相反，那次车祸的撞击让他凭空多了些记忆，这有些像"臆想症"。其实很多人都有这样的体会：生活里正在发生的一件事、一个场景，好像以前就发生过，经历过，却怎么也记不起来是什么时候的事。只是刘浩的"臆想"特别清晰，和现实完全部吻合。但是专家也不能说清楚为什么，他只是说现代医学还有很多解释不了的问题……

不管怎样，刘浩终于和欣儿在一起了，这是他努力找回来的，只要去珍惜就是了，才不管为什么呢。后来的事情，果然都和刘浩"记忆"中一样。他们订婚了，买了新床，是欣儿和她的死党王丽去选的，当然了，和"以前"的一模一样……

一个冬天的晚上，刘浩和欣儿依偎着从电影院出来，看见街对面有辆出租车，他没多想就拉了欣儿跑过去。刚跑到街当中，就听见了那刺耳的刹车声！刘浩再次用力把欣儿推出去，又是那一阵熟悉的巨响……

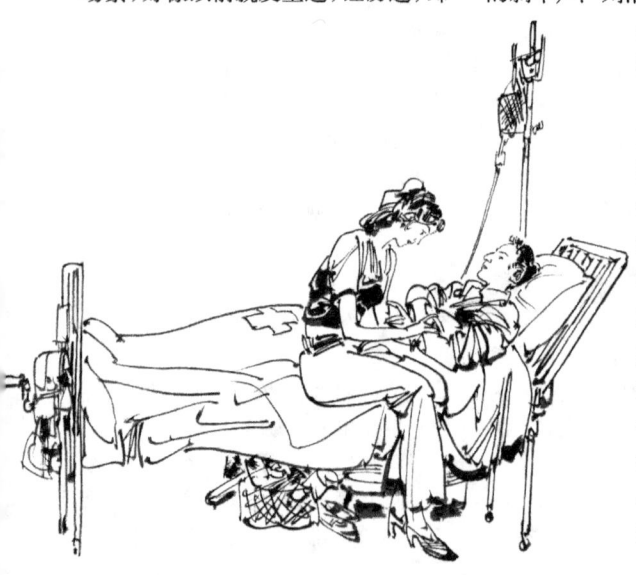

不知过了多久，刘浩醒了，他的心里恐惧极了，大叫："欣儿！"这时，有一双柔嫩的小手握住了他的手，然后刘浩看见了欣儿泪流满面的脸庞，她说："浩，我在这里，我会一直在你身边，一生一世！"

（本篇月月评短信代码：G155）

（题图、插图：刘斌昆）

爱不用说出来 □林贤安

单风翔和妻子感情不好，这也难怪，他俩的父亲是老战友，当年指腹为婚定下了亲事，可是两人在性格脾气上有很大差异，这些年都是貌合神离地凑合在一起。

单风翔在外面认识了一个女孩子，叫顾茜茜，两个人发展起了地下情。顾茜茜真心爱着单风翔，明知他是有妇之夫，还是满心巴望他能离婚跟自己走上红地毯；可是单风翔考虑到对家庭的责任，一直没有向妻子提出离婚。

这天晚上，离下班还有半小时，单风翔发了一条短信给顾茜茜，约她晚上六点半去"唐人街火锅"吃饭。可是两分钟过去了，对方没有回复。单风翔不放心，又重发了一遍。

不一会儿，他的手机居然收到两条回复的短信。一条是顾茜茜的，她说起初没看到短信，一定准时到；另一条单风翔却做梦也没想到，是他妻子回的，也是欣然应他的邀约。原来单风翔心急失蹄，第二次竟然把短信错发给了妻子。

同床异梦是不争的事实，但像其他男人一样，情人归情人，家归家，两边都相安无事才是福。单风翔一瞧情势不妙，就迅速权衡了利弊，觉得还是迁就一下老婆这边的好，免得她生疑而节外生枝。至于顾茜茜，只好谎称临时有场应酬，委屈她一下了。他一下班，便给顾茜茜挂了个电话，好

说歹说，才把她安抚住。

晚上六点半，单凤翔带着十二分的不情愿，驾车把老婆接到了"唐人街火锅"。火锅店处在黄金地段，生意出奇的红火。单凤翔径直进去，眼睛一扫，居然没瞧见空桌。他只好带着老婆，一前一后往里走，看能不能找个空位。他眼珠子四处打量，心里却盘算着找不着位子的话，就可以溜之大吉，去顾茜茜那儿。冷不防，他瞅见一个人，一个再眼熟不过的女人，差点没把他魂儿吓飞了——只见大门旁的一张桌边，顾茜茜正气鼓鼓地瞪着他和老婆呢，她身边还陪着几个女友，看来是被单凤翔放了鸽子之后，约了一群朋友一起出来的。

单凤翔一瞅这阵势，三十六计走为上。他赶忙以客满为借口，对老婆说改天挑人少的时候再来光顾，便慌慌张张朝大门口逃去。顾茜茜正好坐在靠门这一边呢，晚上单凤翔骗了她，她一心想着小惩大戒，哪肯轻易放走他们。眼看单凤翔朝自己走来，她随手抓过一根香蕉，三口两口吞下肚，手心捏着香蕉皮不丢，想趁单凤翔老婆经过时扔到她脚下，叫她来个倒栽葱，以解心头之恨。

单凤翔也晓得顾茜茜爱使小性子，何况今晚是自己做亏心事在先，她准会跟自己没完，所以在经过顾茜茜跟前的时候，他提高了一百分的警惕，以免闹出什么笑话。可他千算万算，还是棋差一招。只在一刹那，他眼见顾茜茜将香蕉皮装作不经意地掷向老婆脚下，赶忙来个快速踢腿，一点儿不显山露水地将香蕉皮向后扫出一米开外。他正为这一腿洋洋自得哩，岂料他们身后偏巧走来一个女服务员，手里端着一盆火锅清汤锅底，不偏不倚一脚踩上了香蕉皮，身子当即一晃，还好，没趴倒，可整个清汤锅底一下子全倒在了单凤翔夫妇的裤子上，惊得他俩同声尖叫。那个女服务员被吓愣在当场，所有客人的目光齐刷刷瞄过来。

单凤翔妻子的裤子湿了，顾茜茜自然不会放心上，可单凤翔也遭了殃，要是烫伤了怎么办！顾茜茜慌忙抓过餐巾，半蹲着替他擦拭，心里头为自己的任性懊悔不已，一急，竟然禁不住啜泣起来。她浑然忘记自己身处大庭广众，而且单凤翔的老婆正对他俩虎视眈眈呢，她一边擦拭还一边柔声道："怎么样？怎么样？没烫伤吧？"明眼人一眼就能瞧出两人关系暧昧。

幸好锅底的汤不算烫，单凤翔没什么大碍，他偷眼瞥了老婆大人一眼，她正又惊又恼地瞪大着一双杏眼呢。他忙很客气地对顾茜茜说："不用擦了，没事，没事，谢谢你啦！"他还特地把"谢谢你啦"拔高了，生怕老婆听不见似的。顾茜茜也意识到了

2005年首届"梅陇杯"法制故事大赛征文启事

为纪念全民普法开展20周年，迎接"五五"普法的到来，由司法部法宣司、上海市法制宣传教育联席会议办公室主办，上海市闵行区法宣办、上海市闵行区梅陇镇政府协办，《故事会》杂志社承办的2005年"梅陇杯"法制故事创作大赛，决定面向全国征文。

此次活动有关事项如下：

一、征文内容：可从立法、司法、执法、公民学法、守法、依法维权、法律援助、法律服务、社会治安综合治理、社会公德、家庭美德、职业道德中的涉法内容，公民与违法犯罪行为作斗争以及中外历史上的涉法案例等各个角度展开。要求故事情节曲折生动，语言有口头文学特点，作品未在省地级报刊发表过，字数一般在15000以内。

二、奖项设置：本次活动将聘请有关专家组成评委会，设一等奖1名，奖金5000元；二等奖2名，奖金各3000元；三等奖10名，奖金各1000元；创作奖50名，奖金各500元。部分优秀作品将陆续在《故事会》上发表，并结集出版。

三、征文时间：即日起至今年9月30日截止，10月底前评出获奖作品并专函通知获奖作者。

来稿方法：1. 从邮局寄发，请在信封上注明"法制故事征文"字样，本刊地址：上海市绍兴路74号《故事会》杂志社，邮编：200020。2. 从网上传递，本刊为大赛所设的信箱为：wulun54@163.com，请在主题上注明"法制征文大赛"字样。

自己的失态，窘迫地起身回座，单凤翔来不及多想，拉起老婆，逃也似的出了火锅店大门。

夫妻两人一刻钟后回到了家。换好衣服之后，单凤翔一屁股坐在了沙发上，一直高悬的心儿，终于落下了。

"我们离婚吧。"坐在对面的妻子劈头一句，犹似一声惊雷把个单凤翔轰晕了，"那女孩看来是打心眼里喜欢你、关心你……"

单凤翔张口结舌地掩饰着："你这是哪的话，莫名其妙嘛！"

妻子的语调异乎寻常的平静："何必再隐瞒呢，有什么事逃得过同床共枕了七年的枕边人的眼睛呢！你们的事，我早在背地里了解得一清二楚了，只是没有捅破这层窗户纸。我想，只要你不说，我也就这么耗着。今天晚上，你突然请我吃火锅，我就明白到摊牌的时候了，我们有多久没一起在外面吃饭了呀！"妻子沉默了一会儿，接着说，"只是我没想到，你们不是用言语，而是精心导演了这么一出戏来暗示我主动退出……我看得出来，那个女孩子对你是真心的。我或许还该感谢你们给我留了面子，没说狠话令我难堪呢。我们在一起是一个错误，既然不能幸福，又没有孩子的拖累，不如好聚好散，我祝福你们……"

（本篇月月评短信代码：G156）

（题图：刘斌昆）

·情感故事·

特别的爱

□ 杨 格

小满和男友热恋了两年，就在结婚的前夕，男友突然失踪了。几天后，他发来一封电子邮件："我认识了一个美国女孩，阻挡不了她带给我的诱惑，我跟她到了美国。小满，我对不起你，你忘了我吧。"

小满懵了，整天以泪洗面，沉浸在痛苦和绝望里。

不久，小满为了寻求解脱，染上了毒瘾，先是抽大麻，后来用针头注射毒品。那本用来买房的存折上的数字越来越少，小满的身体越来越飘。

小满不想就这么沉沦下去，她丢下工作，来到戒毒所。两个月里，小满像是从炼狱里过了一遭。小满走出戒毒所时，所长语重心长地说："小满，暂时戒毒并不难，难的是不要复吸啊。"所长的话没错，从戒毒所回来的第一个夜晚，像有一个魔鬼在控制着小满，她又摸出针头，扎向自己的胳膊。就这样，吸了戒，戒了吸，小满成了一个屡戒不改的瘾君子。她对自己绝望了，决定找一个世外桃源，过足毒瘾，然后利索地死去。

46 友谊永远是一个甜蜜的责任，从来不是一种机会。——纪伯伦小满来到一处风景名胜区，晚上找了一家宾馆住下，因为是旅游季节，酒店客满，需要拼房。和她同屋的，是一个叫杨柳的女子。杨柳三十多岁，很漂亮，光洁的额头像是白玉一般。小满颓废的神态引起了杨柳的注意，在她的再三追问下，小满哭诉了自己被男友抛弃的遭遇。

听着小满的话，杨柳也泪水涟涟，她安慰小满说："小满，一个人走的路不可能一辈子平坦，我也有过失恋的经历，我也想过自杀，可我最终走出了那个阴影。"

就在两人说着话的时候，小满突然两眼失神地起身走开，来到卫生间里——她的毒瘾又发作了。

小满哆嗦着双手，从小包里取出针管。

门开了，杨柳惊恐地看着她"小满，你吸毒？"

小满顾不得理她，针头扎下去。

杨柳一个箭步冲过来，想夺小满手里的针管，可这时的小满像疯了一样，不知哪来的力量，她疯狂地撕扯着杨柳，片刻，杨柳的头发便被扯成鸡窝状，脸上布满了小满指甲留下的鲜红印记。

可杨柳还是抓着针头不放，小满手脚并用，将杨柳撞击到墙角处，杨柳"呼哧呼哧"地喘着粗气，无奈地看着小满将毒品注射下去。

毒品进入到小满的体内后，她安静下来，闭上双眼抽搐着，一副欲死欲仙的样子。

毒瘾过后，小满睁开眼，她把软得像面条一样的手递过来，杨柳抓住小满的手。小满上气不接下气地说："杨大姐，对不起，我弄伤了你。"杨柳轻轻抚摸着小满的肩头，说："小满，毒品是个魔鬼，你不能碰它的啊。"小满无力地苦笑着"杨大姐，我也后悔，可毒瘾发作时，我的世界里只有那个魔鬼霸占着我，我摆脱不了它。我到戒毒所戒过好几次，可一旦离开戒毒所的强行控制，我只能向这个魔鬼投降。"停了一下，她又凄然一笑，"杨大姐，我来这里，就已经不准备要这条命了。不过你放心，我不会连累你，会等你走了之后再……"

杨柳吃惊地看着小满，半天，才喃喃地问："小满，你真的戒不了？"

小满痛苦地点着头。

第二天早上，小满醒来时，看见杨柳坐在她面前，愣愣地看着她，杨柳脸上被抓伤的痕迹还清晰可见。小满问："杨大姐，你恨我吗？"杨柳笑了，望着小满说："你说呢？"小满露出一丝调皮的微笑，说："杨大姐那么善良，一定不会。"杨柳也笑着说"那可不一定。"

说话的时候，刚才还好好的小满又开始恶心，她的毒瘾又发作了。小满突然像变了个人，她一边颤抖着双手摸出针头，一边央求杨柳："求求你，杨大姐，你不要阻拦我，那没用的，只会伤着你自己。"

杨柳不管，还是来夺小满手中的针筒，小满拼命抵抗，杨柳的头发很快又变成了鸡窝状，脸上又是血迹斑斑。

争夺中，杨柳突然将身边的一只玻璃杯塞进小满的手中，又夺回去。紧接着，她闭上眼睛，将水杯狠狠地砸在自己的额头上，殷红的鲜血顿时染红了她的额头。

小满哪里顾得上杨柳，针管又扎进她芦柴棒似的胳膊里。

就在小满欲仙欲死的时候，杨柳拨通手机，说着什么。

不一会儿，警察破门而入，此时的小满还没有从癫狂中醒过来。杨柳对警察说："这个女人吸毒，我想阻止她，她竟用杯子砸我。"说完，她晕过去。

人赃俱获，小满被铐住双手，然后是两辆车鸣着警笛各奔东西，小满坐的是警车，载杨柳的是救护车。

几天后，杨柳起诉小满故意伤害，那个沾有小满指纹的水杯成了重要证据。证据确凿，两罪并罚，小满被判了一年有期徒刑。

在监狱的日子里，小满被毒瘾和劳累折磨着，几次寻死，都被管教人员救过来。每当这时，小满就在心里诅咒着杨柳：可恶的女人，我与你无怨无仇，只不过撕扯你几下，你为什么要这样害我？你等着，等我出去以后，一定要找你算账！

一年终于过去了，这一年对小满来说，仿佛十年那样漫长。小满迈出监狱大门的时候，一眼就看见杨柳站在外面等着她。

杨柳走了过来，小满对她怒目而视。杨柳看着小满说："小满，如果我没有猜错的话，你现在已经完全戒掉了毒瘾。因为在监狱里，没有人会纵容你，让你接触毒品。小满，原谅我用了一种极端的手段来帮你。"

小满呆在那里，她的目光变得柔和起来。杨柳走近她，拉她的手说"小满，这种方法，或许残酷了些，却能让你绝地重生。我成功了，你也成功了。我相信，你会走出生活留给你的阴影！"

小满的眼睛里充满了泪水，她看见杨柳光洁的额头上，有一条月牙形的伤痕——是那只玻璃杯留下的伤痕。

杨柳握紧小满的手说："小满，我还想告诉你的是，我的男友就因为染上了毒品，在我们快要结婚时撒手撇下了我……我不想你重演他的悲剧。"

小满什么都明白了，她扑倒在杨柳的怀里，从心底说出一句："好姐姐，谢谢你……"

（本篇月月评短信代码：G157）

（题图：黄全昌）

名厨

□李 健

话说早年间有一位知府，姓董名少卿。董少卿不贪财，不好色，为人正派，他样样都好，唯独有一个嗜好，就是酷爱美食。不管哪个饭庄酒楼出了新菜，无论多少银两，他均要去品尝一番。董府之中养了一个厨师，名叫贺满堂，擅长药膳养生之道，手艺绝佳。

这天，本地一个名叫鲁升的富商来拜访董少卿。鲁升与董少卿平日没什么深交，只因为汛期修筑河堤，鲁升捐了不少银两，解了燃眉之急，今日登门来访，董少卿自然会好好款待，吩咐贺满堂精心准备。说话间，饭菜已经上齐，八菜一汤，四荤四素，四凉四热，色、香、味俱佳，让人看了食欲大振。菜过五味，董少卿一指中间那盆热气腾腾的汤，道："此汤名叫五神汤，用的原料是荆芥、鲜茶、苏叶、生姜、红糖，现在正值隆冬季节，此汤虽不华贵，却可解毒散寒，鲁兄请尝一尝。"

此时，旁边的丫鬟已舀了一碗到鲁升面前。鲁升轻轻呷了一口，赞叹道："大人的厨师手艺了得，果然名不虚传啊！不过……"鲁升突然话锋一转，欲言又止。

董少卿好奇地问道："不过什么？但讲无妨。"

鲁升拱拱手，道"这桌菜肴好是好，不过过于平和，少了新、奇、烈三元，还称不上极品啊……"

董少卿一听，越发感兴趣了："哦？何谓新、奇、烈？"

鲁升摆了摆手，道："大人，说我是说不出来的。我家新来了一个厨子，精通此道，尝了他的菜便知其中意境！"他顿了顿，又道，"如果大人有兴趣，明天我带他过府一趟如何？"

董少卿听说有自己没吃过的菜肴，哪有不应允的道理，当下点头称好。

第二天，鲁升果然来了，随行厨师是个白净胖子，姓罗名开城，态度十分傲慢。奇怪的是，他们还带来两架驴车，车上物品都被布蒙着，如小山一般高。

罗开城借用贺满堂的厨房做菜，半个时辰后，便出了三道菜。董少卿一看，都是普通的菜式，没有什么新奇可言，不免有些失望。

第四道主菜，好戏来了。罗开城走到院子里，大声吆喝伙计将车上的布撤了，众人定睛一看，只见车上装的竟然是许许多多的鸟笼子，里面清一色的百灵鸟，足有上百只。罗开城手下三五个人打开鸟笼，抓出鸟来，捏住鸟嘴，用锋利的小刀将百灵鸟的舌头生生割下，然后取其舌尖，装在盘中，罗开城立即加上作料烹调。可怜满地的百灵痛苦地拍打着翅膀，不等死去，它们的舌头已成盘中之物。董府上上下下，看到此景，都惊得停下了手，个个唏嘘不已！

菜肴上桌，鲁升向董少卿介绍道："大人，此菜是罗开城的拿手绝活，名曰'百鸟争鸣'。因为百灵善鸣，舌尖乃其精华，百灵未死，菜已出勺，夺天下第一鲜也！"说着，自怀里掏出一把酒壶，打开盖子，立刻香飘满屋，他斟了满满一大杯捧到董少卿面前，"大人，此等菜肴，需好酒佐之，才更有味道！"

董少卿虽爱美食，却很少动酒，但今天也开了戒，他饮了一大口酒，又夹了一片鸟舌放入嘴中，细细品味，点头道："妙，实在是妙啊！此菜真是应了新、奇二字，可这烈……"

此话刚出，只听厅堂外传来驴子的声声蛮叫。众人出去一看，个个都傻了眼，只见拉货的驴子被固定在院落当中，旁边架起一口大锅，里面是已经烧沸了的汤料。罗开城挽起袖子，手持一把快刀，迅速将驴的脊背划开，用纯熟的刀法将一条里脊肉剔出，驴子顿时发出了声声惨叫。围观的人们无不被这一幕震得心惊肉跳，几个丫鬟"呀呀"地捂起了眼睛。而那鲜红的里脊肉并没有被割下，罗开城将其挑起，命下人将老汤浇在上面，等把鲜血滤净后，汤抛掉，再换新汤浇，直到将肉浇熟，驴肉割下改刀入汤，再将汤装盆上桌，工序一气呵成，而驴子苦不堪言，浑身哆嗦，让人目不忍睹！

董少卿虽然也觉得有些残忍，但抵不住美味的诱惑，吃了驴肉，尝了鲜汤，一拍桌子，道："好一盆烈汤，真乃鲜香无比！罗师傅果然不俗！"

这一切贺满堂都看在了眼里，只见他眉头紧锁，走到董少卿身边，道："大人，罗师傅的百鸟争鸣，名不副实，百鸟被割了舌头，还如何鸣叫？活浇驴肉更是残忍无比，乃厨师之大忌，望大人明断！"

鲁升在一边打着哈哈道："贺师傅言重了，百鸟争鸣只不过是个菜名，取喜庆之意罢了。活浇驴肉手法虽然有些不仁，但唯有如此，才能尝到最鲜美的味道，再说，这些畜生本伴随人而来，为人所用有何不妥呢？"

董少卿微微点头，笑道："罗师傅可让我开了眼界，饱了口福啊！"

鲁升一听，不失时机地道："大人若是喜欢，可让他留下，每天为大人烹制美味！"

罗开城听鲁升这么一说，赶紧跪了下来，道："大人，如果看得起小的，小的愿意服侍大人！"

董少卿一听，正中下怀，道："罗师傅愿意留下，我正是求之不得，不过夺了鲁兄之美啊……"

一边的贺满堂闻听此言，急忙跪在地上，道："大人，罗师傅的菜肴属旁门左道，他若留下，对大人不利，我也不便继续留在府中，望大人三思！"

董少卿面色一沉，不耐烦地道："你们两人的厨艺各有所长，怎么好说别人是旁门左道呢？莫非是我的府小，容不下你们两位大厨？这样吧，你好自为之，去留听便……"说完，一甩袖子出了房门。人们陆续散了，屋

子里只留下贺满堂跪在那里发愣。

话已说出，无法收回，贺满堂只好收拾行囊走出了董府大门。

贺满堂虽然离开了董府，但并没有出城，而是用自己平时的积蓄，在城门口开了家小酒楼，主营药膳，天长日久，人缘旺了，生意越来越好。

这一日，贺满堂上早市采买，碰见了昔日在董府共事的一个伙计，上前攀谈一番，得知董大人非常钟情于罗开城那些奇奇怪怪的菜肴，而且自那日喝了一壶百年老酒，酒量出奇地大了起来，一日不喝便如坐针毡，脾气也变得暴躁，动不动就大发雷霆，下人们见了他大气儿都不敢喘一声。

贺满堂闻言，脸上不禁泛起愁

云，什么都没买，便回了酒楼。

春去秋来，一年光景转眼已过。这日，贺满堂忙活完一个晌午，坐在大厅中坐着喝茶休息，此时四五个衙役走进店来，落座后，听他们口中之言，似乎在谈论着董知府。贺满堂上前将一个他认识的衙役拉到一旁，问其究竟。衙役叹了口气，道"贺师傅，你有所不知，董知府审错大案，严刑逼供打死人啦！有人报了吏部，不日便要押京查办。不知为何，知府大人如今办案不像往常那么细致，动辄就会使用大刑，冤假错案迭出，此番皇上得知，丢官不说，只怕性命都难保全呀……"

贺满堂闻听此言，直愣愣坐到了椅子上，沉了好半晌，喃喃道："大人啊！以你资质，不至于此，不至于此啊……"

几日后，董少卿果然被差人押解出府门，走在街上，竟没有一人来送，寒风凛凛，冷的却是心。快出城门的时候，迎面走来了鲁升与罗开城。鲁升拱手道："大人，你我相识一载，遭此厄运，真叫我伤心不已，特地来送行……"

董少卿感动地

52 君子不失足于人，不失色于人，不失口于人。　——礼记说："鲁兄一片真诚，我心已足。"

说着话，几人便走到了贺满堂的酒楼前，只见门帘一挑，贺满堂端着一碗热气腾腾的汤自酒楼走出，来到董少卿跟前，道："大人，天寒地冻，喝一碗五神汤暖暖身子吧。"

董少卿闻言，不禁泪如雨下："满堂啊，我把你赶出府门，难道你不记恨于我？"

"老爷，现在还提什么恨不恨的，快喝汤吧！"

"好，我喝！"董少卿端起汤碗，一口气喝了个底朝天。

贺满堂拿出一包银两，暗地塞给两个差官，道："二位差爷，今日我家老爷蒙难，友人前来相送，总要吃一碗别离酒，望二位行个方便！"说罢，便引了董少卿、鲁升和罗开城三人进到店里，四人同桌坐下，贺满堂亲自安排，不一会儿，酒菜上齐，贺满堂端起一杯酒，道："我当年蒙受冤狱，是董大人清正严明，为我洗清冤屈，所以我才在府中尽心侍大人。这一年来，我虽然不在府中，但时刻不忘大人当年之恩，今日请几位干了此杯，一来为大人送行，二来以前恩怨也该有个了结！"言罢，先干为敬了。

待众人干掉杯中酒，鲁升道："贺师傅真是义气之人啊！"

贺满堂抹了抹嘴，又斟满一杯酒，对罗开城道："自那日领教了罗师傅的新、奇、烈，我一直记忆犹新。今日我也准备了一道此等菜式，请罗师傅指教！"

"哦？"罗开城道，"没想到贺师傅也通了此道，好……"他话刚说到一半，喉咙似乎被东西卡住，脸上立时青筋暴起，"噗"地一声吐出了一口鲜血，溅得满桌都是。

鲁升见状，赶紧上前搀扶，不想嘴一张，竟也满口鲜血喷了出来。这时，贺满堂自己的嘴角也淌下血来，却笑道："怎么样，鲁老爷，罗师傅，我这道'一口鲜'如……如何？可新、可奇、可烈啊？"

鲁升脸色煞白，说话已没了底气："酒……酒中有……有毒！"

贺满堂正色道："不错！不过酒再毒，也没有人心歹毒啊！"

董少卿惊道："满堂，你恨我可以，为何对鲁老爷和罗师傅一并下毒手？"

贺满堂踉踉跄跄着站起身子，道："大人，您不必惊慌。酒中有毒，但你喝的那碗五神汤便是解药，保您无事！"说着，他一指鲁升和罗开城，"大人今日之难，全由这两个蛇蝎小人而起，这两人早该下地狱！"

董少卿不解："此话从何说来？"

贺满堂道"大人想过没有，你这一年中审案不再那么用心，而好动大刑，喜见犯人痛苦屈服，这是为什么？原因就在于大人您每天吃的那些奇烈之菜，加上饮酒无度，脾气哪有

不暴躁之理，暴躁者就容易出错，才落得丢了多年的清誉啊！"

一席话说得董少卿茅塞顿开，瘫坐于椅子上，道"人常说，祸从口出，我这是祸从口入啊！"他随即问鲁升，"满堂说的可是实情？"

鲁升"扑通"一声跪倒在董少卿面前："大人，满堂之言句句是实，请大人饶恕……饶恕小人，为小人求一剂解药！"

董少卿又惊又怒"你、你……为何要如此对我？"

鲁升不敢隐瞒，道"只因你为官清正，挡了……挡了我的财路，我通过各种渠道想打通你，可是你一不贪财，二不好色，我想来想去，只有投其所好，用美味来引诱大人，让你每天看见牲畜惨死，改变心性！"

董少卿听了，如遭雷轰，半天才仰天大笑道："真是用心良苦，用心良苦啊！"

罗开城爬到贺满堂跟前，哀求道："贺师傅，这些都是鲁升的主意，求您看在同行的份上，发发慈悲，赐一碗五神汤，救小弟一命啊……"

贺满堂摇摇头，道："罗师傅，实话告诉你，我就怕自己下不去狠心，所以已将全城中制五神汤的主料尽数买下毁了，就由我陪二位到阎罗殿理论去吧！"说着，他踉跄走到厅堂正中，朗声道，"两位差官大人，各位父老乡亲，我贺满堂的命是董大人救的，如今用此命虽不能换得大人清白之身，但为大人报了仇，也算死有所值了……"言罢，贺满堂一个头磕在了地上，就再也没有起来。

董少卿双腿一软，"通"地一声在贺满堂的尸身旁跪了下来……

（题图、插图：俞跃庭）

·本刊信息传真·

《青春读本》再次面向全社会征稿

《青春读本——感动中学生的100个故事》第一、第二辑出版后，在社会上引起了巨大的反响，被读者誉为"一本能真正打动中学生心灵的好书""一本能让中学生懂得许多道理的教材"。

根据广大读者的建议，编辑部决定继续编辑《青春读本——感动中学生的100个故事》第三辑。为此，再次面向全社会征稿，希望广大读者，特别是中学生们将你们在各类报纸、杂志、网络上读到的最感人的作品推荐给我们。

推荐稿要求：1、立意：清新隽永，富含真情至理，读之令人经久难忘；2、内容：以叙事为主，一篇作品中要有一个感人的故事情节或细节；3、字数：一般在2500字左右。

推荐稿请务必注明原作者、发表日期和出版单位以及推荐者的真实姓名、联系方式。所荐作品一旦入选，每篇即付推荐费50元。推荐稿请寄：上海市绍兴路74号《故事会》编辑部（邮编：200020），并在信封上注明"青春读本"。网上来稿请发以下信箱wulun54@163.com。征稿截止日期为2005年8月31日。推荐稿一律不退，请自留底稿。

帮哑巴打电话

□莫非

这天下班路上，老张接到一个电话。他停下摩托，接完电话，正想重新发动摩托，路旁急急忙忙走来一位中年妇女，向老张比比划划，又指了指自己的嘴巴，摇了摇头。老张一看，噢，是位哑巴，心中顿生怜悯之情。只见中年妇女递过来一张纸，老张接过一看，上面歪歪扭扭写了几行字，大意是：她是个哑巴，初到这个地方，不慎迷路了，请好心人帮她打个电话，让她表哥来接她。下面有个手机号码。

老张是个热心肠，赶紧支好摩托，掏出手机，那位中年妇女连忙过来帮老张扶住车，一个劲地冲老张笑，还深深地向老张鞠了一躬。老张照着纸条上的电话号码拨过去，果然是个男子接的电话。老张问："你是胡阿满吗？"对方说是。老张说："你的表妹来看你，现在迷路了，她在人民西路'洪兴'家具城对面等你，你快来接她吧。"

对方一阵沉默后说："啊呀，我对那儿不太熟悉，你能将位置说详细点吗？"老张一听，还真麻烦，但一想人家是残疾人，不容易，便又心软了。他抬头四处打量了一下，说："具体位置在人民西路 276 号，从西门大桥下来大约 500 米的样子。"

对方一听，大概是有了印象，说："让我想想……那个家具城对面是不是有个拉面馆？"老张向前走了几步，一看，还真有个卖拉面的，便说："是，是有个拉面馆，你快过来吧。"对

讨人喜欢的17个原则

◇ 长相不令人讨厌；如果长得不好，就让自己有才气；如果才气也没有，那就总是微笑。

◇ 与人握手时，可多握一会儿。真诚是宝。

◇ 不要向朋友借钱。

◇ 坚持在背后说别人好话，别担心这好话传不到当事人耳朵里。

◇ 有人在你面前说某人坏话时，你只微笑。

◇ 自己开小车，不要特地停下来和一个骑自行车的同事打招呼。人家会以为你在炫耀。

◇ 同事生病时，去探望他，很自然地坐在他病床上，回家再认真洗手。

◇ 尊敬不喜欢你的人。

◇ 对事不对人，对事无情，对人要有情。

◇ 自我批评总能让人相信，自我表扬则不然。

◇ 不要吝惜你的喝彩声。

◇ 不要把别人对你的好，视为理所当然，要知道感恩。

◇ 尊重传达室里的师傅及搞卫生的阿姨。

◇ 说话的时候记得常用"我们"开头。

◇ 有时要明知故问：你的钻戒很贵吧！有时，即使想问也不能问，比如：你多大了？

◇ 把未出口的"不"改成："这需要时间"、"我尽力"、"我不确定"、"当我决定后，会给你打电话"……

◇ 不要期望所有人都喜欢你，那是不可能的，让大多数人喜欢就是成功的表现。 **（推荐人：蒋 力）**

方又说："哦，拉面馆前面是不是有个小弄堂？有人摆了个修鞋摊？"老张只好又向前走了十几步，一看，对方说的一点不错，便没好气地说道"你对这条路这么熟，还在瞎磨蹭什么！"对方赶紧道歉："对不起，对不起，麻烦你叫我表妹就在那弄堂口等我吧，我马上就到，马上就到。"说完便挂上了电话。

请问，后来发生了什么？

A．那人来接中年妇女了（短信代码：GA） B．那人又打来了电话（短信代码：GB） C．中年妇女不见了（短信代码：GC） **（题图：刘斌昆）**

猜情节，赢大奖

开动脑筋，猜想正确的情节！请选择你认为正确的情节发展，将其短信代码发送到200056（中国移动）或900056（中国联通）。我们将在本月下半月的刊物上刊登这个故事的结尾，并从竞猜正确的读者中抽取优胜奖20名，赠送价值100元的纪念品；从参加竞猜的全部读者中抽取参与奖500名，赠送价值10元的纪念品。

参加全年情节ABC活动的3名读者更将获得特等奖彩信手机一部！本期活动截止日期为8月5日。

得奖读者在评选结果揭晓后将得到短信通知。本活动每条短信收取0.50元。

· 中国新传说 ·

不信拍不爽

□ 顾文显

那天，科员小赵要结婚，给同事们逐一发请帖，正发着呢，局长推门进来了。小赵脸涨得通红，把一个帖子递过去："局长，我不用您随礼，只是请您去捧个场，壮壮声势。"

老拍在一旁暗笑：小赵不谙世事，这种花钱的事，怎么好请领导？局长会好意思不送礼？

果然，局长板着脸说："瞧你说的，吃喜酒哪能不随礼。"一般同事掏一百元，局长掏出两张一百元，往桌上一拍："小意思。"说是这么说，大家都看出局长脸上有点不自然，听说局长太太管得严，在钱财方面有些抠，掏出这两百块，局长真有点心疼。

大家都替小赵捏一把汗，这时，老拍出场了，而且一语惊人："小赵，对局长不宰白不宰，你宰他两百元太

有个人姓柏，没什么本事，但特别擅长拍马屁，就凭着这一手，还当上了副科长，所以大家背地里都叫他老拍。

正当老拍春风得意、准备大展宏图时，局里来了个新局长，据说这个新局长为人耿直，不吃马屁。同事们都觉得老拍的本事没有用武之地了，可老拍不信这个邪，他胸有成竹：只要细心观察局长的好恶，抓住兴奋点，不信拍不爽他！

新局长到任没几天，机会来了。

少啦！"大家一听：老拍今天是怎么啦，吃错药啦？

看大家紧张得大气不敢出，老拍故意停顿了两拍，话锋一转道"不过，要那点钱多俗气，局长的钱也是钱，没啥两样，可局长的字就不同了！局长的墨宝，不是谁都能得到的，不但高雅，日后可是天天增值啊。就看局长您舍不舍得？"

局长谦虚地说："别闹，我哪里会书法……"

老拍一本正经地说："局长谦虚，您那是惜墨如金哪，不过我今天不怕得罪您，还就得替小赵向您讨幅字了！"不由分说，去秘书处找来文房四宝，铺开宣纸。

局长接过笔，有些犹豫"写什么呢？"

老拍早想好了："局长，现成的词儿，您就写'在天愿作比翼鸟'。"

局长点点头，挥笔写下七个字，所有的人都出汗了，局长写的是"在天怨作比义鸟"，七个字里错了两个！这"义"错就错吧，可那"怨"字，婚礼上悬挂，太不吉利了！

"局长……"小赵吭哧了半天，婉转地说，"有俩错字，最好能麻烦您改一下。""啊？"局长一脸尴尬。

"你真是老外。"老拍没等局长往下说，就抢过了话头，"这是唐诗，古文没学过吗？那时候使用通假字，局长写唐诗，当然要用通假字，这才是

真学问。"他提了下气，又说，"局长这字我还真不舍得给小赵了，这样吧，本人斗胆掠美了。"说着，掏出两百元钱，递给小赵，"这是局长随的礼。局长，我可不想欠您人情，麻烦您在后面添上'贺柏一同志结婚十年'几个字，这题字归我啦。"

众人看得目瞪口呆，不由在心里佩服老拍：高，实在是高啊！

老拍初战告捷，十分得意，打算找机会再接再厉，早日把局长拿下。

转眼，小赵的婚礼举行了。老拍觉得这是个好机会，特意坐在靠近典礼台的地方，盘算着局长肯定讲话，抓住时机拍一番，不信拍不爽他！

果然，局长代表新郎单位领导上台讲话。主持人挺能来事儿，他让局长唱一首歌助兴。局长哈哈一笑，说："好啊，那我就给大家助助兴，献丑啦。"

老拍一见，浑身的肌肉就绷紧了，准备行动。音乐响起，刚唱出第一句，老拍就"腾"地站起来，驴叫天似的扯着嗓子吼了一声："好！"

他的这一声"好"，把所有的人都给喊愣了，原来他过于激动，喊早了，那管音响的放卡拉OK，忘了消掉原唱，局长还没开口呢！

主持人笑着问老拍："这位先生，您刚才是不是走神儿了？请问这'好'字好在哪里？"

老拍不愧机敏过人，他随机应变

2005 年《中国最有影响力的故事》征文启事

6 大措施奖励优秀作品

《故事会》杂志社决定，2005 年举行《中国最有影响力的故事》征文大赛，并对优秀作品实行 6 大奖励措施：

1. 入选作品除在杂志上发表外，还将收入《中国最有影响力的故事》（2005 年年底出版）一书。2. 入选作品可得两笔稿酬：在《故事会》杂志发表的作品，首发稿酬每千字 400 元；入选《中国最有影响力的故事》一书，再追加每千字 1000 元。3. 入选作品的作者每人可得价值超 1000 元的《话说中国》一套（"月月评"的第一名获奖作者不重复这一奖励）。4. 入选作品均颁发奖励证书。5. 本刊将委托有关专家对入选作品进行精彩点评。6. 本刊将邀请有关作者参加优秀作品研讨活动，所有费用均由编辑部承担。

征稿范围：具有现实感、新鲜感且可读性强的中短篇原创作品，超短篇（如幽默故事）的字数一般在 1500 字以内，短篇（如中国新传说）的字数一般在 5000 字以内，中篇故事的字数一般在 15000 字以内。第三次截稿日期：2005 年 9 月 30 日。

来稿方法：1. 从邮局寄发，请在信封上注明"征文大赛"字样，本刊地址：上海市绍兴路 74 号《故事会》杂志社，邮编：200020。2. 从网上传递，可寄以下信箱：wulun@vip.sohu.net，在主题上注明"征文大赛"字样，也可直接与本期责任编辑联系，信箱是：manshi@vip.sohu.com。

道："自然是好。龙将行，必先有雨；虎将行，必先有风。我们局长往台上一站，原唱出来开路，这叫'未成曲调先有情'，婚礼大吉嘛。"

一番话引来哄堂大笑，局长也笑了，老拍暗暗佩服自己的急中生智。

局长唱完以后，下台径直朝老拍走了过来。老拍正等着局长来夸他呢，不料，局长走到他跟前，眉头一皱，道："我说老柏啊，你脑袋里玩意儿不少，挺机灵个人儿，那心眼怎么不往正地方使呢？那天我写错了字，你买回去珍藏什么，分明是打算存住我的笑柄，将来另有所图！告诉你，本人学问虽然差些，可我回去翻了翻

书，哪里有那两个通假字？你是坟前烧假币——糊弄鬼呢。"说着，局长掏出两张百元大钞，扔给老拍，"当着大家的面，这两百元物归原主啦，记住，散席后我跟司机先送你回家，我要立即取回那幅字，明天当众销毁！"

老拍两眼一黑，差点昏了过去。局长要索回那幅字？别说两百元，两千、两万元也摆不平这事儿啦，那天晚上，他拿着局长的题字往回走，越想越心疼，又怕老婆见了那错字讥笑他，路过一个垃圾点儿，就一把火给烧了！你说这事儿，他敢如实跟局长说吗？

（本篇月月评短信代码：G158）

（题图：魏忠善）

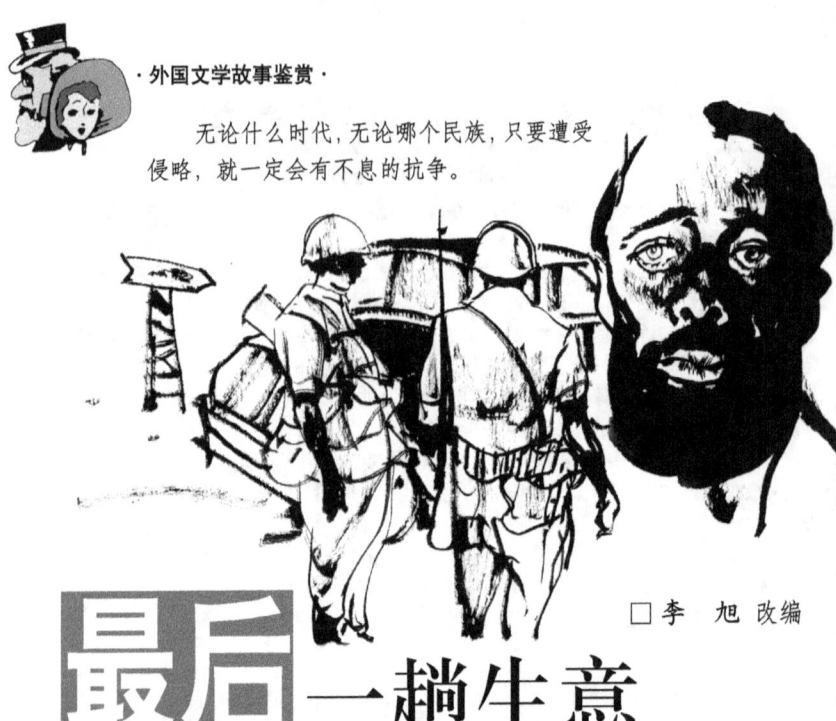

无论什么时代，无论哪个民族，只要遭受侵略，就一定会有不息的抗争。

□李　旭　改编

最后一趟生意

这是一个战火和硝烟密布的国家，又一次轰炸结束以后，漫天的沙尘渐渐退去，蓝天和烈日出现在沙漠上空。

哈伊是一个出租车司机，这天正开着他那辆破旧的黄色出租车在公路上行驶，道路的两边，处处可见车辆的残骸，迎面不时驶来坐满外国士兵的坦克车。

哈伊一边开车，一边在心里咒骂着："该死的战争！"两天前，一颗导弹落在了他家门口的集市里，几乎毁灭了一切，幸运的是，他活了下来。于

是他决定不再开出租车了，他盘算着等今天最后一趟生意做完，就和妻子孩子一起离开这个地方。

哈伊转头看了看驾驶座上放的一张照片，相框的玻璃碎了，不过照片上，妻子和三个孩子的笑脸仍然让他感到欣慰，他自言自语地说："莎拉，孩子们，我爱你们，我们很快就能见面了，等我把最后一趟生意做完。"

不久，他到了一个检查站，路边停着不少坦克，不少荷枪实弹的外国士兵站在路边。一个外国士兵伸手示意让他停车，哈伊定了定神，停下了

我们是波兰人，当国家遭到奴役的时候，是无权离开自己的祖国的。　　——居里夫人

车。这几天，几乎没有什么平民的车辆从首都出来，所以现在，路上除了坦克，就只有他一辆车了。

几个外国士兵走上前，一个，两个，三个，四个，五个。有一个为首的看了看这辆破车，弯下腰，又看了看他，问道："你从哪里来？到哪里去？"

哈伊笑了笑，用那士兵能听懂的语言，不太流利地回答："长官，我从首都来，想离开这个地方，战争太危险了！"

说着话，他递给士兵一支香烟，并点上了火，问道："战争几时才能结束？"

"快了，我们的军队马上就能解放你们的首都。"外国士兵深吸了一口烟，神情挺满意，他看到了车里的相框，问，"那是你的妻子和孩子吗？我也有两个孩子，和他们差不多年纪。"

哈伊看了看那外国士兵，仍然微笑地回答说："是啊，他们是我最牵挂的人，不久前就离开这里了，我这就去看他们，也许不再回来了，战争年代开出租车太危险，我不想干了。"

那个士兵大概是很久都没遇上对他微笑的本地居民了，所以他的心情不错，靠在车窗上，对哈伊说："等我们推翻了你们的独裁者，你就可以回来放心地开车了。"

"也许吧，不过我得去看我的妻儿了，有兴趣去我的家吗？我妻子会为你们做好吃的。一起去吧，最后一趟生意，不收你们的钱。"

士兵摇摇头，说："我们有任务在身，去不了了，代我向你的妻儿问好吧。"他忽然想起什么，问，"对了，南方都是战场，你要到哪里去见你的妻儿呢？"

哈伊依旧微笑着，拿起了那个破碎的相框，在照片上吻了一下，然后转过头来，看着那个士兵，还有他身边其他拿着枪的外国人，一字一句地说道："天堂。"

哈伊最后能看到的，是那个士兵因为恐惧而扭曲的表情，还有从指间滑落的烟头。

然后，哈伊按下了引爆炸弹的按钮。

这是他对于入侵者所能做的最后一次抗争。

（题图：箭　中）

谁弄丢了
我的考卷

□ 美 桦

李小鹏是个初二学生。这天，他参加完班里的数学竞赛，走出考场，真想狠狠揍自己一顿，然后找个地方痛痛快快地哭一场。不用说，这次他又考砸了。

李小鹏的爸爸不久前在一次事故中去世了，突如其来的打击，让李小鹏产生了辍学打工的念头。李小鹏的妈妈怎么劝，他也不听，还是新来的班主任彭老师一次次家访，苦口婆心让李小鹏回到了学校，没想到当头就挨了这一棒。

下课后，李小鹏暗暗把每道题分析了一遍，题目并不难，都怪自己知识学得不牢靠，做题的时候粗心大意。他觉得自己真不是读书的料，又有了回家的念头。

到了晚自习，彭老师抱着考卷进来了。彭老师病歪歪的，教学却是一把好手，和往常一样，他从高分到低分依次往下发："王岚，100分；张大江，99分……"

90分以上的念完了，没有念到李小鹏的名字；80分以上的念完了，还是没有李小鹏的名字；只剩下最后一张考卷了，李小鹏觉得自己的脸烫起来，他低下头，像等待法官判决一样，等着彭老师叫自己的名字。

可是，最后那份考卷是另外一个同学的。这些考卷里竟然没有李小鹏的！

彭老师发完考卷，扫视了一圈教室，然后说："竞赛成绩不好没关系，

夸奖的话，出于自己之口，那是多么乏味！ ——孟德斯鸠

可是居然有人没交卷，请那位没有拿到考卷的同学起来，解释一下原因吧！"

什么，没交考卷？李小鹏站起来，结结巴巴地说："我……我……交了卷的！"

彭老师咳嗽了两声，把目光转向了数学课代表，问："考卷是你收的吧？"

课代表红着脸，说"考卷是大家自己交到讲台上的，只要交了卷都应该在，会不会是他自己……"

"我交了的，肯定是她收考卷的时候不小心弄丢了！"李小鹏恨得牙根直痒痒。

这时候同学们七嘴八舌地说开了，有的幸灾乐祸："这小子肯定怕丢脸，把考卷撕了！"有的冷嘲热讽："瞧他那熊样，还想打肿脸充胖子！"

听到这些话，李小鹏气坏了，不服气地争辩道："谁说我没交卷？我绝对交了！"

看着他们各不相让，彭老师捂着胸口摆摆手，说："这样吧，我有个提议：咱们给李小鹏一次机会，让他当着大伙儿的面重做，真英雄假英雄一下不就检验出来了？"

就凭他，再做十次也是狗熊！同学们叽叽喳喳议论了一阵，同意了彭老师的意见。李小鹏生气归生气，还是背对着全班同学，憋着一肚子气在最前排做起考卷来。

第二天数学课上，彭老师兴冲冲地走进教室，说："昨天晚上的竞赛卷，李小鹏不简单，得了98分，如果按标准评奖，他该评为二等奖，大家说说这奖怎么评……"

哇，这不会在做梦吧？李小鹏脑袋晕乎乎的，他简直不相信自己的耳朵。

下面早就炸开了锅，有的说他是瞎猫碰上了死耗子，有的说要公平竞争，当场没交卷不能参加评奖！……最后，彭老师给李小鹏评了一个特别优秀奖，不占大家评奖的名额。

下了课，彭老师把李小鹏叫到办公室，说："老虎不发威，别人还以为你是只懒猫！昨天晚上你憋了一股气，潜能就发挥出来了。那张考卷我留下做样卷，先不还给你，你没意见吧？是当懒猫还是当老虎，就看你自己了！"说着，彭老师轻轻拍了拍李小鹏的肩膀。

李小鹏心里热乎乎的：看来，只要发发狠，我也可以发挥潜能，我也能够获奖！

李小鹏放弃了辍学的念头，凭着这一股狠劲，学期结束的时候，他上升到全班前十名；学年结束，他又上升到了前五名，初三毕业，他顺利考上了县里的重点高中。

可是，彭老师却积劳成疾，在把李小鹏他们送上高中后的第二个暑假

"掌上灵通杯"《故事会》优秀作品月月评

1. 本期初评委推荐以下10篇故事为候选作品，读者可挑选出你最喜欢的一篇，将其月月评短信代码（如G150，没有短信代码的作品不参加评选）发送到200056（移动用户）或900056（联通用户）。每次限选一篇，可多次投票。

篇名与短信代码

代码	篇名	代码	篇名
G150	小明在等待 (P8)	G155	女友不见了 (P38)
G151	"二号选手"不打折 (P25)	G156	爱不用说出来 (P43)
G152	小站来了个乞丐 (P30)	G157	特别的爱 (P46)
G153	楼上有个小妻子 (P33)	G158	不信拍不爽 (P57)
G154	打电话的老太太 (P35)	G159	就是没给钱 (P83)

2. 作者奖：每期设"最受欢迎的故事"三篇，由得票最高的前三名作品获得。这三篇作品均将列入本刊今年举办的"中国最有影响力的故事"征文大赛候选名单。第一名的作者还将获赠上海文艺出版总社出版的大型历史图书《话说中国》一套（价值1100元）。

3. 读者奖：参加评选并选对当期"最受欢迎的故事"的读者均有机会获得现金奖，每期20人，各获现金500元；所有参加评选的读者均有机会获得参与奖，每期200人，各获精美礼品一份；参加全年20期以上评选的读者更有机会获得年终大奖，共12人，各获价值5000元的数码摄像机一台。

4. 本期活动截止期为：8月5日。得奖读者在评选结果揭晓后将得到短信通知，用户接收每条短信收费0.50元。

"掌上灵通杯优秀作品月月评" 2005年6月(上)评选揭晓

2005年6月（上）获得选票前三名的作品分别为：《咱们就要胜利了》、《捡个手机不想给》、《同在一个屋檐下》。

去世了。得知这个噩耗，李小鹏和几个同学一起去彭老师家帮忙。李小鹏在清理彭老师遗物的时候，意外发现了两张过去的考卷，上面的字迹很熟悉。他仔细一看：天哪，这不是自己丢失的那张竞赛考卷吗？一张是他第一次做的，只批改了一半，大部分是红叉叉，上面没有成绩；另一张是他那天晚上在晚自习时做的，改完了，可是上面的成绩却让李小鹏大吃一惊——只有78分！

这一瞬间，李小鹏什么都明白了，为什么彭老师没有把这两张考卷还给他，他只觉得心里一震，泪水模糊了双眼……

（题图：魏忠善）

最不该忘记的人

有一位老人和他的大儿子住在一起。大儿子沉默，不善言辞，和老人生活在一起，不时有些摩擦。二儿子、小儿子在外面工作，油嘴滑舌，节假日回来时总是带着大包小包的东西孝敬老人，老人心里自然舒畅。

老人每次和朋友聊天的时候提到的都是二儿子和小儿子，对大儿子却另有看法。

一天，老人又在朋友前提起他的二儿子、小儿子对他的孝顺，对大儿子却满肚子牢骚。那位朋友觉得有必要开导老人了，于是问老人："一日三餐准时叫你的人是谁？"

老人回答："是大儿子，大儿子不在是大媳妇，大媳妇不在是长孙子。"

"每晚上准时给你倒洗脚水的人是谁？"

"是大儿子，大儿子不在是大媳妇，大媳妇不在是长孙子。"

"生病躺在床上时第一个喂你药的人是谁？"

"是大儿子，大儿子不在是大媳妇，大媳妇不在是长孙子。"

"这就对了！"朋友说，"你的回答中，没有提及二儿子、小儿子。然而我不明白，为何你总是在我面前夸他们呢？你怎么可以仅仅因为一些日常的摩擦，就把天天吃饭时叫你、夜给你倒洗脚水、病了后第一个喂你药的人忘了呢？大儿子、孝顺的儿媳、可爱的长孙子，他们长年累月默默地陪在你身边，实实在在地照顾你，关心着你，他们才是你最不该忘记，最值得在别人面前骄傲的人啊。"

（作者：邓　发）

手表和罚单

一个中国学生在纽约上学，有一次就餐时，他不小心弄丢了从国内带去的手表，这块表买时花了人民币二百多元，约合二十多美元。他在教学楼的墙上贴了一张寻物启事。

当天，一个美国加州来的学生将手表送了回来，中国学生连连表示谢意，美国学生礼貌地说这是应该的。

可就在第二天，中国学生收到了学校送来的一张40美元罚单，原因就是他在教学楼白净的墙上贴了那张寻物启事，弄脏了墙壁。而更让他意外的是告发他的竟是那位送还手表的美国学生。

因为公德，那名美国学生送还了手表，也是因为公德，他向校方告发了中国学生。

（推荐者：刘　昆）

一个大学生的命运，在这最后两天，发生了巨大的转变……

试用期的最后两天

□ 方冠晴

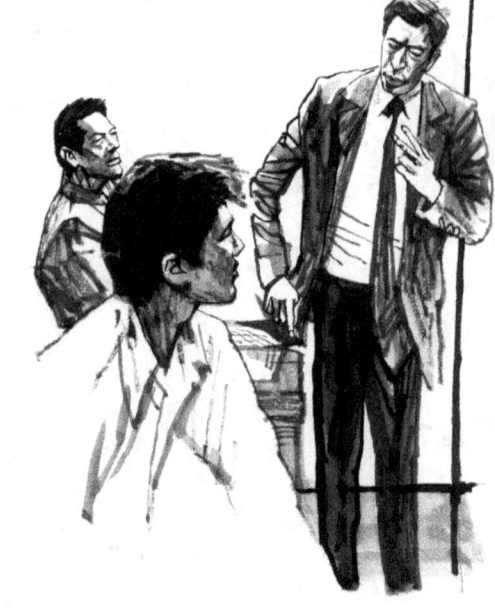

1. 目睹杀人

龚小北刚从大学新闻系毕业，应聘到景城市一家报社当了记者。本来，这家报社只需增加一名记者，但招聘时却录用了两名，除了龚小北，还有一个叫邓达的小伙子，也是新闻专业的大学生。

在录用二人时，总编说得很清楚，他俩只是试用，试用期三个月，试用期满，他俩中谁表现出色，就正式聘用谁。所以两个小伙子都铆足了劲拼命工作，四处寻找新闻线索，采写新闻稿件，谁都希望自己能成为被留用的幸运儿。

日子过得很快，眼看试用期只剩两天了，这天下午，总编找龚小北谈话了。总编说："这段时间，社里的领导对你和邓达进行了考察，虽然你也写了一些稿子，但就稿件的新闻影响力来看，你的稿件比邓达的稿件差了一些，所以，大家的意思是，明天你就别来了，抓紧时间再去联系别的单位吧。"

一听这话，龚小北就明白自己落聘了，但他心里不服，红着脸，傻愣愣地问："不是还有两天吗？怎么就提前作决定了？"

总编笑了笑，说："两天内你就能采写出重磅新闻来？"总编说着，站起身，拍了一下龚小北的肩，说，"那好吧，你就努力吧，如果这两天内你能采访到重磅新闻，我们的竞聘是公平的。"

两天的时间真的能改变命运？总编对他不抱希望，其实，龚小北自己也很茫然，只是，就这样提前败下阵来，他不甘心呀。

这天晚上，龚小北躺在床上，想到下午总编说的那些话，越想越心烦，怎么也无法入睡，于是，他索性爬了起来，打开灯，来到阳台上，仰望星光闪烁的夜空，长长叹了口气：唉，两天啊，只有两天！两天里，哪里去找重磅新闻？他无精打采地把目光从远处收回来，望着近处黑咕隆咚的房屋，心里更感到一片迷惘。他在阳台上站了好久，渐渐地感到腿站酸了，才沮丧地叹了口气，回转身，打算回房间里去。可是，就在他准备转身的一刹那，他的双眼瞪大了。

那是对面那栋房子里唯一亮着灯的窗户吸引了他。龚小北知道，对面那栋房子，是一个私人开的旅馆，档次很低，在这里住的，都是些南来北往的没钱人。龚小北看到的是：窗前出现了两个人，一高一矮。那个子高的留着长发，是个女人，个子矮的是个小孩子。只见那女人一只手揪着小孩子的衣领，一只手里拿着一个东西，正对着小孩。那东西长长的，尖尖的，像是一把刀！

龚小北不由倒吸了一口冷气，一个女人拿着刀对着一个小孩，莫不是……没等他想明白，就见那女人高高举起了尖刀，猛地扎向那个小孩。龚小北惊得"啊"地叫出声来，就在这眨眼的工夫，那女人用力拔出了刀子，又向小孩子的胸前捅了两刀，小孩子软绵绵地倒在了地上……

龚小北有生以来，第一次看到了杀人！在这午夜，在自己的眼前，在那间距离自己不到六十米的房间里杀人！他吓得跌跌撞撞地跑回自己的房间，拿起电话，拨了110，声音发颤地说："不好了，杀人了！一个女人杀了一个小孩，在五方街，利民旅社，五楼……"

挂上电话，龚小北忍不住又跑到阳台上往对面张望，只见那女人弯下腰，试图将瘫倒在地上的小孩抱起来，但她又抬起头来，往这边张望着。龚小北吓得赶紧缩下了身子，他这才记起来，自己的房间还亮着灯呢，他想，可别让这女人发现了自己，要是她发现自己看到她杀人，一定会逃跑的。于是，他赶忙猫着腰溜回房间，关掉了灯。

等他重新回到阳台时，见那女人已经抱起了小孩子，向房间的一侧走去，走进了龚小北视线的死角。龚小

北调整了几次角度，就是看不到那个女人和小孩。龚小北有些急了，就在这时，他听到了警笛声，一辆警车闪烁着警灯，开了过来。

龚小北长长地吁了口气，心里说：这一下，那女人是逃不掉的了。他回到房间，出于记者的敏感，他抓起床头柜上的照相机，决定去现场采访：一个女人向小孩子举起屠刀，这可是一个爆炸性新闻呀！

2. 百思不解

等龚小北赶到利民旅社506号房间时，四名警察正在盘问一个女子。龚小北从她那披肩的长发，高挑的个儿，一眼认出她就是自己刚才看到的

拿刀杀人的凶手。但是，让他绝对没有料到的是，这女子看上去不过二十岁左右，长相秀丽，亭亭玉立，文静中透着几分忧郁，忧郁中透出一股让人着魔的气质。

这样的女子会杀人？龚小北也疑惑了，但这只是一瞬之间的感觉，他很快记起自己来这里的目的，忙取出照相机，对准那女子，"咔嚓"一声，照了一张相。

闪光灯一闪之间，一个警察很快伸手拦住了他，质问道："你是干什么的？怎么跑到这里来乱拍？"龚小北连忙掏出了自己的证件，解释说："我是市报的记者，刚才就是我打电话报的案。我是想到现场采访一下……"

他的话还没说完，另外三个警察同时围了过来，异口同声地问他："是你报的案？"

龚小北频频点头，说道："对，是我报的案。"一个警察皱着眉头叫了起来："还是记者呢，你怎么能做这样的事，报假案，这样的事是闹着玩的吗？"

龚小北愣住了，嘴里喃喃说着："报假案？谁报假案？"他从四个警察的表

情上,终于明白了过来,"你们是说我报假案?不会的,我说的是真的。我亲眼看见她拿刀杀一个小孩!"

"杀小孩?还是你亲眼看到的?"刚才拦着他的那个警察有点生气了,反问他,"那么,被杀的小孩呢?凶器呢?现场呢?"

见警察这么问话,龚小北有点不舒服了,心想,这些问题怎么来问我,应该你们自己找呀,不然还要你们警察干什么?但他忍着没把这话说出口,而是向四周打量起来。只见这间房里有两张床铺,除了警察正在盘问的年轻姑娘,靠门的那张床上还坐着一个三十来岁的妇女,她的怀里,拥着一个四五岁的小女孩,小女孩睡得正甜呢。那妇女一边用手轻轻地拍着小女孩,一边把手机放在耳边,像在打电话。再看靠里的那张床,床上躺着一个小男孩,也是四五岁的模样,睡得正沉。

这两张床都靠墙,从龚小北家的阳台往这边望,两张床都是视线的死角,无法看到。倒是那姑娘现在站的位置,正是他刚才看到的杀人的地方。而那床上躺着的小男孩,有点像刚才被杀的孩子。他走过去,用手试试小男孩的鼻息,发觉小男孩的呼吸很正常。他开始感到困惑不解了,嘟嘟哝哝地对警察说:"我是真的看到她杀人,就在她现在站的那个位置,用一把尖刀捅一个小孩。"

有个警察不耐烦地说:"你还在这里胡说八道。我问你,刀呢?小孩呢?用刀杀人,地上总该有血迹吧?从接到报案,到我们进这间房子,中间只有不到五分钟的时间。五分钟内,她能藏好被杀的小孩和凶器,还能将现场清理得没有一点痕迹,不是她是神仙就是你有毛病。"

听警察说了这话,龚小北虽然有点不服气,可是看看那姑娘站的地方,别说血迹,地上连个湿印子都没有。一时间,他也懵了,嗫嚅着说:"可、可我真的看到她拿着刀……"

这时,那姑娘笑了笑,从床上拿起一张纸条,递了过来,说:"刀?你看到的刀是不是这个?"龚小北接过来,端详了一会儿,这是一张白纸折成的纸条,纸条的形状,还真的像是一把尖刀。姑娘笑着说:"我刚才拿这纸条给孩子打蚊子呢,是不是你就以为我杀人了?"一句话噎得龚小北说不出话来。

这时,一个警察将手里拿着的一个证件递了过来,没好气地说:"我的大记者,你就好好看看吧,一个老师会杀她的学生吗?这个房间我们已经仔细搜查过了,什么杀人?纯粹子虚乌有!"

龚小北看那证件,是一本幼师资格证,证件上有那姑娘的照片,姑娘叫肖叶,是云南一所幼儿园的教师。

肖叶解释说，她这次是带两个学生去参加幼儿器乐比赛的，他们从云南坐车来到这里，然后从这里转车去广州，因为今天没有赶上去广州的车，他们才在旅馆住下了。

龚小北有些尴尬，心想，难道真的是自己看花了眼，错将人家拿纸条打蚊子看成是拿刀杀人？这么一想，他再也没法吱声了。

几个警察再次将房间仔仔细细搜查了一遍，又叫来旅社老板了解情况。旅社老板证实，肖叶他们住进旅店时，的确只有四个人，现在这四个人都好好地在屋内，哪里会有被杀的人？一个警察不放心，还特意揭开那男孩的被子，仔细察看了男孩的身体，男孩的肌肤光溜溜的，别说伤痕，身上连个红印子都没有。

事情明摆着，这里没发生什么杀人案，几个警察无端出了一趟警，气愤不过，将龚小北狠狠训斥了一通，最后向肖叶和中年妇女道歉，就走了，龚小北也只得垂头丧气地跟在警察身后往外走，快出门的时候，他忍不住回头向房间扫了一眼，这一眼，正好与肖叶投过来的目光碰个正着。肖叶表情怪异地朝他一下、两下、三下，眨了三下眼睛。

3. 千里追踪

回到自己家里，龚小北的脑子还在想：明明自己看见肖叶拿刀杀人，怎么警察什么也没搜查出来？难道肖叶真的是给孩子打蚊子？可自己明明看到那孩子瘫倒在地上呀！他越想越觉得这件事情透着古怪，更让他感到古怪的是，自己离开的时候，肖叶对他眨了三下眼睛，这眨眼睛是什么意思？是嘲笑他乱报案？还是什么？

龚小北越想越觉得这里面有问题，忍不住又趴到阳台上朝对面的窗户看，那扇窗户仍亮着灯光，却不见人影。他盯着那扇窗户看了将近二十分钟，终于看到对面有了动静，先是那个中年妇女出现在窗前，朝这边张望了一会儿，由于这次龚小北房间的灯没开，她显然没看到什么。接着，那妇女将一个长长的东西背在了背上。龚小北马上想起来，那是一把古筝，肖叶说，那是孩子们参赛的乐器。

这么晚了，不睡觉，却背上乐器干什么？龚小北正犯疑时，见妇女朝床铺的方向走去，当她再次出现在龚小北的视线中时，怀里抱了那个小女孩，接着，肖叶也出现了，她背着那个熟睡的小男孩。从她们的行动方向判断，她们是出了房间，打算离开利民旅社。

龚小北抬起手腕看了看手表，此时是午夜1点30分。

龚小北认定，她们深更半夜离开旅馆，这里面一定有名堂！他觉得自己没报错案，但警察的出现打草惊蛇了，所以她们准备逃跑。

龚小北相信自己的判断没有错，他打算再次报案，但是，临要拨号的时候，他又犹豫了。刚才警察已训斥过他，他现在再打电话，警察还会相信他？该不是找骂吧。这么一想，他慢慢地放下了电话。

但他没有就此罢休，当即做出了一个重大的决定：跟踪肖叶她们，揭开谜底！他想，总编不是需要自己采访到重磅新闻吗？只要自己揭开这个案件的面纱，那可就抖落出一个特大新闻，有了这个特大新闻，就可保住报社的那份工作，还能让杀人凶手落入法网，不是一举两得吗！

龚小北越想越兴奋，立即跑回房间，拿上相机，背上挎包，就往外跑。等他跑到楼下，绕到利民旅社大门前，正好看见肖叶她们钻进一辆出租车，他连忙也拦住一辆出租车，上车后，告诉司机，跟上前面的车。

两辆出租车一前一后在大街上行驶了好一会儿，肖叶乘坐的那辆车，停在一个小型长途汽车站门口。龚小北瞧着她们下了车，走进候车室，他才下车，跟了进去。这儿虽是小型车站，却是日夜服务，他看到肖叶和那妇女抱着孩子去售票口买了车票，然后，走到候车室的角落，在一张长椅上坐了下来。龚小北也走到售票口，递上钱，说："给我一张票。"售票员问："去哪？"龚小北说："我与

刚才买票的那两个女的是一起的。"售票员二话没说，撕了一张票给他。龚小北接过一看，是早晨8点半钟去广州的车。

龚小北更加坚信，自己的判断没有错。如果肖叶她们不是做贼心虚，干吗不在旅社里睡觉，却深更半夜跑来坐等整整七个小时呀。为了不让肖叶她们看见，龚小北低着头，悄悄地走到远离肖叶的候车室的另一个角落，坐了下来。他的双眼，一直不敢离开肖叶，脑子里一直在思考着：肖叶杀了小孩，但那小孩的尸体藏哪了？他左思右想不得其解。无意间，

他看到了放在那中年妇女身边的古筝，不由眼睛一亮：她们一定是将小孩的尸体藏在古筝里了，那古筝的长度和宽度，肯定能放进一个小孩！而警察在旅社搜查的时候一直没动过那古筝。龚小北为自己的分析激动得双手直抖，他双眼更加眨也不眨地监视着肖叶和那中年妇女。

但是，那边一点动静也没有，直到天亮，两个小孩仍睡得很沉，而肖叶和那个中年妇女，也一直靠在椅背上打瞌睡。

早晨8点的时候，只见那中年妇女推了推肖叶，冲她说了几句话，接着，肖叶抱起那个小男孩，中年妇女背上那把古筝，抱上那个小女孩，先后进了检票口，登上了一辆去广州的长途汽车。

龚小北怕过早上车会引起肖叶的怀疑，便在离检票口不远的地方坐下，直到8点半，汽车快开时，他才几步上前，急急登上汽车。

他上了车，那中年妇女和肖叶同时瞅了他一眼，那中年妇女很快就将目光移开了，而肖叶，却在移开目光前再一次表情怪异地朝他一下，两下，三下，眨了三下眼睛，而且嘴角边露出一丝不易被人察觉的笑意。

龚小北的座位，正好在肖叶和那妇女的后一排，这对他观察她们倒提供了方便，但是，他意识到人家已经认出自己，下面不知将会发生什么，龚小北的心里不由有点忐忑不安。

汽车开始启动，缓缓出了车站，龚小北看到，肖叶和那妇女，每人怀里搂着一个熟睡的孩子，那把古筝，放在那妇女的脚边。龚小北几次伸出脚去，想碰碰那把古筝，如果那把古筝里真的藏着孩子，一定很沉，用脚一踢就知道了。但是由于座位挡着，他试了几次，脚都挨不上那古筝。

汽车出了城，上了高速公路，龚小北踢不着古筝，只得将注意力集中在肖叶和那妇女身上，他发现，那妇女手里一直拿着手机，每隔两个小时，就摆弄一阵。她从不跟肖叶说话，只要肖叶身子略动一下，她就立即用冷冷的眼光盯着肖叶看。龚小北心想，这哪像一块儿送学生去参加比赛的同事。更让他起疑的是那两个孩子，怎么一直睡不醒呢？

龚小北记得，昨天晚上，自己去旅社时，这两个孩子就在睡觉，当时，警察四处搜查，人声嘈杂，两个孩子愣是没醒。现在车内也不安静，这两个孩子仍在沉睡，这也太反常啦！哎呀，莫不是这两个孩子吃了安眠药什么的？

这么一想，龚小北开始紧张起来，他想到了人贩子，据说人贩子就是给孩子灌安眠药，这样孩子就会不哭不闹，沉睡不醒，任凭人贩子带到哪里都不知道。

他顿时觉得问题严重起来，得赶快通知警察。他一摸口袋，糟糕，昨晚出门时匆忙，忘带手机了，而且就算有手机，自己就在肖叶她们身后，打电话报警，无疑是打草惊蛇，怎么办？他猛地想起司机说过，到下午两点的时候，将停车吃饭。那时候，自己就可以找个隐蔽地方打电话了。

但是，事情的变化并没容他等到下午两点。快到一点的时候，那妇女突然喊了起来："停车，停车！"司机不知道发生了什么事，只得减速，一边说："高速公路上不能停车。"那妇女急叫道："我们要下车。你不停车，我就抱着孩子跳下去！"

司机怕出人命，只得将车子靠路边停下，那妇女推了肖叶一把，肖叶犹豫了一下，还匆匆往龚小北望了一眼，没等龚小北弄清肖叶目光里的意思，那妇女就晃了晃手上的手机，肖叶顿时点点头，抱起小男孩下车，那妇女也背起古筝，抱起小女孩，紧跟在后面。那妇女一出车门，扭头冲司机说："我们就到这儿了，你们走吧。"

龚小北愣住了，她们不是去广州吗，怎么半道上下车了？但他随即明白过来，她们是开溜！这时，汽车又重新启动了。他急得冲司机大喊"停车！我也到地头了，我也得下车！"

等龚小北跳下车时，他与肖叶她们之间，已经有了将近三百米的距离。他发现，高速公路两边，都是高山峻岭，山陡林密，肖叶和那妇女，正各自抱着一个孩子，往树林里钻。很明显，她们发现他在跟踪她们，所以才半途下车逃跑。自己该怎么办？是继续跟着她们，还是先去报警？龚小北一时间不知所措。

就在他发愣的当儿，肖叶和那妇女已经钻进树林里，不见。龚小北急了，要是让肖叶和那妇女逃了，两个孩子可遭殃了，他毫不犹豫地拔腿就追。

等他追进树林时，却怎么也找不到肖叶和那个妇女的身影。这树林很密、很深，遮天蔽日，他追了一会儿，发现林中有一条小路，弯弯曲曲，向山上延伸。他想，她们一定是沿这条路往山上逃了。他当机立断，沿着小路追去，当他拐过一块巨大的岩石，只见不远处的一棵大树下，肖叶正面对这边站着，两个小孩则躺在她脚边的地上，只是不见了那中年妇女。

突然与自己要追赶的人面对面了，龚小北倒一下子不知道如何是好了，这时，就见肖叶不断地朝他摆手，没等他弄明白对方是啥意思，就觉得耳边一阵风声，接着，"嗡"的一声，他的头顶被什么东西重重地击了一下，他的双腿一软，瘫倒在地，顿时失去了知觉。

4. 生死一线

龚小北是被水淋醒的，睁开眼，

发现自己被绑在一棵大树上。那个中年妇女一手拿着手机，一手拿着一个矿泉水瓶子，不停地向他的头上浇水。在他的脚下，有一块带血的石头，很显然，这女人就是拿这石头将他砸晕的。

这女人见龚小北醒过来，就扔掉矿泉水瓶子，然后瞪着三角眼，盯着龚小北冷冷说道："你胆子不小，敢一路跟踪我们？"

龚小北倒没把面前的女人太放在眼里，也冷冷地答道："谁愿意跟踪你了？这条路就兴你走，不兴我走？笑话！"他的话刚落音，"啪"脸上就被那女人狠狠地扇了一巴掌，接着，那女人从腰间摸出一把匕首，贴在他的脖子上，咬牙切齿道："好，老娘现在就宰了你，看你小子还嘴硬？"说着

话，她的手一用力，龚小北只觉得脖子上一阵刺心的痛，忍不住叫出了声。

一旁的肖叶见了，慌忙跑了过来，一把拉住了妇女拿刀的手，央求说："大姐，别、别这样，弄出人命不好。"话刚落音，那女人转身，"啪"又狠狠地扇了肖叶一记耳光，恶狠狠地骂了起来："都是你！是你将他引来的！"

肖叶挨了打，却不敢反抗，只是一边抚着被打痛的脸，一边委屈地说："我可没引他来，兴许，他只是跟我们同路罢了。"听肖叶这么说，那女人像发了疯，举起双手，"噼噼啪啪"左右开弓，在肖叶的脸上扇了五六个耳光，歇斯底里地骂起来："你这个小婊子，你把我当三岁小孩来哄是不是？告诉你，老娘我是老江湖，你说，你昨天晚上干了什么？为什么这小子说你杀了人，让警察来搜我们的房间？昨天晚上他招来了警察，今天他又一路跟着我们，这不都是你使的坏？"

肖叶抚着脸，低着头，一声不吭。这倒让龚小北诧异了，他一直以为肖叶是杀害小孩

人生好像一盒火柴，严禁使用是愚蠢的，滥用则是危险的。 ——芥川龙之介

的凶手，想不到肖叶居然这么怕这个女人，看来，这个女人是个更厉害的恶魔了。

女人见肖叶不吭声，就上前一步，将匕首递了过去，冷冷地说："你的那点花花肠子我还不清楚吗？你不就是想借他来给你报警吗？他是你招来的，那好，你怎么招来的，就怎么解决吧，你替我把他杀了！"

肖叶吓得倒退了一步，惊慌失措地说："不，不！我不敢杀人！"

"不敢杀人？"女人冷冷地反问，"这小子不是说你昨天晚上就杀人了吗，怎么现在变得不敢杀人了？"

肖叶哭丧着脸，结结巴巴地说："大姐，求求你，你别这样，我不敢再骗你了。我承认，昨天晚上是我使的坏，当时我看到你睡着了，见他在阳台上，我就用纸折成刀的形状，然后悄悄将小冬抱到窗前，用纸刀捅小冬。我想，隔了这么远，他一定误以为我在杀人，就会报案让警察来。我现在知道自己错了，我保证，我不会再做这样的事了。大姐，求求你，这事跟他没关系，你就放他一条生路吧。"

听肖叶这么说，龚小北终于明白了，原来昨天晚上肖叶真的没杀人，她只是做个假象让自己报警，好让警察来抓这女人，看来，肖叶不是坏人，而这女人才是坏人。

那女人已不想和肖叶多啰嗦，她

冷笑一声，问："这么说，你是不愿意杀他了？"肖叶忙不迭地点头。女人咬了咬牙，道："好，你不杀他，那我将这两个小兔崽子宰了！"说着话，就大步向不远处躺在地上的那两个小孩子走去。

肖叶一见，惊恐地大叫起来："别，别伤害孩子！"

女人将匕首扔到肖叶的脚边，冷冷地说："那好，你自己选择吧，是让我杀了你的两个学生呢，还是由你动手，宰了这个记者？"

肖叶看看躺在地上的两个孩子，再看一眼被绑在树上的龚小北，一时间不知如何是好，好半天，她才咬了咬牙，说："我听你的。只要你不伤害孩子，我什么都做。"说着，她慢慢捡起了地上的匕首，然后举起匕首，一步步向龚小北走去。

龚小北慌了神，叫起来："你可别乱来，杀了我，你也跑不掉的，我可不是一个人来，还有一个警察跟着我呢。"他顺口撒了一个谎，希望能镇住肖叶。

肖叶果然一愣，站住了。那边的女人却冷冷地说："你别听他胡诌，我已经看清楚了，就他一个人跟着我们。杀他，除了我之外，谁都不会知道你杀了人。只要他一死，我们就安全了。"肖叶听了，又一步一步地向他逼近。

龚小北正想张嘴再劝肖叶几句，

就见肖叶像前两次一样，表情怪异地朝他一下、两下、三下，眨了三下眼睛。他不由一愣，就在他这一愣之间，肖叶已经来到他的跟前，用匕首抵着他的腰，轻轻地说了一句话："听着，绳子一松，立即去抢她手上的手机！"话音一落，匕首一挥，龚小北顿时觉得腰间一松，低头看时，捆在腰间的绳子已经被匕首割断了。

说时迟，那时快，就在绳子被割断的刹那间，就见肖叶迅疾转身，像俯冲的鹰，向不远处的女人扑了过去。龚小北也紧随其后迅速跟了上来。

那女人显然没料到这一变故，一愣之下，就拔脚往那两个小孩的身边跑，同时，掀开了手中手机的盖子。但没容她开口，肖叶已经扑到，一把拽住了那女人拿手机的手，两个人顿时扭成一团。混乱之中，肖叶张开嘴，一下咬在那女人的手腕上，那女人"哎呀"一声，手一松，手机掉到地上。

这时，龚小北已经赶到，正想出手助肖叶一臂之力，就听肖叶大叫道："别管我，抢手机，那手机，就是孩子的命！"龚小北已经知道那手机的重要，忙扑到地上，将手机抓在手里。

龚小北正要从地上爬起来，就听肖叶一声闷哼，他抬眼望去，只见肖叶头上流出血来，那女人的手上则抓着一块石头。原来这女人在扭打中摸到了一块石头，砸在了肖叶的头上。

龚小北迅速从地上爬了起来，看到那把古筝就在自己的身边，他抄起古筝，狠狠地砸在那女人的头上，那女人头一歪，倒了下去，而那把古筝的底座也砸出一个大洞来，一小包一小包的东西从破损处掉了下来。

什么东西？龚小北拿起一包，撕开一看，里面都是一些白色的粉末，呀！白粉？毒品！龚小北大吃一惊，他将古筝里的东西都倒了出来，数一数，总共十包，掂一掂，每一包的重量都在半斤以上。五斤白粉，这样的贩毒案竟让自己误打误撞给破了。他想，只要自己将这一经历写成报道，一定算得上是一篇重磅的新闻。

龚小北顿时兴奋得几乎不能自己!

5. 选择放弃

龚小北急忙到大树边，将刚才绑他的那根绳子捡了过来，将那女人捆了个结结实实，然后就去看肖叶的伤势。肖叶已经昏迷过去了，摇她推她也不动。他又去看那两个小孩，小孩仍呼呼大睡，任他怎么拍他们的脸，推他们的身子，他们就是不醒。

龚小北觉得，得赶快报警，时间耽搁久了，怕肖叶会有生命危险。他忙掏出那个女人的手机，拨通了110，报告了自己所遇到的情况和大致的位置。

在等待警察到来的这段时间里，他开始思考从昨晚到现在所遇到的事，虽说在他脑子里还有一些疑问没解决，还得等肖叶醒过来才能知道，但不管怎么说，女毒贩子是被自己逮到的，凭这点，该给报社打个电话了。于是，他又拨通了总编的电话，向他汇报了自己从昨天晚上到现在的奇遇。总编一听，高兴坏了，立即说"你赶快拍一组照片，写个报道稿回来，这可是一个有影响力的新闻题材。"

龚小北还有点拿捏不准，说"肖叶现在昏迷不醒，事情的真相我还没法弄清楚，只能凭猜测。是不是等事情弄清楚了再写稿子?"

总编说："你傻呀？你先就你经历的事写个稿子回来，我们发在明天的报上，至于事情的真相，我们可以搞后续报道嘛，这样更吸引读者。"有总编的这句话垫底，龚小北知道该怎么做了，他正想挂电话，总编又补了一句："小北呀，你还真行。这案子是由你破的，一个记者破了一宗贩毒案，不仅这件事具有轰动效应，对社会来说，你也是个大功臣呀，你可为我们报社露脸了。不错，不错，小伙子，好好干吧。"

总编的夸奖，让龚小北的心里甜滋滋的，同时，一直高悬的心这时也彻底放回肚子里了，听总编话里的意思，是打算留用自己了。

与总编通完电话不久，警察来了，警察将女毒贩子押上了警车，又将肖叶和两个小孩送上了救护车，龚小北也随车来到了当地县城的医院。

将肖叶和两个孩子送进急救室后，龚小北便向警察说了自己所知道的情况。然后，他在医院里借了一台电脑，准备将自己的这段经历写成稿件。才写了一个开头，一个护士走进来，告诉他，肖叶已经苏醒过来，现在出了急救室，在病房里。

龚小北立即赶了过去，见肖叶躺在病床上，那好看的脸上缠着绷带，几个警察正在向她了解情况。龚小北就坐在一旁，成了独家记者，听肖叶

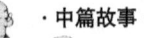

讲她的遭遇。

肖叶说，她带着自己的三个学生从云市出发，经景城，转乘火车去广州参加幼儿器乐比赛。这个女毒贩子扮作出租车司机，没将肖叶她们送到车站，而是拉到郊外一间废弃的厂房里，那里有两个男人在等着她们。到了那儿，肖叶才知道自己遇到了绑匪。

然而，让肖叶没有料到的是，这些人不仅是绑匪，还是毒贩子，他们逼迫肖叶与那女人一道，为他们带一批毒品去广州，要肖叶将毒品放在古筝的底座里，他们认准，因为肖叶是老师，又是带了学生去参加比赛的，路上不会引人怀疑。

一听说是带毒品，肖叶死也不肯答应，那两个男人就打她，折磨她，逼她就范。但肖叶知道，捎带毒品是怎样的恶果，因此任凭毒贩子毒打，她咬牙挺着不松口。

毒贩子见制服不了肖叶，就改变方法，他们恶狼似的抓住三个孩子中一个叫小玫的女孩子的头发，拼命扇她的耳光，扇得小玫拼命哭号。肖叶又急又心疼地冲他们叫道："你们打孩子算什么能耐？是我不答应，不关孩子们的事！"见肖叶这么呵护孩子，毒贩子觉得终于找到了肖叶的软肋，一个毒贩子拔出一把尖刀，架在小玫的脖子上，冷冷地对肖叶说："我数到三，你不答应，我就宰了这女孩，一、二……"小玫吓得"哇哇"哭喊："老师，救我！"

看着自己的学生吓成这样，肖叶心如刀绞，一个老师，哪能眼睁睁地瞧着自己的学生惨遭毒手！就在刀快要落下的一刹那，她大叫起来："别杀她，我答应你们。"

肖叶打算先稳住毒贩子，保住几个孩子的命，等到与那女人上了路，再找机会报警或脱身。

但是，她低估了这些毒贩子。当她一松口，毒贩子马上给三个孩子灌了药水，让他们昏睡不醒。然后，他们留下小玫做人质，并警告肖叶，在那女人与肖叶送毒品的途中，如果出了什么意外，那女人便立即用手机向他们报告情况，他们就杀掉小玫。

肖叶束手无策了，只得与那女人上路，她们来到景城，住在利民旅社，打算第二天乘车去广州。当晚，当她看到对面阳台上的龚小北时，灵机一动，做了个杀人的假象，终于引来了龚小北报案。

不料，警笛一响，就引起了女毒贩子的警觉，她怀疑肖叶做了手脚，就立即打开手机，警告肖叶，只要警察抓她，她就把一条事先写好的短消息发给同伙，让同伙杀了小玫。从警察进门的时候起，那女人就把手指一直放在发送键上。肖叶哪敢将自己的学生往死里送，只得暂时打消抓女毒贩的念头，帮着她打掩护。

然而，肖叶并未甘心，就一次又一次地向龚小北眨眼示意，盼望他不要放弃，继续跟踪，终于，他们制服了女毒贩子。说到这儿，肖叶深情地瞅了龚小北一眼，嘴角边也露出了好看的微笑。

听完肖叶的叙述，龚小北终于明白为什么肖叶拼了命要夺女毒贩子手中的手机，那手机牵动着一个小生命啊。

就在这时，肖叶突然紧张地大叫道："那手机呢？女毒贩子的手机呢？"警察立即拿出了手机，说："在这里，怎么了？"肖叶紧张地说："他们约定，要是路上遇到危险，就立即通电话，要是没危险，每隔两个小时发一个短信报平安。现在多长时间了，不发短信会引起她同伙怀疑的，那样，小玫就危险了。"

一听这话，警察也吓了一跳，忙打开手机查女毒贩上一次发的短信，还好，离现在只间隔了两小时零五分钟，发短信还来得及。警察立即照女毒贩前一个短信的内容和号码，发了一个报平安的短信。

看着警察在那里发短信，龚小北猛地一惊：看来，自己的

这篇稿子不能发，只要稿子一见报，女毒贩子落入法网的消息不就尽人皆知了，那样的话，那个小女孩就会……

可是，明天是自己试用期的最后一天，如果稿子不见报，自己的工作就彻底完了。

一时之间，龚小北左右为难了，一边是自己梦寐以求的工作，一边是一个小女孩的生命，孰重孰轻？就在他为难的时候，总编的电话来了。总编一开口就问他："稿子呢？照片呢？你怎么还没发回来？我们可要独家报道呀。"

龚小北"嗯嗯啊啊"了半天，最后，还是咬了咬牙，说："稿子我没写。总编，别等我的稿子了，您发别的稿子吧。"

总编的语气里明显透出了惊讶："龚小北，你没毛病吧？这可是你最后的机会，明天是你试用期的最后一天，你的稿子明天不见报，你拿什么跟邓达比？你应该知道，这意味着什么吧。"

"我知道，我将失去工作。但工作跟生命比起来，还是生命重要。"他也不管总编懂不懂他话里的意思，随即挂了电话。

6. 意外收获

报社的工作丢了，龚小北倒不急于回景城，他干脆留在医院里照料肖叶。肖叶是为了孩子，也是为了他受伤的，他感激肖叶的善良，又钦佩她的勇敢和机智。几天的接触，两个人对对方的了解更多了。而那两个孩子也醒了过来，围在肖叶的病床前，又蹦又跳，欢声笑语。

与此同时，警方每隔两小时用女毒贩的手机向她同伙发送一个"平安"信息；同时突审女毒贩子，并与云市警方、广州警方取得联系，通报情况，组织行动。

三天后，警察来到医院，告诉肖叶和龚小北，广州警方让两名女警员化装成女毒贩子和肖叶，一举擒获了前来接货的毒贩。而云市警方也成功地将小玫解救了出来，并抓住了女毒贩的两名同伙。

听到这个消息，肖叶激动得流了泪，她紧紧地抓住龚小北的手，说："谢谢你，要不是你的帮助，还不知道是怎样的结局呢。"想了想，她又不好意思地说，"听说，你将报社的工作丢了，你这可全是为了小玫呀，我要代表小玫谢谢你。既然你在景城没有工作了，要不，你跟我去云市吧……"

她的话还没说完，景城报社的总编又打来了电话。在电话里，总编说"小北，我已经了解到你为什么不发那篇稿子了，你是好样的，不愧为一个好记者，关键的时候，不看重自己的利益，社里开会讨论了，大家决定，这样的好记者我们要了，所以，我们为你增加了一个留用名额，你还是回报社来吧。"

龚小北的脸上浮出了笑意，但他说："回不回去，我还得先与肖叶商量一下。"

"商量什么？"肖叶疑惑地问。龚小北便将报社让他回去的事说了。肖叶也高兴起来："这是好事呀，干吗与我商量？"龚小北的脸不自觉地红了，结结巴巴地说："不知怎么，我觉得，你的意见对我很重要，所以，我就想问问你。"

肖叶的脸上也泛起了红潮，低着头，喃喃地说："不管到哪里，你都是一个好记者，一个好人，是去云市还是留在景城，你自己拿主意吧，反正，现在通讯发达，交通也便利……"

（题图、插图：杨宏富）

政府大院养老虎

本书系《故事会》金栏目"中篇故事"精选，共收9则传奇色彩浓郁的精品。大老虎走进政府大院，还被委以"保卫"重任，它果然尽职尽责，抓到了坏人，真叫新奇荒唐。两头公牛一碰面就眼红气粗，斗得天昏地暗，当它俩遭遇群狼围攻时，竟捐弃前嫌，配合默契，脚蹬角挑，杀得饿狼嗥嗥惨叫，可谓奇妙。还有鹰猴各为其主，舍命拼斗；小黄牛为救女主人，居然初生牛犊不怕狼；民兵营长独闯野猪沟，杀死红野猪；汽车班长迷路斗公狼，血战沙尘……

黑色人物在行动

本书系《故事会》金栏目"中篇故事"精选，共收9则该栏目之精品，主要围绕金钱这一主题多侧面地拓展故事情节。其中有因钱而污染灵魂，导致亲情泯灭，好友成仇；有见财起意，不择手段冒领他人钱财；有为钱所逼，做了违心之事；更有为发横财，行骗作恶等。这些作品的特点是故事情节曲折生动，令人回味无穷。

密访曲家屯

本书系《故事会》金栏目"中篇故事"精选，共收9则有关形形色色的"官"故事精品。或是颂扬清官好官心系民众，为民请命，惩治土顽，巧妙拒贿，秉公施政；或是批评某些干部为创政绩大搞形式主义，弄虚作假，蒙骗上级，苦了百姓；更有一部分作品对那些贪官污吏们以权谋私，仗势欺人，坑害民众，甚至为逃避罪责杀人灭口、销毁罪证等不法行为进行了无情的揭露与抨击。

高原守护神

本书系《故事会》金栏目"中篇故事"精选，共收其9则故事精品，说的是怎么做人的故事。作品通过对人物举手投足的精心设计，形象地描绘做人的道德、原则与气质，展示了人与人之间相互关爱、恪守诚信以及见义勇为的精神。面丑心善的火化工关爱弱女，可歌可泣；好邻里关心失足青年，以情动人；男女青年历尽坎坷，体现了大海可以作证的为人美德，等等。

《解读〈故事会〉》
一本揭示 故事会 40年发展历程的传记
欢迎评说

亲爱的读者，为体现与时俱进、求实创新的办刊思想，本刊在《故事会》创刊40年之际，特推出《解读〈故事会〉：一本中国期刊的神话》一书。关于《故事会》这本杂志，你可能有过这样那样的疑问：为什么《故事会》能几十年长盛不衰？高考满分作文与读《故事会》有什么关系？为什么卖《故事会》杂志就能赚钱？……看完这本书，相信你会揭开所有的谜底。

私人侦探第一案

本书系《故事会》金栏目"中篇故事"精选，共收9则作品，都是与歹徒、罪犯作斗争的故事。公安人员追捕逃犯，历尽艰险，血洒战场；罪犯遥控杀妻，扑塑迷离；村霸设置黑洞，为非作歹；小偷擒获白色恶魔，仗义可嘉偷盗贪官财物，枪杀情敌后代……作品内容曲折惊险，具有震撼人心的艺术魅力。

妻子要跳交谊舞

本书系《故事会》金栏目"中篇故事"精选，共收9则作品，皆系情爱故事。虽属情爱，却非都是甜甜蜜蜜，卿卿我我，而是充满了喜怒哀乐，恩怨情仇。看这些年轻的男女主人公，既有历经悲欢离合终成眷属，也有历经磨难依然遗恨终生；既有由爱变恨，愤而断情，也有化恨为爱，喜结良缘……

就是没给

□芦宏伟

摸裤兜，手机也没带。

大岗紧张起来，这可怎么办才好？要是跟饭店里说，自己回家拿钱送来，这年头，别人会信自己吗？弄得不好，在饭店里吵起来，自己一个大男人，可要丢死人啦！大岗平时鬼机灵不少，同事们都叫他智多星，智多星总不能被这10块钱憋死吧！

大岗思来想去，一咬牙，硬着头皮朝门外走去，他打算趁着人多混出去，下次拿了钱来还给饭店。

"喂，这位先生，不好意思，您是不是忘埋单了？"老板娘在门口拦住了大岗的去路，微笑着问道。

大岗心里格登一下，暗暗叫苦，扭头一看那个做服务员的小女孩儿正端着一盘菜走来，急中生智，顺手一指："唔，钱我给她了。"

说着，大岗就要走，谁知，那个服务员听到大岗的话，说道："没有呀，先生你记错了，你没有给我钱！"

小妮儿刚满十七岁，就进城打工了。她运气不错，很快找到一个活儿，在饭店做服务员，每月三百块，管吃住。

小妮在饭店干了一个月，没出过差错，老板娘挺喜欢小妮儿的，还说以后要给小妮儿加工资呢！

这天中午，像往常一样，饭店里忙忙碌碌的。吃饭的客人中有一位名叫大岗，大岗下午不上班，老婆回娘家了，他在饭店要了份10块钱的套餐，急着吃完了回去看球赛。大岗吃完套餐，一摸上衣兜，暗叫不好，原来他出门前换了衣服，忘带钱了！再

这个服务员，正是小妮儿。

大岗这时是骑虎难下，他后悔自己开始没说实话，但谎话既然开了头，只得编下去，他故作镇定地说："小妹妹，这里这么多人，你是搞糊涂了吧。我给了你一张十块的，你忘了吗？"

"不会，我从来都没有记错过，谁给钱谁没给钱，我记得清清楚楚！"小妮儿年纪小，没经过世面，这时一着急，眼圈一红，快哭了。

老板娘站在一旁，一副欲言又止的模样。

小妮儿的声音一大，引起了饭店其他客人的注意，纷纷朝这边看来。大岗觉得脸上有些发热，眼睛瞄一下饭店里的客人，突然看到其中有一个是单位的同事，这人和他平常没交情，见面也只是打打招呼，这会正带笑不笑地看着这边；再一看，还有两个面熟的人，和自己住一个小区。

好事不出门，坏事传千里，今天的事情处理不好，肯定要被传得满城风雨！大岗这会儿真是又急又羞，只想找个地缝钻进去。

真是天无绝人之路，正在大岗手足无措的时候，无意间一摸屁股上的后兜，感觉里面有点硬，忽然想起来，每次换裤子的时候，老婆总是在大岗的屁股兜里装上一百块钱，说是大岗马虎，万一哪天出门忘了带钱，可以应应急。这不，今天果然派上用场了。

大岗刚想掏钱付账，却又缩回了手，这样做，不是明摆着承认自己撒谎赖饭钱，自己扇自己耳光吗？

"算啦，算啦！"这时，老板娘看饭店里的客人都不吃饭，朝这边看热闹，怕影响生意，就打圆场道，"这件事情到此为止，先生你走吧！"

"不行！"大岗兜里有了钱，口气也硬了起来，他要让那几个熟人相信自己真的付过钱了，"我不能这么不明不白地走！"大岗指了指自己的胸口，拔高喉咙说道："你们看我像那种赖饭钱的人吗？"大岗是外企的部门经理，一副成功白领的模样，身上的行头少说也有一千多块。老板娘笑了笑，不置可否。

大岗又掏出裤兜里那张一百元的钞票，递向老板娘说："你看这张钱假不假？"老板娘不知道大岗什么意思，看了看，说："不假。"大岗早就瞅见收银台上有个打火机，拿起来打着了，就要往这张百元钞票上点。

很多客人发出了惊呼，老板娘也一把拉住大岗："别，别，这位先生，跟什么过不去，也别跟钱过不去呀。"小妮儿瞪着一对大眼睛，也呆住了。

大岗对自己的表演挺满意，于是借坡下驴，收起了一百元，义正词严地说："我连这一百块钱都敢烧，难道会赖你们区区十块的饭钱？"这下，大家都信了大岗的话，把谴责的目光投到了小妮儿身上。大岗见目的达到，就要往外走。

"你不能走，你就是没给我钱！"小妮儿眼眶里晃着委屈的泪光，鼓着勇气大声说道。这时，大家开始对小妮儿露出了鄙视的神色。

老板娘突然神色一变，冲小妮儿喝道："你这个鬼丫头拿了客人的钱，还在这里狡辩！你不让别人走，我让你走！给，这是你一个月的工钱，快拿了钱给我走人！"说着，老板娘拿出三张百元钞票扔在小妮面前的桌子上，随即换上一副笑脸，冲饭店里的客人道："唉，都是这个乡下丫头闹的，不好意思啦，请大家继续进餐！"

大岗没想到自己的举动会害得这个女孩失了工作，心里觉得有些内疚，可事已至此，他也没有办法了，一低头，匆匆朝外走去。"你……"小妮儿还想说什么，被老板娘怒冲冲地训斥道："还没闹够吗？还不快拿了钱走人！"

"我不要你的钱！"小妮儿朝外跑去，跑出老远又回头喊道，"我没有赖客人的钱！"

小妮儿又伤心又委屈，见大岗还没走远，就追了过去。大岗做了亏心事，只顾埋头往前走，一直走到自己家楼下了，一扭头，见小妮儿跟着自己，吓了一跳，结结巴巴地说："你……你跟着我干什么？"小妮儿眼眶里含着泪，却始终不让眼泪流出来，瞪着大岗说："你没给我钱！"大

岗做贼心虚，在小妮儿面前也没胆量再硬撑了，说道："我要回家了，你跟着我也没用。"小妮儿也不说话，就是死死地跟在大岗后面。

大岗快步上楼，打开防盗门，急忙侧身钻进了屋里，"咣"地关上了门。小妮倒也不跟着大岗进屋，朝大岗门前一坐，不动了。每过一段时间，大岗就透过门上的猫眼看一看，谁知，小妮儿坐了几个小时都没走。这下，大岗哪还有心思看球赛了。

这么僵下去也不是个事呀，再说原本也是自己对不住人家。大岗一狠

心，从家里拿出五百块钱，打开房门，冲小妮儿说道："小妹妹，今天是我不对，如今也没办法了，这五百块钱你拿着，再找一份活做吧！"大岗想把钱塞给小妮。没料想，小妮儿不接钱，斩钉截铁地说："我不要你的钱，我要你回去跟老板娘说你没给我钱！"

"哼！敬酒不吃吃罚酒！"大岗见软的不行，又用硬的来吓唬她，"你不要的话，连这五百块也没了！"小妮儿还是不理他。

大岗急了，眼看邻居们都要下班回来了，这事儿要让别人知道，也不光彩呀！大岗咬咬牙，进屋拿出一千块钱，对小妮儿说："好了，这下你满意了吧，这是一千块，够你三个月的工资呢，还不拿钱快走！"

"我不要！"小妮儿仍是老话，"你和我一起跟老板娘说实话！"

天哪，这下大岗真的没辙了：这个乡下的小女孩儿怎么一根筋呀？

大岗只得认输，跟小妮儿去找老板娘。三个人来到饭店里一个没人的房间，大岗面带羞愧，吞吞吐吐地讲出了实情。老板娘并没有感到吃惊，说："我在饭店，谁付过账了谁没付账，明明白白的，从一开始就知道你没给钱。"

"啊？"大岗不解地问，"你知道小妮儿是冤枉的，怎么还辞退她？"但话刚出口，大岗就想通了：自己用烧钱的办法使别人信了自己，老板娘为了不影响饭店的声誉，只好牺牲小妮儿！

大岗又问老板娘："那你以后还用小妮儿在饭店工作吗？"

"不行呀！"老板娘苦笑道，"那么多人都认识小妮儿了，她不能在这里干下去了。"

"你们说什么呀？"小妮站在旁边，呆呆地听着两人的说话，似懂非懂。

这时，老板娘和大岗不约而同地看着小妮儿说道："对不起了，小妮儿！"

老板娘拿出了六百块钱，说："小妮儿，这事只能委屈你了，我给你双份的工钱，你再去找份工作吧。"大岗也拿出那一千块钱，说："小妮儿，事情都怪叔叔，这点钱你收下，算是对你的补偿吧。"

小妮儿虽然不能全部弄清这么复杂的事情，但还是明白了一点，在眼眶里忍了一天的眼泪终于夺眶而出。她伸手打开老板娘和大岗递过来的钱，带着哭腔嚷道："你们这些人我不懂！不明不白的钱我不要！"说完，转身跑出饭店，外面起风了，大风裹着小妮儿单薄的身子，越来越远，任凭老板娘和大岗怎么呼喊，她也不回头……

（本篇月月评短信代码：G159）

（题图、插图：安玉民）

买胶卷

□ 程应峰

张石头那台傻瓜相机中的胶卷一张不剩了，他抽空到商场买胶卷。商场正在搞有奖销售活动，顾客买满50元商品就可以领到一张刮奖券。张石头买了3个胶卷，领到了一张刮奖券。刮开一看，呵！运气不错，是个三等奖。

商场销售员笑着说："你真幸运，一下就摸到了一台品牌电脑……"

张石头没等销售员说完，就喜不自禁地欢呼起来："什么？品牌电脑？太棒了！"

销售员看他高兴的样子，说："你听清了再高兴啊，是品牌电脑——用的光电鼠标。"说着，把一个光电鼠标递到了他的手中。

张石头"唉"了一声："——这个

也不错，不过我家里还没电脑呢。"

销售员露出吃惊的神情，说："真的吗？都什么年代了，你家里还没有电脑？我不相信。"

张石头说："是没有。不过我一直想买一台电脑，只是觉得时机未到。"

销售员连连咂着嘴说："那你买啊，现在就是时机，买了电脑还有机会摸奖。再说你已经有了一个鼠标，不买电脑就浪费了。"

张石头听她说得有道理，看了看手中的鼠标，脑子一热，说："那就看看吧。"

销售员带张石头到电脑售货处，很热情地对各种型号的电脑一一作了介绍。张石头被她说动了，下决心买一台家用电脑。他一个电话打给老婆，让她取钱来。不一会，老婆将钱送到了张石头的手中。付账后，他们又拿到了一叠刮奖券。

这次，张石头主动把刮奖的重任交给老婆，老婆刮了几张，竟然刮出个二等奖：奖品是一节数码相机用的电池。

新手上路

□ 朱 莉

秀秀刚拿驾驶证，就开车上路了。这天晚上大雾，她连路都看不太清，所以战战兢兢不敢开快。

这时正好有一辆车呼啸着超过了她，秀秀灵机一动，决定瞄着前车的尾灯走，这样就可以放心大胆地快点开了。那车倒真和她是一路，直奔她家的方向而去，她就在后面紧跟不放，那车快，她也快，那车慢，她也慢，那车拐弯，她也拐弯。跟着跟着，那车忽然又拐了一个弯，秀秀惯性地跟着红色的尾灯拐了过去，没想到那车刚拐过去就突然停住了，秀秀刹车不及，结果当然是两车来了个亲密接吻。

秀秀恨恨地下车，劈头问走来的前车司机："你怎么回事，拐过弯就停，懂不懂交通法规，不要命啦！"

前车司机愁得鼻涕一把泪一把："大姐！你也太熊人啦，我的车都进自家车库了，你还撞啊？"

数码相机用的电池啊！张石头的老婆梦寐以求想要一台数码相机呢，这一下将她的心思挑动了。她拿着电池在那儿自言自语："数码相机，数码相机……"突然回过头来对张石头说："老公，怎么样啊？"张石头一愣，说："什么怎么样啊？"老婆声音甜柔地说："买数码相机呀！"

张石头一惊，说："我们不是有一个傻瓜相机吗？再说才买了电脑，哪还有富余的钱。"

老婆不满地说："兴你买，就不兴我买呀！你也太不在乎你老婆了。"

销售员不失时机地在一旁说："对呀，你们有了一个电池，不买数码相机的话，就浪费了。"

张石头被她们左右夹攻，抵挡不住了，只好使出杀手锏，问："钱呢？"

谁知老婆早有准备，说："这你就放心吧，你的加班费不是都交给我了吗，我把它存着呢。"

买数码相机的梦想就这样实现了。老婆丢下张石头和电脑，独自拿着数码相机喜滋滋地走了。张石头手中又多了一叠奖券，他想，管它呢，刮了再说。

刮奖时，张石头的心情很平静，因为压根就没想还可以抽到什么奖。他慢条斯理一路刮下去，天，他的眼睛突然瞪得溜圆——有一张奖卷明明白白告诉他——他摸到了一等奖，奖品是四条车胎，也就是说他可以拥有小轿车的四个轮子了！

只见张石头愣了 5 秒钟，然后"嗷"地叫了一声，扔下奖券，撒腿就跑……

不要沉溺在现在的各种琐事中，在自己的心里培养对未来的理想吧。——谢德林

打喷嚏

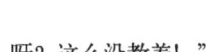

□ 徐　洋

呀？这么没教养！"

老陈一看傻了，确实是自己不对，可他也感到有点儿冤，回了对方一句："你又没通知我，我知道你在后面超车吗？"那女的说："在公共场所打喷嚏，你就应该捂着点儿！"

老陈心里还不服，可没话说了。等那女的过去后，他站那里愣了半天，才想起来自己是要到后边厨房去的，他来到厨房看了一眼，也没心思呆了，正要回去，突然看到那个炒菜的小伙子先是仰天长叹，然后对着炒锅狠狠地打了两个喷嚏，一下子就把老陈的胃口翻了个底朝上。老陈心里骂开了，他怎么也不转身避一下？那锅里可是吃的东西呀！这是给哪位炒的呀。老陈就没走，盯着看他们炒出来的东西往哪送，看着看着端进了自己的包间，这下他可火了，告诉服务员："把你们经理叫来！"经理来了，老陈把刚才他看到的事说了一遍，经理一听，马上把那个炒菜的小伙子叫来，令他当场把那两碗爆肚倒掉，给

这天中午，老陈的女儿想吃爆肚，老陈就拉着她来到一家饭店，找了个小包间，吃过几道菜之后，要了两碗爆肚，那边安排人去做了，这边老陈去了趟洗手间，出来他想闲着也是闲着，不如顺便看看后边大师傅的手艺。

时间已经进入了晚秋，这天的气温骤降，老陈穿得少了点儿，他突然感到鼻子一阵发痒，张嘴就打了个喷嚏，也就在这时，有个女士突然从他身后绕到了他前面，这一下正好对着人家的脖子。那女士瞪着大眼睛，一边用纸巾擦脖子，一边喊"哟！你这人怎么搞的呀？打喷嚏还能冲着人来

捞什么

□ 韩 英

食堂里有一桶免费汤，味道不错，赶早的话还能捞到不少"内容"。这天，不少学生在排队打汤，最前面的一个漂亮女生拿着大勺子在桶里慢条斯理地捞着。她身后的几个男生屏息静气地等着，10秒、20秒、30秒……半天过去了，那个女生还在捞。一个男生终于耐不住了，嘴里嘟囔着"差不多就行了啊，干吗还在捞哦……"

那个就差脱了鞋下去捞的女生，听到这话，回头很凶地白了他一眼，然后继续用大勺在捞。那些男生心里都在叹气：这个女生长得挺漂亮，怎么素质这么差！

终于，那个女生兴高采烈地叫道："捞到了！"只见她从桶里捞上来一副眼镜。

老陈道歉，回去新炒两碗来。

老陈不放心，那小伙子既是伤风，肯定还会打喷嚏的，于是他又跟着来到了厨房，眼睁睁地看着把那两碗爆肚炒出来，一直到端盘子的服务员端走了，他才松了一口气，慢悠悠地回到了自己的包间里，刚想放心地吃两口，突然女儿拉起他的手说："爸，这爆肚不能吃！"老陈笑笑说："没事了，这是我亲眼看着他炒出来的，一个喷嚏没打！你就放心吃吧！"说罢他往嘴里送了一大口，女儿哭丧着脸说："炒菜的叔叔打没打我不知道，可……可我看得清清楚楚，那个……那个端盘子的阿姨刚才往里面打了两个！"

啊！老陈差点儿吐出来！什么也别说了，老陈拉起女儿就往外走，来到大门口，他觉得应该给他们经理留句话，让他知道自己是为什么走的！大门口有个接待客人的门童，老陈走到他面前，说："告诉你们头，我们受不了你们……"他还没说完，那门童一转身不理他了。这下老陈更火了，这是什么饭店，这么没礼貌？

老陈上去抓住门童的上衣正要发火，只见那孩子一边躲，一边背着身喊："我……我……阿——嚏！"

原来他是转身去打喷嚏的呀，老陈转怒为喜，握着孩子的手说："你真有水平，真有教养，我们都该好好向你学习！"

我扑在书籍上，就像饥饿的人扑在面包上。——高尔基

手机监视

□ 马 丽

前不久，老婆给马健换了一部可以拍照的手机，用意很明确，她想利用这个移动监视器加强对马健的管理，随时随地知道马健的行踪。

果然，换了手机后，只要下了班，马健还没回家，老婆就会发短信来问，无论此刻他是在路上、车上或是在公司，都得马上发个"实况"过去。

老婆精，马健也不笨哪！在做了一阵子的"模范丈夫"后，他终于想出一条妙计：每天下班前，他都会在办公室预先拍下几张"实况"储存起来，然后放心地去同事阿明家打牌；六点钟老婆再发短信来，他就说是加班，然后把先前预拍下来的"办公室实况"发几张过去，嘿嘿，神不知鬼不觉，老婆再精也不可能想到他还有这招！

果然，老婆开始唠叨："你最近怎么老是加班？"马健心中暗暗得意，却故意装出一副愁眉苦脸的样子："是要加班嘛，我又没办法。"

那天是星期五，公司没什么事做，才下午三点钟，马健几个便下了班，直奔阿明家去。当然，离开前马健没忘记拍几张"实况"带着。

打牌正酣，老婆的短信又来了。马健按老规矩，发了一张"实况"回去，照片里，他正坐在办公桌前，身上穿着老婆昨天刚买的那件蓝衬衣。马健满以为万事大吉了，谁知，一把牌还没抓完，手机铃响了。马健忙对大伙儿"嘘"了一声，大伙儿马上安静下来。他打开电话一听，是老婆，只听她说："下午我妹妹来了，又哭又闹的，还嚷着要离婚……手机话费太贵，你在加班，就用办公室的座机打回来吧，我跟你慢慢说。"

什么，办公室座机？马健一慌，支支吾吾地说："办公室电话……坏了……打不了……"

看错了（文：陆　过；图：包丰一）

1. 小强放学回家，把一张考卷交给了妈妈。

3. 小强咬着手指想了想……

2. 妈妈指着试卷说："我怎么觉得这100分最后的一个0好像是后添上去的？"

4. 他说："妈妈，您看错了，这后面的两个0都是后添上的。"

"哦，这样啊，那等你回来再跟你说吧。"

马健正巴不得呢，赶紧说："好啊，回来慢慢说不迟。"

可老婆还不肯放下电话，她顿了顿，突然问："现在几点钟？"

马健笑着说："六点啊。"

"不对，你没看错吧？"

"是吗？"马健捂上手机，小声问阿明，"几点了？"

阿明看看手表："六点零九分！"

马健底气十足地对老婆说："现在是六点零九分嘛！我背后就有个大挂钟，怎么会看错！"

"你没看错？"

马健不假思索地说："当然没错了，马上就六点十分啦……"

突然，老婆怒气冲冲地吼道"还骗我！说，你到底在哪里？"

马健一惊，结结巴巴地说："不是都说了嘛，在加班，还发了照片给你……"

"照片？"老婆一声冷笑，"那你再好好看看照片的左上角！"

马健打开那张照片一看，登时傻了眼：原来，下班前急着去打牌，一时仓促，竟把墙上那个大挂钟给拍了进去，挂钟的指针正指向下午三点……

（本栏题图：李　加　史文琦）

349 · 2005 SEMIMONTHLY 下半月刊 · 8月 · STORIES

故事会

2005年8月
下半月刊·绿版

主 编：何承伟
常务副主编：吴 伦
副主编：姚自豪（上半月·红版）
副主编：夏一鸣（下半月·绿版）
本期责任编辑：夏一鸣
发稿编辑：
姚自豪 蔓 石
鲍 放 梁宁宁
美术编辑：李宝强
电脑制作：郭瑾玮
通 联：归依玲
本社办公室电话：021-64375030
上半月刊编辑部电话：021-64332325
下半月刊编辑部电话：021-64336469
（上海市绍兴路74号 邮编：200020）
主管：上海文艺出版总社
主办：

督印 发行：张 凯
电话：021-64313938
广告总代理：上海文艺广告传播中心
（上海市绍兴路74号 邮编：200020）
广告总监：张 淮
广告业务：021-34010383
广告投诉：021-64333738
广告经营许可证
沪工商广字3100320050022号
发行：中国图书进出口上海公司

本刊各栏目欢迎来稿。来稿寄上海市绍兴路74号《故事会》杂志社，邮编：200020；请在信封上注明"××栏目"收；本期责任编辑E-mail地址：xiayiming@vip.sohu.net

按政策办

甲：我们在林场内发现有人打鸟，怎么办？

乙：按打鸟政策办。

甲：什么打鸟政策？

乙：你真笨，打鸟时不是睁一只眼、闭一只眼吗？　　（杨东杰）

谨防假冒

某太太到咖啡店去买咖啡，她问店员："你们店有咖啡吗？"

店员殷勤地答道："有，什么品种都有！"

"但我要质量最差的。"

店员不解地问："太太，为什么要质量最差的呢？"

"因为这样你们就无法以次充好了。"

（寒心血）

（本栏插图：李　加　史文琦）

锯盒子

为了培养儿子的艺术修养，这天，爸爸带他到音乐厅欣赏小提琴演奏会。

一个小时过去了，台上的演奏者依然在不停地演奏……最后，儿子实在忍不住了，大声问道："爸爸，他要到什么时候才能把那个盒子锯开？"

（姜修建）

暴发户买车

有个暴发户去买车，他告诉销售商，想要一辆灰色的宝马。销售商听后很纳闷，但还是热情周到地为他挑了一辆。暴发户取出钱，付了账，然后上了车。销售商终于沉不住气，跑到车前，似有不解地问："先生，上星期您不是刚刚买了一辆宝马吗？"

"不错，我上星期是买了这样的车，"暴发户说，"但那辆宝马烟灰缸满了。"（王贵明　编译）

在世界的大钟里面，欢乐是推动齿轮的动力。——席勒

高难动作

在医务室，一个病人向医生陈诉病情："我两手伸向膝部，然后上身后仰，两腿先后屈膝伸直，这时脊椎就有点痛。"

大夫感到很纳闷，就问："你干吗要做这种高难动作？"

"高难动作？你每天穿裤子不都是这样穿的吗？"病人反问道。

（韩正东）

优惠价格

一天，张三走路时突感内急，找了好长时间才发现一个收费厕所，欣喜至极，他边掏钱边问管理员："多少钱？""三毛。"

小张摸遍全身，只找到两毛钱，于是就问："两毛可以吗？"

"当然可以。但你首先必须入会，成为我们的会员后，你才能享受这个优惠价格。"　　　　（伊 豆）

举重冠军

电视上正在播放举重比赛颁奖仪式，一位运动员登上领奖台，高高举起奖杯。爷爷看见了就问："那个举杯子的是谁？"

孙子说是重量级举重冠军，爷爷听了很生气："还重量级？他举的那个杯子我也举得起来，看来，现在举重也可以拉关系了。"（东 杰）

有效处罚

收银台前，商店收银员看到有位女顾客，胳肢窝里夹着一只电视遥控器，就好奇地问："你带这个干吗？"

女顾客回答道："我丈夫是个电视迷。我要他跟我一起出来购物，他不干，我想了想就把遥控器带出来。这是对他最大的处罚。"

"哈哈，这个没用，他可采用手动方式开电视呀。"

"但没了遥控，他就别想躺在沙发上身子不动地换台啦。"

（文 华）

幻觉

丈夫刚做了大手术，妻子守在病床旁，轻轻地握住他的手，等着他醒来。几分钟后，丈夫的睫毛闪动了一下，睁开眼，仔细地打量着她，说："您好美丽啊！"然后又睡了过去。好一会儿，丈夫又睁开了眼，打量着她，说："五官倒还端正。"然后又沉入了梦乡。

好容易等丈夫醒来，女人着急地问："亲爱的，你第一次醒来时赞叹说我好美丽，第二次醒来时对我的评价仅是个'五官端正'，前后才几分钟，怎么有这么大的差别呢？"

丈夫看着她毫不迟疑地说："因为麻药的作用正在逐步消失。"

（姜文君 供稿）

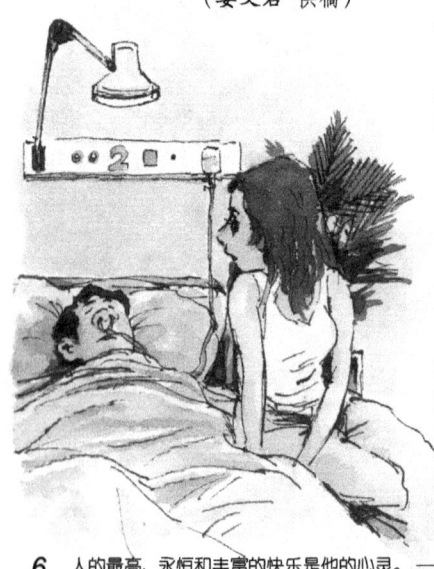

力气最大

儿子放学回家，向爸爸汇报说："我们老师今天表扬我了。"

爸爸问："是吗？表扬你啥啊？"

儿子说："老师说我的力气在班上最大。"

"为啥？"

"老师说我拖了全班的后腿！"

（张波文）

外国驾驶员

警察拦了一辆超速行驶的汽车，发现驾驶员是位外国人，便掏出个本子问他："你叫什么名字？"

外国人答道："我叫撒迪尔斯……卡里索尔斯汤姆……得未特拉尔斯……"

警察犹豫了一会儿，自言自语道"名字怎么这么长？"然后摆了摆手中的罚单，"算了，以后别再超速了。"

（蒋 俊）

第几次

在警察局，有个小偷正在接受审讯。警察问："老实交代，你这是第几次了？""第一次。""说实话，到底是第几次？""警察先生，我说的真是实话，我偷东西以来，这还真的是第一次被你们抓到。"

（丁 磊）

人的最高、永恒和丰富的快乐是他的心灵。——叔本华

白费口舌

新兵入伍第一天，班长开始给大家登记注册。轮到一个应征入伍的作家，班长问："念过书吗？"

作家骄傲地抬起头来，自负地答道："念过。我念过大学，而且在大学取得了三个学位，还写了三部长篇小说……"

班长看了他一眼，点点头，然后举起一块橡皮图章，"嗵"地在调查表上盖了个章："识字"。

（唐　歌）

寒 酸 相

外婆吃完粥后，总要用舌头舔一舔碗底，有"崇洋"思想的外孙见此，免不了要嘲笑一番，说外婆一副寒酸相。

这天，一家人围坐一起看电视，放的是一部外国电影，有个男士吃完鸡腿后，连续将十个指头吮了一遍。

外婆看到了，咂咂嘴对外孙说"你看，你看，到底谁寒酸？还吮手指呢？一点也不卫生。"

（张永章）

· 笑口常开 轻松一刻 ·

男生请进

为防止男生擅自闯入女生宿舍，门卫阿姨在宿舍前的一块黑板上用粉笔写道："女生宿舍，男生请勿进。"

几天后，她发觉"勿"字被人擦掉，成了"女生宿舍，男生请进。"心中大惊，于是阿姨又用粉笔修改了一下："女生宿舍，男生止步。"

不料两天后，阿姨却发现，"止"字被好事者添了一笔，变成"正"字，一句话成了"女生宿舍，男生正步。"

阿姨看了非常气愤，把"步"字擦掉了，留下"女生宿舍，男生止"字样。

第二天，阿姨一早就跑去看黑板，只见黑板上面写道："女生宿舍，男生上！"　　　（李一鹏）

偷来的青菜

□ 索洁

吃不得

俗话说：人是铁，饭是钢，一顿不吃饿得慌。18岁的时候，我们一帮北京女青年去陕北插队，由于粮食紧张，肚子顿顿闹"饥荒"。

你想，当时我们正处于身体生长的旺盛期，吃一顿饱饭，对于我们来说，是渴望；而吃上一点点青菜，真的是奢望了。那脆生生、绿油油的蔬菜，有时只能在梦中才能见得到。

终于有一天，我们在上山打柴的路上，发现了一片"绿洲"——不知是哪个老乡家的"自留地"上，种着一片叫不出名字的青菜。地里的菜已经长出了嫩绿泛着油亮儿的小叶儿，它们是那样的生机勃勃，令人看着垂涎欲滴，恨不得马上把它们连根儿刨出来，美美地吃上一顿。

眼前的这片青菜，使我们想到了偷！

这天，大家干活儿似乎都有了劲儿，那翠绿的小叶儿在我们的脑海里生了根儿，那样招摇地晃呀晃，像一只只胖乎乎的小手在挠着我们的心。

天一黑，我们便拿上唯一的"家用电器"——手电筒，出发了。很快，便来到那片菜地。尽管带了手电筒，但我们尽量不用它，以免引起别人的注意，使蓄谋已久的"计划"败露。于是，摸着黑乱薅一气，把薅来的菜塞进那捆柴中，飞奔而回。

运气不错，往返途中都没有遇见任何人。回到窑洞，我们大松一口气后，便迫不及待地把"收获"的菜叶放在锅里煮了起来。除了盐，没有任何调味料。不过这已经足够了，我们已经很知足了。

锅里煮着菜，而那一刻，我们的心情却并不那么欣喜若狂，毕竟，

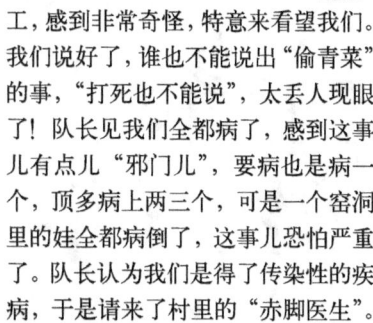

"偷"是一个很沉重的字，为这个字，我们的良心要受到谴责……

锅里的菜煮好了，汤汤水水中飘着绿色的菜叶，我们每人盛了一小碗，捧着煮好的菜汤，狼吞虎咽地吃了起来。此时，我们并不太在意菜汤的味道，有菜吃就不错了，还有什么比这更好的吗？

吃完这顿美餐，已是大半夜了，我们纷纷钻进了被窝儿，心里虽然还过意不去，但胃却是暖暖的。这胃里的菜汤，可以让我们今晚都睡一个好觉，做一个好梦了，梦里，有一片属于我们自己的菜地，我们可以尽情地吃那些碧绿的菜叶……直到吃得肚子都撑痛了，再也吃不下了，再吃就会吐出来了。

那梦像是真的一样，我似乎可以感觉到肚子在痛似的，那痛很真实，真实到使我痛得从睡梦中醒来。尽管还是迷迷糊糊，但我确认，自己的确已经醒了，我肚子也的确很痛，可我却不敢说，也不想叫醒其他人。我想，这大概是偷了人家的东西，遭了报应。我的头也开始昏起来，昏昏沉沉中，只听见"哇"的一声，睡在我旁边的小丽扒在床边呕吐起来。其他人也开始纷纷说自己肚子痛、头昏、恶心，原来她们也全都醒了。我们认定是自己偷东西遭了报应，难受、恐惧、愧疚、委屈，让我们哭了起来，却不敢大声……

第二天，我们全部倒下了。队长见我们都没有上工，感到非常奇怪，特意来看望我们。我们说好了，谁也不能说出"偷青菜"的事，"打死也不能说"，太丢人现眼了！队长见我们全都病了，感到这事儿有点儿"邪门儿"，要病也是病一个，顶多病上两三个，可是一个窑洞里的娃全都病倒了，这事儿恐怕严重了。队长认为我们是得了传染性的疾病，于是请来了村里的"赤脚医生"。

村里的"赤脚医生"查来查去，没查出个所以然来，就连连叹气道："这娃们啥毛病也没有呀，可症状咋这么怪呢？不过应该不会有大事，先休息两天看看吧！"就这样，没打针，也没吃药，过了两三天，我们又恢复了健康。我们都在心里合计，尽管自己偷了菜，遭了报应，但老天爷惩罚一下我们，让我们记住教训，就可以了，这并不是什么十恶不赦的大罪过儿，总不至于置我们于死地吧。

刚刚恢复精神的我们又一次路过那片菜地，我们偷偷地瞭了一眼菜地，地里被我们薅得狼藉一片，地上还有我们的脚印呢。这时，只见一个瘦巴巴的身影来到地里，是村里的刘二叔。刘二叔来到菜地里，眼前的景象让他大吃一惊，他大叫道："天哪！这是谁糟蹋了我种的烟叶子呀！"

（本篇月月评短信代码：G160）

（题图：安玉民）

守望
油纸伞

民国初年，有个商人在外多年苦心经营，手里攒下了一大笔财富，这时他已年过半百，便决定结束在外多年的漂泊生活，回到老家与妻儿团聚，安度晚年。

当时时局动荡，路上常有土匪打劫，怎样才能把钱带回家呢？商人想了个办法。不说是黄金有价玉无价吗？他倾其所有购来一些珍稀玉器，并特制了一把竹柄油纸伞，将粗大的竹柄关节全部打通，把珠宝玉器全部放入，塞得满满当当的，再仔细封好，外表居然看不出一丝痕迹。为防别人看出自己的身份，他还身着灰布衣衫，脚蹬一双布底鞋，装扮成一介贫寒之士，然后轻松上路了。

果然好计谋！行路多日，无人打扰。

这天中午，商人来到唐家寺。这时，天正下着小雨，他进了一个小面馆，美美地吃了起来，吃饱之后，一阵倦意涌了上来，他见时辰尚早，便靠在小桌上打了一个盹。

一阵清凉的风吹醒了商人，他揉揉眼，猛然发现身边的伞不见了！大吃一惊，顿时冒出一阵冷汗——这把伞可是他的身家性命啊！

但商人声色不露，也没有惊动面馆老板，而是沉着冷静地分析起来：旁边的小包袱完好无损，看来并非小偷所为，一定是有人只顾自己方便，顺手牵羊拿走了自己的雨伞。

不太流露自己的人才是聪明的人。——马休尔

怎么办？沉吟片刻，商人有了主意。第二天他就在镇上繁华路口租了间小店，做起修伞的事来。

由于他待人和气，心灵手巧，在小镇上他很有人缘，人们都愿把伞给他修理。只是，他表面上不温不火，可心里却焦灼万分，每天每时每刻都在等待那把油纸伞的出现，然而，经过他的手的伞成千上万，却唯独没有他等待的那一把。

一天，他接了一把破旧的伞，主人漫不经心地说："太费事就算了，不然一把破伞值不了几个钱，反倒要花不少钱去修。"商人一听，想到自己的那把伞恐怕已经破得不值得再修了，于是商人又想了一个好办法。

第二天，他在门外贴出一条广告：油纸雨伞不能修者，可以以旧换新。镇上的人看到这条广告后议论纷纷，可都捉摸不透这个修伞人闷葫芦里卖的是什么药。

不过，消息倒是传得很快，没多久小镇上的人差不多就都知道这件事了。

这天，一个中年人腋下夹着一把破雨伞前来换新。商人一看，眼睛都直了，正是他魂牵梦萦的那把油纸伞！他强压住内心激动的心情，不动声色地收下破雨伞，犀利的眼光一扫，看到伞柄封处完好无缺，转身在店里挑了一把最好的雨伞给中年人，然后慢慢地关上店门。

商人打开伞柄，看到里面的珠宝玉器，一件不少，不禁一屁股瘫坐在地，半天说不出话来。

第二天，小店很晚没开门，一打听，已是人去屋空，再后来，不知哪个听到消息的人将故事传了开来，众人这才恍然大悟，唏嘘不已……

（邱吉庆根据秦文文的小说《唐家寺的油纸伞》改编）

（题图：安玉民）

富翁和狼

一位富翁在非洲狩猎，经过三昼夜的周旋，一匹狼成了他的猎物。在向导准备剥下狼皮时，富翁却制止了他，问："你认为这匹狼还能活吗？"向导点点头。于是富翁打开随身携带的通讯设备，让停在营地的直升机立即赶过来。没多久，直升机飞来就载着受了重伤的狼，飞向500公里外的一家医院。

富翁坐在草地上陷入了沉思。

这已不是他第一次来这里狩猎，可是从来没像这一次给他如此大的触动。过去，他曾捕获过无数的猎物，斑马、小牛、羚羊、鬣狗，甚至狮子，这些猎物在营地大多被当作美餐，当天即分而食之，然而这匹狼却让他产生了"让它继续活着"的念头。

狩猎时，这匹狼被他追到一个近似"丁"字道的岔道上，正前方是迎面包抄过来的向导，他也端着一把枪，狼夹在中间。在这种情况下，狼本来可以选择岔道逃掉，可是它没有那么做。当时富翁很不明白，狼为什么不选择岔道，而是迎着向导的枪口扑过去，准备夺路而逃？难道那条岔道比向导的枪口更危险吗？狼在夺路时被捕获，它的臀部中了弹。

面对富翁的迷惑，向导说："埃托沙的狼是一种很聪明的动物，它们知道只要夺路成功，就有生的希望，而选择没有猎枪的岔道，却是死路一条，因为那条看似平坦的路上必有陷阱，这是它们在长期与猎人周旋中悟出的道理。"

富翁听了向导的话，非常震惊。据说，那匹狼最后救治成功，如今在纳米比亚埃托禁猎公园里生活，所有的生活费用均由那位富翁提供。因为富翁感激它告诉他这么一个道理：在这个互相竞争的社会里，真正的陷阱会伪装成机会，而真正的机会也会伪装成陷阱。

（作者：刘燕敏；
推荐者：覃春晓）

（插图：箭 中）

天才是带着自己的灯火，并寻出自己的道路的人。 ——威尔莫特

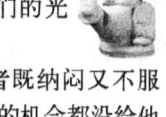

倾听

那个年代，电报是最快捷的长距离通讯手段。有一个年轻人去应聘莫尔斯代码报务员的职位。依照招聘广告的地址，他来到一个宽敞的大房间，里面人来人往，声音嘈杂，"滴滴答答"的发报声不绝于耳。这名年轻人填完表格后，就与先到的七名应聘者一起坐在等候室内静候。过了几分钟，这名年轻人突然站起来，径直走入雇主办公室。

其他应聘者都感到奇怪：没见接待员出来通知，他为什么擅自闯进去？然而，没过多久，雇主就笑吟吟地陪着这名年轻人走出办公室，同时宣布："先生们，报务员这个职位已经找到人了。谢谢你们的光顾。"

其他七名应聘者既纳闷又不服气，因为雇主连面试的机会都没给他们，这显然不公平！

雇主答道："非常抱歉。你们坐在这里等待的时间确实不短，但发报机一直在用莫尔斯代码的滴答声向你们传递如下消息：如果你们听得懂发报机发出的信号，就请直接进入我的办公室。但你们当中没有一个人听到或听懂发报声，只有这位年轻人做到了。理所当然，这个职位是属于他的。"

在熙熙攘攘的人生中，倾听，有时是多么重要而又难能可贵啊！

（推荐者：李俊杰）

· 本刊信息传真 ·

《滴水藏海》再次面向全社会征稿

《滴水藏海——300个3分钟典藏故事》第一、第二、第三辑出版后，在社会上引起了巨大的反响。

根据读者的建议，编辑部决定继续编辑《滴水藏海——300个3分钟典藏故事》第四辑，为此，再次面向全社会广泛征稿，希望广大读者将你们在各类报刊杂志上读到的以及各种场合听到的这类"3分钟典藏故事"推荐给我们。

推荐稿要求：1、立意清新隽永，富含真情至理；2、以叙事为主，一篇作品中要有一个精彩的情节或细节；3、篇幅：一般在500字左右。

推荐稿务必注明原作者、发表日期和出版单位以及推荐者的真实姓名、联系方式。所荐作品一旦入选，每篇即付推荐费50元。推荐稿请寄：上海市绍兴路74号《故事会》编辑部(邮编：200020)，在信封上注明"典藏故事"。网上来稿，请发以下信箱：wulun54@163.som,征稿截止日期为2005年12月31日。推荐稿一律不退，请自留底稿。

□ 式 森

魔术师的报复

有位法官在法庭上羞辱了一个魔术师，骂魔术师为"魔头"，这魔术师怀恨在心，发誓要报复法官。法官知道他说得出，做得到，因此十分紧张，特地雇了一名私人侦探去监视"魔头"的动向，说一旦有情况及时联系。

这天，侦探打电话给法官："法官，'魔头'从家里走出来了。"

"很好。现在你就偷偷跟踪在'魔头'后面，千万别惊动他！"法官说，"我提醒你，这是个非常狡猾的家伙，不但诡计多端，而且精通易容术。据说有一回作案，有人明明看见他进门是个年轻的小伙子，可出门后却变成

了一个白发苍苍的老太婆。所以，你一定要打足精神盯紧他，千万别让这家伙从你的视线里消失掉——"

"哎呀，你真是料事如神！"电话那头侦探突然激动地叫出声来。

"怎么回事？"

"'魔头'刚从一间服装店里走出来，真是太奇妙了，他现在脱胎换骨变成一个十分漂亮、迷人的性感女郎。天哪，大街上的男人都在回头望'她'，我敢肯定，如果一开始我不知底细的话，我也会被'她'的美貌所倾倒。"侦探啧啧赞叹道。

"住嘴！我是请你来工作的，不是请你来说废话的，"法官生气地斥

责道，"现在我命令你给我死死地盯住目标别放，绝对不能掉以轻心！我相信'魔头'很快就会有所行动的。只要一发现他下手作案，你就立刻通知我。"说罢，法官猛地挂断了电话……

两三个小时后，侦探又打电话来了："法官，'魔头'现在来到一幢白色别墅前，与一位有风度的白衣绅士正在密谈。""白色别墅？""哦，'魔头'正在向那位绅士推销一种药……没错，是一种性药，我是从望远镜里观察到的。""这是色相引诱，难道那位绅士就没有拒绝吗？"

"拒绝？谁会拒绝一位漂亮小姐的诱惑？"侦探不以为然地说道，"相反，倒是那位绅士显得有些过分热情，他不但主动邀请对方到他屋里来坐，而且还亲手替他斟了茶。"

"蠢货！"法官恶狠狠地骂道。

"哦，见鬼！你猜他们又在干什么？"侦探冷不防又怪叫一声。"干什么？""绅士吻了'魔头'。"侦探用异常兴奋的口吻说道。

"这个蠢货，真恶心！"法官充满厌恶地说道。

"法官，又有新情况了，刚才我发现那位绅士正在服用'魔头'提供给他的性药。"法官好奇地问道："怎么样，他吃了以后有什么反应吗？""好像没有什么特别的反应。反正他现在正躺在沙发上一动不动的，看样子倒像是睡了。""怎么，他睡着了？那

'魔头'在干什么？"

侦探闻听此言，兴高采烈地说道："哦，他可忙了，刚撬完保险柜走出来，手里还拎着一个鼓鼓囊囊的大皮包。我敢肯定那里面装的全是钱。"法官生气地说："见鬼，那你还愣着干吗？还不赶快动手？"

"来不及了，他已经跳上一辆白色的卡迪拉克车……"

"快告诉我，那辆车的车牌号码是多少？我立刻通知警察拦截他。"

"车牌是TZ95136。"

"多少？"

"TZ95136。"

法官大吃一惊："天啊，快拦住他，那是我丈夫的车。"这时她才恍然大悟，怪不得白色别墅、白衣绅士、白色卡迪拉克，听在耳里那么熟悉呢！

"对不起，法官大人，我恐怕帮不了你这个忙。""为什么？"法官陡然一怔。

"因为我就是那个诡计多端的家伙，或者说，诡计多端的家伙和我是同一个人。告诉你也不妨，本人不但会易容术，而且还会拟声术、催眠术……你重金雇来监视我的那名侦探，怎么会是我的对手？他被我发现并施了催眠术后，把什么都说了出来，目前正安静地躺在我家里，相信一时半会儿还没法醒过来。"

（题图：李 加 史文琦）

青春读本 1、2

——感动中学生的 100 个故事

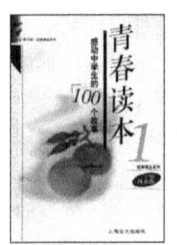

这是我国第一种由中学生全选、推选和评选而成的作品集。它来自全国各地的中学生之手，是从数万件推荐作品中大浪淘沙，筛选出一千来份，然后又特邀上海市的几所重点中学的同学们组成"读书会"，依其多数同学的公认，最后才集镌了这二册共 200 个故事。

据先睹为快的同学们坦言，读了这些作品，才知道什么叫轻松阅读，体会到愉快教育的真正魅力；因为它不但使人学会了感动，而且还让人在感动中留下生命的暗记；用不着逐字逐句地诵读，这些故事已完全潜入了意识领地，在需要的时候喷薄而出。

当然对于其他读者来说，看这些作品，一方面，可以了解我们中学生到底喜欢什么样的作品，另一方面，也可以从中探究他们的心理世界和价值取向。

滴水藏海 1、2、3

——300 个 3 分钟典藏故事

我们常有这样的生活经验 有时，想说出一番道理容易，而想让人接受这番道理则难，但如果你借助一个精彩的故事来述说道理，借事寓理，托事言志，情况则完全改观。

这就是故事的魅力。

此书收录的作品正是这样魅力洋溢的精彩故事。这些故事内容精深，构思精巧，篇幅精短，形式精致。学者撰文，教师授课，干部讲话，家长训导，学生作文，都可从中得心应手地广征博引，如同置一架书橱于身边。

此书会是你的良师益友。

好你个刁妇

□ 叶林生

李云龙是达达集团的董事长，这天洗澡时，发现自己的右大腿根有点疼，仔细一看，是个暗红色的肿块，虽只有蚕豆大小，手指轻轻一按，却如刀一样地往心尖里扎。于是，他赶紧去了县医院。

很快，检查化验结果出来了，大夫极认真地说这叫疔毒，马虎不得，一旦出头成疮就会很麻烦。同时，大夫提出了手术引流和保守疗法两个治疗方案供他选择。

权衡再三，李云龙选择了保守疗法。

可要命的是，该打的针打了，该吃的药也吃了，那个肿块却迟迟未肯消退，反倒隐隐泛出了两只"鱼眼"，直把李云龙折腾得坐立不安。

李云龙属下有个叫马文罗的心腹，听到这事儿，匆忙赶来对他说："董事长，你咋不早说呢？我知道有个人，是专治这个东西的，针灸加草药偏方，十拿九稳！"

李云龙赶紧问道："谁呀？在哪？"

"名字不记得了，是个妇女，就是咱县西陵乡茅麓村的。"

李云龙显出不屑一顾的样子："一个乡下妇女，能有什么高招儿？"

马文罗说："你还记得我乡下那个表叔吗？去年我表叔生的这东西，因为住不起医院，就是去那妇女家给治好的呀。听说那个妇女，原先自己也是得的这种毒疮，家里头都被整穷了，后来不知从哪来了个云游和尚，给了她这套针灸加草药偏方，灵得很哪！"

经他这么一提，李云龙顿时眼放光彩："哎呀，天无绝人之路嘛，你不说，我还真是没想起来……"

事不宜迟，李云龙当下便和马文罗一道，驱车直奔西陵乡茅籁村。这虽是个不起眼的小山村，却紧靠着交通便捷的国道。

那妇女很快被找着了，名字叫刘阿娣，家住在村口，家里就她和一个十五六岁的女儿玲玲。看上去，刘阿娣也就四十开外，身体瘦瘦的，但显得很结实，两眼细细的，却露出一种乡下妇女特有的精明。跨进屋门，一股草药味儿扑鼻而来，屋里的柜子里、桌子上，满是大大小小的瓶瓶罐罐，很显然，登门求医的还为数不少。可当他们说明来意后，刘阿娣却边打量他们边摇头摆手："你们咋不上医院去呀？我这儿的全是些土办法，不正规哩。"

马文罗知道她是卖关子，忙指着

李云龙介绍说："刘大夫，这位是咱县著名企业家，达达集团的李董事长，不定再过些时候，他就是咱县的父母官啦。你要是能把他的疗毒给治好了，那你的名声可就大了哪！"

李云龙也像见了老熟人似的，讨好道："大嫂啊，你不认识我了？前年夏天你病在床上的时候，我特地来看过你，还给过你两百元钱，记得不？这次你要是为我治好这疗毒，我给你两千元！"

果然，刘阿娣两眼眯了眯，脸色渐渐变得缓和了起来："那，那我就试试。按老规矩，疗毒不除，我分文不取！"

大冬天，屋子里有点阴冷，门外倒是阳光灿烂。刘阿娣说："屋里窄，太阳底下暖烘烘的，到门外面来吧。"说着搬出一张凳子，搁在门口的院墙前，让李云龙面朝太阳坐好，同时吩咐女儿玲玲直奔小卖店，买来三根人称"两脚踢"的大爆竹，还有一挂千响小鞭，点着在门前"咚吥"、"噼噼啪啪"地放了起来。那声音，一时间震得整个村子都在回荡。

李云龙有些奇怪："放鞭炮干什么呀？"刘阿娣只是朝他笑笑，也不作答。倒是马文罗想了想说："民间偏方，就是这么怪怪的，过门关节多。"

鞭炮的余音未落，已有一大群男男女女围到门前。刘阿娣和女儿又招呼着其中的几个人，帮着搬出了桌子和那些瓶瓶罐罐什么的，像摆地摊似的摆了开来。

李云龙的眉头拧成了疙瘩，忍不住嘀咕起来："找你治个疔毒，你又拉场子又放鞭炮，招来这么多的人看热闹，这不明明是摆谱儿吗？"可马文罗觉得，这种时候不能得罪刘阿娣，皇帝还得向理发匠低头哩，于是又悄声劝他："嗨，这偏僻的乡间旯旮里，无所谓的，摆谱咱让她摆吧，只要能治了你这疔毒就行！"

直到一切准备停当，刘阿娣这才拍了拍手，得意地看了看一旁的众人，亮开大嗓门"闪开"、"闪开"吆喝几声，又麻利地脱去外衣，穿上了一件崭新的白大褂，然后她对李云龙说："李董事长，你把你的裤子褪下来。"

"这儿……"这大庭广众、无遮无挡的，李云龙显得有些为难。

刘阿娣说："疔毒不是生在你的大腿根上么，你不把你的裤子褪下来，我怎么给你治哩？"

看热闹的男女中，有人交头接耳，有人指指点点，还有人在"吃吃"地窃笑。

李云龙心里觉得很别扭，也很窝火，大名鼎鼎一个董事长，如何放得下这个？他站起身来就想拂袖而去，可是屁股刚一扭动，就如遭电击似的，疼得他猛一阵哆嗦。唉，这该死的疔毒，它认不得人哪！

刘阿娣"咯咯咯"地笑了："谁让你这疔毒生得不是个地方？求医治病嘛，咋能讲究得起来？火车上、飞机上的人堆里，人家还生孩子呢！"

这一说，倒好像是让李云龙觉得自在了些，他迟疑片刻，只好无奈地从右边将裤子褪了下来，又将起里面的短裤头，现出了大腿根下的那块疔毒。

治疗的过程倒是没怎么太复杂，刘阿娣将那疔毒仔细看过，先在那部位旁边的几个穴位上，熟练地用针扎了几下，接着，从那些坛坛罐罐里弄出一些被捣烂的草药，轻轻敷在那块

毒疮上面，然后再用干净的纱布裹好，这就完了事。

别说，刘阿娣的这招针灸加草药偏方还果真灵验，回家当晚，李云龙就感觉疗毒的疼痛减轻了许多，第二天早上起来，他揭开纱布一看，嘿，竟然已经消肿了，那毒疮头上的两只"鱼眼"也隐去了！

心里一高兴，他又去了趟茅麓村，果然当场拿出两千元钱要给刘阿娣。可刘阿娣怎么也不肯收，摆着手摇摇头说："李董事长，我能给你治好了疗毒，已经是沾了大名气了，这好处就远远不止两千元钱啦！"李云龙哈哈大笑，欣然作罢……

几天后，李云龙要去省城开会，轿车路过国道旁的茅麓村口时，不觉放慢了速度。忽然，他发现就在那儿的国道边上，耸立着一块赫然醒目的广告牌："专治疖肿疗毒"。广告牌是钢架支撑电脑喷绘的，足有两层楼墙那么高大，占据整个中心位置的，是几幅清晰的图片和一大溜文字说明："……刘阿娣正在使用自己的针灸和草药偏方，为达达集团董事长李云龙治疗疗毒……"而图片上，那个将下裤子露着大腿根部毒疮的人，汗毛毕现的正是他李云龙。显然，那是那天他去刘阿娣家，在治疗疗毒时被悄悄拍下的照片。李云龙脑子"轰"的一响，好你个刁妇，你可真会动脑筋，竟然拿我的事儿做起了广告！

李云龙让人找来了刘阿娣后，指着那些图片和文字，恼怒地问："刘阿娣，你胆子不小哇，这样的广告，谁让你做的？嗯？"

刘阿娣眨眨眼睛，慢吞吞地说："李董事长，我这广告内容，一没虚的，二没假的，咋不行呀？"

李云龙气急败坏地吼道："这内容侵犯了我的隐私权，你这是犯法的行为！"

这时候，刘阿娣的女儿玲玲刚巧放学回家，她朝那广告牌上看了一眼，壮起胆儿上前一步，昂着脑袋对李云龙说："我妈妈这样做，是跟你学的！"

"什么？是跟我学的？"李云龙觉得莫名其妙。

只见玲玲一溜烟似的奔回家，很快从屋里拿出几张报纸跑了回来，指着上面的几幅照片说："李董事长你记得的，前年夏天，我妈妈病在床上的时候，你递给她一个好大好大的红纸包，里面装着两百元钱。可是就为这事儿，你带来那么多的男男女女，像看动物似的围着我妈妈，又是拍照片，又是拍录像，天天在报纸、电视上作宣扬，让全县人都看到了我家里的穷模样儿，还看到了我妈妈的胸口旁边生着个疮。你说，那叫不叫侵犯了我妈妈的隐私权呢？"

（本篇月月评短信代码：G161）

（题图、插图：箭　中）

无论男人女人，名誉是他们灵魂里面最切身的珍宝。　——莎士比亚

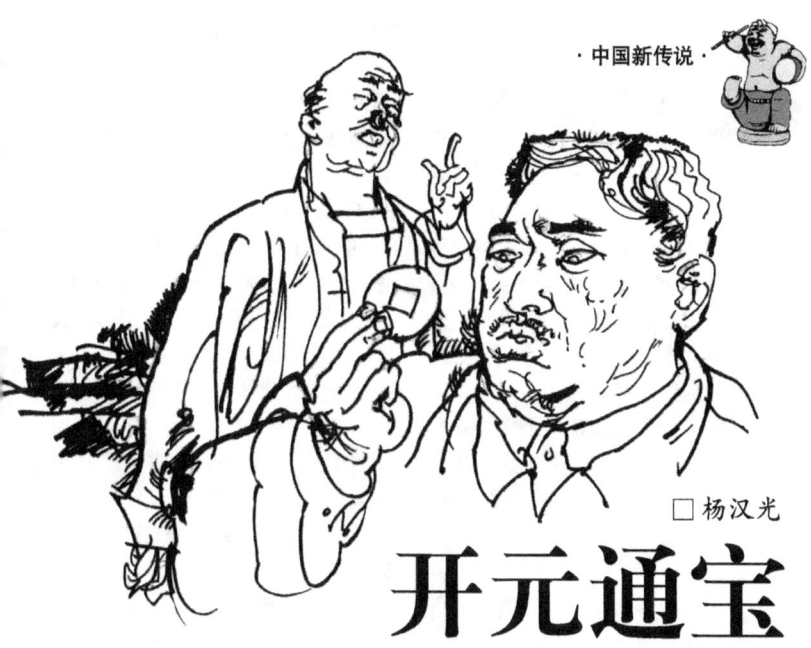

□ 杨汉光

开元通宝

三百六十行，行行有门道。刘二和黄三是一对收破烂的朋友，白天他们驮着大竹篓走村串巷收废品，傍晚就到城里卖给废品回收站，赚一点差价。有时居然也会"捡漏"，收到一两件古旧的玩意，卖给古董商独眼龙。

这天傍晚，刘二把废品卖给回收站后，就拉了拉黄三的衣袖，神秘兮兮地说："今天我发财了，收到一件宝贝。"黄三忙问是什么宝贝，刘二就把一枚铜钱掏出来给黄三看。这枚铜钱很旧，几乎成了黑色，上面有"开元通宝"四个字，应该是唐朝的钱。去年刘二收到一只清朝的破碗，卖给独

眼龙，就得了三百元，算一算年代，这枚铜钱比那只破碗大约要老几倍，说不定值几千元呢。黄三说："还算啥呢？快拿去卖呀！"

刘二当即拿这枚铜钱去卖给独眼龙。独眼龙接过铜钱，兴奋不已，连那只瞎眼似乎都亮了起来，他问刘二要多少钱。刘二想，这枚铜钱比那只破碗老几倍，价钱也应该多得多，非三千元不可，于是就伸出三根手指说："最少要这个数。"独眼龙爽快地说："三万？好，给你。"

刘二喜出望外，差点连回家的路都认不清了。

靠一枚铜钱发财后，刘二就不去

收破烂了，他在城里开了一间店，还娶了个很漂亮的妻子。这下可把黄三羡慕死了，他也希望自己能收到一枚"开元通宝"，于是加倍卖力地在破村陋巷中奔走，可是一直到刘二的小孩会叫爸爸了，黄三连一枚值钱的铜钱都没收到，更别说"开元通宝"。他一气之下，就扔下竹篓，到广州打工去了。

三年后，黄三揣着从牙缝里省下来的一万多块钱，也准备在城里开一间小店。正在他四处寻找店面的时候，一天，他看到一个老女人在卖废铜烂铁，里面夹带有不少铜钱，心中一动，就仔细看那些铜钱，嘿，居然有一枚"开元通宝"！

他马上把这枚铜钱抓在手里，叫老太太无论如何要卖给他。老太太看他抓得那么紧，也意识到这枚铜钱有来头，死活不卖。黄三急了，差一点跪下来，愿意把所有开店的钱给她，老太太这才让给了他。黄三虽然心里有一种失落感，但想到一转手就能得到三万元，他还是很高兴。

黄三用手绢裹着这枚铜钱，迫不及待来到独眼龙开的古董店。找到独眼龙，便说自己有件宝物。独眼龙抬起眼睛，问是什么东西。黄三一层层打开手绢，小心翼翼地把铜钱递过去。独眼龙接过铜钱，问他要多少钱。黄三咬了咬牙，说："四万块，少一分也不给！"独眼龙笑了笑说："我最多

给两百元。"黄三说："你好好看看，这可是开元通宝啊！"独眼龙说："我知道是开元通宝，所以才给两百元。如果不是开元通宝，二十元都不值。"黄三问："上次刘二卖一枚开元通宝给你，你怎么给他三万元？"独眼龙说："他是他，你是你，有所不同。"黄三问："有什么不同？"独眼龙把嘴一撇，说"这是秘密，我不会告诉你的。两百元，卖不卖？"黄三说："明明是一样的铜钱，你再仔细看看。"独眼龙不高兴地说"不用看了，你走吧。"说完，把铜钱丢出来，"咣当"一声落在地上。

黄三弯腰捡起铜钱，想起三年打工的艰辛，不禁悲从中来，他认定独眼龙故意整他，就咬着牙说："你……你欺人太甚了！"边说边将铜钱往独眼龙的脸上扔过去。这枚铜钱竟像飞镖一样，不偏不斜，正好插进独眼龙那只好眼里去了。独眼龙大叫一声，鲜血从眼睛里喷涌出来。众人一见，赶紧把独眼龙送进医院。

结果，独眼龙成了两眼瞎，黄三则被判了五年徒刑。

黄三又气又恼。想想人家刘二一枚铜钱改变了命运，自己却因一枚铜钱毁了人生。老天爷咋就这么不公呢？

服刑期间，黄三认识了一位叫梁军的"狱友"，心情稍微好了起来。有一次，监狱发生大火，梁军被困在火

海里，黄三冒着生命危险钻进火海，把他背了出来。因救人有功，黄三被减刑一年。临出狱那一天，梁军送一枚铜钱给黄三，以报答他的救命之恩。黄三接过铜钱一看，上面赫然有"开元通宝"四个字，心里一酸，他把铜钱还给梁军说："我就是为铜钱入狱的，看见铜钱就心烦。"梁军告诉他，这枚铜钱是奶奶给他的，奶奶说旧铜钱能辟邪，你运气这么差，说不定这枚铜钱能让你逢凶化吉，无论如何要黄三收下它。这么一说，黄三不好意思再拒绝，把这枚"开元通宝"收下来。

出狱后，黄三就去找老友刘二。听刘二说，独眼龙两眼全瞎后，竟然还在收古董，不过只收"开元通宝"铜钱。

黄三吃惊地问："那个老瞎子不会上当吗？"刘二说："听说他不但没上当，还发了大财呢！"

黄三好奇地来到独眼龙的家里，把梁军送的铜钱递给他说："老冤家，你看这枚开元通宝是值两百元呢？还是值三万元？"独眼龙接过铜钱，两只瞎眼对着屋顶，手指却很仔细地抚摸铜钱，摸了几遍后，独眼龙说："这是一枚宝贝，现在涨价了，我给你五万元吧。"

黄三简直不敢相信自己的耳朵，高兴得跳了起来，想起自己和独眼龙的恩怨，便故意逗他说："你上当了，

这枚铜钱是我伪造来骗你这个老瞎子的。"

独眼龙说："认这种铜钱，我根本不需要眼睛。"

黄三好奇地问："那你是怎么辨认的？"

独眼龙说："这是我的秘密。"

黄三说："你年纪这么大了，又没有儿女，能不能把你的秘密告诉我？说不定我会给你养老送终呢。"

独眼龙想一想说："为这个秘密，我瞎了一只眼，你坐了几年牢，你我也算有缘分了。好，我就告诉你吧。"

独眼龙告诉黄三：古人造钱先用蜡做钱模，"开元通宝"的模子做成后，呈送当朝皇帝过目。皇帝让妃子也看看，妃子不小心在一个钱模的背面留下一点小小的指甲痕，用那个钱模造出的铜钱，也跟着带上一点小小的指甲痕。这样就有两种"开元通宝"钱币，一种是带有指甲痕的，行家们称为贵妃钱，另一种是不带指甲痕的。不带指甲痕的普通"开元通宝"钱币，只值几百元一枚，贵妃钱却因为既特别又稀有，价钱一路飞涨，一枚已经卖到七万元以上了。

黄三这才恍然大悟，想起这些年吃的苦，遭的罪，不由得一声长叹："可惜我知道得太晚了！"

（本篇月月评短信代码：G162）

（题图：王申生）

养狗防老

□ 段海斌

福满老汉别看名字起得好，可命中却无福，40岁才得子"孬娃"，老婆还因此搭上了一条命。孬娃长大后又不争气，整天惹是生非。福满老汉常常抱着家里的那条叫"欢子"的狗叹气说："养个儿子，还不如养条狗让人省心呢。"

这一天，福满老汉做好了饭，正在家等孬娃回来。忽然，就听见外边乱作一团，一大群人用绳子抬了一台沾满大粪的电视机，踹开门就叫福满老汉把孬娃交出来。

福满老汉吓了一跳，连忙站起来，战战兢兢地问是怎么回事。为首的是本村的大成老汉，只见他把脖子一扭，一指地上那台臭气熏天的电视机，说："怎么了？都是你那宝贝儿子作的孽！"

原来，大成老汉膝下有个女儿叫小翠，长得跟一朵花似的，谈好了一门对象，说好到了"国庆节"就办喜事，为此，大成老汉把家里的老黄牛卖了，给小翠买了彩电、冰箱。可谁知，却让孬娃这帮家伙给惦记上了。前两天大白天地就跑到家里来偷，碰巧被大成老汉撞见，大成老汉念福满老汉是个老实人，训斥了孬娃几句，就放他走了。可谁知，今天早上醒来，竟发现电视机给扔进了自己家后院的大粪池里。

这不是孬娃干的，还能是谁干

的？

福满老汉赶紧赔不是，大成老汉却死活不依，非要好好教训教训孬娃一顿。福满老汉没办法，赶紧跑回屋里，从箱底掏出2000块钱，算是赔电视机的，大成老汉这才气呼呼地带人走了。

孬娃在外边躲了几天，见没事了，才大摇大摆地回了家。一进家门，就看见堂屋里放了一台电视机，高兴地跑过来，摸了又摸，问老爹怎么舍得买电视了。福满老汉没搭理他，而是抄起擀面杖照准孬娃就要打，孬娃急了，气急败坏地夺过擀面杖，问老爹怎么了。福满老汉就把大成老汉寻上门来的事说了一遍。孬娃一听，急得直跺脚，连呼赔了、赔了。福满老汉一惊，忙停住手，问孬娃是怎么回事。孬娃说这电视机不能看了。原来他们见偷电视不成，就用棍子把电视机里的线路全给搅乱了，根本就不能看了。说着，孬娃抱起电视机就要找大成老汉算账去。福满老汉一把拽住他，骂道："你个兔崽子，你还嫌丢人丢得不够咋的？"孬娃气恨恨地说："这事没个完！"

果然，过了没几天，又出了事了，而且是桩大事。

小翠在山上割猪草时，竟被丧心病狂的孬娃糟蹋了！大成老汉带人跑到福满老汉家活要见人，死要见尸，可哪还有孬娃的影子？大成老汉一边

叫人赶紧去报案，一边把福满老汉团团围住。福满老汉蹲在地上呜呜哭了起来。

派出所的警察来了，询问了好大一会儿，可福满老汉愣是一个劲高喊"冤枉"，说肯定是弄错了，他家孬娃决不会干这事的。警察问福满老汉外边还有哪些亲戚，想得到点线索，可福满老汉就是不说。警察无奈，只好先撤退，临走时，告诉福满老汉，如果孬娃回来，一定要抓紧时间报告派出所。

这以后，福满老汉家成了派出所民警经常来的地方，每逢过年过节，派出所的人就会悄悄地潜伏在福满老汉家里和四周，专门等着抓捕孬娃，可每次都是无功而返。福满老汉还四处申冤，说肯定是弄错了，一再袒护孬娃，弄得村里人都不再和他来往。

一晃一年过去了。

这一年时间里，福满老汉本来就寂寞的家里就更像一潭死水一样毫无生机。福满老汉渐渐疯疯癫癫起来，村里的人都喊他"疯老头"。他整天和自己养的狗"欢子"在一起玩，让狗扑过来咬自己的腿，每次都咬得腿上血淋淋的。村里的人都说，福满老汉真是疯了。福满老汉却不理睬，除了逗狗玩，就是四处找原来和孬娃一起玩的狐朋狗友，见了面，就说一句话"告诉孬娃，找机会晚上回来，老爹想他。"

这一天晚上，福满老汉正在家睡觉。忽然，就听见院里好像有人跳进来，福满老汉忙问："谁？"再听却没有声音。过了一会，有人轻轻敲门，福满老汉便披上衣服，轻轻拉开门闩，一刹那间，门外闪进一条黑影。

福满老汉定睛一瞧，原来是孬娃回来了！

福满老汉看到孬娃，老泪"刷"地就流了下来，一年不见，孬娃在外边

弄得蓬头垢面，三分像人，七分像鬼。孬娃一进来就赶紧关紧门，叫福满老汉赶紧给他弄点吃的。

福满老汉艰难地拄起拐杖，下床给孬娃弄了点吃的，看着孬娃狼吞虎咽的样子，福满老汉心疼地说："娃呀，你这样在外边东躲西藏的，啥时才是个头？听爸的话，赶紧到派出所投案吧！"

孬娃吃饱喝足了，来了精神头，把脖子一横："我投他妈的屁案！我在外边犯的事挨两回枪子都够了。你赶紧给我准备点钱，越多越好，我们哥几个准备到国外闯一闯！"福满老汉拽住他，不让他走，孬娃一甩手，把福满老汉撂倒在地，起身要走。

刚跑出家门，忽然就听福满老汉大吼了一声："欢子！"只见那只大狼狗像闪电一样猛扑过去，照准孬娃的腿就是一口，孬娃一个措手不及，跌倒在地；等他好容易爬起来，大狼狗又咬了一口。孬娃挣脱了几次都没摆脱，急了，顺手从兜里掏出一把尖刀就照狼狗肚子上捅去。狼狗的肠子流了出来，却死活咬住孬娃不放。这时候，听到动静的邻居出来了，一见是孬娃，一拥而上，把孬娃逮了个正着，扭送到派出所。

孬娃边走边回头挣扎着喊"爹"，福满老汉走了过去，说："娃儿，你有什么话要说？"孬娃咬着牙说："爹，你要认我这个孽子的话，在我死后，

"掌上灵通杯"《故事会》优秀作品月月评

1. 本期初评委推荐以下10篇故事为候选作品，读者可挑选最喜欢的一篇，将其月月评短信代码（如G160，没有短信代码的作品不参加评选）发送到200056（移动用户）或900056（联通用户）。每次限选一篇，可多次投票。

篇名与短信代码

代码	篇名	代码	篇名
G160	偷来的青菜吃不得 (P8)	G165	伴奏 (P32)
G161	好你个刀妇 (P17)	G166	认识你不难 (P35)
G162	开元通宝 (P21)	G167	逃犯 (P37)
G163	养狗防老 (P24)	G168	今晚有泥石流 (P43)
G164	一粒黄豆 (P28)	G169	命悬一梦 (P55)

2. 作者奖：每期设"最受欢迎的故事"三篇，由得票最高的前三名作品获得。这三篇作品均将列入本刊今年举办的《中国最有影响力的故事》征文大赛候选名单。第一名的作者还将获赠上海文艺出版总社出版的大型历史图书《话说中国》一套（价值1100元）。

3. 读者奖：参加评选并投对当期"最受欢迎的故事"的读者均有机会获得现金奖，每期20人，各获现金500元；所有参加评选的读者均有机会获得参与奖，每期200人，各获价值30元的礼品一份；参加全年24期评选的读者更有机会获得年终大奖，共12人，各获价值5000元的数码摄像机一台。

4. 本期活动截止期为：8月20日。得奖读者在评选结果揭晓后将得到短信通知。用户接收每条短信收费0.50元。

另，6月（下）获得选票前三名的作品分别为：《老家来电话》、《记忆》、《道德多少钱一斤》。

《故事会》"我最喜欢的封面图片"评选启事

亲爱的读者，您喜欢本月《故事会》的哪一期封面？现在只要用手机下载您中意的任意一期（红版／绿版）封面图片，就投了宝贵的一票!您不仅可以马上拥有这张彩图，还有机会赢得精美时尚手表（价值280元，每期5名），得奖读者在评选结果揭晓后将得到短信通知。

参加方式：发送封面图片代码403（8月红版）或404（8月绿版）到200076（限中国移动彩信用户），信息费：2元／条。本月活动截止期为8月31日。

你就把那条狗杀了炖了，摆在我的坟头！"

福满老汉哭了："娃呀，你到死都没弄明白，害死你的不是那狗，是你自己呀！我到处'袒护'你，就是为了把你骗回来；我训练那条狗，就是为了帮助我把你逮住，好叫你别再胡作非为、祸害四邻呀！"

不久，孬娃的案子审了出来，孬娃被判处死刑。执刑那天，福满老汉拄着拐杖，到狗的坟头上，恭恭敬敬地磕了三个响头……

（本篇月月评短信代码：G163）

（题图、插图：魏忠善）

一粒黄豆

□ 刘 璟

这天，乡民政办公室主任老黄刚上班，助理员就汇报说：李秋生两口子又在闹离婚，请他赶快去劝解。老黄心里一哆嗦，喊了一辆车就往李楼村赶。

李秋生是谁？老黄为什么这么紧张？

李秋生两口子可不是一般的夫妻！李秋生是一位战斗英雄，二十多年前的那场自卫反击战中，年仅十九岁的李秋生为了掩护战友，自己光荣负伤，造成高位截瘫，成了一辈子只能坐轮椅的特等伤残军人。从那时起，云南姑娘王素琴就挑起了照顾他生活的重担，这一挑就是二十年，从云南边陲挑到了祖国腹地。这些年里，政府把王素琴树成了响当当的好军嫂典型，县里、市里乃至省里都有她的先进事迹材料。

然而，这对光荣夫妻也像其他夫妻一样，过不长时间就会闹上一场别扭，有几次还闹得特别凶，要不是老黄调解及时，别说好军嫂，恐怕早已连军嫂都不是了。

说话间，李秋生家就到了。看见老黄从车中钻出来，站在门口的一个小女孩朝里面喊："爸，妈，我黄伯伯来了。"

老黄知道小女孩名叫李晶，还知道再过四十天，小李晶就满十五岁了。十三年前，老黄调解了李秋生两口子第一次离婚纠纷后，越想越觉得委屈了王素琴，于是他四下联络，终于为他们找到了父母双亡的小李晶。从这个意义上说，李晶是老黄送给王素琴的最好礼物，接受了这个礼物后，李秋生两口子好几年没有吵过一次嘴。

轮椅停在院当中，李秋生蔫巴巴的坐在上面，王素琴蹲在压水井旁，边哭边洗衣服。一看这情形，老黄就知道，与前几次差不多，两口子并没有多少激烈的争吵，但两个人心中都痛苦至极。

"怎么了这是？有什么大不了的难事儿，跟你老黄哥说说，天塌下来咱大家顶着，可别一个人闷在心里。"老黄一进门就热情地说，说着还走到王素琴身边，准备帮她晾晒刚涤过的衣服。

王素琴挡开了他的手，哭得更响了："黄哥，我们感激你，但这日子，实在是没法再熬下去了。"李秋生也艰难地往前挪了挪轮椅，凑到老黄跟前，说："老黄哥，你就答应了她吧，这些年我已经很对不起她了。"

答应？绝对不可以！答应了离婚王素琴这个典型就倒了，倒了典型那今年争创双拥模范要泡汤了，这个责任谁负担起？当然，这些话老黄没有说出口，他憨笑了一阵，说"好商量，好商量。"

"我们也知道你的难处，不想太逼你。"王素琴说，"要不，咱们还是用老办法吧，单双数，单数离，双数继续过。"

老黄的心突然"扑通、扑通"跳得快了，不自觉的，他把手插进了衣兜里，瞬间，手心就汗湿了。

前几次离婚，虽可以说是经老黄调解而没有离成，但其实最终起决定作用的，还都是所谓的单双数，就是王素琴随便抓起一把黄豆，如果总粒数是单数，就离婚；反之，则继续过。多亏老天帮忙，前几次王素琴抓的恰巧都是双数，但谁能保证这次不会是单数呢？

这时王素琴已经从粮囤里抓来了一把黄豆，散放在桌子上，抬头看老黄的意思。老黄又摸了摸兜里，最后说："行，不过这次要让我来数。"

"那不行，老规矩，你看着，我数。"王素琴不让。

"不，这次我非数不可。"老黄也够坚决的。

正争执不下，李晶突然抢了过来："妈，黄伯伯，你们别争了，都在旁边看着，今天我来数。"话音落地，她已经数了起来："1，2，3，4，……"

老黄、王素琴、李秋生三个人六只眼一眨不眨，全都盯在黄豆上。

"53，54，55，56。"双数。

老黄提到喉咙眼的心落了回来。他已经准备好了下一环节的所有程

序，那就是像前几次一样，先好言劝慰，然后再解决一些实际问题，留下一点救济金等等，这样一套程序走下来，王素琴虽然还是哭哭啼啼，但最终还是不再提"离婚"二字。

谁也没有注意到，一粒黄豆，从李晶食指与中指之间落下，滚到桌子上。"咦，"李晶好像发现了新大陆，"还有一粒，57，是单数。"

李秋生傻了。

王素琴不哭了，手却抖了起来。

"妈，我懂你的苦，你还是离了吧。"李晶突然说，"我也长大了，以后爸有我照顾，你就放心吧。"说着说着，两行清泪从脸庞滑落。

院子里哑了足有一分钟，然后，

火山爆发似的，王素琴突然哭了出来："孩子，我的好孩子，你真的长大了。"王素琴抬手擦眼泪时，老黄吃惊地又看到了一粒黄豆，这粒黄豆从王素琴食指与中指之间滑落，砸进一堆黄豆中："我不能离开你爸呀，孩子，你再数一遍吧，别错了。"

老黄突然明白了，难怪以前每次都是双数，原来王素琴根本就不是真的要离婚，同时他也明白了她为什么要这么做，政府对他们关心不够呀，回想这几年，除了开表彰会下通知外，老黄每次到这个家来都是为调解纠纷而来，虽然李秋生的房子是政府出钱给盖的，但从房内的摆设和一家三口的穿着看，他们家与邻居的生活水平至少有将近十年的差距，何况王素琴面前还切切实实摆着一个生理问题哩？几方面原因加起来，恐怕放在哪个女人身上，她都会像王素琴一样。

老黄眼睛突然湿润了，他从衣兜里掏出仅有的二百四十块钱，放在黄豆粒上，说："来得急，只带了这一点现金，不过来时县民政局已

人性是一条光河，从永久以前流向永久。——纪伯伦

2005年《中国最有影响力的故事》征文启事

6大措施奖励优秀作品

《故事会》杂志社决定，2005年举行《中国最有影响力的故事》征文大赛，并对优秀作品实行6大奖励措施：

1. 入选作品除在杂志上发表外，还将收入《中国最有影响力的故事》（2005年年底出版）一书。2. 入选作品可得两笔稿酬：在《故事会》杂志发表的作品，首发稿酬每千字400元；入选《中国最有影响力的故事》一书，再追加每千字1000元。3. 入选作品的作者每人可得价值超1100元的《话说中国》一套（"月月评"的第一名获奖作者不重复这一奖励）。4. 入选作品均颁发奖励证书。5. 本刊将委托有关专家对入选作品进行精彩点评。6. 本刊将邀请有关作者参加优秀作品研讨活动，所有费用均由编辑部承担。

征稿范围：具有现实感、新鲜感且可读性强的中短篇原创作品，超短篇（如幽默故事）的字数一般在1500字以内，短篇（如中国新传说）的字数一般在5000字以内，中篇故事的字数一般在15000字以内。

第三次截稿日期：2005年9月30日。

来稿方法：1. 从邮局寄发，请在信封上注明"征文大赛"字样，本刊地址：上海市绍兴路74号《故事会》杂志社，邮编 200020。2. 从网上传递，可寄以下信箱 wulun@vip.sohu.net，在主题上注明"征文大赛"字样，也可直接与本期责任编辑联系，信箱是：xiayiming@vip.sohu.net。

经给你批了一千元救济款，我明天一定送来。"说完，头也不回出了李秋生家门。

路上，老黄从衣兜里摸出一粒黄豆。从几年前他第二次来调解离婚开始，他兜里就一直装着一粒黄豆，原打算粒数为单时偷偷加进去的，但一次也没有派上过用场。现在，老黄先抽了自己一个耳光，然后狠狠地将黄豆扔出了车窗外。"明天，我就是磕破头，也得给秋生弄一千块钱来！"他斩钉截铁地说。

老黄心里不平静，李秋生两口子也不好受。老黄一走，李秋生就说："孩子大了，以后，咱也别再给政府增加负担了。"

此时的王素琴早已成了泪人，她说："秋生，晶儿的学费这就要交了，如果有一点办法可以筹到这笔钱，咱也不会麻烦政府呀。"

"爸，妈，"李晶突然跪在了他们面前，说，"我想好了，学，我不上了，我要出去打工挣钱，养活你们俩！"

一家三口抱作一团……

（本篇月月评短信代码：G164）

（题图、插图：箭　中）

音乐可以改变人心，让人类变得和善友爱……

伴奏

□ 魏柏林

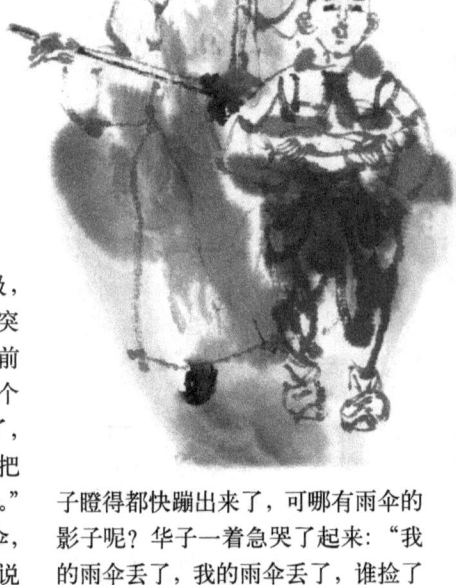

华子在县城一所小学读五年级，这天放学，华子刚出校门，突然遇上一场大雨，他只好站到校门前小卖部的雨棚下。小卖部的阿姨是个热心肠，见大雨一时半会儿住不了，便关照华子说："要不这样，阿姨借把伞给你，明天上学你记得带来就行。"

华子点点头，接过崭新的折叠伞，"嘭"的一下打开，心里甜滋滋的，说实话，他还从没用过这么好的雨伞呢！

第二天，天开始放晴，华子没忘记带上雨伞，他将雨伞插在书包的外口袋里，揿揿紧，然后朝学校一路小跑起来。眼看快到校门口了，他下意识地摸了摸书包的外口袋，哎呀，雨伞没了！他心一下凉了，不行，无论如何也得找回来！华子一咬牙，沿着刚才走过的地方，一路找啊找，眼珠子瞪得都快蹦出来了，可哪有雨伞的影子呢？华子一着急哭了起来："我的雨伞丢了，我的雨伞丢了，谁捡了我的雨伞，谁捡了我的雨伞！"

"孩子，你别找了，你的雨伞早被人家拾走啦！"华子抬头一看，说话的是位街头摆摊的盲爷爷，他连忙止住哭声，抹了一把眼泪问道："盲、盲爷爷，您知道拾伞的是谁吗？"盲爷爷说："我看不见是谁，可我听到有人在这儿捡过雨伞，而且还是崭新的，对吗？"华子一听，又"哇"的一声哭开了："这，这可怎么办呀？"盲爷爷关切地说："孩子，别着急，谁没丢过东西呢？回家后给爸爸妈妈说说清楚，下回注意就是了！"华子说："这雨伞是我借的，说好今天还，现在丢了，我拿什么还人家呀！"盲爷爷说："要不，你拿家里的雨伞赔人家也行啊！"华子说："可我家里统共只有一把雨伞，而且，还是破的……"

盲爷爷半晌没做声，临了，仰起头，对华子说："你不是还要上学吗？快去吧，别再耽误了，这把雨伞呀，我帮你找回来！"华子看了看盲爷爷，摇了摇头说："盲爷爷，我都找不到，可您、您咋找呢？"盲爷爷说："这难不住我，我会掐时算命，谁捡了你的雨伞，我只要掐指一算，便一清二楚！"华子一听，眼睛一亮"太好了，那您快算算，捡伞的人是谁？"

"至于他是谁嘛，这个……"盲爷爷沉吟半晌，脸色有些古怪地说，"孩子，这可是秘密，我暂时不能告诉你。不过，你别着急，我一定会帮你把伞要回来的！"华子抓着盲爷爷的手直摇晃："不，我要和您一起去找那个人，要不回雨伞，我就不去上学！"不料，盲爷爷脸色一沉说："你要不去上学，我就不给你找伞了！"华子见盲爷爷恼了，眨巴眨巴小眼睛道："盲爷爷，您别生气，我去上学还不行吗？"盲爷爷点了点头："嗯，这才像个听话的孩子！"说完，又嘱咐道，"记住了，

下午放学的时候，到我这儿来取伞，我等你。"华子大声儿应道："好嘞！"接着便"咚咚咚"转身走了。

盲爷爷听见华子远去的脚步声，便收起屁股下那折叠小板凳，腋下夹着二胡，手里点着盲杖，嘀嘀嗒嗒朝市中心的步行街走去。步行街有许多小门店，盲爷爷走到一家门店前，朝店堂里鞠了个躬，又拱了拱手说："老板，恭喜发财。我唱个小曲给您助个兴，您高兴就拍拍巴掌，给三五毛小钱；不爱听，也拍拍巴掌，咱图个热闹。"说完，便"吱吱嘎嘎"拉响了二胡，嘴里也跟着唱开了。

盲爷爷自拉自唱的是那首流行歌曲《小草》，听得出来，盲爷爷拉唱得并不熟练，嘴里唱的和手里拉的都不靠谱儿，曲子还没唱完，人家就不耐烦了："去去去，这水平也出来混饭吃！真是！"连拉带扯，硬是把盲爷爷给撵走了，一连几家，别说给钱，连好话儿也没一句。

盲爷爷也不嫌烦，点着盲杖又去下一家。当他再一次拉响《小草》的音乐过门，准备开口唱时，突然有个童声在二胡的伴奏下响了起来。盲爷爷见有人助阵，自己不用唱了，这才把二胡拉上谱儿，一曲下来，总算没人起哄了。盲爷爷眨了眨那双瞎眼，动情地说："孩子，谢谢你帮忙！能告诉我，你叫什么吗？"

帮哑巴打电话（结尾部分）

（8月号上半月刊中说到，对方在电话里问清老张所在的地方，说马上就到……）

老张长长地吁了口气，收起手机，再回头去找那位中年妇女，他一下子愣住了，哪里还有她的影子！再一看，自己刚买的那辆摩托，也一起不翼而飞了！老张吓出一身冷汗，赶紧拨打刚才的电话，却被告知，对方已关机。

这时，老张才回过味来，天哪，原来这两人是一伙骗子！

所以，答案是C：中年妇女不见了。

半晌，才听到小孩嗫嚅嘟囔的声音："盲爷爷，对不起，我就是丢伞的那个孩子，我一直没敢回学校，刚才见您又拉又唱，怪吃力的，我正好会唱这首歌，就忍不住过来替您唱了一下，您，不会怪我吧？"

盲爷爷叹了口气，说："这孩子，你到底跟了来了？唉，也罢，咱爷儿俩就搭帮搭帮，一起来唱几曲儿吧！看来，这雨伞还真的有指望啦！"华子不解地说："就这样拉拉唱唱，咋就能找着雨伞呢？"盲爷爷神秘地笑了笑，说："可不，你没听说，音乐可以改变人心，让人变得和善友爱吗？只要咱俩好好地唱，人家一感动，嘿，没准儿就把伞给还来了！"华子惊讶地说："真的吗？可是，拾伞的人在哪里？他能听到我们的歌声吗？"盲爷爷说："我掐算过了，他呀，就在这条街上开店，我们只管挨个儿唱下去，他自然听得到！"

华子原本就是个听话的孩子，虽然觉得这样挺神奇的，但他相信盲爷爷不会骗他，盲爷爷咋说他就咋做，歌儿也越唱越顺溜了。那些店老板看着这一老一小认真卖力的劲头，加之原本就有些凄凉哀婉的曲调，你别说，还真有被感动的，于是，这个一块，那个五毛，直往华子兜里塞。华子愣着了，一时还不明白是咋回事，他悄悄地扯住盲爷爷说："盲爷爷，店老板给咱好几块钱呢，咱要不要？"

盲爷爷摸了摸那几枚硬币，脸上浮出了笑容，他躬下身来，附在华子的耳边说："傻小子，加油唱吧，这还只找着个伞把儿，还有伞骨子、伞衣裳没找回来呢！"华子愣了好一会，突然拍着脑袋说："盲爷爷，我明白了，咱这叫卖唱买伞，对不？"盲爷爷开心地笑了笑说："咋样，盲爷爷这主意不错吧？"

华子望着盲爷爷那双干涸空洞的眼睛，不由热泪直滚。过了一会儿，歌声和琴声又在街边荡漾起来……

（本篇月月评短信代码：G165）

（题图：黄全昌）

认识你不难

□吴为

老田调到大树乡任乡长当天，就要秘书通知各村村长明天来乡政府开一个见面会，秘书发完通知后，按他的指示给他提供了一份全体村长的名单。

第二天吃过早饭，外面已经下起了毛毛细雨，田乡长早早来到乡政府会议室，等候各位村长的到来。秘书见他进会议室去了，也撂下饭碗跟了进去，说是初来乍到，跟村长们都还未认识，到时来一个介绍一个，没料到田乡长一摆手说："介绍就不必了，我认识他们，你嘛，就给我负责倒茶。"秘书表面上答应了，可在心里却大不以为然。

一会儿，进来了一个戴草帽的老年人，田乡长迎上去拍着他的肩膀说："周村长，早啊！我是新来的乡

长，今后还需要你多多支持。"老年人想不到新来的田乡长竟然认识他，心头一热，马上说："田乡长太客气了。"

没过几分钟，又进来了一个披雨衣的中年人，田乡长走上前握着他的手说："何村长，路上辛苦了。"中年人愣了一下："你是？"秘书一边把茶递给他，一边介绍说这就是新来的田乡长，中年人好一阵激动："田乡长，你从未见过我，却一下叫出了我的名字，看来咱们有缘啊，田乡长。"

中年人特别兴奋，粘住田乡长说长道短。就在这时，进来一个打伞的年轻人，田乡长主动上前，拍拍他的肩膀说："刘村长，好样的！"秘书惊得手一抖，茶杯差点儿掉到地上。这个年轻人得知眼前站着的竟是新来的乡长时，马上翘起大拇指说："田乡

长，你好眼力啊！就凭你刚才叫出了我的名字，我就会在你手下好好工作的。"

田乡长看了一下手表，估计大家会一个接一个来了，索性站到会议室门口等着他们。接下来的是一位少妇，田乡长含笑望着她说："黄村长，你好！"这个少妇听说是新来的乡长叫自己，心里一阵激动，连脚都不晓得往前抬了，秘书忙把她引进会议室。紧跟在她后面是一个老同志，田乡长又"吕村长、吕村长"地叫了起来……

到九点钟，八个村的村长都到齐了，秘书想，这个田乡长到底用什么魔法把他们认了出来？田乡长似乎看穿了他的心思，说："你急什么，等一下就会有答案的。"

会议正式开始了，村长们都把目光投向了田乡长，每个人的目光里都是敬佩。田乡长清了清嗓子，扫了大家一圈，说："大家不要用这样的目光看着我，我既不是什么神仙，也没有什么魔法，我之所以能准确叫出大家来，是你们自己帮了我的大忙。我是按诸位乡政府的远近，把大家一个不错认出来的。"

众村长一听，都惊呆了。过了一会，很多人羞愧得低下了头，来得稍晚的几个村长一个个站起来说："我错了。"田乡长示意大家坐下，然后掷地有声地说："我要秘书下的是见面

会的通知，今天就只是见面，不是听大家作检讨的，也不是谈工作，我现在什么情况都还没清楚，没资格谈工作。我已经认识了大家，大家也已经认识了我，见面会的目的已经达到了，好吧，散会！"

秘书敢肯定，田乡长只这么一招，就把懒散惯了的村长们镇住了。他相信他们乡各方面一定会大有希望。他决心跟这个雷厉风行的乡长好好干一场，于是他跟在乡长的身后，来到了他的办公室，提出要回自己的调动报告，田乡长用指头戳着他的额头说："好你个秘书，昨天我一来你就给我交调动报告，想给我一个下马威是吗？"秘书很不好意思，说："误会、误会，我决定不走了，留在这里跟你干。"

田乡长从抽屉里拿出他的调动报告扔给了他，说："这句话我喜欢，咱们一起好好干！"

哲学先生评曰: 住得远的早到，住得近的反而会迟到，这个"反比"虽说没有一定的必然的联系，但在我们的现实生活、工作中却是屡见不鲜的。小而言之，它反映了人们的心理素质；大而言之，却是人们的社会素质的综合体现。因此，只有人们的社会素质提高了，"迟到"等其他现象才会得到根本性的好转。

（本篇月月评短信代码：G166）

（题图：王申生）

如今这社会，什么人都有，乡下人都一门心思往城市奔，要当城里人；也有大城市住腻了的，偏喜欢乡下的青山绿水，反而来到农村定居。在山高林密的凤凰山深处，就住了这么一个城里人。附近的村民们只知道他姓李，几年前孤身一人来到这里，买下了位于半山腰的两间护林用的闲房子，一个人住了进去……

逃犯

□ 黄　胜

今年的雨季来得早，刚入夏，就连日暴雨，今天中午好不容易停了，据天气预报说，明后天还会有大雨。老李趁这个空当，赶紧下山到镇上买米买面做储备。

采购好东西后，老李拐进街口郭瘸子的修车铺，想听听这几天镇上有什么新鲜事。老李一个人住在山上，很少与山下的村民交往，与世隔绝了

一般。而郭瘸子是镇上的百事通，果然，一见老李，郭瘸子就迫不及待告诉他一个特大新闻："知道不，北山看守所前天跑了好几个犯人。"

老李吃了一惊，心想：这还了得，多少年都没听说越狱的事了，那些看守都是白吃干饭的？手里又不是没有枪，咋能让犯人从鼻子底下溜了呢？

郭瘸子告诉他，不怪看守，就怪这场雨，前天半夜时分，山洪引发泥石流，冲垮了看守所靠山的一段围墙，连带着冲倒了几间监舍，几个犯人就趁乱跑了，听说里面还有个杀人犯。市公安局已经发了通知，提醒老

百姓注意安全，看到可疑人员要马上报警。

老李担忧地说："谁碰上这伙人可要倒大霉了。"郭瘸子见他忧心忡忡的样子，就呵呵笑着说："伙计，你尽管放心大胆地回去吧，听说他们逃出来后，就劫了一辆车，现在早跑出几百上千里地去了，你想呀，谁还会在这里等着让人抓？"

接下来，两人又闲扯了几句，老李见天又阴上来了，赶紧起身告辞。

山陡路滑，老李背着米袋，走走歇歇，费了半天劲才回到自己那位于半山腰的家。刚好到了家门口，雨又稀里哗啦下了起来，老李暗暗庆幸，赶紧上锁进屋。他没有注意到，在右侧的窗台上，有两个泥迹斑斑的脚印。还没等他放下粮袋，他身后的房门忽然"吱呀"一声自己关上了。老李心里一紧，就觉得后脊梁一阵发冷，感觉到身后有人。老李素来不喜与人交往，附近的村民都知道这点，很少有人来打扰他。会是谁呢？老李转过身，骇然发现门前果然站着个陌生人。这人浑身上下全是泥水，胳膊上、脸上到处是擦伤、划伤，胡子拉碴，一双大眼里闪着凶光，死死盯着老李。老李不由打了个寒噤，脑海中倏地蹦出两个字：逃犯！

"呼哧——呼哧——"，逃犯粗重的喘息声清晰可闻。老李紧张，那逃犯似乎比他还要紧张，一只手藏在身后，老李眼尖，看到从他的屁股后露出了一截菜刀，正在微微颤动，显然，逃犯握刀的手正在抖动。

老李呆住了，一动不敢动，心里突突乱跳，隐约嗅到了一丝死亡的气息，他知道，这些穷途末路的家伙是什么事情都能做出来的，现在千万不能刺激对方，否则后果不堪设想。

两人对峙了足足有五分钟，老李忍不住了，强笑着开口问："小伙子，你是上山迷路了吧？"

逃犯不说话，眼睛盯着老李，神情依然紧张无比。

老李没得到响应，想了想，干脆打开天窗说亮话"我知道了，你一定是昨晚上逃出来的犯人。"

逃犯一哆嗦，"刷"把菜刀亮出来，威胁道："是又怎么样？"

老李后退两步，双手摆了个不设防的姿势，赔着笑脸小心翼翼地说："你别冲动，我这个人不喜欢多事，否则也不会一个人在山上隐居，请你放心，我绝不会报警。我也不会反抗，你看，就我这体格儿，十个绑一块儿也不是你的对手。"

逃犯脸上的神色稍微缓和了一点。老李看着他的眼睛，试探着问："你一定饿了吧？我先给你弄点吃的怎么样？"

逃犯眼睛一亮，点点头。老李松了口气，看来逃犯暂时不会对自己不利，希望他吃了饭快点离开。老李心里暗暗打定主意，走之前一定要叮嘱逃犯，若是重新被警察抓去，千万不要交代在自己这里躲过。老李可不想跟警察们打交道。

逃犯自己找了个小凳子在门口坐下，菜刀放在右手侧，警惕地监视着老李做饭。老李边淘米，边拉近乎，问："你们不是劫了一辆汽车吗？为什么你不跟着他们一起往远处逃？"

逃犯说："我不想逃。"

老李奇怪了，心说你都逃出来了咋还说你不想逃？他要讨逃犯欢心，就说："其实逃出来是对的，逃得越远越好，自由多好啊！"

没想到，逃犯眼里突然涌出了眼泪，大声说："告诉你，我不是逃，不是为了自由，我出来只是为了弄笔钱给我奶奶。她七十多岁了，没有钱一个人怎么生活呀。"

他这一哭，凶狠之态尽去。看他这样，老李倒有些不知所措。他现在才有胆子仔仔细细打量这个逃犯，逃犯很年轻，也就二十刚出头的样子，满脸稚气，哭起来的样子分明还是个孩子。老李起了恻隐之心，就轻声问道："你犯的是什么罪？"逃犯摸一把脸上的泪水，昂然说："杀人罪！"

老李吓了一跳，要不是对方亲口说出来，看他年纪轻轻的样子，怎么也不会与杀人犯联系起来。一时间，老李重又紧张起来。

逃犯见老李不说话，就说："你不要怕，我不会再杀人了。我奶奶信佛，从小不让我杀生，你信不信，我长到这么大，连鸡鸭都没有杀过？"老李面上不敢，肚里却暗暗好笑，心说，鸡鸭不敢杀，可你敢杀人。逃犯看出老李的心思，咬牙切齿地说："那人该死！"老李一震，不知那人是怎么惹得他这般恼恨。

一会儿，米饭蒸熟了。逃犯一天没吃过东西，早饿坏了，捧起饭碗就

往嘴里填，菜刀也忘了拿，扔得远远的。老李看着他狼吞虎咽的吃相，不觉想起了自己的儿子。逃犯一抬头，看见老李目不转睛地瞅着自己，竟羞赧地报以一笑。老李不禁想，这样一个孩子，怎么会是杀人犯呢？

逃犯吃饱后，抹抹嘴，四下瞅了瞅，看见屋角有条绳子，过去取过来，说："大叔，对不起，我要把你捆起来。"老李忙说："不用，你吃饱了就赶快走吧，再不走警察会搜来的，你放心，你走了后我也不报警。"

逃犯却没有要走的意思，他很得意地说："我们驾车逃出很远以后弃车分头逃，只有我又一个人掉头折回来了，现在警察们都往远处追，绝对不会想到我还会掉头回来的。"说着，不由分说把老李像捆粽子似的绑起来，然后将他抱到床上，随后逃犯自己也在老李身边躺下了。

老李暗暗叫苦，他心里明白，对方呆的时间越长，自己危险就越大，像他这种重犯人，警察抓住他是迟早的事，一旦抓到，只怕自己也会给纠缠进去，到时候包庇逃犯事小，若是牵扯出……想到这里，老李出了一身冷汗，柔声问："小伙子，能不能告诉我你把谁给杀了？"

逃犯理直气壮地说："能，我为我媳妇报仇雪恨，不怕人，见了阎王我也敢说。"接下来，他就原原本本地把经过说了。原来，逃犯从小父母双亡，跟奶奶相依为命，奶奶历尽千辛万苦把他拉扯大，去年还为他娶上了个俊俏媳妇。本以为一家人从此过上好日子了，没想到厄运天降：婚后不久，他外出打工，早就觊觎新媳妇美色的恶霸村长趁他不在家，将新媳妇强行糟蹋了，新媳妇不堪屈辱，一根麻绳将自己吊死在村长的门檐下。奶奶一气之下，就此卧床不起。逃犯得到消息后赶回家，先是告状，因为没有证据，村长被派出所抓去当天就又放了出来，照样耀武扬威。于是，几天后，逃犯在光天化日之下，将村长拦在村头，当众在村长身上扎了十几刀，刀刀见血。而后，他带着凶器来到派出所投案……

逃犯说完经过，又说："我现在一点不后悔杀了他，杀人偿命，我也愿意伏法。我担心的只是奶奶，她今年七十二了，往后的日子……"逃犯长长地叹了一口气，很是凄凉。

老李听完，半晌无语，他反复思量，觉着目前只有劝他马上去投案自首，自首后，警察一般就不会追查他这两天到过哪里，自己才不会受到牵连。想到这，老李劝道："我略微懂些法律，你杀死恶霸村长，是事出有因，很可能不判死刑。而你这一逃狱，情节就严重了，只怕要罪加一等，那就是死罪了。依我看，你最好去自首，这样还能保住命。"

逃犯却说："这事我明白，出事后，全村人联名上书请求法院轻判我，连村长的父母、老婆都签了名。可是就是从轻判罪，我的余生也只能在牢狱之中度过，而我奶奶，没有我照顾，可怎么活呀？"说着，逃犯抽泣起来，"我一定要为我奶奶弄一笔钱，决不回去自首。"

老李说："你一个逃犯，怎么弄钱呀？去偷去抢，抓住了赃款还不是要没收？你奶奶照样没钱。"

逃犯说："在我出来之前就有了弄钱的主意，现在只是缺一个我信得过的人来帮忙。"逃犯沉默了一会儿，突然问，"大叔，你是不是一个好人？""当然是。"老李说。逃犯突然起身跳下床，将老李身上的绳子松开，然后"扑通"跪在地上冲着老李磕了三个响头，"大叔，求你帮帮我吧。"老李一慌，问："你要我怎样帮你？"逃犯说："等躲过这几天，你把我绑起来，送到公安局，就说你把我抓起来了。"

老李越听越糊涂，不知他葫芦里卖的是什么药，还以为他是正话反说，试探自己，赶紧表白说："你放心，你是一个孝顺孩子，我不会那样干的。"

逃犯却说："你一定要这样干。我想，像我这种杀人重犯，过了这几天如果仍不能抓住我，警方一定会悬赏的，到时候你就会得到大笔赏金。我

求你把这笔钱交给我奶奶。"

老李这才明白对方要自己帮忙的意图，呆了半晌，他问："要是警方不悬赏怎么办？"

逃犯天真地说："那也有见义勇为奖金呀。"

老李看着逃犯满含期待的眼神，心中忽然好像被锤子重重地敲了一下，震荡不已：一个本来有希望苟活下去的杀人犯，为了亲人的晚年生活，不惜用自己的生命作赌注，他的想法虽然幼稚，是一厢情愿，可是一

边是生，一边是死，做出他这样的选择需要多大的勇气和决心呀……老李重重地叹了口气，一瞬间，在这个衣衫不整的年轻逃犯面前，老李感到自己是那样的狼狈不堪，简直无颜面对这样一个逃犯。

不过，在权衡了一阵利弊后，为了不引火烧身，老李还是决定继续劝说对方去自首："小伙子，其实你完全想错了，你设想一下，如果这次你被判了死刑，你奶奶还能活下去吗？你是她的全部指望呀。我敢断言，没有了你，即使有再多的钱，她的晚年也是生不如死，更谈不上什么幸福。只有你，她的孙子，依然能在世上活下去，才是她现在最大的要求，最大的心愿。"

逃犯听呆了，他一心想着为奶奶弄笔钱，可从来没有从这个角度想过这事，听了老李的这番话后，顿如醍醐灌顶，哑了一阵，跳起来惶然道："不好，我奶奶知道我逃出来，现在肯定为我担心死了。"他猛地跪下去，冲家乡的方向磕了个头，"奶奶，我这就自首去，您别为我担心了。"随后，他站起来冲老李鞠了一躬，感激地说："谢谢你，大叔。我这就自首去，让警方尽快把我投案的消息告诉我奶奶。我不会再让我最亲的人为我担心了。"说完，转身往外就走。

此时，外面电闪雷鸣，雨越下越大。逃犯拉开门，一头扎进了风雨中。

老李立在门边，逃犯终于走了，他应该感到轻松，可是，他的心却异常沉重，看着飘摇的风雨，他的耳边反复响着逃犯最后的那句话，一时竟痴了，恍惚间，父母、妻子、还有儿女的一张张面孔在雨中迭现。不知是泪水还是雨水，他的眼前模糊一片，嘴里喃喃地道："我的亲人，你们在为我担心吗？"

十几天后，老李将房子退还给村里，要返城了。在返城之前，他到看守所看望了那个年轻的犯人。

犯人精神很亢奋，他握着老李的手，喜滋滋地说："我见到我奶奶了，政府特意把我奶奶接来看我。奶奶说我做得对，还说她一定好好活着，等我回去。"

老李也由衷地替他感到高兴，他告诉犯人说："我也要马上回去自首，承担我应该承担的责任。"

年轻的犯人大吃一惊，瞪大眼睛迷惑不解地看着老李。

老李苦涩地一笑，说："因为，我也是一个逃犯！一个贪污犯！"

他的眼里闪着泪花："这些年我躲在这里，天天提心吊胆。而我的老父老母、妻子孩子，也一定日日在为我牵肠挂肚、不得安宁，我要像你一样，不能让家人再为我担心了！"

（本篇月月评短信代码：G167）

（题图、插图：黄全昌）

今晚 有泥石流

□ 吴宏庆

有一个顺口溜说：俺村比较穷，交通基本靠走，通讯基本靠吼，取暖基本靠抖，治安基本靠狗……虽然这话有夸张的成分，但黄石村就是这么个穷村！

李四方是县里派到黄石村去扶贫的干部，说实话，他是不愿来这穷地方的，这里四面都是山，山上简直寸草不生，他能想得到的扶贫项目都跟这里靠不上边。偏偏村长马大棒是个暴躁脾气，见他来半年了也没出什么成绩，成天拿脸色给他看。眼见回城述职的日期就要来了，心里急得不行。

这天傍晚，空气潮湿，天阴沉沉的，眼看就要下大雨。李四方一早就准备上床，这时门响了，开门一看，见是马大棒。李四方有点怵他，这家伙脾气一上来，不管是谁，张口就骂，据说有一次把来这里"考察"的乡长骂得狗血喷头，从此不敢踏进黄石村一步。他问道："马村长，有什么吩咐？"

马大棒很着急地说"快，马上收拾东西跟我走！"

"走？上哪去？"他奇怪地问道。现在天都黑了，他要带自己去哪？

"别问那么多了，快！"马大棒把眼睛一瞪。李四方只好把随身的几件物品收拾好了，打了个包裹跟他出了门。出了门一看，大吃一惊，原来全

村的人都出来了，扶老携幼，有扛着米袋的，有赶着猪羊的……李四方不解地问："村长，这是去哪啊？""要发泥石流了！不要多啰嗦，跟着我们走！"李四方来这么久，还没见过泥石流，不过他在电视上看过，泥石流一来，势不可挡，这东西可不是闹着玩儿的，忙跟他们上山去。

村里人似乎早就有这准备了，山上有搭就的简易帐篷，然后他们就坐等着泥石流的到来。

李四方一边紧张地看着山下，一边焦急地问："村长，这里每年都会发生泥石流吗？"马大棒点了点头，露出一脸的无奈。难怪这里这么穷，再好的底子也经不住这么折腾啊。李四方嘟哝道："难道就没有个方法可以控制？"马大棒低声骂了一句什么，说："要有方法还能等你说？"

李四方没话说了。不久天就下起了雨来，到后来雨越下越大，简易帐篷根本挡不住，衣服淋湿了，风吹到身上出奇的冷……

天快放亮的时候，雨才停下，但泥石流并没有发生，大伙儿陆陆续续返回村子，李四方跟在队伍后面走，觉得头轻脚重，这时他发现自己有点感冒了。回到房间，他往床上一倒，就什么也不知道了。

不知道过了多久，突然听到"咚"一声巨响，吓得一骨碌爬起来，一看，

原来是马大棒踹门进来了，只听他大吼起来："怎么回事，叫你也不应，还以为你死了呢！"

李四方听了这话也生气了，也不客气地说："你知不知道什么是礼貌？我是县里来的干部，不是你想骂就骂的……"话没说完，马大棒一招手，上来两个小伙子把他夹住就走。马大棒则顺手拿起还没解开的包裹。

李四方跳道"干什么，你们在干什么？绑架吗？"

"要来泥石流了！"

"又是泥石流，你别大惊小怪好不好？你把我放这，就是泥石流来了把我推走，也不关你的事！"

可是谁也没理他，他被两个小伙子架住，脚不沾地地上了山。到了那儿之后他又叫了一阵子，发现谁也没理他，没劲了，头又痛得厉害，没多久就迷迷糊糊睡着了。

不知过了多久，他被一阵巨响惊醒，猛地睁开眼睛，发现响声是在山下响起来的，虽然雨声很大，但是仍然挡不住这种巨响，轰隆隆的像巨兽在怒吼一样。这时有人"哇"一声哭了起来，哭声很有感染力，引来了一大片的哭声。他明白，泥石流真的爆发了。这个声音的速度并不快，但却又沉又稳又稳无所顾忌，把沿途所有挡住去路的东西都给吞噬了。一阵寒意袭来，他不禁打了个寒噤……

天亮后，黄石村的村民们已经找

不到自己的家了。一眼望去，到处都是断瓦残垣，有人"扑通"一声跪了下来，捂着脸就哭，也有人表情麻木地收拾着露在泥上的木板、砖头。

李四方心里很不好受，他找到马大棒，说："现在当务之急是要把灾情报告县里，你放心，我一定帮你们多要一点物资。"马大棒摇了摇头说："要得再多有什么用，等我们把家建好，再等泥石流来毁掉吗？"又说，"汇报是一定要的，但路已经毁掉了，我要翻过山走去。"李四方知道这鬼地方不通手机信号，就说："我跟你一起去吧。"

"不用了，你留在这吧。"马大棒说着扭头就走。李四方赶了上去，说："你以为我看到乡亲们这样就好受吗？来这半年，虽然没给乡亲们带来什么好处，但也有感情啊！县里有的人思想很复杂，没有我，捐助物资的事可能会多绕几个弯。"马大棒看了看他说："路已经没了，要爬山过去，很危险。"

"我不怕！"

马大棒点了点头，带着他出发了。昨天下的雨，山上很是滑溜，一不小心就会滚下去，幸好有马大棒带着。走了不知多少时间，李四方回过头来，这才看到他们仅仅只爬了半座山，而前方还有四座山。他实在吃不消了，嘴里直喘着粗气。来到一个地势稍微平坦一些的地方，马大棒停下了，说："在这休息一下吧！"李四方二话没说，立即一屁股坐在了泥地里。

马大棒说"其实也难为你了，这么个穷地方非要你来扶贫，哪有什么可扶的啊！"李四方喘了一阵粗气后说："其实我看泥石流都是你们自己造成的。你看这山，什么树也没有，大

雨一来，不闹泥石流才怪哩。"

"你以为我不明白这个道理？可是这要时间和钱啊！老百姓最在乎什么，是家？一年年的，家被毁了，首要的事当然是建家。等到把家建起来，刚要去栽树，可是泥石流又把家给毁了，哪有时间去栽树啊！唉，如果哪一天脱去了这个穷帽子，我也会含笑九泉的！"

休息片刻，两人继续上路。走着走着，李四方的眼前突然有什么闪过，一看，原来是不远处有个发光的小石头，想到自己的儿子平时喜欢收藏一些奇怪的石头，不知不觉就走了过去，不想脚一滑，向后一倒，人"啊呀"一声顺着近乎直角的山坡向下滑去。

"小心！"走在前面的马大棒听到他的叫声，忙冲过来，他太着急了，以致滑倒跌落的速度比李四方还要快，一下子冲到李四方的下面。山上无遮无拦，又都是泥水，两人想要抓住什么，却什么也抓不住，一前一后地沿着陡峭的山坡急速地滑落。而山底下，是一片犬牙交错的巨石。

李四方绝望地闭上了眼睛。突然，他感到脚底踩住了什么，身子停住了，两只手忙四处寻找，终于找到两个岩石的角，他紧紧地抓住它们，稳住了。这才感觉自己的脚下踩到的是个圆圆的东西，试探地点了点，那东西还在上下动着。往下一看，这才

惊异地发现自己踩在马大棒的脑袋上，忙又四处探了探，找到可以落脚的地方，才看到马大棒的两只手都在抓着两把草，而他的牙齿也紧紧地咬着一团草，全身的重力加上刚才李四方的重力都落在这三个点上，他脸上青筋毕露，眼睛鼓得像牛眼一样。李四方忙叫道："村长，你抓住我的脚，把草放开！"

马大棒放开了一只手，去抓他的脚，但是在碰到他的脚的同时却又收回来了，也许他也想到了，这样做两个人都会死的。他仍然抓住了那团草。李四方哭叫道："村长我撑得住，你……"话没说完，马大棒手里抓的和嘴里咬的那三团草同时连根被拔出！

"村长！"李四方撕心裂肺地哭起来……

几天后，李四方带着很多民工扛着救援物资回到了黄石村，村里人正在为马大棒举行葬礼，他"扑通"一声跪在马大棒的遗体前，哭着说："村长，你可以放心地去了，咱们黄石村有救了！"哭罢，他把那块从山上捡到的石头轻轻放在村长身上。

这颗石头他已经找人鉴定过了，是天然水晶。这一回他带来的人中就有地质专家，专家们说这里有一个含量丰富的水晶矿……

（本篇月月评短信代码：G168）

（题图、插图：魏忠善）

□ 刘京平

催命的鸽声

威尔大学毕业那年赶上战争，就随军当了一名工兵，战争结束后成了一名摄影师。由于经常给一些收藏家拍古玩照片，耳濡目染，知道古玩生意能发大财，他梦想哪一天自己能得到个宝贝而一夜暴富。

说来也巧，一次他在一家缅甸人开的旧货店，花50美元买下一件中国瓷器，一下捡了个大便宜，而且他还发现，这东西夜间还会发出瓦蓝色的幽光。

威尔非常激动，找到收藏家德连请他做个鉴定。只见德连拿起这个器物，上上下下，左左右右望了个遍，兴奋地说："这件瓷器距今有一千多年，可能是中国宋朝时期的器物。"他还告诉威尔，这件东西有点像传说中的"鸽音樽"，威尔有点不解，德连就介绍说：宋钦宗时后宫娘娘有件奇宝，叫鸽音樽，只要有人向杯中倒酒，就能发出"咕咕"的鸽叫声。后来，金人掠走徽、钦二帝，此樽便下落不明。

不过，德连说要验证以后才能确认，威尔这时心又悬了起来，瞪着两眼看着德连做实验，只见德连先往瓷樽里倒酒，晃了几晃，然后再提起瓷樽向杯里倒酒，然而，遗憾的是除了酒入酒杯的声音外，周围显得是那么的安静。德连脸色陡变，一改常态地说："威尔先生，这是一件古仿品！如果是真品，100万我都敢拿下，现在，我劝你还是拿回去当酒壶用吧！"

眼看到手的百万梦一下粉碎了，威尔差点儿哭起来。回到家中，他心灰意冷，一个人喝起闷酒来。酒喝到一半，他实在喝不下去了，想起德连家中的实验，便把剩下来的酒悉数倒进瓷樽里，然后再倒入杯中，然而，就在这时，奇迹出现了，只听一阵惟妙惟肖的鸽声传来。这是怎么回事？

再往酒杯里倒酒，依然能听到一阵鸽叫声。威尔激动起来，忙给德连打电话，德连在电话中说：如果愿意出手的话，他愿用5000美元买下来做件艺术品。威尔听了把嘴一撇，说："艺术品？告诉你这是件真家伙，就在刚才我还听见鸽子鸣叫的声音呢！不信，我来做给你看。"接着威尔就小心翼翼抱着瓷器再次来到德连家。

威尔先叫德连关门闭户，不受外面的声音干扰，接着就如此一番向酒杯中倒酒，德连赶忙蹲下身，静听鸽音，然而，一瓶酒倒得滴酒不剩，那该死的鸽叫声也没有出来，怎么晃动瓷樽也不叫，弄得威尔哭笑不得，恨不得自己变成个鸽子钻进瓷樽叫几声。在一阵嘲笑声中，威尔狼狈地离开了德连家。

不过，让威尔受不了的是，晚上回到家一倒酒，那瓷樽像是故意跟他过不去似的，又"咕咕"地叫开了！他反复进行倒酒试验，最后还把叫声给录了音，为保险起见，他把瓷樽放入一件特制的铁箱之中。

第二天一大早，他立即打电话给德连，请他到自己家中验证，还说，这回要是不叫，他就从楼上跳下去。德连见威尔说得这么坚决，就驱车来到威尔家。他这回要让威尔就范，因为他料定威尔必输，到时威尔不想摔死，就得签字答应把瓷樽低价卖给他。其实他心里有个打算，那瓷樽确实不是古仿品，虽然不能肯定它就是"鸽音樽"，但如果弄得手的话，也能赚它一大笔钱！

好一会儿，德连还没有出现，威尔着急地从窗口向外看去，正在这时，突然只听"呼啦啦"一群鸽子从窗前飞过去，威尔吃了一惊，再向窗下看去，德连的车刚巧也到了。他把德连请进客厅，然后从心爱的铁箱里麻利地取出瓷樽，倒进酒，然后再倒进一旁的酒杯，然而奇怪的是瓷樽像上次一样，一点声音也没有；再试一次，瓷樽还是不叫。他只好低着头嘀咕道："朋友，我死都不明白，为什么你一来，这瓷樽就不敢叫了？"他绝望地打开录音机，放出鸽叫的录音，说，"这是我录下瓷樽鸣叫的声音。"

德连抓过瓷樽倒满酒，说"年轻人，我就用你的宝贝为你斟一杯酒，喝完酒，你就痛痛快快地从楼上跳下去吧！"

威尔不敢拿正眼去看德连的眼睛。突然，瓷樽发出一阵清脆的鸽叫声！威尔像发了疯似的，冲出门外：只见刚刚离开的鸽群这时又回来了！他这才注意到，楼顶的圆亭上有一群鸽子不知啥时做了窝。

威尔豁然开朗，叫道："中国人太了不起了！"威尔在大学里学过仿生学，他猜测瓷樽的叫声很可能跟鸽子的磁场有关。他知道，信鸽千里知返，是因为鸽子本身就有磁场。眼下这鸽音樽，说白了就是接收磁场的"雷达"。之所以它在德连家没叫，是因为德连家没鸽子；而刚才不叫，又是因为鸽子恰巧飞出去了。

他把这个发现告诉了德连，德连也激动得眼中放光。这鸽音樽不单是件古董，而且还是古代科学的重大发现！德连当场表示要买下来，而威尔此时的贪欲也开始膨胀了，竟狮子大开口，一开价就是1000万美元！并威

胁说，他将把这东西送到世界上最大的拍卖行，相信准能卖出个好价钱！说完，就把鸽音樽放进铁箱，拿起电话，当即就拨电话试图与拍卖行联系。

然而，就在他拨电话的当口，德连用一件钝器朝威尔的头部狠狠地砸了下去，威尔一下子瘫倒在椅子上，只听他拼尽力气说出了最后一句话："你，你不会得到鸽音樽的……"

德连见威尔已死，拎起铁箱就逃离现场。不过，威尔临死前说的话，让他心有余悸，他知道威尔是个优秀的工兵，对设置爆炸装置轻车熟路，说不定威尔在铁箱里设了机关。他想了想，就把铁箱放进一口水缸里。他想，铁箱浸泡水中，时间一长火药自然会

40 年《故事会》尽在掌握 随时随地快乐相伴

《故事会》推出手机阅读器 9月1日前免费公测

到书摊没买到这期《故事会》，我打开手机就能看，岂不快哉！新买的《故事会》没带在身上，我打开手机接着上一次的看，岂不快哉！开会的时候无聊，打开手机看《故事会》，岂不快哉！饭桌上要讲个段子，打开手机就能找到故事，令同桌人钦佩不已，岂不快哉！坐火车没事用手机看《故事会》，让车内的盗版书卖不出去，岂不快哉！几十年的《故事会》尽在我手，想看哪期就看哪期，岂不快哉！看完文章，马上给编辑们提个意见，岂不快哉！边看边用手机上论坛，找志同道合的《故事会》读友聊天，岂不快哉！用手机随便编个小文章，一不小心在下期的《故事会》上刊登出来，岂不快哉！《故事会》推出手机阅读器，9月1日前免费公测，我不花钱还天天提意见，岂不快哉！

阅读器下载方法：中国移动用户编辑短信"2000"发送到"16996199"，按照提示选择"是"，下载安装后到"应用程序"菜单或相关目录里找到并打开程序。此功能目前尚未对联通用户开放，请谅。

（目前仅限拥有下列机型并且开通 GPRS 业务的移动手机用户才可以下载：诺基亚：3230、6670、6260、6630、7610、6620、6600、7650、3650、3600、3660、3620、N-Gage、N-GageQD、6020、2650、3120、3220、5140、6170、6230、6610i、6820、7200、7260、7270、3100、3108、3200、3300、5100、6108、6200、6220、6650、6800、7600、3530、6100、6610、7210；摩托：V300/303/500/600；索爱：K700C、T618、T628）

客服电话：010-51196627　客服短信：16996161　客服邮箱：reader@3gmax.cn
WEB 网址：reader.3gmax.cn　WAP 网址：reader.3gmax.cn/wap

失效。

德连天天想看到鸽音樽，可近在咫尺却无法看到，不到一年，他的头发全变白了，最后竟一病不起。可他不死心，花一笔大价钱，请个排雷专家打开铁箱子。

专家轻轻地抱起铁箱，放在一个仪器上，静静地观察几分钟之后，拿出工具打开箱盖，只见一股强烈无比的酸臭味直扑鼻孔。

德连凑过脸一看，不禁失声痛哭起来，只见那鸽音樽已是百孔千疮，面目全非："天哪，这是怎么回事？什么东西能腐蚀瓷器？好狠毒的威尔——"

专家从箱子里捏出一些黑色粉末，说："这粉末是战场上用来保护钢铁设施的粉剂，但它同样可以用于破坏敌方设施，粉剂遇水反应会生成一种短时间腐蚀钢铁的'高水'，我想，放粉剂的人本意是保护东西，可由于箱子长时间浸水，却产生了相反的效果！"

德连真是后悔死了，心里一阵绞痛，倒了下去……

（题图、插图：箭　中）

世间物质够满足人的需要，却不够满足人的贪婪。 ——甘地

赌命

□邱海强 改编

克里斯内是圣保罗市的大恶棍，没想到，却被一个叫诺里斯的小伙子拐走了情人，这天，在一幢摩天大楼里，他终于逮住了诺里斯。

克里斯内嘴里叼着雪茄，右手拨弄着小手枪。诺里斯在他面前，吓得脸色苍白。

好一会儿，克里斯内指着一只黑色的旧购物袋，对诺里斯说："你把袋子打开，里面一共有2万元。"

诺里斯说："我不要钱，我不会与你做交易的，我爱玛西亚！"

克里斯内"嘿嘿"一笑，吐了一口烟圈，说："我对这个臭女人毫无兴趣，告诉你，今天老子要用这笔钱和你打一个赌。"诺里斯没答话。他记得玛西亚曾说过，克里斯内是个老奸巨猾的狐狸，喜欢玩猫捉老鼠的游戏。

说不定，克里斯内又在设圈套让自己钻进去。

这时，只听克里斯内继续说："你完全可以拒绝和我打赌。但我必须提醒你，我已经命令令人把你的车开到离这儿不远的公共停车场，现在只要你一走出这个房子，那人就会给警察打电话。过不了多久，警察就会在你汽车的工具箱里发现6盎司海洛因。小伙子，这可是个坏消息。"

诺里斯竭力装出镇静的样子，但他知道，他已成为克里斯内游戏中的老鼠了。

克里斯内微笑着说："不过，只要你有兴趣打赌，如果赢了，就可以带着钱和那个臭女人离开这里。"

"要是输了呢？"

"输了的话，那就要你的命！"

诺里斯没吭声。克里斯内眨眨眼说"当然，你可以拒绝。我不会强迫别人做他不愿意做的事。你是个明白人，应该知道，私藏6盎司海洛因，至少可以判40年。等你下一次再见到玛西亚的时候，她恐怕已经当祖母了。"

诺里斯认识到，此时此刻，他已经别无选择，于是硬着头皮说"怎么赌法？"

克里斯内走到阳台上，指着楼顶和顶楼房间交接处的那条突出的壁檐说"这幢楼有43层高，你要沿着壁檐绕大楼走一圈，如果成功，这笔赌注就归你了。"说着，又露出一脸的奸笑，"我量过，这条壁檐不足5寸宽。"

诺里斯毫无把握能赢得这场赌博，更不知道克里斯内事后会不会信守诺言。但有一点他是十分清楚的，如果他不答应，两小时后就会被请到警察局里。想到这里，他盯着克里斯内说"你会不会赖账？"

"绝不食言！"

诺里斯不再说话，想到能和玛西亚在一起，还可以有一大笔钱，便怀着侥幸的心情来到阳台上。克里斯内跟在后面，阴阳怪气地说"今晚的风速太慢了，才25里。这里的风速曾达到85里，那样的话，你会觉得大楼像船一样在摇晃。"诺里斯爬下阳台，踏上了壁檐，脚后跟悬在壁檐的外面。克里斯内看了，露出满意的笑容，说

"好样的，开始吧！"

大楼如万仞峭壁。诺里斯作了个深呼吸，然后将脚慢慢地向右移动，整个身体的重量全靠脚尖处的肌肉来支撑，因为脚后跟是悬空的。再往前移动几步，他的手不得不脱离栏杆，高举过头紧贴在大楼粗糙的墙面上。就在此时，一阵强风吹过来，他的领子被吹得翻起来贴在脸上，身子不由得晃了晃，他赶紧转过头，将脸紧贴在墙壁上。

克里斯内倚着阳台的栏杆望着他，嘲讽道"感觉如何？亲爱的诺里斯？"

诺里斯没吱声，凝神屏息，一小步一小步朝前挪动着，半小时后，他来到第一个拐角处，跨出右脚，双手紧抓两侧的墙面，身子慢慢转过去。这时，风从两个方向向他吹来，他觉得自己就像一只纸鸢一样飘动起来。曾有那么一刹那间，他想自己肯定死定了，但最后他还是沉住了气，移了一步，总算转过了这个拐角。

突然，一颗草莓从上面掉下来，打中了诺里斯的耳朵。他吃了一惊，抬头望去，是克里斯内干的，这个恶棍站在卧室的窗口望着他说"吃点东西吧，可以提提神！"

诺里斯心里狠狠地骂了一句，不睬他，继续朝前挪去。第二个拐角处的侧风似乎并不太大。但刚一转弯，不知什么东西啄了他一口。他一惊，

顿时失去了平衡，他死命地贴紧墙。那东西又啄了一下。他低头一看，壁檐上站着一只鸽子，正用明亮、仇恨的眼睛望着他。原来诺里斯侵犯了它的领地。

诺里斯恐吓道："走开！"

然而，这只鸽子毫不理会，不断地发起攻击，他脚上开始流血，他挪动了一下脚想把它吓跑，但这些生活在城市里的鸽子胆子大得出奇，继续在他的脚踝处猛啄，啄他的伤口。等他来到大楼另一侧时，这只可恶的鸟至少啄去了他60克肉！

第三个拐角转过了，然后是第四个。他靠在墙上休息了片刻，隐隐意识到他会赢得这场赌博。他的手已麻木了，像两块冷冻肉；脚踝的关节在灼痛，伤口泡在汗水中。两小时过后，诺里斯的手终于摸到了冰冷的铁栏杆。他爬过围栏，一下子瘫倒在阳台……这时，一支冰冷的枪管顶住了他的太阳穴！

"干得漂亮！"克里斯内狞笑道，"祝贺你，诺里斯先生。"

克里斯内用枪对着他，把他推进房里。诺里斯望着黑森森的枪口，咬牙道："我知道你会赖账的，你这个恶棍！一切你都精心布置好了。"

"完全正确，是布置好了。但我不会赖账，我是个诚实的输家。"克里斯内"嘿嘿"干笑一声，得意洋洋的，像一只逮住了耗子的猫。

诺里斯突然有一种比站在壁檐上更恐怖的感觉，惊问道："你又设了什么圈套？"

"没有。海洛因已从你的汽车里撤走了，车子已开回了老地方，钱就在你面前，你可以拿着它走了。"

诺里斯迟疑片刻，慢慢走过去，提起了钱袋，径直朝门口走去。他随时等待着身后的枪声。但当他走到门口时，他产生了刚才转过第四个拐角时的感觉：他要赢了！

他推开了门。

"慢——"克里斯内从背后喊住了他,"诺里斯先生,你赢了三样东西:钱、自由和玛西亚。你现在已拥有了前两样,但第三样得劳驾你到停尸房去取了。"

诺里斯浑身像遭到雷轰电劈,颤抖着慢慢转过身来:"你是说——"

"你以为我会让你得到她?不!钱可以归你,玛西亚不行。我虽不爱她,却也不会拱手送人。但我不会赖账,你可以去把她埋掉……"

诺里斯跌跌撞撞地向克里斯内走去,克里斯内语气冰冷:"再走一步,我就开枪!"

诺里斯像发疯了似的把钱袋掷出去,不巧正好击中克里斯内握枪的手腕,手枪响了,子弹射入了地板。没容他反应过来,诺里斯已经扑过去抓住了他,从他手里夺过了枪。

克里斯内眼见不妙,夺门逃窜。诺里斯扣动扳机,子弹从他头顶上飞了过去。

"不许动,再走一步,我就打死你!"

克里斯内僵住了,眼睛里闪过一丝恐慌、狡黠:"玛西亚没有死,刚才只不过想……"

"克里斯内,我虽是个笨蛋,但还不至于笨到这种地步。"诺里斯声音森冷,玛西亚是他的生命,现在他的生命已不复存在了。

克里斯内手指颤抖,指着落在地上的那只钱袋说:"那点钱太少了,我可以给你10万、50万,不,100万。要不我把瑞士银行账户里所有的钱都给你,怎么样?"

诺里斯这时镇静了下来,慢慢地说:"我不要你的钱,我也想跟你打个赌。"

克里斯内的目光从枪口移到了诺里斯的脸上:"打赌?"

"是的,如果你在壁檐上也绕大楼一圈,我就让你离开这里。"

克里斯内脸色煞白:"不!"

"那好,我不客气了!"诺里斯说着,抬起了枪口。

"不,"克里斯内哭丧着脸,"别这样,我……好吧。"

诺里斯用手枪逼克里斯内来到阳台上:"你在发抖,这样在壁檐上是站不稳的。"

克里斯内绝望地嚷起来:"我给你200万,是现金!""1000万也没门。如果你能在壁檐上走一圈,我就放你走。我也是那句话:绝不食言。"

克里斯内呻吟着说:"发发慈悲吧……"

"别磨蹭了,你在浪费脚踝肌肉的能量。"

克里斯内被迫移动了脚步,然而,第一个拐角还未转过,只听一声凄厉的惨叫,便从壁檐上消失了……

(题图、插图:箭　中)

命悬一梦

□ 钱 岩

心中一喜，就挥着钉耙刨了起来。

正在这时，就听见身后有人喊道："喂，你在刨什么呀？"葛财回头一看，见是村口小店的吴瘸子气喘吁吁地朝他奔来。葛财心里一急，张口便道："闲着没事，想挖两条蚯蚓钓鱼，弄盘下酒菜。"吴瘸子听了，上来就把葛财的钉耙夺了一扔，笑道："想喝酒，何必这么费事？走，上我店里去，有现成的酒，现成的花生米！"天下竟有如此好事？葛财一听就乐了，马上跟在吴瘸子屁股后面走了。

一喝喝到天黑，葛财头也重、脚

有个叫葛财的财迷，这天做了一个奇怪的梦，梦见有人把从银行抢来的钞票埋在村口河滩上，梦中的事本不可当真，可他是个财迷呀，宁可信其有，第二天就扛着个钉耙，兴冲冲地来到河滩上刨"钞票"。

天上会掉馅饼？

河滩面积不小，葛财想，埋东西的人肯定会留下痕迹，于是就细心寻找，也别说，还真的发现一处新土，他

也轻，几次晃晃悠悠站起来要走，都被吴瘸子拉住，再斟一杯。七下八下，后来葛财想站也站不起来了……

等葛财醒来，却发现自己正躺在床上，天已大亮。老婆骂道："你这死鬼，酒是人家的，命可是自己的。昨夜要不是我把你拖进屋，你就睡在门口青石条上，一夜冻下来，还有你的小命？我问你，昨天你是扛着钉耙出门的，回来两手空空，你把钉耙丢哪去了？"

葛财一个激灵从床上爬了起来，奔到吴瘸子家打听有没有看到他的钉耙，吴瘸子说："你喝了我的酒，又不是我喝了你的酒，干什么要替你看钉耙？说不定你那钉耙还在河滩上呢！"葛财便又来到河滩上，就在他昨天刨土的那个地方，他发现了那只钉耙，嘻嘻，原来是自己把它忘在这儿了！正好闲着没事，那就继续来刨梦中的"钞票"吧。

葛财刨着刨着，就发现了一只鼓囊囊的蛇皮袋。天啦，梦中的事竟然是真的！葛财心口怦怦乱跳，忙弯腰撅屁股拽出蛇皮袋，解开袋口就往外倒。结果，没倒出成捆的钞票，却倒出一条死狗！仔细一瞧：这狗认识，是万鱼佬家的大黄狗！

狗是谁打死的？

这一吓，他的冷汗就冒出来了。俗话说，蛮的怕横的，横的怕不要命的。这万鱼佬是个远近闻名不要命的主儿，一旦认定是自己打死他家的

最容易的事是欺骗自己，因为一个人总相信自己希望的是真的。——德摩斯梯尼

狗，那他还脱得了干系？想到此，他忙把死狗扔进坑里，头也不抬地抓紧填起土来。正忙着，发现有人来到跟前，抬头一看：是万鱼佬！

只听万鱼佬冷笑道："葛财，你拿着个钉耙埋什么呀？"葛财慌了，忙答道："没埋什么呀？这不，闲着没事，想挖两条蚯蚓，钓条鱼做下酒菜。唉，就是挖不到！"说着抬起钉耙要走人。万鱼佬一把拉住葛财，指着脚下埋狗的地方说："河滩上怎会挖不到蚯蚓呢？你就在这刨刨看！"葛财当然不敢刨，万鱼佬夺过钉耙，三下五下就刨出了他家的死狗！

葛财慌忙申辩："万鱼佬，你、你听我说，你家的狗不是我打死的！我昨天在吴瘸子那喝酒，喝多了，怎么回家都不知道，不可能去打死你的狗。不信你去问吴瘸子，要是我打死你的狗，赔你一百块钱！"葛财以为只要吴瘸子一证明，万鱼佬就不会怀疑他打死了狗。谁知万鱼佬听了嘿嘿一笑："葛财，那你这钱赔定了！实话对你说，就是吴瘸子告诉我的，要不，我还不知道你在河滩上刨坑埋狗！"

两人一前一后便来找吴瘸子，吴瘸子委屈地对葛财说："我只是实话实说。你昨天在我这儿喝酒，临走前说要去打死万鱼佬的狗。我还以为你酒喝多了吹牛，谁知你还真的把万鱼佬的狗打死了！"葛财傻眼了，他平时确实恨万鱼佬的狗，难道真的是喝

多了，把人家的狗打死了？

葛财当然不愿赔钱，就把自己做梦的事跟万鱼佬说了，万鱼佬左手扯起葛财的领口，右手捏紧拳头，道："葛财，你胡弄谁呢？做梦讨媳妇，这不是扯淡吗？快拿一百块钱，否则我一拳揍死你！"不得已，葛财只好很不情愿地掏出一百块钱来。

葛财没刨出梦中的钞票，却损失了一百块钱，懊恼极了，从此，看到谁心里都来气。

这天，葛财见村上的傻娃手里拿着一个打火机在玩，眼睛一亮，上前就一把夺了，生气道："傻娃，谁让你偷了我的打火机！"

傻娃急了："这是你给我的，不是我偷的！"

"胡扯！我什么时候给你打火机？"

傻娃说："就那天晚上。你在小店里喝酒，喝多了，吴瘸子把你拖了出来扔在地上，还骂骂咧咧踢你屁股呢！你爬起来路都走不稳，是我把你扶回了家。路上，你送给我一只打火机……"

什么？那晚自己是被傻娃扶回来的？葛财忙笑着说："傻娃，叔和你开玩笑呢，这打火机送给你怎会往回要？你想想，那晚葛叔有没有去打狗？"

傻娃说："没呢，我把你扶进你家院子，你倒在青石板上就睡着了。"

葛财终于听明白了。

傻娃的妈妈叫月姑，是一个苦命的女人，年纪轻轻的就死了丈夫，养个儿子又弱智。因为有傻娃拖累，想再嫁都碰不上适合的。春上，月姑把傻娃丢给年迈的婆婆，自己到外地打工，想挣钱给傻娃治病。从此傻娃每天都在等妈妈回来过年，有时夜里也不睡觉，跑到村口去等妈妈。这一天，正好碰上喝醉了酒的葛财……傻娃傻是傻，但绝对不会撒谎。这么说，万鱼佬的狗不是他葛财打死的。那吴瘸子为什么作伪证，说是自己打死了万鱼佬的狗？葛财突然灵光一现：那天去河滩上刨"钞票"，吴瘸子不让刨，硬拉自己去喝酒，平时一个钱做两瓣花的吴瘸子怎么一下大方起来？难道吴瘸子在那埋了什么，怕自己把它挖出来？好呀，你这个吴瘸子！

为什么要杀我？

第二天晚上，葛财拿着一包卤菜、两瓶酒来找吴瘸子。葛财说："上次你请我喝酒，酒壮人胆，我竟把万鱼佬的狗打死了。万鱼佬的狗是恶狗，我早想打死它了，就是没胆。这回我请你喝，我就不服喝不过你！要是再喝多了，说不定能上山打头野猪。真是这样，那可就过个肥年了，哈哈……"吴瘸子接过酒瞧了又瞧，不屑道："别以为你葛财有备而来，喝就

喝，谁怕你呀！"

葛财和吴瘸子不用盅，一人抱一瓶酒对喝。很快，两人的酒就见底了，这回是吴瘸子舌头硬了。原来，葛财带来的酒，有一瓶装的是水，葛财喝的就是水。见吴瘸子喝多了，葛财开始套话了："我说吴瘸子，你不该打死万鱼佬的狗埋在河滩那祸害我！这，就是你不够朋友了。吴瘸子啊，你到底在河滩上埋了什么，怕我把它挖出来？其实，我要是想挖，你藏哪我都能找到！"吴瘸子流着口水，神秘兮兮地对葛财说："这回你根本找不到了。我、我把它埋在自家院里的枣树下，我才、才不告诉人呢！"

葛财像拖死狗一样把吴瘸子拖到床上，一眨眼的工夫，吴瘸子的呼噜就震天响了。葛财来到院子里，拿来钉耙便在枣树下刨，不一会儿就刨出了一个大坑。吴瘸子没说假话，坑里还真埋了东西。葛财想也没想就跳下坑，想看看到底是什么。可是，葛财刚跳下坑，就觉得脖子上凉冰冰的，一侧头，我的妈呀，是一把明晃晃的大砍刀！拿刀的就是吴瘸子！

葛财大吃一惊："吴瘸子，你、你原来没醉……"吴瘸子冷笑道："嘿嘿，你葛财能喝水，我吴瘸子就不能喝水？告诉你，你那酒让我调包了。别动，你这个笨蛋！"葛财哆嗦着身体，不解地问："吴瘸子，我、我和你无怨无仇，你、你为什么要杀我？"吴

瘸子叹道："我本不想杀你，是你逼了我！只是你没想到吧，我用了个小计，让你自己刨坑来埋自己！"说完，扬起了手中的大砍刀……

"啊——"就在这时，附近有人尖叫起来，吴瘸子一怔，借着月光，他突然看见有人趴在他家院墙上正看着他杀人呢！说时迟，那时快，只见那黑影溜下院墙，边跑边哭着喊："杀人了！杀人了！吴瘸子在杀人了……"吴瘸子听出来了，那黑影是傻娃！

再说葛财见吴瘸子的大砍刀没落下来，再加上傻娃的哭喊，一下让他清醒过来，于是趁吴瘸子愣神的工夫，一下蹿出坑，撒开腿拼命地跑："不得了啦，不得了啦，吴瘸子要杀人啦……"吴瘸子慌了，想追，但哪里能追得上跑得像兔子的葛财？

喊声惊动了村民，大家怒气冲冲地赶到了吴瘸子家，有的手中还提着木棒，三三两两进了院子，只见吴瘸子正拼命地填土。大家一拥而上，把吴瘸子拿住，又上来几个人，把回填到坑里的土重又刨了出来，露出了一只麻袋，撕开来，不禁大惊失色，里面是一具女尸！再仔细一瞧：女尸竟是傻娃的妈妈月姑！

原来几天前，在城里打工的月姑回来过年。进村口时天已黑了，被吴瘸子拉进了屋。丈夫死后，月姑曾和吴瘸子好过一阵子，实指望吴瘸子能帮她支撑这个家。可吴瘸子只想着她

的身体，不愿接受傻娃，更别说拿钱给傻娃治病了，这可让月姑伤透了心。

吴瘸子拦下月姑，想留她过夜，月姑不答应。一个要走，一个不让走。拉拉扯扯中月姑打了吴瘸子一个大嘴

2005年首届"梅陇杯"法制故事大赛征文启事

为纪念全民普法开展20周年,迎接"五五"普法的到来,由司法部法宣司、上海市法制宣传教育联席会议办公室主办,上海市闵行区法宣办、上海市闵行区梅陇镇政府协办,《故事会》杂志社承办的2005年"梅陇杯"法制故事创作大赛,决定面向全国征文。

此次活动有关事项如下:

一、征文内容:可从立法、司法、执法,公民学法、守法、依法维权,法律援助、法律服务,社会治安综合治理、社会公德、家庭美德、职业道德中的涉法内容,公民与违法犯罪行为作斗争以及中外历史上的涉法案例等各个角度展开。要求故事情节曲折生动,语言有口头文学特点,作品未在省地级报刊发表过,字数一般在15000以内。

二、奖项设置:本次活动将聘请有关专家组成评委会,设一等奖1名,奖金5000元;二等奖2名,奖金各3000元;三等奖10名,奖金各1000元;创作奖50名,奖金各500元。部分优秀作品将陆续在《故事会》上发表,并结集出版。

三、征文时间:即日起至今年9月30日截止,10月底前评出获奖作品并专函通知获奖作者。

来稿方法:1.从邮局寄发,请在信封上注明"法制故事征文"字样,本刊地址:上海市绍兴路74号《故事会》杂志社,邮编:200020。2.从网上传递,本刊为大赛所设的信箱是:wulun54@163.com,请在主题上注明"法制故事征文"字样。

巴。吴瘸子恼了,就掐月姑的脖子。月姑拼命反抗,可瘦小的月姑哪是吴瘸子的对手?只是吴瘸子没想到,自己竟失手掐死了月姑。他这下慌了,趁着黑夜,把月姑的尸体拖到河滩上埋了,于是出现了故事开头的一幕……

傻娃终于见到日想夜想的妈妈,只是妈妈死了。傻娃的奶奶伤心过度,一下病倒了,不久也过世了。

后来,葛财就把傻娃接到家里,当儿子抚养。大家就说:"葛财,你把傻娃弄到家里,这下你可破财了!"

葛财感慨道:"你们不知道,这傻娃看上去傻,可心里是个明白人!要是没傻娃,吴瘸子能被揪出来?要是没傻娃,那我现在不就和他妈妈在黄土下做伴了?你们说傻娃人傻,可我说他是个金娃娃呢!"

(本篇月月评短信代码:G169)

(题图、插图:刘斌昆)

乾隆赌气

□崔陟

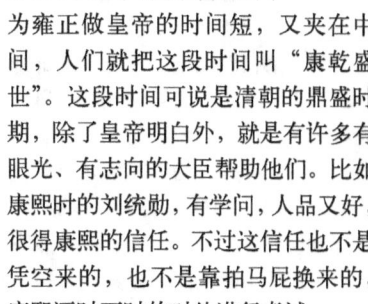

清代康熙、雍正和乾隆这祖孙三代做皇帝时，天下太平，国家富强。因为雍正做皇帝的时间短，又夹在中间，人们就把这段时间叫"康乾盛世"。这段时间可说是清朝的鼎盛时期，除了皇帝明白外，就是有许多有眼光、有志向的大臣帮助他们。比如康熙时的刘统勋，有学问，人品又好，很得康熙的信任。不过这信任也不是凭空来的，也不是靠拍马屁换来的，康熙还时不时的对他进行考试。

有这么一天，快到了举行科举考试的时候了。康熙正要任命刘统勋当主考官，忽然眼珠一动：我何不先考他一回，看他到底眼光如何？主意一定，就找来一个宫女，叫她写了一篇文章。这宫女的父亲是个学究，很有学问，宫女从小受熏陶，诗词歌赋无一不精，进宫以来，康熙也常常让她吟诗作赋，每每叹息道："可惜是个……女子啊！"

宫女写好文章，康熙看了一遍，暗暗点头称是。他自己又写了一篇，那真是字斟句酌，费了不少的心血。有一点要说明的，就是这两篇文章都没有署名，康熙那篇还找了个太监抄写了一遍。

康熙把这两篇文章交给刘统勋说："近来有人向朕推荐两个人，这是他们的文章，你拿回去好好看看，能不能为朕从中选拔个人才？"刘统勋

小心翼翼地接过来，回到家里，挑灯夜读。

第二天，他上朝向康熙禀报："启禀万岁，这两篇文章臣已经读了，若论文采，都在臣之上，称得上是锦绣文章，字字珠玑。"康熙一听，心里甭提有多高兴了，因为那里边有他一篇，谁不爱听好听的啊！谁知道刘统勋下边的话，叫他倒吸了一口凉气。刘统勋说："万岁，这两个人虽然有才，但是都不能任用，尤其是其中一人最好尽快把他除掉，否则是我清朝的大患啊！"

康熙一愣："那你说说，到底是怎么回事？"刘统勋拿着宫女的文章说："这一篇虽然通顺，但是眼界不开阔，说的多是身边琐事，而且气魄不足，脂粉气太重。若是持家绝不会错，在朝为官嘛……恐怕难成大事。""有理、有理，朕也有同感。"康熙连连点头，一个整天不出宫的宫女，也够难为她的了，他又问，"那另一篇呢？"

刘统勋沉吟了一下说："这一篇正好相反，眼界宽阔，足以顾及四海，而且有治理天下成为尧舜的志向。如果生在乱世，倒是不可一世的英雄。如今乃太平盛世，此人万不可留，留下必然养虎成患。望陛下赐臣尚方宝剑一口，臣愿为陛下除去隐患。"

康熙眨眨眼问："真有这么厉害吗？"刘统勋说："此人只是字写得弱些，不然的话，恐怕早就不安稳而有所举动了。"

康熙一听，心想这个刘统勋果然厉害，这回的主考官就是他了。不过这件事情他没有说破，对刘统勋说："我任命你为本次科举的主考官，至于那个人嘛……朕自己去处理吧！"

后来康熙把这件事情，对心爱的孙子弘历说了好几回，把刘统勋夸了一个底儿掉。弘历心里很不服气，心想有一天我要是当了皇帝，非给他出道难题，让他出一身的透汗……

过了若干年，弘历真的当了皇帝，就是咱们前面说的乾隆。不过这时刘统勋已经老态龙钟了，乾隆实在不忍心为难他了，正好刘统勋的儿子刘墉也入朝做官来了。乾隆有主意了，心说，自古父债子还，我就难为难为你吧。他这儿心里不住地拨拉算盘珠子，刘墉可是还蒙在鼓里，哪里会料到皇帝为他老爷子的事情跟他赌气。

这天处理完朝事，乾隆把刘墉叫出来问："爱卿，听说你很有诗才，朕一直没有领教，今天闲着没事，你就以你自己的身材为题，做一首诗怎么样啊？"这可真是个难题，刘墉虽然才华出众，可是模样却是无法恭维。为什么？他前边鸡胸，后边罗锅，要不怎么有个外号叫"刘罗锅"呢？这还不算，他还一只眼睛大，一只眼睛小，一条腿有点儿踮脚，大概得过小儿麻痹症。这可是道难题，把自己说好了，那是回避事实，而且有欺君之罪啊！如实说，那又有损大清朝的形象，再说自己也难堪啊？乾隆稳稳当当地坐在龙椅上，等着看笑话，大臣们和刘墉关系好的，都为他捏了一把汗；平时和刘墉不睦的，都等着看笑话。

只见刘墉眉头一皱，不慌不忙地咳嗽一声，随口吟出一首诗来：

背驮负乾坤，胸高满经纶。一眼辨忠奸，单腿跳龙门。

丹心扶社稷，涂脑谢龙恩。取人不以貌，真是圣德君。

乾隆一听，这诗真好，不但掩盖了身材的缺陷，还和江山社稷联系起来，最后把自己也给捎上了。他发自内心地连声夸奖："好诗，好诗啊！"还赏了刘墉黄金百两。他是明白人，要不这么做，自己怎么下台阶呀！

不过，乾隆没有死心，一有机会总给刘墉出难题。有一回，他们君臣两人微服出宫，来到一个熙熙攘攘的集市上，看见一个卖糖莲子的，乾隆平日没吃过，禁不住口水上来了，就让刘墉买了半斤，两人一边走一边吃。走着走着，又看见一个卖梨的，刘墉不禁说了一句："黄澄澄的，看样子一定很甜。"乾隆就让刘墉买了两个。

他们又往前走，看到一个妇人坐在地上。旁边还有小男孩儿，头上插根稻草，面前还有一块破布，写着密密麻麻的字。乾隆一看，原来是个寡妇，公婆还有病，万般无奈只好贱卖自己的亲生儿子。他非常的难过，一来是为那女人的遭遇，二来是因为自己治理的天下还有这样的事。他从怀里摸出一块银子对那个妇人说："孩

子别卖了，回去请个医生给老人看病吧！"妇人接了银子，千恩万谢的正要走，乾隆又从刘墉手里拿过一把莲子递给那个妇人说道："莲子心里苦。"

这话别人听着没什么，莲子里有莲心，本来就是苦的啊。可刘墉听出弦外之音来了，乾隆表面说的是莲子，实际说的是"怜子"，母亲可怜儿子心里有说不出的苦啊！这是一语双关，分明是考我啊！只见他也把一个梨递给妇人说："梨儿腹内酸。"他回答得也真巧妙，表面的意思是梨外边甜，靠近核的地方酸，可实际是说"离儿"，离开儿子，当然心里酸楚楚的了。

乾隆一看难不倒刘墉，就没说什么，扭头往回走，忽然看见一个卖柿子的，青青的，看样子挺涩，就买了一个，往袖子里一揣，接着赶路。

等回到皇宫里，他马上召集大臣上殿，看了刘墉一眼说："这次刘爱卿陪我出访，非常的辛苦。朕特赏赐给他一个梨，他又送给贫苦妇人了，可见他的心是何等的善良。我这里有一个梨没吃，还有一个柿子，一并赏赐给他，让他当众吃掉，不必拘束。"要说乾隆这一招可是真够损的，梨好吃可那柿子涩啊，皇帝赏赐的又不能不吃，吃的模样一定难看，刘墉啊刘墉，这回你可要当众出丑了。

只见刘墉不慌不忙地接过柿子和梨，把柿子递给排头的大臣说："万岁

所赐，不敢独享，你们每人一口，可不要辜负了圣恩啊！"大臣们谁敢不吃，一人一口，个个涩得龇牙咧嘴，难受劲儿大了。刘墉在一边吃梨，吃得有滋有味，满脸的笑容。

等大臣们把柿子吃完，刘墉也抹抹嘴，把梨核往袖子里一放，说要回去熬汤喝。乾隆虽然一肚子不高兴，可表面上还得不动声色地问："刘爱卿，你为什么自己吃梨，把柿子分给大家呢？"这又是一道难题，答好了什么事没有，答不好就得治罪。要是为这个事情处治刘墉，保险一个为他讲情的都没有，大家都为吃柿子的事恨他呢！

刘墉行了一个礼说："万岁，这柿子是吉祥物，民间每逢节日都要吃柿子，取一个事事如意的意思。这么好的事，又是万岁所赐，我怎么能一个人独享呢？自然要分给大家吃，这也是分享圣恩，让大家事事如意。"大臣们一听，赶紧都跪在地上齐声说："谢万岁龙恩！"乾隆没辙了，只好说："平身、平身！"叫大家都起来。

乾隆又问刘墉："那梨你怎么一个人吃了呢？"刘墉说："梨和分离的'离'同音，我要是和大家分着吃了，就要分离。那怎么可以，我们还要为陛下分忧，报效国家呢！"

乾隆一听，当时站了起来说："刘爱卿，朕算是服了你了！"

（题图、插图：黄全昌）

杀你个回马枪

□ 燕 子 供稿

明朝末年，苏浙交界处的金牛河有一伙盗匪，为首的四十多岁，名叫洪三，苏州人氏，瞎了一只右眼，人称独眼洪三。

这天午后，有手下人来报，说从南边缓缓驶来一只官船，已到金牛塘。黄昏时分，果然有一条官船徐徐而来，洪三一声呼哨，几条小船同时从溪塘里射出，飞一般向大船靠拢。接近大船时，洪三一个箭步飞上大船："谁是船主？出来答话！"

话音刚落，就见从船舱里走出一人，神情肃然，来到洪三面前，质问道："光天化日之下竟敢抢劫官船，难道就不怕王法吗？"

洪三冷冷一笑，说："什么王法？在这里我就是王法，来人，给我绑起来！""慢着，"站在船头的船夫这时接过腔来，拦住了洪三，"好汉，这位曹大人辞官回乡，租用我的船。你们要抢劫钱财，我自然管不了。但曹大人一向清廉，还望你们手下留情，不要伤及他的性命。"

洪三冷笑道："清廉？这条船吃水这么深，怎能瞒过我？给我搜！"

"我曹某一生为官清正廉洁，对得起天地神明，"曹大人朗声说道，"实话告诉你们，我只有银子三十两，你们要是不嫌少，尽管拿去。"

这时，搜查的手下人来报：船舱里有两箱衣物，三箱诗书和一把雨伞，银子三十两，还有一个上了年纪的老妇人。舱底里放了一堆石头，舱上挂着一只鸟笼，里面有一只鸽子。

洪三眨了眨眼，盯着鸽子看了一会儿，然后用刀指着石头，说："你运这么多石头干什么？"

船主忙道："好汉，因为曹大人所带的东西太少，船在河里直打转，无法前行，我才搬些石头增加重量，把船稳住。曹大人清正廉洁，只因得罪了朝中权贵，这才辞官回乡，还请好汉高抬贵手。"

洪三看看眼前的三个人和船上的东西，抱拳向曹大人深施一礼："大人，都怪我粗野莽撞，冒犯了大人。几年来，我们劫官船无数，船上装的不是金银珠宝，就是古玩玉器。大人如此清贫，真乃两袖清风，我洪三有眼无珠，还请大人恕罪！"

曹大人忙扶起洪三："壮士所作所为也是迫不得已。曹某为官多年，深知百姓疾苦，曹某志在回苏州卖红薯而已！""大人也是苏州人？"洪三惊喜道。曹大人答："正是！我的老家就在望亭西街上。""噢？"洪三浑身

一震，"曹世植不知大人可否认识？""正是家父。可惜家父已于十年前病故了，壮士也认识家父？""什么？曹世植是你的父亲？"洪三的脸色顿时变得铁青，十分吓人。

看着洪三的变化，曹大人惊异地问："你是——"

"洪谦的儿子——洪三！"曹大人听了如雷轰顶，脸都白了。

二十五年前，曹世植与洪三的父亲洪谦同在朝中为官，曹世植在皇上面前屡进谗言，害得洪谦被了官，还株连九族。那年洪三才十六岁，在家人的帮助下，冒死逃了出来。为此，他戳瞎了自己的右眼，发誓要报仇雪恨，没想到冤家路窄，此时此刻仇人就在眼前……

夕阳从洪三的头顶徐徐滑落，他的独眼里射出一股咄咄逼人的杀气，令人不寒而栗。

曹大人脸色惨白，他走上前去，"扑通"一声跪在洪三的面前"壮士，家父害得你们家破人亡。常言道，父债子还，我今天愿偿还家父对你一家的伤害。""罢了，"洪三伸手拦住了他，好一会才冷冷地说，"如今，你的父亲也死了。我们之间的恩怨就此一笔勾销。你走吧，从这里到苏州，一路畅通无阻。再也不会有盗匪出现了。"曹大人感慨万千："壮士，你……"洪三跳上小船："曹大人，一

路保重，好自为之。"说完，小船像离弦之箭，向远处飞去。

曹大人站在船头，目送洪三他们远去，才摸出手帕擦了擦额上的汗滴。

"船主"轻轻地探过身子说："大人，好险呐！"曹大人抬头望了望渐渐拉上的夜幕，冷笑一声："想跟我玩？还嫩了点。管家，立即放鸽子，通知后面的船队，加速前进，今晚一定要通过此地。"

子夜时分，七八条满载着金银珠宝的大船在曹大人的监督下徐徐而过。突然，一声哨音划破寂静的夜空，紧接着河面灯火通明，十几只小船横在河面上拦住了去路。

洪三站在最前面的小船上，手上的钢刀在火光下的映照下杀气腾腾。见此情景，曹大人吓得倒退了好几步。

小船驰到近前，洪三哈哈一阵大笑："曹大人，戏演得不错呀。这回你还敢对天发誓说自己是清正廉洁的吗？"曹大人用手指着洪三"你、你"地说不出话来。

洪三又一阵大笑："想知道我为什么杀个回马枪吗？是那鸽子泄的密。别人可能以为它是一只观赏鸽，但骗不了我，那鸽子名叫'雨点鸽'，是世上最好的信鸽之一啊！我派人截获了它，又放了它，这不，在此恭候曹大人。"

曹大人愣了半天，然后一头栽倒在船上……

对强者，要关注他们的灵魂；对弱者，要关注他们的生存……

保龄英雄

□老　九

1. 挑战厂长

吴龙是鹤明家具厂的厂长，由于老婆是一家保龄球馆的教练，他没事就去玩，最后成了一个铁杆保龄球迷，可最近他却偏偏被保龄球难住了。

鹤明家具厂是一家私营企业，老厂长是吴龙的父亲，因年过花甲，体弱多病，三年前就退居二线了。吴龙接替父亲当上厂长后，本想大干一场，可是偏偏事与愿违，产品积压，效益连年下滑。吴龙认为，是父亲留下的那套经营体制，已经适应不了飞速发展的时代，因此他要大刀阔斧地改革，与外商合资办厂。

不久前，吴龙联系上了一个外商，此人名叫约翰，是个实力雄厚的商人，赶巧的是，吴龙听说老约翰也是一个保龄球迷，心想：如果能陪老约翰打打球，玩高兴了，这合作的事就有戏了！他知道外国人打保龄球水平都很高，决定下苦功夫练习。所以，最近他抛开一切杂务，一门心思，苦练保龄球。

这天，他在老婆的球馆里正练得来劲儿，一群工人突然闯了进来。打头的两个工人，一个白白胖胖，人称胖子，一只眼睛戴着黑眼罩；另一个姓刘名刚，是个面容较瘦、双目有神的小伙子，只是腿有点毛病，走路时一瘸一拐的。其他的人也都多少有点残缺毛病。

吴龙一看，心里就明白了八九分。原来他为了减轻工厂负担，最近下令解雇了一批老弱病残的工人。他知道国家对残疾人的保护政策，估计被解雇的工人不会善罢甘休……

"你活得可真潇洒！"刘刚上前一步，指着吴龙说，"就不顾我们工人死活了？我们工作干得好好的，凭什么解雇我们？今天你必须给我们解释清楚。"

吴龙冷笑道："这还用得着解释吗？通告上已经写得明明白白，厂里效益不好，负担太重，像你们这些老弱病残，在国企早该下岗了，何况我还给你们发了生活费呢！"

刘刚上前一步说："不错，我们现在是老弱病残，可我们是怎么病残的？我的腿是上班搬木料砸的，胖子的眼睛是刨花崩的，你说，我们这些人，哪个不是为工厂拼命干才落下残疾的？你再看看你，一天到晚，热衷于打保龄球！效益不好，就解雇工人，你对得起你爸吗？"

"对！"工人们齐声说，"你是得好好向你爸学习，他当厂长，哪天不是和我们工人一起干呀？你打保龄球，能把生产搞上去吗？"

吴龙被说得又气又恼，吼道："都给我闭嘴！我打保龄球怎么了？不都是为了谈生意拉合作伙伴嘛！现在做买卖不陪客户吃好了玩好了，谁跟你合作呀？你们当中谁要是有本事，能陪客户把保龄球打明白了，不要我亲自上阵，我谢天谢地！"

"厂长，你这话什么意思？"刘刚紧追不放，"是不是只要能陪客户打好保龄球，不用干活也给开钱呢？"

吴龙一撇嘴说："是这个意思，"接着他以嘲弄的语气说，"你能打保龄球？我看让保龄球打你还差不多！""你说什么？"刘刚被激怒了，"我承认现在对保龄球一窍不通，可是我敢说，我要是像你这样天天泡在球馆里，我保证打得比你强百倍！"

"什么？"吴龙又较上了劲，盯住刘刚说，"你敢跟我在保龄球上叫板？好，我就跟你打这个赌！从现在开始我就让你天天泡在球馆里，什么时候你要是能打赢我，我不但让你复工，而且还补发你打球期间的工资，报销你所有打球的费用！"

这时吴龙的老婆陈兰插话道，"这太荒唐了吧？这可不是儿戏呀！"

"我可没把这当儿戏！"吴龙说，他指指刘刚，"他好像也对这种方式挺感兴趣呀？"

刘刚脸憋得通红地说："我要是赢了你，其他被解雇的工人也一起复工？""行行行！"吴龙不假思索地说，"输了，谁也别再来找！"

刘刚顿时血往上涌，将瘸腿一跺，说："好！你可要说话算数！"

2. 血溅球馆

刘刚一气之下答应了吴龙的挑战，可过后一寻思，心里实在没底，因为他还从来没打过保龄球呢。胖子说："对付这个球迷厂长，这也许是最好的办法了，你放心，我多少还打过几回保龄球，可以给你当教练。"工人们也鼓励他，纷纷凑钱给他练球用，刘刚感动地说："大家放心吧，这些费用我一定会让吴龙来付的！"

保龄球一般分早中晚三场，早场价钱最低，刘刚和胖子赶早来到了一家保龄球馆。

刘刚进球馆还是第一次，觉得什么都新鲜：七色的彩球，油亮的球道，闪烁的电脑记分屏让他眼花缭乱。胖子轻车熟路地挨个给他介绍各种保龄球设备，教他穿球袜，换球鞋，怎么握球，怎么投掷，怎么计分……

刘刚原以为保龄球就那么使劲儿一扔就完事了，没想到里面还有这么多道道，他像所有初学者一样，投了几个掉沟球和歪球之后，渐渐摸到了点门道，偶尔也能打出个全中球，结果第一局就得了132分。

胖子惊讶地说："我打过这么多回保龄球，最高才128分，你第一次打球就超过我了，真是个天才呀，看来我是教不了你了！"

刘刚说："我也不知怎么回事，瞎蒙的。"其实刘刚小时候就是玩弹子的高手，加上做木匠儿吊线的功夫，瞄起准儿来得心应手，而且他的瘸腿一起一浮，正好和打保龄球的滑步合拍，所以别人要花很大工夫练的动作他不用练就会了。初见成效，他练得更欢了，一连几天，练得臂酸手疼，也不肯休息。

这天，两人正兴致勃勃地练着，有个球童过来说球道满了，叫他俩把球道让给一个外国老头，两人不同意，老外却不依不饶，非要跟刘刚比一局，说刘刚输了就把球道让给他，赢了，老外出钱包他们打一天。刘刚知道自己的水平，不同意。老外急了，说："我让你6格球，你投12格球，我只投6格球，怎么样？"

"什么？"胖子看着刘刚，"也太瞧不起人了！他6格全中最多才150分，你都能得132分了，再加把劲儿不就赢他了？"

刘刚也很不服气，咬牙对老外说："来吧，别以为中国人好欺负！"

老外笑了，坐下来打开手提包，从里面一件件掏出球鞋、护腕，最后掏出一只锃亮的白色保龄球！刘刚和

胖子有点发愣：这老外该不会是职业球手吧？

他们哪里知道，这个老外就是让吴龙头疼的那个老约翰！

老约翰怎么到这里打球呢？原来他除了要跟吴龙合资办家具厂外，还要在中国开一家保龄球馆，今天是特意到这里来熟悉情况的。

老约翰果真球技不凡，出手就是全倒！奇怪的是他打出的球不走直线，而是划着弧线绕着弯儿把10只球瓶统统击倒，一连六投都是全倒，整整150分，刘刚和胖子傻眼了！老约翰笑眯眯地看着刘刚："小伙子，该你

了！"刘刚有些心虚，底气不足地拿起了球。

"等一等！"正当刘刚不知怎么投球时，一个老人的声音突然叫住他，"不要着急，我来指导你！"刘刚回头看去，是一位坐在轮椅上的老人，他认出了：是老厂长吴汉良！老厂长不久前做了截肢手术，一直在医院休养。刘刚忙放下球，问老厂长今天怎么来这儿，吴老说："先别问那么多，把这局球打完再说！"说罢，转着轮椅上前，手把手教刘刚说："瞄准点不能正对中间的箭头，那样容易打出分瓶！正确的瞄准点应该在中间箭头偏右一点的地方，让球从1号瓶和3号瓶之间穿过。另外，投球不能用蛮力，用力的关键在后摆，后摆越高，球自由下落的速度就越快，力量也就越大，出手的时候就不用什么力了，明白吗？"刘刚比划着不住点头。

"那好，投吧！"吴老说着，俯身跟在刘刚身后指导道，"对，尽量后摆，后摆！"

随着吴老的喊声，刘刚的手臂向后高高摆起，他要尽最大的努力投好，可是不知是手指出汗太滑，还是用力过猛，那高高摆起的保龄球突然"嗖"地一下从他手中甩了出去，直奔吴老的脑袋飞来，只听"哗啦、扑通"一声闷响，保龄球和吴老一起倒在了地板上。

在场所有的人都惊呆了！鲜血从

吴老的额头流出来，染红了保龄球，染红了球道，刘刚冲过去，一边用手捂住吴老的伤口，带着哭腔喊道："伯伯，伯伯！"老约翰也被吓坏了，着急地说："我的车在外面，快用我的车，送他上医院！"

一群人七手八脚把吴老送进医院，经检查，吴老不是被球砸伤，而是因匆忙避让球，轮椅倒地时，额头碰伤出血，没什么危险，只需静养几天就好。刘刚望着头缠绷带的吴老愧疚地说："伯伯，真对不起，我……"

吴老疼爱地说："小刚，你把手给我看！"说着，拽过刘刚的右手，见那手指的皮磨去了一大块，渗出了血，他叹口气说，"我就猜你手指有问题了。你休息两天，我会帮你的。"

刘刚和老厂长怎么如此亲呀？原来，刘刚是个孤儿，是老厂长收留了他，并手把手教他学木工活。他俩不是父子胜过父子！这时，刘刚说："我打保龄球是为了对付吴龙呀，你……"

吴老说："这我都知道，可我希望你赢，因为我压根儿就不赞成他解雇残疾工人，这都是他趁我住院时，擅自做的决定，真是儿大不由爹呀！我找过吴龙，可怎么劝他都不听，说你们自愿跟他打赌，所以我才到这儿来找你们。事到如今，我看这个赌打下去也好，叫他见识一下咱们残疾人的能耐和志气！我已经跟我那浑小子说

了，就由我做你们打赌的公证人。只有你们赢了他，工人们才能安心复工，也给那浑小子一个教训！"

"可你看我能赢吗？"

"你这么瞎练肯定不行，必须有专业人员指点、系统训练。"吴老说着拿出纸笔，"我写张条子推荐你到大众保龄球俱乐部去找陈教练，让她先从基本功教你，等我伤好了再好好教你。"

3. 忍辱负重

第二天，刘刚和胖子就到大众俱乐部去找陈教练了，可是一进去却遇见吴龙正在跟陈教练练球！刘刚和胖子这才想起来：人家可是两口子呀。吴龙瞥了他俩一眼，跟陈兰耳语了几句，就又去练球了。陈兰看完吴老写的条子，上下打量着刘刚说："就你也想学保龄球？你知道我们俱乐部收人的条件吗？你的平均分必须达到180分！"她见刘刚瞪大了双眼，撇撇嘴又说，"不过，既然你是老人家介绍来的，条件可以放宽，160分，达不到，莫怪我不卖面子！"

"160分？"这对刘刚来说也太高了，他愣在那，一时不知如何是好。这时，吴龙走过来，说："160分，那可是优惠分，我虽是她的老公，可她从不徇私情，硬是要达到180分，她才肯收。"他见刘刚和胖子一脸怀疑，又

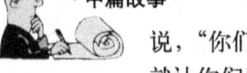

说，"你们不信？不信，就让你们看看吧！"说着潇洒自如地投了一局球，竟然得了190分！

刘刚和胖子傻眼了，吴龙得意地说："想赢我？再练10年吧！"

刘刚和胖子互相看了看，事到如今，只有硬着头皮上了！刘刚全神贯注地投了一局又一局，直累得满身是汗，手指都磨出了血，可5局球下来最高才得了141分。

陈兰一摊手说"对不起！"说罢转过身去。

刘刚和胖子蔫头耷脑，垂头丧气，就在此时，陈兰的手机突然响了。

只听陈兰一个劲儿说："基础太差，腿脚也不行，没有培养前途……"

刘刚猜想这电话是吴老打来的，

一会就见陈兰把手机交给吴龙，刘刚从一问一答中，大体明白了吴老的意见：既然要吴老做打赌的公证人，他就要保证打赌的公平性，竞争者必须在同一个球馆练球，由同一个教练指导，用同样的条件和设备……

吴龙通完话，转身对刘刚和胖子说："看在老爷子的份儿上，明天早晨8点，你们准时来练球吧！"

其实吴龙成天在这里练球，主要不是为了打赌，因为他对刘刚的球技，根本就不屑一顾，他练球的目的，是为了跟老约翰合作办厂。

谈判的空闲，吴龙就投其所好地请老约翰打保龄球，可是打了几次，他却远远不是老约翰的对手。老约翰杀伤力极大的弧线球让他毫无办法。他听熟悉老约翰的人放出风说，老约翰有一个怪癖，就是只有保龄球能赢他的人，他才肯跟他合作做生意。眼看跟老约翰合资办厂的事要泡汤，吴龙能不着急吗？

因此，他没日没夜地跟老婆练球，而且专门练弧线

没有受过伤的人才会讥笑别人身上的创痕。——莎士比亚

球，陈兰也把主要精力放在了老公身上，对刘刚每天只是教他一两个基本动作。几天下来，进步不大，胖子忍不住对刘刚说："我看这样下去不行，咱俩得去看看陈兰是怎么教吴龙的！"

刘刚先是犹豫了一下，可一想到身后有那么多工人盼着他胜利的消息，就一狠心去了！

陈兰给老公吃小灶的地方在二楼一个豪华包间里。刘刚和胖子悄悄溜了上去，轻轻从包间的门缝往里偷看。只见陈兰正向吴龙比划着，只能断断续续地听到"翻腕"、"旋转"、"弧线"和"杀伤力"等词，刘刚正琢磨着，包间的门突然开了，陈兰和吴龙走了出来！吴龙不满地说："你们敢偷看我练球？"

"不是，不是，"刘刚急中生智地说，"我是来告诉陈教练，她今天教我的动作已经练完了，问她还有没有别的安排？"

陈兰说："你学得很快呀，看来得给你加码了！"说完看着吴龙，吴龙皱着眉说："今天的球打得很不顺手，我看球道应该上油了，你抓紧找人上上，我下午还得练呢！"陈兰朝刘刚和胖子一挥手："听见了吧？就你们俩！下午2点之前把油上好，我回来检查！"说完就和吴龙走了。

刘刚和胖子鼻子差点儿都气歪了！

下午吴龙来到球馆，见刘刚和胖子在投球，他顿时沉下脸，闷声不响地走到球道前，蹲下身用手指使劲儿刮了两下，然后把刮下的油举到眼前仔细地看，看了一阵，就举着手指一步步走到刘刚和胖子面前，突然怒吼起来："这就是你们上的油吗？怎么能上这么厚？而且还没抛光就上来投球！你们知道不知道，世界上有多少300分就是因为球道油太厚而不被承认？你们这是存心给我添乱啊！打不好球，签不上约，大家都得喝西北风去，你们还复什么工？"

刘刚说："我们上到一半的时候上油机坏了，能怪我们吗？"

吴龙继续咆哮着："上油机坏了给我用抹布擦，直到油脂均匀不黏手为止！"

这一喊，刘刚的火"噌"地也上来了，他猛地把手里的保龄球往地板上一摔："你凭什么对我吆五喝六？我现在已经不能算是你的工人了，而且我也不想当你的工人了，更不想跟你比什么倒霉的保龄球了！凭我一双手，我就不会饿死！"说罢一甩头昂首阔步向外走去，可是刚走到门口，他突然站住了，只见那十几个被解雇的工人，正从楼梯口向这边走来。

刘刚看着看着，眼里涌出了泪花。他使劲咽了口唾沫，又转身一步

步走了回来，然后"扑通"一下跪在球道上，抓起抹布用力擦起来！胖子也扯过一块抹布，跪在球道上跟刘刚一起擦。吴龙见了，撇撇嘴，得意地一笑，然后和陈兰走了。

刚刚赶到的工人们见此情景莫名其妙，等他们知道后，一个个二话没说，也扑到球道上擦起来，给刘刚打气："千万不能灰心！就是不为尽早复工，也要为咱残疾人争这口气呀！"刘刚看着大家，激动地说："我做梦都想打败吴龙！可是没有名人指点，我再怎么练也提高不了啊！"

就在大家愁眉不展时，吴老突然转着轮椅出现了，他额头上还包着纱布，但气色特好，动情地对刘刚说："小刚，不要泄气，陈兰不好好教你，我来教你！"

4. 高人支招

这些天，吴老虽在医院里，却一直叫人在暗中观察刘刚，他听说刘刚训练非常刻苦，而且有非同一般的保龄球天分，完全有成为保龄高手的潜力，这才决定亲自出马。

吴老带刘刚和胖子来到一间球室，微笑着说："你们一定会问我，这老头子怎么也会打保龄球？告诉你们，我不但会打，而且'江湖'上还有保龄球一怪之说！"

原来，吴老年轻时当过海员，出

海远洋时，经常跟外国水手进行保龄球比赛，因此练就了一手保龄球绝技。退休回国后，他做起了木材生意，由于他对木工技艺特别喜爱，就办了家具厂。起初国内没处打保龄球，他也就歇手了，等保龄球在国内发展起来，他的腿脚却不好使了！但是他非常支持儿子吴龙打保龄球。吴龙和陈兰就是打保龄球认识的。但后来他发现，吴龙缺乏打球的天赋，打到一定程度就停滞不前了。

吴老在做海员的时候，经常败在弧线球手里，因此，他暗自琢磨战胜弧线球的打法，一直在物色能实现他愿望的球手，只可惜儿子不是这块料，而现在他终于发现了刘刚……

吴老单刀直入地对刘刚说，"你很有悟性和天分，不需要多教，我就只教你三个要点！第一，就是要学会确定站位！这是打保龄球最基本的功夫。"说着，拿起保龄球，就在轮椅上斜着身子挥臂投了三个球，结果三个球个个全中！他见刘刚很惊奇，接着说："你不要奇怪，我也没什么魔法，秘密都在球道上，你看！"吴老低头指着球道说，"保龄球道是用39块枫木板拼成的，右手投球的全中位是在右数第17块木板的位置，因为投球时左脚和右手之间还有第6、7块木板的间隔，所以投球时正确的站位是左脚站在右数第23、24块板的地方，只要每次都站在这个位置投球，就会增加全中次数！"

"哇！"刘刚恍然大悟，他按吴老所言，低头数着木板找好位置试投了几个球，然而一个也没有全中，他疑惑地看着吴老，吴老没说什么，只是叫他在脚上沾些防滑粉再试一次。然后叫他回头看自己的脚印，刘刚这才发现，他留在地板上的脚印是斜的！

"这回明白了吧？"吴老说，"先不要拿球，脚上多沾些防滑粉空手反复练习！直到助走不偏为止！"

按照老人的吩咐，刘刚一步一个脚窝地练着，渐渐地，他脚下的足迹从一条宽带变成了一条笔直的直线！

"第一步过关！现在我教你第二招！"吴老说，"就是练对抗外国弧线球打法的——飞碟球！"

"飞碟球？"刘刚喃喃自语道。

"对，飞碟球！这种打法最早是由台湾人发明的，专门用来对抗弧线球。弧线球流行于欧美，杀伤力极强，但它较适合于身材高大的欧美选手，对身材相对瘦小的中国人是不太适用的。我那

个不争气的儿媳就是因为不听我的劝告，非要练弧线球，结果造成手腕拉伤，现在只能退居二线当教练，可她还不死心，又教我那浑小子练弧线球，真是走火入魔了……其实飞碟球才是亚洲保龄球手的第一选择，我一直相信它会战胜弧线球！"

吴老说着拿起一只保龄球："投飞碟球的关键在于球出手前的翻腕，就是说在球出手的瞬间手背要翻到上面去，这样才能产生旋转。"说着老人将球投出，手背向上翻起，只见那保龄球飞速旋转着滚向球瓶，将十只球瓶全部击倒！

刘刚看得出了神，吴老说"看明白了吧！别羡慕什么弧线球，就照我刚才做的练吧，先不要助走，站在原

· 中篇故事 ·

地重点练翻腕动作！"

吴老走后，刘刚就一五一十地练开了……

转眼又是数日过去，刘刚的胳膊都练粗了，终于能投出吴老那样的飞碟球了。"很好！想不到你学得这么快！"吴老在一旁兴奋地说，"现在就剩下最后一件事了！这就是把助走和投球结合起来的步伐！"吴老顿了一下接着说，"目前最常见的有3步投球法、4步投球法和5步投球法，但是这些都不适合你，因为你腿脚不便！我仔细观察了你投球的脚步，发现了一种能让你的瘸腿变成优势的步伐，那就是四步半投球法！就是在球出手之前滑半步调整身体平衡。"

刘刚一听恍然大悟，立刻照吴老说的走四步半投球，结果居然个个全中！刘刚转身兴奋地望着吴老："伯伯，我成功了！"

吴老说："还不能轻言成功，保龄球的奥妙是无穷的！不过，你的确是个天才，一个月的时间完成了常人半年甚至数年的训练任务！"说着从挂在轮椅旁的背包里，拿出了一只火红色的保龄球，"这是我当年用的专门打飞碟球的保龄球，叫'红色警戒'，我一直希望用它战胜一个外国弧线球手，现在我把它送给你，希望你能用它完成我的心愿！"

刘刚真是做梦也没想过能有属于自己的保龄球啊，他眼含热泪，对吴老说："伯伯，我一定不辜负您的希望！只是，我一个普通工人，怎么有机会跟外国选手比赛呢？"

吴老说："据我所知，有一个想跟我们合资办厂的外商，下个月要跟我们厂进行一场保龄球对抗赛。我争取让你上去锻炼锻炼……"

5．力挽狂澜

吴老所说的对抗赛，其实就是老约翰和吴龙的对抗赛。

原来，吴龙屡次向老约翰挑战都不是对手，老约翰不耐烦了，提出双方各出五个人进行一场对抗赛，一次定胜负。吴龙如果获胜，老约翰就签约合作，如果失败一切免谈。而且老约翰还特意强调，这五个参赛的人除了他俩外，另外四个人必须是各自企业的员工。

吴老听到这个消息，便向吴龙建议让刘刚参赛，不料，吴龙一听就炸庙了："怎么？我们厂没人了，让一个瘸子上场？丢人现眼事小，它关系到能不能跟老约翰签约呀！老爸，实话告诉你吧，参赛队员我早选好了！"

原来，吴龙为了获胜，叫陈兰搞了四个高水平的会员代替他的工人出战。吴老一听来气了："你们夫妻俩竟在干冒名顶替的事，荒唐！"吴龙笑道："事在人为，我现已聘用他们为我厂的正式职工了，有什么荒唐的？"

吴老一听，气得半天说不出话。

最后强压怒火说："说解雇就解雇，说聘用就聘用，你眼里还有没有我这个爹？"吴龙也急了，说："我这不都是为了咱们厂的前途吗？谁让老约翰一定要比赛呀！"

吴老说："既然是关系咱们厂的前途，你必须答应我，一让刘刚作为替补参加，二让咱们厂的工人前去助阵。"吴龙无奈之下勉强答应了。

一个月后，鹤明家具厂和老约翰的保龄球对抗赛开始了！

比赛在一家中立的保龄球馆进行，双方各出五名球员，每场3局2胜。吴龙和老约翰是种子选手，安排在最后出场。吴龙见许多工人也来观战，不觉皱起了眉头，心想：这帮家伙可别给我添乱呀！

比赛开始，只见保龄球"咕噜咕噜"在球道上穿梭，球瓶被撞得"砰砰"四散横飞。

这场比赛可以说是"飞碟球"和"弧线球"的较量，因为家具厂的前四位选手都是"飞碟球"手，而老约翰的队员则都是"弧线球"手。弧线球尽管杀伤力大，但消耗体力也大，老约翰的队员年龄都比较大了，而家具厂却都是年轻人，又都是半专业的，所以双方可谓是旗鼓相当，结果前四局战成了2：2平！

老约翰非常吃惊："没想到中国人的'飞碟球'还挺有抵抗力呢！"吴龙却喜上眉梢，因为他终于可以跟老

约翰进行决胜局的比赛了。他上前一步说："中国人的弧线球也同样厉害！我今天就用弧线球跟你打决胜局。只是，你说过的话还算数吗？"

老约翰笑了："放心吧，只要你能打赢我，我立刻跟你签约合作！"

吴龙信心十足地说："那好，就开始比赛吧！"

吴龙的弧线球可以说已练得出神入化了，投出的球个个划出优美的弧线，接连打出几个全倒！而老约翰更是宝刀不老，他这次准备了两个球，一黑一白，黑球用来第一投，白球专门用来打补中球，黑白球交替使用，

效果奇佳，尽管吴龙尽了最大努力还是输了第一局！吴龙很懊恼，刘刚和工人们也很焦急，他们好像忘了和吴龙的恩怨，一心只为工厂着想了。第二局，吴龙也换了一只重磅球，更加卖力地投起来，每投出一个全中，工人们都为他鼓掌加油。吴龙的得分紧追着老约翰，到最后一格的时候，他只要投出全中球就能获胜。老约翰冷眼看着，吴龙抹了一把汗，心想：这局再输他就完了，他决心拼了！只见他一把扯下了护腕，用尽平生力气将这最关键的一球投了出去！

陈兰和工人们都屏住了呼吸，看着保龄球"咕咕噜噜"向球瓶滚去，可是，谁也没想到，刚投出球的吴龙突然抱着右臂，躺在地上打起滚来！大家跑过去围着龇牙咧嘴的吴龙不知所措，刘刚分开人群说："我懂点按摩，让我看看！"他蹲下一看，说："是脱臼了，我给他上上！"说着，却回身一指球大声说："刚才那个球全没全中啊？"大家不约而同回过头去，见10只球瓶已一扫而光，不禁鼓掌欢呼起来，刘刚趁机一使劲儿，吴龙"啊"惨叫一声，但脱臼上上了！

现在的形势是：老约翰和吴龙前两局战成了1∶1，还要进行决胜局的比赛，可是吴龙的手腕严重拉伤，无法继续比赛了！陈兰叹了口气心疼地对吴龙说："我早就说过要注意保护手腕，可你就是不听，不能比赛就等于输了，你看怎么办吧！"吴龙傻眼了，这时老约翰却大度地说："这么赢你，我也不光彩，你可以再找一个工人替你比赛，这个人赢我，我同样跟你签约！"

吴龙说："不，我要亲自赢你！"老约翰笑了："那好吧，等你养好伤再来和我较量吧，不过那时说不定我已经找到别的合作伙伴了。"

"这……"吴龙蔫了。吴老转着轮椅上前说："叫刘刚替你比吧。"工人们也齐声高呼："对，叫刘刚上，叫刘刚上！"

在老约翰一再催促下，吴龙无奈地说："好吧，死马当活马医吧。"

众人一阵欢呼，刘刚手拿"红色警戒"，脚穿工人们给他买的新球鞋，昂首上场，他真不想到他这个替补队员真派上了用场。

老约翰一看上来的是刘刚，不禁用手摸了一下额头，打趣说："你可别把我这里当目标啊！"刘刚对老约翰一笑说："那你就多加小心吧！"

比赛开始，吴龙起初背过身去不愿看，可是工人们一阵阵的欢呼声勾得他心里直痒痒，终于忍不住回头看了一眼，这一看不要紧，正赶上刘刚一瘸一拐地打出一个全倒！吴龙高兴得忘了臂上的伤挥拳欢呼，疼得直咧嘴。紧接着，刘刚又打出几个全倒，吴龙完全被吸引了，跟着工人们一起鼓掌为刘刚加油。

一局12格下来，刘刚和老约翰又战成了平局——200：200！老约翰惊讶地看着刘刚说："想不到这么短时间你进步这么快，真是保龄天才呀，我为那天的失礼向你道歉！"

刘刚笑而不语，因为比赛还没结束呢。按照规则，决胜局出现平分的情况要进行附加赛，这个附加赛只赛一球，以一球的得分多少定胜负！

两人稍事休息，又开始了新一轮的较量。双方你来我往一连投了7个全倒仍未分胜负，比赛呈现白热化，每一个投球都要绷紧神经，到了投最后一球时，刘刚满脸是汗，感到腿有点发抖，他突然放下球说："对不起，我想上厕所。"老约翰没反对，他也臂酸手麻，想借机休息一会儿。刘刚到厕所用凉水使劲洗了洗脸，等情绪稳定下来才回到比赛场。他深吸一口气，沉稳地瞄准、运步、投球，可是他没注意到刚才上厕所的时候脚下沾了水，运步到最后突然脚下一滑，手腕一偏，只打倒了8个瓶！剩下的又是个最难同时补中的7、10分球。吴龙见此懊恼地一捶大腿，暗叫：天亡我也！

刘刚倒没显得特别懊丧，只见他捧着球，两眼死死地盯着分球，运气挥臂，抛出的球沿着球道的边儿，"咕噜咕噜"飞速滚去，球擦在7号瓶的最左边，"噌"，它横着打出去，撞飞

了10号瓶！

分瓶补中，全场沸腾，连老约翰也不由竖起了大拇指。

轮到老约翰打最后一球，虽说有了获胜的机会，但他的表情并不轻松，他叫人把球道擦干后，才小心翼翼地拿起了球。

吴龙又转过头去不敢看，捂上脸，祈求起来。

场上好长时间鸦雀无声，吴龙有些纳闷，刚想看看，突然全场又爆发出一阵欢呼声！他急忙回过头去，只见老约翰垂头丧气地站着，再看球瓶区，还有3只立在那里，老约翰只打倒了七个瓶，即使全补中，也无济于事了。刘刚以一分的优势赢了！

吴龙大喊一声："真是天助我也！"冲过去，一把抱起刘刚满地转圈，刘刚一边挣脱一边说："我现在还不能算你们厂的工人呢，你跟着凑什么热闹？"吴龙一挥手说："嗨，从现在起你们全都复工，不但补发工资，报销打球费用，还要发给奖金！"

工人们高兴地抬着刘刚抛着欢呼，老约翰走过来对吴龙说："有这么好的工人，你的企业一定会有希望的，我同意跟你们签约！"

吴龙看着周围欢呼的工人，眼里涌出了泪花，他为自己以前那么对待他们而愧疚。他拉住刘刚的手说："你是工厂获得新生的功臣，我决定提拔你当厂长助理。"刘刚正不知怎么回

·中篇故事·

答,吴老上前对吴龙说"他恐怕不能答应你啊,因为我已经跟他说好了,要推荐他到上海职业保龄球俱乐部去专门打保龄球!"

吴龙疑惑地看着刘刚,刘刚说:"老人家说得不错,我发现自己越来越喜欢保龄球了,已经离不开它了。这还要感谢你呢,没有你的打赌,我恐怕现在还不会打保龄球呢。"

吴龙说:"可如今你却成了挽救咱们厂的保龄英雄了……我祝你好运!"刘刚说:"也祝你的新企业好运!"这时老约翰突然过来拉住吴老的手说:"密斯特吴,我的老对手,你的愿望终于实现了!"刘刚和吴龙都很惊讶:"怎么你们认识?"

吴老说:"早在几十年前,我做海员的时候,我们就是跨国界的球友了。"

老约翰说:"那天他在球场摔破头,我就看他面熟,后来一打听还真是老球友,真是有缘呢!"老约翰说着诡秘地看了一眼吴龙:"告诉你一个秘密吧,就是你保龄球赢不了我,我也会跟你签约的,我之所以非要跟你比保龄球,不过是为了你父亲的一个请求。"

"什么?"吴龙愣了半天,恍然大悟地说,"原来你们是串通起来算计我!"

老约翰说:"不过刘刚赢我可是货真价实的呀。"吴老对吴龙说:"我之所以这么做没有别的意思,只是想让你明白,无论做多大企业的领导也不能轻视自己的员工,因为他们才是决定企业命运的真正力量!"

"这,我已经领教过了!"吴龙说着,低下了头……

(题图、插图:杨宏富)

0—6岁 **影响一生**——幼儿教养锦囊
(超级爸妈养育秘笈)

这是一本以学龄前儿童家长为主要读者对象的自助性儿童教养读物,全书分为"快乐"、"勇气"、"爱心"、"自信"和"宽容"等五个部分,具有很强的知识性、可读性、操作性和指导性。

本书由长期从事儿童心理教育的儿科医院医生主编,作者针对幼儿家教中普遍存在的问题,通过对大量中外儿童教育成功或失误事例的系统分析和阐述,向年轻的家长们传授行之有效的家教方法,读来颇有启发。

原创漫画系列《BRAVO东东》问世

《故事会》与《我为歌狂》携手进军原创漫画新领域

东东是谁？东东是一个普通的初中生，有一点调皮捣蛋，脑子里充满各种奇思怪想，常常有点稀里糊涂，渴望做一个大男人，向往朦胧甜蜜的爱情……他还有一个搞笑的妈妈，一个严肃的爸爸，一帮性格各异、趣味横生的同学！也许东东就在你的身边，也许东东就是你自己，也许东东的许多故事许多想法都曾经发生在你的身上，也许东东会成为中国的樱桃小丸子！

一套反应e世代中学生生活的漫画丛书《BRAVO东东》已由上海文艺出版社正式出版发行。该套书由曾经轰动一时的《我为歌狂》原班人马倾力打造，风格轻松活泼，风趣幽默，视觉效果和故事性俱佳，作为"故事会漫画丛书"向市场推出。

漂来的狗儿（青春系列小说）

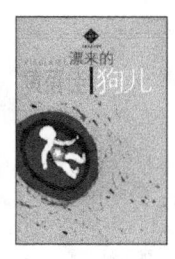

七十年代是一个奇特的年代，灰暗沉闷的生活禁锢了成年人的灵魂，却无法遏制孩子们自由奔放的性情。在"梧桐院"的小小天地里，一群中学教师的孩子和一个邻家女孩狗儿结成玩伴，玩得上天入地，花样百出，趣味无穷。聪明的小爱、博学的方明亮、高贵的小兔子、调皮的小山和小水、精灵般的小妹、心比天高命比纸薄的狗儿……这些可爱又可敬的孩子，是凡俗土地上开出来的摇曳的花朵，每一片花瓣都涂抹着温情和理想，闪耀出那个奇特年代的人性之光。因为他们"教师子女"的独特身份，每个人都在书香的氤氲中出生长大，相比于同时代的同龄孩子，他们的知识面更广，见识更多，胆子更大，脑子更灵，更能够创造乐趣，让童年的每一天都过得精彩纷呈。

这是一部讲述成长的小说，趣味盎然的小说，快乐而忧伤的小说。书中的背景和人物仿佛一段封存已久的电影，作者架起放映机，银幕亮起，胶带走片发出"沙沙"的响声，人物就动起来了，笑起来了，招手把你带进银幕中去了。你跟着他们一起捞小鱼，粘知了，去中学图书馆偷书，看连环画《红楼梦》，给伟大领袖写信，在漂亮的芭蕾舞演员面前自惭形秽，惶惑于身体的发育长大，被侮辱被伤害而后抗争，品尝少男少女的朦胧恋情……最后影像定格，灯光熄灭，银幕隐入黑暗，你会有一声轻轻的叹息，心里想：物质最贫困的童年其实是精神最自由的童年。

细米（青春系列小说）

　　少年细米生来就是一个爱脸红的男孩儿，他与表妹红藕两小无猜，一同长大，日子如清水一般自然流淌。然而，有那么一天，大河上飘来一叶巨大的白帆，白帆下飘来了一群仿佛来自天国的女孩儿。这些从苏州城里来这里插队的女知青，给平静的乡村带来了一股新鲜而迷人的气息，而其中的梅纹姑娘以她纯净而温柔的情感与精神力量，使细米这个桀骜不驯的乡野之子步入新的成长历程。他们初次相见时，彼此就有了一种奇异的感觉。在后来苦难而温馨的岁月中，细米一边在梅纹的引领下走向前方，一边开始暗恋着她的声音、她的举止以及她身上所有的一切，而她在那段孤独无助的时光里，似乎更深刻地陷入了一种对于细米的不可名状的眷恋。一种非恋情的恋情，在一个到处是河流与芦苇的水乡世界中令人感动地展开着，处处风采飘逸，处处诗意流动。

　　小说深谙人的情感的微妙，写就了一段天地之间可以与日月同在的情感故事，以优雅的笔调完成了一个少年的心灵雕塑。安宁的村落、寂静的麦田、旋转的风车、河里的小船、各色的鸽子、雪白的芦花、袅袅的炊烟，与四季优美的乡村风景一道，参加了这个东方少年的现实世界的加冕礼。

鸟　奴（青春小说系列）

　　这是一部故事精彩可读性很强的动物小说；这是一部蕴含深刻哲理让人掩卷沉思的动物小说。动物行为学家"我"与藏族向导强巴在滇北高原日曲卡雪山进行野外科学考察时，意外地发现一对蛇雕与一对鹩哥把自己的窝筑在同一棵大青树上。从动物分类学上说，蛇雕属于食肉猛禽，鹩哥属于普通鸣禽，蛇雕是各种雀鸟的天敌，鹩哥被列入蛇雕的食谱。在大自然的食物链上，二者是猎手与猎物的关系，怎么可能共栖共存呢？"我"决心揭开这个谜。"我"埋伏在离大青树不远的石坑里，亲眼目睹蛇雕一家子是如何飞扬跋扈欺凌可怜的鹩哥的，也清楚地看到鹩哥一家子是如何谨小慎微忍气吞声在夹缝中求生存的。经过半年的观察研究，"我"排除了这家子蛇雕与这家子鹩哥之间传统的"共生共栖"、"单惠共栖"和"假性共栖"这几种大自然常见的共栖关系，而是属于非常罕见的主子与奴隶的共栖关系。动物界特殊的"兽际关系"，折射人类社会复杂的"人际关系"，具有强烈的震撼力量。作品语言流畅生动，对大自然的描写惟妙惟肖，值得一读。

半夜狗叫

□吴 港

住一楼的牛哥，最近弄来条名叫"大将军"的狼狗，血统高贵，威风八面。

有大将军守护，邻居们这下总算高枕无忧了，他们非常感激大将军，谁家买回香肠、熟肉什么的，都忘不了给它一块做奖赏。大将军也很快与邻居们熟悉了，凡是认识的人，它总是摇着尾巴欢迎；但要有陌生人想靠近，它可就不客气了，一阵狂吼，非得把他赶到老远才罢休。

小秦儿子今年八岁，与大将军混得最熟，一有空就跑去找它玩儿，还把家里最好吃的东西分给它吃。有一天，小秦见儿子正拿着"补脑液"喂大将军，一边喂，一边还说："我在训练它做算术题，它需要补脑子。"

小秦见了，骂他瞎胡闹，儿子不服气，当场就让大将军做表演。

儿子问："二加四得几？"

大将军当真就"汪、汪……"叫了六声。

儿子又问："八减五呢？"

大将军似乎想也没想，回答了三声，一连考了几道题，大将军全部准确无误地回答出来。小秦一旁都看呆了。

八月十五那天晚上，邻居们聚在楼前的空场上赏月，还有人在路灯下下棋、吹牛、聊天，小秦和老婆从楼上下来，看到一群人正围着儿子和大将军看热闹，原来儿子又在让大将军做算术题了。大将军把儿子出的题一一破解，邻居们看罢，无不喝彩称奇。接着，一群孩子又和大将军玩飞盘，只见大将军上蹿下跳、左扑右闪，做出种种高难动作，引来一阵阵欢声笑语。一时间，它成了大家心目中的明星。看到高兴处，老婆竟把丈夫手中的月饼夺下来喂给了大将军。

可没想到，当天晚上，大将军有些反常。

风行超短裙

今年，某大学特别风行超短裙，而且一个比一个穿得短。校领导见了认为极不雅观，贴出布告严厉禁止，谁知布告一贴出，就掀起了一场轩然大波：

● **中 文 系**：在宣传栏最显眼的位置写了一首打油诗，内容如下：几千师生齐争吵，只因裙子太短小，具体情况怎么样，宣传栏里有报道。

● **美 术 系**：维纳斯证明适度的缺少会更加美丽。

● **环 保 系**：难道地球变暖是假的？

● **政 治 系**：从长裙到短裙，再到超短裙，这恰恰是民主集中制最有力的体现。

● **经 贸 系**：不管校方是给所有男生推销有色眼镜，还是给所有的女生推销黑色长袜，我们都想入股。

● **历 史 系**：貂蝉的美并不因吕布、关羽的眼光而改变。

● **数 学 系**：因为允许1米长的长方形存在，所以0.3米长的正方形存在也是合理的。

● **法 律 系**：法律禁止的只是原告由超短裙萌发的邪念，而非被告所穿的超短裙。

● **公共关系**：降低谈判对手的目光，正是我们四年寒窗苦读所追求的。

● **校女生部**：我们要解放，不要束缚。

● **校 食 堂**：其实短裙与排骨一样，它们都会缩水。

● **校医务室**：感冒的病原体是一种病毒，"绝非因为寒冷"。

（推荐者：陈 莉）

那天，大家回到家正要睡觉，忽听大将军大叫起来，一开始还以为它是在履行职责，驱赶外来的陌生人，可它这一叫，竟没完没了。老婆说："可能刚才玩得太兴奋了，一时半会儿安静不下来。"

小秦睡觉从不怕惊扰，几声狗叫影响不了他睡觉，就这样一觉睡到天亮，醒来后却听老婆抱怨说："大将军叫了一晚上，吵得我一宿没合眼。"老婆平时上三班倒，耽误了睡眠可不是小事儿。小秦送儿子上学时，正好在楼下碰到牛哥，就对他说："牛哥，你那大将军犯什么病了？昨晚叫了一宿，这可不是个事儿，你得想法管管它才行。"正说着，又有几位熬红了眼的邻居凑过来，向牛哥提抗议，对大将军的行为表示不满。

"这事根本不怪大将军！"牛哥冲着小秦嚷道，"都是你儿子惹的麻烦！"小秦回过头问是咋回事，儿子说："我只想出一道难题考倒它，没想到大将军真答了出来。"

"什么难题？"

"一万五加上两万五。"

"整四万啊，难怪它算了一个通宵！"

大家听了，全都惊叫起来！

开玩笑切不可给别人造成痛苦。——马休尔

扣 秤

□ 解习贵

星期天，老张在家里打扫卫生，听到门外有人在喊收旧报纸，记起家里还有一大摞旧报纸，就把头伸出窗外把收旧报纸的叫了进来。

收旧报纸的把旧报纸捆好，一称，就说："三十斤。"

这么多报纸才三十斤？老张有点不相信，就和他辩了几句，收报纸的脸有点红，老张觉得不对劲，于是把手一挥："不卖了。"收报纸的嘴里叽里咕噜走了。

由于是星期天，收旧报纸的还真不少，很快又来了一位，一称，"三十五斤"。有了前车之鉴，老张就留了个心眼，当时就吓唬道："师傅，你的秤不对啊，刚才我称过了，可不止这个数啊！"这个人心里有点慌，被老张赶走了。

不一会儿，又来了第三个，一称"四十斤。"老张又是一通吓唬，来人赶紧解释："我的秤刚刚在地下掼了一下，可能不准了。这样吧，就算五十斤吧。"老张一想：算了，不要为这

· 幽默世界 ·

点报纸再费神了，当时就卖给他了。

不过事后老张心里还是不踏实，老觉得自己吃了亏。老婆回来了，他一说，老婆却吃惊不小"卖多少？五十斤？我早上称过，忘了告你了，只有四十五斤啊！"

这时，轮到老张吃惊了，到最后他却忍不住大笑起来："自古都说'只有错买的，没有错卖的'，还真是这样呢。这些家伙啊，扣秤扣到最后，连他们自己也拿不准究竟是多少斤了！"

贿赂
"一把手"

□ 邹吉庆

张三和李四一次下棋时，听说李四与单位里的"一把手"关系非同寻常，就萌发了跳槽的念头，他知道，李四单位效益相当不错。

说干就干！这天，张三提了两条好烟、两瓶好酒，找到李四家里，要他把烟酒转交给"一把手"，李四吃惊地问："哥们，啥意思？你跟他素不相识，怎么给他送烟送酒？"张三神秘地笑了笑，说："他是你的朋友，也就是我的朋友。"李四似懂非懂地点了点头，最后把东西接了过去。

过了几天，李四打来电话，说东西转交给"一把手"了，还说"一把手"很高兴，愿意交他这个朋友。

有门！于是，张三赶到银行取出五千块钱，找到李四，要他再交给"一把手"。这回李四两眼瞪得溜圆，问道："哥们，你这闷葫芦里卖的啥药呀？"张三笑着说："不到火候不揭锅，你就照我的意思办，把钱交给他就行了。他要不收，你就说日后我张三免不了有事要找他帮忙！"李四一

脸茫然，还想刨根问底，张三笑着推了他一把"等他收了钱，我自会跟他说的。"果然，第二天李四就跑来，说经过一番解释后，"一把手"到底还是把钱收下了，并且说，有用得着的地方尽管开口，只要他能办得到，他一定为朋友两肋插刀！"成了！"张三兴奋地擂了李四一拳，说，"用不着他两肋插刀，只要他点个头签个字就行了！"就把想调动的事对李四讲了。

没等他说完，李四就跳了起来："胡扯！你这不是强人所难吗？他哪有那个本事呀！""他不是你们单位的'一把手'吗？""他是我们单位传达室看大门的，因为在车祸中失去一条胳膊，我们就都叫他'一把手'！"

一个人有点傻气还是必要的，这并不意味着这个人就是傻瓜。——蒙田

生日礼物

□ 胡秀欣

阿兰过生日那天，正好是周末，按道理有机会好好庆贺一番，可丈夫工作忙，根本无暇顾及，只和她说了声"生日快乐"，就出门应酬去了。

阿兰闷闷不乐地走出家门，一个人百无聊赖地在街上闲逛，看到一家小鞋店正在大展销，人头攒动，就收住脚走了进去。在一排货架上，一双红色女式高跟皮鞋吸引了阿兰，她穿脚上一试，特别受看。尽管价格不菲，但阿兰还是咬咬牙将它买了下来，作为自己生日的礼物。

阿兰这人有喜新厌旧的习惯，新鞋穿在脚上就不想脱了。她再看看手上的这双旧鞋，有九成新，但也该下

班了。于是手里拎着旧鞋，就想找地方扔了，可偌大个鞋店，连个垃圾桶也没有，正在这时，手机响了，是几个姐妹约她，要为她庆贺生日。接完电话，阿兰看准鞋店货架上的一个空档，把旧鞋往里一放，然后一溜烟钻出了人群。

下午，丈夫回来了，喝得醉醺醺的，一进门，就大叫起来："老婆，给、给你，我给你买的生日礼物！"说话时，舌头都大了，晃晃悠悠地将一个拎兜递给了阿兰。

拎兜里是一个鞋盒，阿兰打开一看，立时呆了，里面装的正是自己扔掉的那双旧鞋！

看着阿兰呆呆发愣，丈夫又凑上前来喷着酒气说道："老婆，喜欢不？我看这双鞋和你穿的那双样式差不多，就买、买下了，我敢打包票，你一定喜欢！"

失窃以后

□ 珠 珠 改编

这天晚上，刘易斯夫妇回到家中，发现客厅里一片狼藉，知道家里来过小偷光顾了，刘易斯赶紧打电话报警。

没几分钟，就有一辆警车呼啸而至，现场清理过后，家里除了一些零钱没了外，其他倒没什么损失。刘易斯夫妇终于松了一口气。

第二天，天还没有亮，门铃骤然响起。刘易斯吓了一跳，从门孔里见来者是一位靓丽的小姐，这才放心打开门，只见小姐面带悲戚说"听到你们家失窃，我们感到非常难过，是我们工作没有做好。"

刘易斯大为感动，心想：眼前这位小姐是警方派来的？不知道警方什么时候开展了这项礼仪业务。没料到，那小姐却拿出一叠广告纸，介绍道"我是防盗公司的业务员，这是我们公司改良性的智能防盗门、防盗窗……"刘易斯一听，气不打一处来"当初就是在电视上看到你们公司的介绍，才安了防盗窗什么的，没想到小偷没防住，却被他当成偷盗的平

台。去，去，去——"

刚打发走这个小姐，电话响了，是一个先生打来的："喂，您好，我们是保险公司的，听到您家被盗窃的消息，我们深表同情，不过，我再次善意地提醒您：为什么不买财产保险呢？"

什么乱七八糟的！刘易斯"啪"地挂断电话，这时门铃又响了，刘易斯打开门，见是一个漂亮的小姐。刘易斯气呼呼地问："什么事？"小姐慢声细语地说："一切生气都会造成衰老，我们是回春美容院的……"刘易斯"砰"地把门关上。

刘易斯夫人也很生气，干脆跑去把门铃里的电池拿掉。就在这时，该死的电话响了，刘易斯一把拿起电

每个人都由一部痛苦的机器和一部快乐的机器结合而成的。 ——马克·吐温

多亏这条路

□ 谢元清

远山县公路年久失修，路况坏得出奇，路面到处坑坑洼洼，车辆行走在路上，就像在跳"蹦迪"一样。

这一天，公路管理站的吴站长在办公室刚坐下，白沟镇卫生院高院长就挂来电话说："吴站长，不好啦，市公路巡检团的王局长来'暗访公路'，在白沟镇附近被车子颠出了事，送进我们卫生院了！"吴站长一听，如五雷轰顶，赶忙叫来一辆三菱越野，马不停蹄往白沟镇赶去。

吴站长紧赶慢赶，来到白沟镇卫生院，他见王局长的秘书小曹正神色凝重地在手术室外来回踱步，就忐忑不安地凑过去："曹秘书，王局长怎么了，是不是碰破了头皮？"

曹秘书白了吴站长一眼，说"要是碰破一点头皮倒没什么。哼，比这严重多了！"

吴站长倒吸了一口冷气，瞪大双眼问道："那到底出了什么事啊？"

曹秘书鼻孔里"哼"了一声，没好气地说"我也不知道，反正一路上王局长被颠得脸色苍白，快到镇政府时，只听他一声惨叫，捂住小肚喊：'赶快上医院！'这不，来了！"

吴站长一听，糟糕：白沟镇公路是全县最坏的，路面上的坑坑洼洼比天上的星星还多，平时老百姓乘车磕

话，没好气地说："告诉你，我们家没有失窃！"

"什么？没有失窃？那昨天你们家报什么警？"

"你是……"刘易斯有些摸不着头脑，只听电话那头说："我们是州安

全监察部，想核实一下你家的治安费交了没有？"

"那我们撤警还不行？"刘易斯快撑不住了。

"笑话，你以为要报就报、要撤就撤啊！"

破头皮、扭伤腰骨是常有的事，然而县里穷，没钱修路，上半年市里下拨一笔修路款却被挪作他用了，这次王局长来暗巡公路出这事，万一他有个三长两短的，那可是吃不了兜着走啊！

吴站长哆哆嗦嗦地站在曹秘书身旁，见曹秘书脸色难看，不敢多问，只好小心翼翼地在手术室外的一张长椅上坐下，提心吊胆地等着。他等啊等，约摸过了半个小时，只听手术室门"吱呀"一声推开，王局长由高院长搀扶着出现在眼前。他心里蓦地一惊，迎上前，可是没等他开口，王局长却主动向他打招呼道："啊呀，吴站长，你怎么来了？"

吴站长脸一红，低着头说："我……我……工作没做好！"

王局长摆摆手，在一名护士小姐刚搬过来的椅子上坐下，喝了一口院长递过来的热茶，说"唉，要说这路，我可是从来没见过那么差的路哇！颠得我喘不过气来呀！"

吴站长一听这话，更难堪了，支支吾吾地说"我　我回去马上备料，马上修，保证三个月竣工！"

王局长眉头一拧，说："修？我看别急，留着说不定还有用呢！"

吴站长一听这话，心里打一个寒颤，他知道王局长平时说话风趣，是个爱正话反说的人，心想今天挨一顿训是免不了的了，只好厚着脸皮战战兢兢地说："领导您别取笑，有什么指示请照直说，我一定照办。"

王局长耸耸肩，说："取笑？我说的都是实话呀，今天这么一颠，可是解除了我多年的病痛啊！"

吴站长一听，瞪大双眼说："领导，您……您这是开什么玩笑嘛。"

王局长轻轻呷了一口茶，朗声笑道："你有所不知啊！我患肾结石多年，吃了几年的中草药，小的全打出来了，剩下一颗大的，十分顽固，一直不出来，哎哟，经常发作，痛得我直不起腰哇。现在可好，今天这么一颠，竟给颠出来了。有惊无险呐！"

这时，高院长从手术室拿着一只玻璃器皿出来，器皿中盛着一颗黄豆般大小的石子，异常兴奋地说："是啊，是啊，太不可思议了！你看，这么大的一颗结石，不要动手术竟能下来，真是奇迹，奇迹！"他笑了笑，接着说，"我想，咱们这条路那上面的坑坑洼洼一定有什么规律性，你们观察过没有？基本上是：三个小坑，一个大坑；三个小坑，一个大坑……车子走在上面我想可能产生一种奇特的脉冲波，把石头给震出来！要是请科学家来研究研究，说不定还有重大发现呢……"吴站长听得如在云里雾里，惊得半天说不出话来。

这时，王局长看了看手表，站起身，拍了拍吴站长的肩膀，意味深长地说："老弟，今天多亏了你这条路

夫人告状 （文：王敏敏；图：包丰一）

1. 某夫人来到警察局，说一些男孩子在小河里裸泳，有伤风化。

2. 警察雷厉风行地干预了此事，一场风波似乎平息了。

3. 不久，这位夫人又前来告状：警官道："夫人，他们是在五百米以外的下游玩啊！"

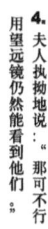

4. 夫人执拗地说："那可不行，我用望远镜仍然能看到他们。"

啊！刚才接到一个电话，叫我回市里开一个紧急会议，我要先赶回去，改日我得找个机会感谢你！"说着钻进院内停着的一辆小车，一溜烟走了。

吴站长追出门外，机械般地朝王局长挥一挥手，等小车跑出老远，这才发现自己浑身上下已是湿漉漉的一片了。他长长吐了一口气，也不知道这是好事还是坏事，心事重重地打道回府了。

第二天，吴站长有事下乡，车子刚驶出城门岔道口，却被一长溜车门印着"红十字"的越野车队挡住了去路，为首的一个小伙子大概认出了吴站长，跳下车走上前一把握着他的手说："您就是吴站长吧，向你打听一件事：昨天王局长来你们县，走的是哪条路？"吴站长眉头一皱，说："就走白沟镇这一条啊，怎么啦？"小伙子嘻嘻一笑说："嘿嘿，太好了，今天由我带队，全市三个医院的肾结石患者都集中来了……"

小伙子话还没说完就匆匆坐上车，只见他往背后挥一挥手，一辆辆救护小越野卷着尘埃，朝右边小道呼啸而去。这时，吴站长蓦地回过神来，急得跺着脚对身边的工作人员说："收费，收费！马上设卡收费！这是个资源，不能浪费了！"

（本栏题图、插图：李 加 史文琦）

阿P挨打

□冀幼农

阿P三十多岁了，还没有找到理想的伴侣，原因很简单：说话有点结巴。

眼看朋友们一个个成家立业，婚结得早的，孩子都会打酱油了，他不由得越发着急，然而越着急，他就结巴得越厉害。朋友们聚会时，阿P指着他们，憋红了脸"你——你——我——我"的，就再也说不下去了。其中一个叫刘明的朋友，几次都以为他说背了气，差一点就拨打"120"来抢救他。

这天，朋友们又聚到了一起。刘明开门见山对阿P说："阿P，我老婆给你相中了一位姑娘，叫邓依慧，人挺不错的，想约你这个星期天见见面。"

"行——行——吗？"阿P经过若干次失败后，对自己一点信心也没有了。

"你要对自己有信心，再说，有我们这么多朋友在这里，还怕想不出一个好办法？"

于是，在场的朋友都开动脑筋，大家你一言，我一语，整整讨论了一个下午，终于想出了一条绝妙好计。

刘明迫不及待地说："首先，见到那个姑娘后，要尽量少说话，多微笑。说话时，声音一定要轻，一定要慢，那样既暴露不了你说话的缺点，又显出你成熟稳重。接下来，你就请姑娘去吃饭，记住，一定要让姑娘点菜。菜

各人都用自己的形象去看世界。——罗曼·罗兰

上来后，只要姑娘和你说话，你就给她往碗里夹菜，这样几个来回下来，她的话肯定就少了。估计你们快吃完饭时，我老婆就给那姑娘打电话，邀请你们来我家玩。我开车去接你们，路上，我就和那姑娘海侃，然后约她改天和朋友们一起出来玩。接触几回后，只要姑娘看上你，你那点结巴，她一定不会在意的。"

阿P张开嘴，正要说话，刘明就知道他要问行不行，赶忙又抢着说："行，这回一定行！记住：你一定要对自己充满信心，星期天，我们也会到现场为你加油助阵的。"

阿P这回终于露出了充满自信的微笑。

星期天一大早，阿P起床把自己收拾了个干干净净。一看时间还早，便提前来到了公园。到公园后，阿P一眼就看见了自己的那帮朋友，他们站在远处频频做着"V"字型手势，阿P这时心里感到了一阵的温暖……

十点半，那个叫邓依慧的姑娘准时来到了见面地点。阿P一看姑娘长得挺漂亮，心里就有点发慌。相互通报了姓名后，阿P不知道该说些什么好，又怕一说话对方知道自己是个结巴，只好站在那里看着姑娘一个劲微笑。

过了一会儿，阿P更加着急了，正在左右为难时，他看见朋友们已经走到了离他不远的地方，继续做着一定

要胜利的手势。阿P将心一横，心想：干脆直接请姑娘吃饭吧！

于是，阿P看着姑娘微笑着说："邓—依—慧—我想—请—请—你—"吃饭两个字还没有说出口，那个叫邓依慧的姑娘早已手起掌落，"啪、啪"两个巴掌，打得又脆又响，干净利索。朋友们在旁瞪大眼睛惊叹姑娘的身手时，阿P傻愣愣地站在哪里，半天没明白过来到底发生了什么事……

事后，经过大家在一起仔细地讨论，终于又有了一致性的答案。

原来，那天阿P说话太慢，而那个姑娘偏偏又叫邓依慧，对方一定将阿P的话听成了"等一会儿，我想亲亲你"，再加上当时阿P那略显色迷迷的眼神，他让那个叫"等一会儿"的姑娘海扁一顿，也是情理之中的事了。

"唉，不知道我什么时候才能找到一个合适的姑娘。"阿P垂头丧气，自言自语道。

"咦，"突然，刘明像发现了一个惊天秘密一样大叫了起来："阿P，你怎么不结巴了？"

阿P接着又自言自语了几句，发现自己真的不结巴了，这下，他心里一下子就乐了：虽然没找成那漂亮的姑娘，但她却治好了自己的结巴，这顿打值！

（题图：李 加 史文琦）

《话说中国》走进千家万户

《话说中国》 七大看点

● 享誉海内外的史学界顶尖学者李学勤教授担任本书总顾问，并由他精心组织了一批著名断代史专家出任本书各卷的顾问。

● 中国韬奋出版奖获得者、《故事会》主编何承伟任本书总策划，全书集中了其从事编辑出版工作30年的能量与智慧。

● 著名学者、断代史专家孟世凯、许倬云、葛剑雄、陈高华、熊月之等任顾问，全力参与本书的策划、编撰与审定。

● 杨善群、刘精诚、程念祺等30余位来自全国各地的第一线历史学者撰写全书文字，将个人长年学术精华融于书中，倾力奉献经典而又精彩的篇章。

● 全书10幅4开地图，由著名史学家、复旦大学历史地理研究中心主任葛剑雄教授精心阐释、审定，系统展现从秦王汉武直到近代各历史时期疆域变迁、民族融合、对外交往、名人胜迹等生动内容。

● 《清明上河图》《兰亭序》《韩熙载夜宴图》等名作巨幅拉页，原图引进，仿真印制，展现原作的惊世风采，配以名家精心点评，让你轻松拥有国宝，读懂国宝。

● 优秀装帧设计家、莱比锡装帧设计大奖获得者袁银昌领衔设计本书的整体包装。装帧版式设计独具匠心，完美体现出本书的现代性创意与百科全书的特征，体现出为读者着想的良苦用心；美妙的图与文组合，提供一程赏心悦目的中国文化之旅。

家庭收藏　　　馈赠亲友　　　学生阅读　　　手选大作